Emma Trevayne
Songs of Revolution

Titel in der Regel auch als E-Book erhältlich

Emma Trevayne

SONGS *of* REVOLUTION

Übersetzung aus dem
amerikanischen Englisch
von Ulrike Nolte

one

MIX
Papier aus verantwortungsvollen Quellen
FSC® C083411
www.fsc.org

Dieser Titel ist auch als E-Book erschienen

Titel der englischsprachigen Originalausgabe:
»Coda«

Textredaktion: Katharina Jacobi, Leipzig
Umschlaggestaltung: FAVORITBUERO, München
Umschlagmotiv: © FAVORITBUERO, München unter Verwendung von Motiven von shutterstock/Maksim Toome; shutterstock/jupeart
Satz: Greiner & Reichel, Köln
Gesetzt aus der Adobe Caslon Pro
Druck und Einband: CPI books GmbH Leck - Germany

Printed in Germany
ISBN 978-3-8466-0018-4

5 4 3 2 1

Sie finden uns im Internet unter: www.one-verlag.de

Für Brittany und Brie –
mit einem *Yes!* aus vollen Saiten

0101011001 **01** 1010010111

Die Tür zieht mich magisch an. Ich kann noch nichts hören, aber ich fühle es schon. Den Puls, den Herzschlag. Der Boden bebt.

Der höhlenartige, schalldichte Raum ist bis zum Rand gefüllt, als ich hereinkomme. Schwarz und Neon hüllen mich ein, flackernde Lichter und erstickende Hitze von dicht gedrängten Körpern. Wenigstens wird mein regennasses Haar hier bald trocken sein. Dann ähnelt es hoffentlich der Frisur, die ich zu Hause so sorgfältig arrangiert hatte: Spikes in Blau und Platinblond, dazu kobalt leuchtende Glasfasern, deren Verkabelung ich unter dem echten Haar verborgen und dann in die Steckeröffnung in meinem Nacken gestöpselt habe. Meine Lebensenergie bringt sie zum Glühen, so wie ich damit tagsüber das NETZ auflade. Eigentlich kann ich mir Glasfasern nicht leisten und sollte meine Energie für die Arbeit aufsparen. Aber das ist mir egal, weil der Effekt einfach cool ist.

Ein erlöstes Beben geht trotz der feuchten Tanzklamotten durch meinen Körper, als die stampfende Musik durch mich hindurchschießt, harte Percussion und ein Keyboardsound wie scharfkantiges Glas. Lautsprecherboxen hängen ringsum an Wänden und Decken. Sie sind extra so positioniert, damit keine Massenpaniken entstehen. Früher drängten sich die Menschenmengen in die Raumecken, weil von dort die Musik kam, und ließen niedergetrampelte, von hohen Stiefelabsätzen zerstampfte Körper zurück. Eine gleichmäßige Beschallung sorgt dafür, dass wir nur die Dosis Glücksgefühle bekommen, die wir brauchen. Und die wir hassen.

In den paar Minuten, die mir noch bleiben, bevor der volle Effekt einsetzt, suche ich mir einen Weg durch das euphorische, schwitzende Gedränge, um meine Freunde zu finden. Scope hat seine Arme um einen Typen geschlungen, den ich nicht kenne, mit knochigen Gesichtszügen und Lippen in grellem Gelb. Daneben tanzt Haven, ein Traum aus endlosen Beinen, spitzen Absätzen und ihrer Lieblingsfarbe Hot Pink. Warum sie sich hier unter das Slumvolk mischt, statt sich in einem der abgehobenen Sky-Clubs von reichen Männern anbeten zu lassen, ist mir ein Rätsel. Ich habe sie gefragt, aber ihre Antwort war nur eine erhobene verchromte Augenbraue und ein Zucken ihrer gertenschlanken Schultern.

Ich bekomme Begrüßungsküsse auf beide Wangen gleichzeitig, klebrig von Lippenstift. Haven und Scope rufen mir etwas zu, das ich wegen der Musik nicht hören kann, aber ich nicke trotzdem. Danach konzentriert sich Scope wieder auf seine neueste Eroberung, und Havens Blick heftet sich auf die Leuchtstäbe in ihren Händen, die hypnotische Muster in die dampfende, flackernde Luft malen. Ich habe auch eine Packung Leuchtstäbe dabei. Das Neonblau passt zu meiner Haarfarbe, während Havens natürlich pink sind. Ich ziehe das Bündel hervor, während das erste Kribbeln durch meine Finger läuft.

Die Musik beginnt zu wirken, ich muss mich nur fallen lassen.

Klänge umschließen mich, und ich kann nichts mehr sehen. Aber das brauche ich auch nicht. Die Musik bewegt meine Arme und Beine auf dem winzigen Stück Tanzfläche, das ich erobert habe. Ein Trommeldröhnen wirft mich zurück, bis ich acht Jahre alt bin und auf dem Schoß meiner Mutter sitze. Wir schauen einem Gewitter zu, das die Fensterscheiben zum Zittern bringt. Nirgends sonst kann ich mich wirklich an ihr Gesicht erinnern, nur hier sehe ich ihre Augen, die meinen eigenen ähneln, und ihr Lächeln. Damals hat sie noch gelächelt.

Scope grinst und hascht nach hübschen Träumen, die knapp außer Reichweite schimmern, und ich strecke mich vergeblich auf die Zehenspitzen, um sie zu greifen. Vielleicht sind sie gar nicht oben, sondern unten – ich weiß kaum, ob ich falle oder fliege, aber mein Gelächter erfüllt den Raum als Antwort auf die stampfenden Bässe, und die Tanzenden um mich herum lachen ebenfalls, als könnten sie mein stummes Gespräch hören.

Ich lasse mich von der Musik gefangen nehmen, die Füße an die Beats gekettet, Fesseln aus Gitarrensaiten. Alles hier ist so wunderbar: Lichter und Klänge, Farben und Formen wabern um mich herum und explodieren in einem Feuerwerk aus purem Glück. Regenbogenfunken wirbeln herab und landen feurig zischend auf meiner Kleidung.

Ich versuche, die pinkfarbenen mit den Händen aufzufangen.

Die Lieder wechseln, Schweiß fließt in Strömen, Energie wogt auf, ebbt ab und wogt wieder auf. Jetzt kommt mein Lieblingssong. Er schwemmt mich fort, schwerelos. Ich treibe auf einer brechenden Welle aus tausend Keyboards, die sich donnernd überschlagen und meinen Körper in den Himmel schleudern, höher, höher, höher.

0011011010 **02** 0101110100

Der Teppich schürft gegen meine Wange – deswegen wohl auch der unangenehme Geschmack in meinem Mund. Vor dem leeren Bett stehen zwei Stiefel mit hohen, spitzen Absätzen, die um Längen modischer sind als meine. Nach dem Club geht Scope immer nach Hause – meistens mit Begleitung –, aber Haven übernachtet oft bei mir, weil der Weg kürzer ist als bis zum Viertel der Reichen und Schönen. Der morgendliche Entzug ist so schmerzhaft wie erwartet, als würde ich mich von innen blutig kratzen. Durch den Nebel in meinem Kopf erinnere ich mich vage an das gestrige Partyfeeling, und genau darin liegt das Problem.

Zu viel Partyfeeling, und ich ende wie mein Vater. Wenn ich lange genug weitermache, sogar wie meine Mutter.

Ich wühle mich aus der Bettdecke und stehe auf, um an der Wandkonsole mein Handgelenk zu scannen. Mein Körper verspannt sich bis zu meinen Trommelfellen. Eigentlich sollte der Piepton zu hoch sein, um ihn zu hören.

Das behaupten die Konzernleute. Aber der Kon sagt viel, wenn der Tag lang ist.

Ich presse die Augen zu. Das hohe Jaulen echot durch meinen Schädel, und der Chip vibriert fast unmerklich gegen meine Schlagader. Auf dem Display erscheint der übliche Text, den ich nicht zu lesen brauche. Männlich. 18 Jahre. 185 cm. Untergewicht. Blond. Blau. Akku. Mutter verstorben. Wohneinheit: Vater, 2 Geschwister. Stadtbürger N4003. Ich nehme einen Kopfhörer vom Haken. Das grellblaue Leuchten des Displays bringt meine Augen zum Tränen.

Ein Song, eine Dosis. Um so berauscht zu werden wie in den Clubs, müsste ich ganz schön lange streamen, aber dafür setzt die Wirkung hier schneller ein. Ich scrolle durch das Menü aus Aufputschmitteln, Beruhigungsmitteln, Schmerzmitteln, bis ich einen Stream finde, der mich halbwegs runterholt, ohne gleich mein Konto leer zu fressen.

Schon besser. Das Zittern hört auf und die Kopfschmerzen sind nur noch ein dumpfes Pulsieren hinter meinen Schläfen. Jeder tiefe Atemzug verringert den Druck auf meine Lungen und den Smog in meinem Kopf, bis ich bereit bin, den Tag zu beginnen.

Barfuß und nur mit der Unterhose bekleidet schlurfe ich zur Hygienekabine, um mich zu waschen. Das gesprungene Spiegelglas zeichnet Narben auf mein Gesicht. Teerseife kratzt unter dem Duschstrahl verlaufene schwarzblaue Farbe von meiner Haut, bis mein Körper ganz bleich ist.

Meine Finger erwachen zum Leben und trommeln einen Beat. Zuerst das Schlagzeug, eins, zwei, drei, Einsatz des Keyboards und jetzt, *jetzt* der Gitarrensound, ein wildes Aufheulen der Saiten.

Meine selbst genähten Partyklamotten liegen als zerknitterter Lumpenhaufen auf dem Boden. Ich stolpere über meine Gasmaske und fluche. Das Ding ist ein Überbleibsel aus der Kriegszeit und wird inzwischen eigentlich nicht mehr gebraucht.

Aber um den Hals gehängt, ist es ein cooles Accessoire. Mir gefällt das ironische Statement, denn die Maske schützt nicht vor der soundvergifteten Luft in den nächtlichen Clubs. Tagsüber, bei der Arbeit, würde ich es nie wagen, so aufgestylt zu erscheinen. Dort trage ich einen korrekten Anzug und ein gebügeltes Hemd, dessen Kragen gerade bis zum Haaransatz reicht.

»Du hast dich seit gestern kein einziges Mal bewegt, stimmt's?«, frage ich meinen Vater, als ich durchs Wohnzimmer gehe. Er ignoriert mich oder ist einfach zu weggetreten, um mich zu bemerken. Ein Kopfhörer hängt an der Wandkonsole über seinem Sofa. Er wurde nicht mehr benutzt, seit ich meinem Vater das letzte Mal einen Stream hochgeladen habe. Auf dem Fernsehbildschirm ist eine geschniegelte PR-Frau des Kon zu sehen, die über agrarwissenschaftliche Fortschritte in der Hydrokultur brabbelt. Faszinierend. Jetzt weiß ich zwar, wie der Getreideanbau in den Wolkenkratzern der Nordgrenze funktioniert, nur bringt das meiner Familie leider kein Essen auf den Teller.

Genauso wenig wie der reglose Haufen Elend da auf dem Sofa.

»Anthem!«, ruft meine kleine Schwester. Sie kommt quer durchs Zimmer gerannt und wickelt sich um meine Taille.

Ich drücke sie an mich und sage: »Hallo, Alpha.« Sie ist zierlich und blond wie unsere Mutter. Omega hat seine dunklere Haut- und Haarfarbe von unserem Vater geerbt.

»Haven hat mir Haferbrei gekocht. Genau wie ich ihn mag.«

»Tja, über Geschmack lässt sich streiten«, sagt Haven neckend. Sie sitzt auf dem Fußboden und versucht, Omega die durchgewetzten Schnürsenkel zuzubinden. »Das Zeug ist praktisch Suppe.«

»Ich mag Suppe«, sagte Alpha mit der ganzen Würde einer Neunjährigen.

»So, fertig.« Haven zieht den letzten Knoten fest, steht auf und lehnt sich gegen den Kochtresen. Ungeschminkt und ohne ihre rosarote Deko sieht sie wie eine andere Person aus, weniger perfekt und makellos als im Club. Klangsensoren sind in ihre Haut implantiert, aber im Moment winden sie sich nur unauffällig schwarz um ihre zimtbraunen Arme und Handrücken. Eine Linie leuchtet schwach auf, als Omega seinen Löffel fallen lässt.

Ob glamourös oder alltagstauglich … Ich finde den einen Look so sexy wie den anderen, aber das spielt natürlich keine Rolle. Anscheinend ist sie schon eine Weile wach, zumindest hatte sie Zeit für einen Stream, sonst würde sie jetzt kaum vor Energie sprühen. Ihr langes Haar hängt nass über dem T-Shirt, und die pinkfarbenen Strähnen wirken in dem schwarzen Zopf dunkler als sonst.

Jetzt ist nicht der richtige Zeitpunkt, um mir Haven in meiner Dusche vorzustellen … Ist es eigentlich nie.

Omega schmiegt sich ebenfalls in meine Arme, und einen Moment lang möchte ich mich selbst wieder wie ein Kind fühlen. *»Danke«*, murmele ich über die Köpfe der beiden hinweg.

Haven lächelt mir zu. »Kein Problem.«

»War die Musik schön, Anthem?« Diese Frage stellt mir Omega jeden Morgen, also bin ich nicht überrascht. Trotzdem weiß ich kaum, wie ich antworten soll. Schön, na klar. Aber gesund? Kann man nicht gerade behaupten. Manche Dinge verstehen die Zwillinge einfach noch nicht – oder um ehrlich zu sein, bin ich nicht bereit, sie ihnen zu erklären. In drei Jahren wird man die beiden in einen großen Saal ihrer Schule bringen und sie schutzlos dem Stream aussetzen. Bis dahin kann ich nur so tun, als würde das nie passieren.

»Ja, war toll«, sage ich.

Alpha legt den Kopf in den Nacken und schaut mich forschend an. »Hast du die Schokolade gegessen, die ich für dich übrig gelassen habe?«

»Und ob«, antworte ich und kitzele sie. »Aber du weißt doch, es wäre mir wirklich lieber, wenn du sie für dich allein behältst.«

»Ja, klar.« Sie verdreht die Augen, und Haven unterdrückt mühsam ein Lachen. Ich weiß genau, von wem Alpha diese Geste hat.

»Achte gar nicht auf ihn«, meint Haven. »Eigentlich wollte er sagen: *Vielen Dank, Alpha.* Jungs sind doch alle gleich.«

»Auf wessen Seite bist du eigentlich?«, frage ich.

Haven hebt die Schultern, und ihre Mundwinkel zucken nur ein kleines bisschen. »Auf meiner eigenen.«

»Na, vielen Dank.«

»Hier, iss was zum Frühstück«, sagt Haven streng und wirft mir einen grünen Apfel zu. Er stammt aus einer Hochhausfarm an der Nordgrenze. Während ich hineinbeiße, frage ich mich nicht zum ersten Mal, ob Pflanzen wohl anders geschmeckt haben, als sie noch in echter Erde und in echtem Sonnenlicht gewachsen sind.

»Ich will Mami besuchen«, sagt Alpha aus heiterem Himmel. Autsch. Ich schmecke Blut auf meiner Lippe. Mist, das brennt. Haven schaut mich mit großen Augen an.

»Okay«, sage ich. »Nach der Schule gehen wir hin. Holt eure Sachen.«

Die Zwillinge rennen davon. »Meinst du, dafür bist du schon bereit?«, fragt Haven.

»Irgendwann musste es passieren. Sie haben gefragt, also werde ich mich nicht weigern.«

»Vielleicht ist es besser, dass die beiden zuerst eure Mutter dort sehen, bevor …« Ihr Blick huscht zur Wohnzimmerecke, und ich verstehe genau, was sie meint.

»Ja, kann schon sein.« Bei seinem Zustand hat er höchstens noch ein paar Monate, wahrscheinlich weniger.

»Falls ich dir irgendwie helfen kann …«

»Danke, das schaffe ich schon.«

»Okay, ich muss sowieso los«, sagt sie, und ihr Blick wird abwesend wie immer, wenn sich ihre Gedanken in Zeilen aus Computercodes verwandeln und sie es kaum erwarten kann, zurück an ihren Bildschirm zu kommen. Ein paar Minuten später verschwindet sie durch die Tür, die hohen Stiefel geschnürt, mit einem Abschiedsruf in Richtung der Zwillinge und einem Winken für mich, das durch ein Bündel pinker Klamotten in ihren Armen behindert wird. Bevor ich Alpha und Omega nach draußen bugsiere, gönne ich mir noch einen Stream, der den Rest von Kopfschmerz verbannt. So schwebe ich förmlich die Treppen von unserer Wohnung zur nahen Haltestelle des TownTrans hinunter. Sämtliche Kinder unseres Wohnquadranten warten dort – blass und dürr mit verwaschener Kleidung, die vom vielen Tragen papierdünn geworden ist.

»Stellt keinen Unsinn an.« Ich warte darauf, dass sie sich lange genug von ihren Freunden losreißen, um zu nicken, dann lasse ich sie in Ruhe.

Mein TT voller Pendler fährt in die andere Richtung, mitten ins Web, wo sich die Zentrale des Konzerns befindet und das NETZ mit Energie gespeist wird. Die Bezeichnung passt.

Der Kon sitzt wie eine Spinne im Zentrum unserer Stadtwelt und lauert auf das geringste Anzeichen einer Störung.

Von meinem Fensterplatz aus sehe ich Kleiderläden, Lebensmitteldepots und eine alte Bücherei vorbeiziehen. Seit Tagen flammt die Sonne nur selten auf, als wäre sie eine altertümliche Kamera: ein verhängtes, formloses Gebilde, das die Stadt nach Aktivität absucht und kaum noch Energie für das Blitzlicht übrig hat. Heute Morgen ist es mir trotzdem zu grell. Ich kneife die Augen zu Schlitzen zusammen und messe die zurückgelegten Meilen daran, dass die Wohngebäude ständig besser und die Straßen ständig sauberer werden.

Dann erreichen wir den Cyclon und werden in sein verwirrendes Chaos aus Vorkriegsmetall und verschwenderischer Beleuchtung hineingezogen, das beim Zusehen ganz schwindelig macht. Jede senkrechte Oberfläche (bis auf eine) glüht, blinkt und flirrt vor Neonlicht, und die Helligkeit nimmt immer mehr zu, je näher wir dem Zentrum kommen. Das Hauptquartier des Kon ist weniger hoch als die umgebenden Wolkenkratzer, wirft aber trotzdem einen Schatten, der die gesamte Insel zu bedecken scheint.

Mein Musikrausch ist verflogen, als der TT vor dem Gebäude hält. Gut so – schließlich muss ich für meinen Job fit sein. Andererseits wird meine tagtägliche Wut über die verdammte Statue jetzt durch nichts mehr gedämpft.

Die Figur thront vor dem Eingang, geschmiedet aus dunklem Metall, das vermutlich einmal ein harmloser Brückenpfeiler oder ein Zaun war. Sie stellt den Mann dar, der hinter dem ganzen Mist steckt. *Arschloch.* Ohne die Wachen, die mich beim Näherkommen beobachten, würde meine Spucke vor seinen Füßen landen. Schwarze Uniformen spiegeln sich in der

Rauchglasfassade, die menschlichen Konturen wirken verzerrt und entstellt durch Gewehrläufe, die über ihre Schultern ragen.

Als ich an ihnen vorbeigehe, haben sie nicht einmal ein kurzes Nicken oder den Bürgergruß für mich übrig. Sie wissen, warum ich hier bin. Mein Hemdärmel leistet Widerstand, als ich ihn nach oben schieben will, um meinen PersoChip zu scannen und auf den Piepton zu warten.

Und da sind die Kopfschmerzen wieder.

Man lässt mich in die Empfangshalle voller scharfer Kanten und scharfer Gesichtszüge, und die Anzugträger um mich herum sind alle typisch Kon. Bildschirme hängen von den Decken und zeigen Nachrichten; eine Empfangsdame sitzt an einem Marmortresen. Die Wand hinter ihr ist rund, genau wie das gesamte Gebäude, und voller versiegelter Türen, die ins Innere führen. In diesem Turm reckt sich der Zentralrechner in den Himmel.

Das elektrische Summen ist überall. Ich habe nie gelernt, mich daran zu gewöhnen oder es aus meinem Bewusstsein zu verdrängen. Sämtliche Haare auf meinen Armen stellen sich auf. Es wäre untertrieben zu sagen, dass der Turm einen gigantischen Computer enthält – eigentlich *ist* das ganze Gebäude der Computer. Ich stehe in einem allwissenden Datennetzwerk, das jeden von uns kennt, kontrolliert, mit Nahrung und Wasser versorgt und uns die mehr oder weniger ausreichenden Kreditpunkte zuteilt, die wir verdient haben.

Und die Musik. Es liefert die Musik.

Mechanisches Zischen von Türen, dann betrete ich einen der Fahrstühle, die in die Außenwände eingebaut sind. Ich ignoriere die herablassenden Gesichter der Umstehenden, während ich auf den Knopf für die unterstes Kelleretage drücke. Von ihnen Dankbarkeit zu erwarten für das, was ich tue, wäre wohl zu viel verlangt. Aber so viel besser sind sie auch nicht gerade. Die unterirdischen Stockwerke sind allesamt für einfache Arbeiter mit unbeliebten Jobs reserviert. Wenn man zu den Akkus gehört, ist man buchstäblich ganz unten in der Hackordnung.

Die Legebatterie, wie wir den Bereich ironisch bezeichnen, betrete ich allein. Das ganze Stockwerk besteht aus einem riesigen Raum mit unverputzten Betonwänden und unzähligen Arbeitskabinen. Nach fünf Jahren finde ich automatisch zu meinem Platz, ohne mich zu verlaufen.

»Guten Morgen, Anthem«, sagt die Technikerin im weißen Laborkittel, die meinen Abschnitt beaufsichtigt, als ich meine paar Meter »Büroraum« betrete (wie Scope es gerne nennt, wenn er witzig sein will).

»Hallo, Tango.« Sie ist schon seit einer Weile für mich zuständig und ganz okay. Immerhin kennen wir uns gut genug, um uns beim Privatnamen zu nennen.

»Du siehst müde aus«, murmelt sie fast unhörbar. »Geht es dir gut?«, fragt sie in normaler Lautstärke.

Wir können nie sicher sein, ob wir abgehört werden. »Bestens«, schwindele ich. Die Antwort ist wichtig. Falls ich krank, erschöpft oder deprimiert bin, habe ich dem NETZ weniger zu bieten, und ich brauche diesen Job.

»Das freut mich«, sagt Tango und betrachtet mich stirnrunzelnd. Ich stehe neben dem Arztstuhl, auf dem ich die nächsten acht Stunden bewegungslos verbringen werde, während meine Glieder immer schwerer werden und die Maschine mir die Lebensenergie aussaugt, um das NETZ damit zu füttern. Manchmal starre ich auf einen flackernden Fernsehschirm, auf neongrelle Werbung oder lade mir einen Stream herunter und denke: *Das bin ich.* Eine Minute meines Lebens. Und noch eine. Und noch eine.

Tango überprüft meine Vitalfunktionen, bevor ich mich auf den Stuhl setzen darf, sodass mein Nackenstecker sich über der Öffnung in der Kopfstütze befindet. Ihr violettes Haar riecht heute nach Lavendel aus der Hydrofarm. Ich frage mich, ob sie den Duft und die Farbe absichtlich aufeinander abgestimmt hat. Erst jetzt, wo ich ihr so nah bin, bemerke ich die roten, geschwollenen Augenränder um ihre künstlich violetten Pupillen und das Zittern ihrer Finger auf meinen Handgelenken.

»Alles okay?«, frage ich im Flüsterton.

Sie schüttelt den Kopf. Ich hebe die Augenbrauen und ihre Schultern sacken nach unten. *»Ein Freund von mir wurde von den Wachen mitgenommen. Er hat Lebensmittel aus einem Depot gestohlen.«*

Oh. Ich zeige fragend auf meine Ohren, aber ich kenne die Antwort schon, bevor sie nickt. Wenn der höllische Schmerz und der Entzug überstanden sind, wird ein weiterer Exsonic durch das Web irren und nur überleben, weil der Kon ihn gnädig mit Essen, einem Schlafplatz und Strafkleidung versorgt. *»Tut mir leid«*, ist alles, was mir einfällt.

»Was für ein Programm soll es denn heute sein?«, fragt sie ein bisschen zu laut und zu fröhlich.

»Ich bin mit *Krieg und Frieden* noch nicht fertig.«

»Also, der Wälzer würde mich ja eher einschläfern.« Der Sinn der Sache ist schließlich, dass ich wach bleibe. Akkus bekommen jede gewünschte geistige Anregung, während sie an der Dränage hängen, abgesehen von verbotenen Themen natürlich. Noch ein paar Monate, und ich habe alle russischen

Klassiker durch. »Ich stelle dich auf Dränage-Stufe 6 ein. Bitte halt einen Moment still.«

An den seltsamen Augenblick, wenn mein Stecker eingestöpselt wird, gewöhne ich mich nie. Mich überkommt das Gefühl, als würde ich in ein riesiges Ganzes eingefügt, das viel bedeutender ist als mein winziges Leben. Ich werde Teil der Maschinen und des summenden Energiestroms, der uns überall umgibt.

Grüner Text beginnt, durch meinen Geist zu scrollen. Ich schließe die Augen.

0010000001 **03** 1101110111

Alpha und Omega klammern sich an meinen Händen fest, als wir vor der Haltestelle des TownTrans die Straße überqueren und bei einem gut erhaltenen Vorkriegsgebäude mit Neonfassade ankommen. Neu ist lediglich ein Schild neben der Tür mit der Aufschrift: *Zentrum Für Rückschau/Quadrant 2*.

Die ZFRs wurden vom Kon entwickelt und sind einer der vielen geschmacklosen Versuche, sich als Wohltäter darzustellen. Wir sollen sie für großzügig halten, weil sie uns diese ungewöhnliche Form der Bibliothek geschenkt haben.

Zu dritt steigen wir die Eingangstreppe hinauf. Ich lasse nur kurz Omegas Hand los, um meinen implantierten Chip zu scannen. Die Automatiktür öffnet sich und wir gehen hinauf in die dritte Etage.

Als wir den riesigen Raum erreichen, bleiben die Zwillinge mit aufgerissenen Augen an der Schwelle stehen.

»Sie ist hier?«, fragt Omega.

»Genau, wie Fabel uns erzählt hat!«, sagt Alpha.

Schulterhohe Spindreihen mit kleinen Glastüren füllen den Saal von vorne bis hinten, und ungefähr alle fünf Meter erhebt sich eine runde Stele aus dem polierten Marmorboden, der die schweren Schritte meiner Stiefel in sich aufsaugt und als

Echo zurückschleudert. Vor jeder dieser Säulen befindet sich ein Media Tower mit unregelmäßig blinkenden Leuchtdioden, gekrönt von einem Touchscreen.

Ich komme oft hierher und habe schon lange nicht mehr darüber nachgedacht, wie sich das erste Mal angefühlt hat.

»Wow!«, ruft Omega und rennt zu der am nächsten stehenden Stele. »Das ist cool!«

»Aber das Ding macht gar nichts«, sagt Alpha. »Anthem, wie schaltet man es an?«

»Seid leise, okay? Ich zeige es euch gleich«, ermahne ich sie. Ihre Stimmen sind ein bisschen zu laut für diesen Ort, dessen Bewohnern man mit Respekt begegnen sollte. Rechts. Links. Die Spindreihe entlang. Fünfte Tür am Ende, dritte von oben.

Stadtbürgerin T25641, früher auch bekannt als meine Mutter, befindet sich in einem MemoryChip, der auf einem Schaumstoffkissen hinter der Glastür liegt. Anders als bei den PersoChips, die wir gleich nach der Geburt eingepflanzt bekommen, wartet der Kon eine Weile, bevor er die Gedächtnisaufzeichnung implantiert. Die Erinnerungen meiner Mutter reichen ungefähr bis zu ihrem dritten Lebensjahr zurück – genau wie bei mir –, aber ich schätze, davor passiert auch wenig Interessantes. Nur vage kann ich mich an den Moment erinnern, als ich selbst nach der Operation aufgewacht bin. Im Vergleich dazu ist mir der Tag, als die Zwillinge von ihrer OP nach Hause kamen, sehr viel klarer im Gedächtnis geblieben. Sie hatten medizinische Verbände über den Ohren, und ich stellte mir die Chips vor, die darunter verborgen waren und nun ihre zweifache Funktion erfüllten: Erstens zeichnen sie Erinnerungen auf, zweitens erhöhen sie die Empfänglichkeit für die Musik auf ein

Maximum. Damals war ich noch naiv genug zu glauben, beides sei eine gute Sache.

Wann immer ich alleine hierherkomme, nehme ich mir zuerst eine Minute Zeit, mich so gut wie möglich an meine Mutter zu erinnern. Alpha und Omega haben diesen Luxus nicht. Zum zweiten Mal lasse ich mein Handgelenk von einem Sensor scannen – dieser reagiert nur auf Familienmitglieder oder auf einen Premiumchip des Kon als Generalschlüssel –, und die Glastür schwingt auf.

»Was wollt ihr sehen?« Meine Finger fummeln nervös an den scharfen Ecken herum, während ich den Chip zum Sichtgerät bringe.

»Als wir noch klein waren«, sagt Alpha. Neben ihr nickt Omega zustimmend.

Ich muss lächeln. »Ihr seid immer noch klein.«

»Gar nicht!«

»Schsch, leise!«

Sobald ich den Chip in die vorgesehene Öffnung an der Seite des Media Tower stecke, erwacht der Bildschirm zum Leben. Weißer Text auf einem blauen Hintergrund (der vermutlich beruhigend wirken soll) zeigt mir in Menüform das Leben meiner Mutter. Oder zumindest das meiste davon.

Die ganze Wohltätigkeitsidee wäre leichter zu schlucken, wenn der Kon die Erinnerungen nicht sofort nach dem Tod mit einem Schnittprogramm bearbeiten würde. Es soll die Hinterbliebenen angeblich davor schützen, Dinge über ihre geliebten Verstorbenen zu erfahren, die sie gar nicht wissen wollen. Für die Kon-Typen klingt das bestimmt nach einer vernünftigen Erklärung.

Die Erinnerungen sind nach Datum, Ort, Situationen und

Personen gelistet und reduzieren meine Mutter auf einen Stichwortkatalog. Ich scrolle die Einträge entlang, bis ich einen Tag im Park finde, bevor es mit ihr sichtbar zu Ende ging.

»Bereit für den Film?« Beide nicken eifrig und beeindruckt. Ich klicke auf den letzten Befehlsknopf. Ein Licht erstrahlt über der Stele wie ein Heiligenschein und dann erscheint das Hologramm. Hochgerechnet und zusammengeflickt aus ihren damaligen Gedanken und den Informationen des Kon zeigt das durchscheinende Filmbild eine Außensicht auf meine Mutter, die das Zwillingspaar als pausbäckige Babys im Arm hält. Mein Vater und ich schauen aus ein paar Schritten Entfernung zu. Wie bei einem auf stumm geschalteten Fernseher fehlt der Ton. Ich frage nicht, ob sich die beiden noch an ihr Lachen erinnern.

Wie jung ich aussehe. Im Nachhinein schäme ich mich für meine genervte Teenagermiene.

Jetzt, wo ich mehr weiß, kann ich die Anzeichen der Krankheit sehen, die uns irgendwann alle ins Grab bringt: glasige Augen, gelbliche Haut, hervorstehende Knochen durch zu geringes Körpergewicht. Aber sie lächelt. Die Zwillinge waren ein unerwartetes Geschenk und in einem Alter geboren worden, in dem die meisten Leute so etwas nicht mehr riskieren. Dadurch hatte meine Mutter erstmals seit Langem wieder mehr Lebensfreude und Energie, wenn auch nur kurzfristig.

Ich ziehe Omegas Hand weg. »Nicht anfassen.«

»Sie ist so hübsch«, flüstert Alpha.

»Ja, war sie. Du siehst ihr sehr ähnlich.«

Unsere Hologrammgestalten setzen sich ins Gras und meine Mutter holt Essen aus einer Picknicktasche. Ich lächele, weil ich die nächste Szene schon kenne, und muss laut lachen, als Alpha neben mir ihren Zwillingsbruder in den Arm boxt.

»Du hast meinen Keks gestohlen!«

»Nächstes Mal musst du eben schneller essen.« Er streckt ihr die Zunge heraus.

»Du hast dich später gerächt, Al. Hier«, sage ich grinsend und spule ein paar Tage vor. Wir sitzen am Küchentisch und Alpha stülpt Omega eine ganze Schale mit Nudeln über den Kopf. Spaghetti baumeln ihm bis auf den Kragen, und meine Mutter weiß nicht, ob sie Alpha ausschimpfen oder lachen soll.

»Langes Haar steht mir echt gut«, stellt Omega fest, ohne eine Miene zu verziehen, und dann fangen die beiden hemmungslos zu kichern an.

Wir bleiben im ZFR, bis es vor den hohen Fenstern dunkel wird und wir jede halbwegs glückliche Erinnerung angeschaut haben, in der die Zwillinge vorkommen. Weitere Tage im Park, weitere gemeinsame Mahlzeiten. Meine Mutter war eine viel bessere Köchin als ich. Ich erzähle jedes Detail von ihr, an das ich mich erinnern kann, und erlaube mir ein paar Tagträume, in denen ich Haven meiner Mutter vorstelle. Die beiden hätten sich gemocht.

»Wisst ihr, was?«, sage ich, als die letzte Erinnerung, die ich ihnen zeigen kann, auf dem Sockel verblasst. »Was haltet ihr davon, euch zu verstecken, wie damals im Park, und ich suche euch. Aber bleibt auf dieser Etage.«

Grinsend rennen sie in unterschiedliche Richtungen, und ich tue so, als würde ich bis Hundert zählen. Währenddessen klicke ich durch das Menü, um einen bestimmten Moment zu finden, den ich mir schon viel zu oft angeschaut habe.

Sie ist nur noch ein Schatten ihrer selbst, ausgemergelt und schwach, so farblos wie das Kopfkissen, gegen das wir sie im Sitzen gelehnt haben.

»Versprich es mir, Anthem.«

Ich schweige.

»Sie brauchen dich jetzt schon. Und bald noch viel mehr. Versprich mir, dass sie immer an erster Stelle stehen werden, dass du sie beschützt. Und versprich mir, dass du niemals jemanden zwingen wirst, das Gleiche bei dir mitanzusehen. So wie ihr alle jetzt bei mir zuschauen müsst.«

Mein jüngeres Ich blinzelt mit schmalen Augen. Ich erinnere mich an die Tränen, wie sie brannten.

Knochige Finger umfassen mit überraschender Kraft meine Hand. »*Gib mir dein Wort!*«

Das erste dieser Versprechen habe ich jetzt schon gebrochen.

♫

»Hier kommt das Mittagessen!« Der Geruch einer heißen, wenig appetitlichen, aber nährstoffreichen Mahlzeit umwabert Tango, als sie in meine Arbeitskabine tritt. Sie verschwindet kurz hinter meinem Kopf, um mich von der Maschine zu entkabeln, denn sonst könnte ich nicht essen.

»Gutes Buch?«, fragt sie. Als ich den Kopf wenden kann, schaue ich in ihre Richtung und stelle fest, dass sie nervöse Blicke zur Tür wirft.

»Ganz interessant.« In Wahrheit waren meine Gedanken schon länger woanders, nämlich bei meinen Plänen für später. Heute ist Mittwoch.

»Du hast eine Melodie gesummt«, flüstert sie und tritt einen Schritt zur Seite, um mein Essen von dem Rollkarren zu nehmen.

Mich überläuft es erst heiß und dann kalt. Davon hatte ich überhaupt nichts gemerkt. »Hat mich jemand gehört?«

»Ich glaube nicht. Nur ich. Mein Bereich ist heute ziemlich leer, jedenfalls bis zum Schichtwechsel. Aber du musst dich mehr vorsehen.«

Sie hat ja keine Ahnung. »Mache ich. Ich hatte wohl noch einen Stream von heute Morgen im Kopf.«

»Schon klar«, sagt Tango mit schmalen Lippen. »Ich bin in zwanzig Minuten wieder da.«

Vor Anspannung und Furcht schmecke ich mein Essen kaum – was immerhin ein Vorteil ist. Normalerweise bin ich nicht so unvorsichtig. Und so dämlich. Der Kon bestraft nichts grausamer als illegale Musik. Und illegal ist alles außer den Streams, die wir durch die Kopfhörer zu Hause geliefert bekommen, und den Songs in den Tanzclubs. Kein Singen, kein Summen … Ich habe selbst gesehen, wie jemand in einen Patrouillentransporter gezerrt wurde, weil er vor sich hin gepfiffen hatte. Als würden wir sofort alle aufhören zu streamen, wenn wir mit uncodierter Musik in Berührung kämen. Als hätte die Sucht ihre Klauen nicht längst tief genug geschlagen, um uns zurück an die Konsolen zu schleifen.

Ich muss wieder an die verdammte Statue denken.

Mein Buchtext startet an der Stelle, wo er unterbrochen wurde, obwohl ich längst den Faden verloren habe. Mittwoch ist der einzige Tag der Woche, den ich kaum erwarten kann. Je näher ich dem Ende meiner Arbeitsschicht komme, desto weniger kann ich mich aufs Lesen konzentrieren. Heute bemühe ich mich vor allem, keine weiteren Geräusche zu machen. Ich würde nicht als Einziger Schwierigkeiten bekommen, wenn mich jemand hört.

»Bis morgen, Anthem«, sagt Tango später, nachdem sie mir auf die Füße geholfen hat. Schwindelig, erschöpft und desorientiert suche ich mir einen Weg zu den Fahrstühlen und bleibe nur auf den Beinen, weil ich dicht gedrängt zwischen anderen Akkus stehe. Eine Menschenmasse geht, die andere kommt. Ich kann dankbar sein, dass ich in der Tagschicht arbeiten darf, während die Zwillinge in der Schule sind.

»Dasselbe wie immer?«, fragt der Verkäufer im Laden um die Ecke.

»Ja, bitte.« Ich warte, während er mit seiner Armprothese in einer Eistruhe wühlt. Die Metallklaue zieht eine Flasche echten Traubensaft heraus. Ein Scannen meines Handgelenks lässt meine Ohren schmerzen und löscht eine idiotische Menge Kreditpunkte von meinem Konto.

Die Rückfahrt mit dem TownTrans zum Quadranten 2 dauert lang genug, damit der Zucker wirkt und mir ein wenig Energie zurückgibt, während ich von Haven tagträume. Ich fühle mich schon fast wieder wie ein Mensch, als ich an meiner Haltestelle aussteige und einige Häuserblocks durch die unbelebten Straßen gehe.

Die Saftflasche landet klirrend in einer Recyclingtonne, und ich biege um die Ecke zu unserer Wohnung. Meine Schritte und mein Herzschlag setzen gleichzeitig aus. Meine Augen richten sich starr auf das blutrote Kreuz, das sich schreiend vom sterilen Weiß eines MedShuttle vor unserem Haus abhebt.

Das kann nicht sein. Ihm ging es doch gut, als ich ihn heute Morgen allein gelassen habe.

Meine Kehle füllt sich mit Sand. Nicht heute. Bitte. Wir haben Mittwoch. Nicht ausgerechnet jetzt. Meine Stiefelsohlen hämmern gegen den Asphalt, mein Puls rast. Ich erreiche die

Eingangstreppe im gleichen Moment, als die Tür aufgeht. Ein MedTech kommt rückwärts heraus und schaut über die Schulter, ob der Weg für die Rollbahre frei ist. Dann nickt er seinem Partner zu.

»Wer –?« Ich muss schlucken. »Wer ist das?« Räder knirschen gegen Beton; der abgedeckte Körper macht einen Hüpfer und liegt wieder still, als die beiden neben mir zum Stehen kommen.

»Und wer will das wissen, junger Mann?«, fragt der MedTech am Fußende.

»Ich wohne hier.« Der formlose Hügel unter dem Kunststofflaken verrät mir nichts, außer vielleicht die ungefähre Größe. Könnte hinkommen. Mein Herzschlag dröhnt bis in die Ohren.

Der Mann zuckt mit den Schultern und sein Kollege schlägt das Laken beiseite. Flecken tanzen vor meinen Augen, und ich blinzele sie weg, bis mir mein Blick sagt, dass ich wieder mit dem Atmen anfangen kann. Die junge Frau habe ich manchmal im Treppenhaus gesehen. Ihre Lippen waren schon damals blau und ihre Haut gespenstisch blass. Sie ist ungefähr in meinem Alter, aber wir haben nie mehr als einen kurzen Gruß gewechselt. Ich weiß, dass sie allein gelebt hat und für den Tod zu jung war, und es tut mir leid um sie, was auch immer sie umgebracht haben mag (das Streamen nicht, daran stirbt man langsamer). Aber im Moment ist mir wichtiger, wer sie *nicht* ist. Ich schiebe mich an der Bahre vorbei, renne die Eingangsstufen hoch, scanne meinen Chip und hetze in Riesenschritten zu unserer Wohnung hinauf. Die Leiche hätte genauso gut mein Vater sein können, und ich muss ihn sehen.

Im Wohnzimmer herrscht Totenstille bis auf den Fernseher

und ein leises Schnarchen. Ihm geht es gut. Na ja, zumindest nach der bizarren Definition von »gut«, die wir hier alle haben. Meine verkrampften Muskeln lösen sich einer nach dem anderen, während ich ihn erleichtert betrachte.

Wir kommen auch ohne ihn zurecht. Die Zwillinge und ich überleben mit dem Wochenlohn, den ich als Akku bekomme. Wir haben genug für Essen, Kleidung, Streams und den Clubeintritt, mit dem ich beweisen muss, dass ich ein gesetzestreuer Bürger bin und immer schön high bleibe. Falls der Kon irgendwann mitten in der Nacht unsere Tür aufbrechen lässt, dann jedenfalls nicht, weil ich zu wenige Drogen konsumiert habe.

Nein, der Grund würde ein ganz anderer sein, und solange mein Vater dort liegt und um Atem röchelt, kann ich mir einreden, dass Alpha und Omega noch Familie haben, wenn ich festgenommen werde.

Ich ziehe mich um und ignoriere die Anziehungskraft der Konsole. Ein Stream wäre genau das, was ich im Moment brauche, und außerdem ist mein Körper daran gewöhnt, um diese Uhrzeit seine Dosis zu bekommen, aber es ist Mittwoch. Also schaue ich stattdessen Nachrichten und überrede meinen Vater, wenigstens ein paar Schlucke Wasser zu trinken. Es gibt nichts Neues, nur die übliche Ankündigung der Songs, die heute überall in den Clubs gespielt werden, und ein Interview mit einem Musikstar des Kon.

Diese Typen führen ein königliches Leben … und müssen nur einen winzigen Preis dafür bezahlen: Sie helfen, den Rest von uns zu versklaven.

»Ich bin zurück, bevor die Zwillinge nach Hause kommen«, sage ich zu meinem Vater. Alpha und Omega verbringen die

Nachmittage mit einem Schulfreund, dessen Mutter die Kreditpunkte von mir brauchen kann.

Er scheint zu verstehen, was ich sage. Anscheinend hat er einen guten Tag.

Im Fernsehen ist immer noch der grünhaarige Sänger zu sehen, der begeistert von seinem tollen Studio quasselt. Falls ich ihm jemals in der Empfangshalle der Zentrale begegne, wenn ich zur Arbeit in die unterste Etage verschwinde und er hoch in den Tower geht, werde ich in einen echten Zwiespalt geraten. Entweder haue ich ihm eine rein oder ich himmele ihn an und sage ihm, wie toll ich seine Songs finde. Der Typ hat Talent.

Genau wie ich.

♫

Scope wartet am südlichen Ufer der Stadtinsel bei einer Häuserecke. Automatisch passt er seine Schritte meinen an, sodass wir uns im gleichen Takt bewegen. Die flammend roten Strähnen in seinem Haar glänzen im Sonnenlicht.

»Wow, siehst du fertig aus!«, stellt er fest.

Ich lache. »Das ist der Job, okay? Ich komme schon klar.« Er braucht nicht zu wissen, was für einen schrecklichen Moment ich vorhin erlebt habe, als ich zur Wohnung kam. Scope hat es im Leben ziemlich leicht. Nach seinem Schulabschluss vor ein paar Jahren konnte er eine Ausbildung zum Chrome-Künstler machen. Havens Augenbrauen sind sein Werk, und nur dadurch habe ich sie überhaupt kennengelernt, also schulde ich ihm was. Sein Bruder Pixel führt den Tanzclub, in dem wir die meisten Abende verbringen.

»Ja, schon okay. Wie geht's deinem Vater?«

»Wie immer. Und deiner Mutter?«

Er schüttelt den Kopf. Sie hat länger durchgehalten als die meisten, aber ihre Uhr tickt. Immerhin wird sie es am Ende leichter haben als mein Vater. Wenn Scope und Pixel zusammenlegen, können sie sich die speziell codierten Streams leisten, deren Wirkung stark genug ist, um die Schmerzen zu betäuben und für einen friedlichen Schlaf zu sorgen.

Einen Schlaf, aus dem man schließlich nicht mehr aufwacht.

»Du warst gestern Abend nicht im Club.«

»Stimmt. Die Zwillinge wollten ins ZFR, okay? Danach mochte ich sie nicht allein lassen.«

»Autsch.« Er zuckt übertrieben zusammen. »Sie sind damit klargekommen?«

»Besser als ich beim ersten Mal. Wie ist denn dein Abend gelaufen?« Ein vielsagendes Grinsen, das ich früher absolut geliebt habe. Aber heute ist das nur eines seiner Accessoires wie der Silberring im Nasenflügel und die Ketten, die von seinem Gürtel baumeln. »Schon gut, erspar mir die Einzelheiten. Hast du Haven gesehen?«

»Hm, willst du wirklich wissen, ob *ich* sie gesehen habe? Oder ob andere Partytypen sie gesehen haben?«

Ich merke, wie mein Gesicht rot anläuft.

»Mann, ihr solltet endlich damit aufhören, euch idiotisch aus der Ferne anzuschmachten. Dann müsstet ihr euch zumindest deswegen keine Sorgen machen.«

»Wir beide sind nur vernünftig.«

»Ehrlich, du hast so ein bescheuertes Glück. Wer findet schon ein Mädchen, das stinkreich ist, fantastisch aussieht und genug Hirn fürs Computer-Hacking hat? Außerdem ist sie wahrscheinlich das einzige Singlegirl im ganzen Web, das genauso hirnrissige Vorstellungen von Liebe und Partnerschaft hat wie du.«

»Muss wohl Schicksal sein«, sage ich.

»Denkst du manchmal, du wärest ihr besser nie über den Weg gelaufen?«

Mein Herz krampft sich einen Schlag lang zusammen. »Nein. Aber Haven hat nun mal eine Lebenserwartung wie jeder normale Stadtbürger. Während meine total im Arsch ist.« Ein Jahr online heißt ein Jahr früher offline, das ist die übliche Schätzung. Ich lasse mich seit fünf Jahren mit dem NETZ verkabeln. Vor meinem inneren Auge sehe ich meine Mutter und meinen Vater. »Ich habe nicht vor, meine Meinung zu ändern, okay? Das werde ich Haven nicht antun. Außerdem verbringe ich jetzt schon weniger Zeit mit den Zwillingen, als ich sollte.«

»Nicht mal, wenn sie es will?«

»Will sie aber nicht. Außerdem könnte ich wohl kaum unser Geheimnis vor ihr bewahren, wenn … Themenwechsel.« Ich kann jetzt nicht über sie reden, nicht an diesem Ort. Haven und *das hier* dürfen nie zusammentreffen.

Scope hält abwehrend die Hände hoch. »Schon gut. Ist schließlich dein Leben.«

Tja, was halt davon übrig ist.

Unsere Füße finden den Weg von selbst; unsere Blicke suchen die Umgebung ab, um sicherzugehen, dass uns niemand zu dem Lagerhaus am Südufer folgt. Hier gibt es jede Menge leer stehende Gebäude, und früher stapelten sich darin die Handelswaren und Reichtümer, für die unsere Stadt in ihrer ersten Inkarnation berühmt war. Die weniger baufälligen hat man in dringend benötigten Wohnraum umgewandelt, aber unser Grundstück ist verlassen, von Stacheldraht und hallender Stille umgeben. Mit geübter Vorsicht klettern wir durch das Loch im Zaun.

Im Inneren des Gebäudes übersät Müll den Boden, zerbrochenes Gerümpel, das selbst zum Plündern zu wertlos ist. Auf einem nicht ganz so dreckigen Stück Fußboden liegt ein zerschlissener Teppichrest, dessen zurückgeschlagene Ecke eine Falltür sichtbar werden lässt.

Wir steigen hinab in einen Raum, der auf den ersten Blick leer wirkt. Unsere Stiefelsohlen hallen laut auf den Metallstufen der Leiter. »Wir sind's nur!«, rufe ich, und Gesichter lösen sich aus den Schatten, die von einer einzigen Glühbirne geworfen werden. Körper erscheinen hinter den alten, von uns zusammengeflickten Generatoren und seltsam geformten Gegenständen, denen man ihren Zweck nicht ansieht. Mage mit seiner tiefschwarzen Haut lässt sich nur durch das Weiß seiner Augen entdecken. Phönix zwirbelt sich mit gespielter Langeweile eine Locke ihres orangeroten Haares um den Finger.

»Hi, Leute«, sagt eine Stimme über uns. Sie ist mir fast so vertraut wie meine eigene, seit wir unseren Gesang in den Songs zusammenkoppeln.

»Du bist spät dran«, stelle ich fest. Normalerweise ist Johnny immer als Erster hier. Er verzieht das Gesicht, verschwindet kurz in den Schatten und streift sich den Schulterriemen über, als er wieder auftaucht.

»Ja, stimmt«, sagt er und runzelt die Stirn. »Ich glaube, ich wurde verfolgt.«

0111011101 **04** 1100101110

Mage, Phönix, Scope und ich starren Johnny an.

»Ein Patrouillen-Shuttle hat sich ein bisschen zu lange an mich drangehängt. Ich musste auf dem Weg hierher ein paar Haken schlagen und dann auch noch die schmale Gasse nehmen, um es loszuwerden«, erklärt Johnny. Er beginnt mit geradezu religiöser Hingabe, an einem Stimmwirbel zu drehen. Johnny hat es als Einziger von uns geschafft, eine derart irre Menge an Kreditpunkten zusammenzukratzen, dass er dafür auf dem Schwarzmarkt ein echtes Instrument bekommen konnte. Er behütet das gute Stück so eifersüchtig, als sei es mit Gold überzogen.

Was ich ihm nicht verdenken kann. Wenn ich eine Gitarre hätte, würde ich mich genauso benehmen. Ich kann dankbar sein, dass er mich manchmal damit herumprobieren lässt, wenn wir allein sind.

»Bist du sicher, dass sie nicht gesehen haben, wie du hier im Haus verschwunden bist?«, fragt Mage.

»Klar, sonst wäre ich nicht hier. Wahrscheinlich hatten sie keinen echten Verdacht, oder sie hätten sich mehr angestrengt, mir zu folgen. Die Wachen hatten wohl Langeweile. Wir sind hier sicher.« Ich kenne ihn besser als die anderen und sehe ihm an, dass er selbst nicht ganz glaubt, was er da sagt. Aber ich weiß auch, dass er uns nie in Gefahr bringen würde.

»Okay«, sagt Scope. »Wir sind vollzählig. Lasst uns loslegen.«

»Einen Moment noch.« Mage greift nach einem Ziegelstein und hämmert eine Beule aus einem seiner alten Ölfässer heraus. Ich muss bei jedem Schlag blinzeln. »Das Ding hat schon seit Ewigkeiten meinen Sound gestört.«

»Und das geht ja gar nicht«, kommentiert Phönix und pustet ein Staubkorn von ihrem selbst gebastelten Xylofonschlägel.

Wir benutzen, was wir kriegen können. Was immer sich aufsammeln, konstruieren, umbiegen oder in eine andere Form brechen lässt, sodass wir damit was anfangen können. Glatt gehämmerte Stahlplatten, Glasflaschen, ein Xylofon aus Altmetall und Holzresten, an dem ich vor drei Jahren mehrere Sommermonate lang gearbeitet habe.

Wir brauchen noch ein paar Minuten, um alles vollständig aufzubauen. Geübt weichen wir einander aus, während wir uns durch den feuchten, dreckigen, schimmeligen Keller bewegen, mit seinem mühsam improvisierten Schallschutz an den Wänden und der Decke, zwischen rostigen Rohren, die in gefährlichen Winkeln überall in den Raum ragen. Mage schiebt sein Schlagzeug hin und her, bis alles exakt den richtigen Platz hat. Scope bereitet sich darauf vor, aus Flaschenglas schillernde Melodien zu zaubern, Phönix steht am Xylofon in Bereitschaft, und Johnny hält seine zerschrammte E-Gitarre. Ich warte auf meinen Gesangs-Part.

Nichts an unserer Band ist perfekt. Perfektion ist das, was die Kon-Studios liefern, deren Ausstattung im Fernsehen gezeigt wird. Perfektion sind elektrische Verstärker, die man zu voller Lautstärke aufdrehen kann, ohne die Angst, von jemandem gehört zu werden. Wir müssen uns mit zwei gestohlenen Stunden begnügen, während die Wachen sich zum Schichtwechsel in der Basis sammeln.

Nein, unsere Band ist kein bisschen perfekt, aber dafür echt.

Mage hebt die Trommelschlägel und zählt den Takt ein.

Ich atme aus.

Das hier ist Musik. Scope beginnt mit einem unirdischen Flüsterklang, in den Phönix metallische Nebeltropfen regnen lässt. Lang gezogene Töne wabern aus Johnnys Gitarre und Mage schlägt hallend auf ein Ölfass. Nur ein einziges Mal. Aus kellerkalter Luft wird Gesang, breitet sich als warme Wolke von meinen Lungen aus und füllt meinen ganzen Körper mit summender Energie. Johnnys Song ist mit dunkler Sinnlichkeit aufgeladen wie ein heimlicher Kuss in der Nacht und umschließt mich mit seiner schwermütigen Kraft.

Ich bin Teil einer mächtigen unsichtbaren Energie. Wir sind miteinander verbunden, zu einer Einheit verschmolzen, fangen jedes kleinste Zeichen auf und spielen unseren Part. Doch in diesem Tanz gehört mein Ich weiterhin *mir* und ich kann alle meine Regungen kontrollieren.

Hier unten in diesem Keller zählt nur die Musik. Niemand verlangt etwas von mir, weder meine Familie noch das NETZ noch das Hologramm meiner Mutter. Das alles ist unendlich weit weg. Ich sehe keine ausgemergelten Gesichter, die mich verfolgen. Lebendige Kraft entsteht und füllt für eine weitere Woche meine leeren Reserven auf. *Wump. Wump.* Mage hinter mir beginnt wieder zu trommeln, die Gitarre schrillt lauter, und Phönix kämpft um ihren Platz im Gruppensound, indem sie wie wild auf das Metall einhämmert. Meine Stimme sinkt in die allertiefste Oktave und verwandelt sich fast in ein Knurren. Wie von selbst bewegen sich meine Füße um Scope herum, er wirft mir ein Grinsen zu und schlägt auf das Glas ein.

Johnny und ich wechseln uns mit den Gesangszeilen ab, immer schneller, bis nach einem wilden Wettrennen plötzlich alles zu Ende ist. *Mehr.* Atemlos und vor Energie sprühend stürzen wir uns in den nächsten Song. Diesmal eine ruhigere Melodie, aufreizend langsam, wodurch die Spannung nur noch mehr steigt. Als Nächstes wieder ein wilder Rhythmus, laut, hart, fast gewalttätig. *Mehr.* Adrenalin heizt den Raum auf, Schweiß zeichnet unsere Gesichter, und meine Füße scheinen kaum noch den Boden zu berühren, getragen von dem Wirbel aus Bewegung und Klang.

♫

Die zwei Stunden verfliegen zu schnell, zur Hälfte gefüllt mit gängigen Rhythmen und zur Hälfte mit Johnnys seltsamen Experimenten, für die er sich neuerdings begeistert. Dann klingelt Scopes Uhr – disharmonisch, brutal – und wir hören auf der Stelle mit der Musik auf. In der Vergangenheit sind wir einige Male nur knapp davongekommen; jetzt spielen wir keine Sekunde länger als vorgesehen. Was wir hier machen, ist kein Mundraub. Der Kon müsste sich eine ganz neue, kreative Strafe ausdenken, falls er uns erwischt.

»Phönix, bei der letzten Bridge warst du ein bisschen mit dem Takt daneben«, bemerkt Johnny. Sein Gehör für musikalische Feinheiten ist unglaublich, besonders wenn man bedenkt, dass er sich genau wie der Rest von uns fast nur auf seinen

Instinkt verlassen kann. Das bisschen Musiktheorie, das wir uns beigebracht haben, stammt aus einem auf dem Schwarzmarkt erhandelten Handbuch aus der Vorkriegszeit.

Phönix lässt sich die Haare ins Gesicht fallen, um ihre verärgerte Miene zu verbergen. Die flammenden Locken bewegen sich im Luftzug ihres Atems, als sie antwortet. »Kann mir doch egal sein. Uns wird sowieso nie jemand hören. Wir werden ja wohl kaum einen legalen Auftritt bekommen.«

»Darum geht es doch gar nicht. Wir wollen Musik machen, wie sie sein *sollte*. Nur aus dem Grund sind wir hier.«

»Nächste Woche feilst du eben ein bisschen daran, Lady«, sagt Mage.

Phönix zuckte mit den Schultern. »Na gut.«

Wir decken unsere Instrumente mit Lumpen zu und lassen sie in dunklen Kellerecken verschwinden, bevor wir gehen. Ich warte mit Mage, bis die anderen einer nach dem anderen verschwunden sind. Scope hat schon einen Fuß auf der Leiter, dreht sich aber noch einmal um.

»Sehen wir uns heute im Club? Es soll ein paar neue Songs geben.«

»Klar«, sage ich, »wir sehen uns.«

Es gibt kein Entkommen.

♫

Auf dem Nachhauseweg statten wir der Depothalle einen Besuch ab, wo Händler mit Kon-Lizenz ihre Stände aufgeschlagen haben. Sie verkaufen vor allem Lebensmittel und Haushaltskram, aber wenn man die richtigen Leute kennt, bekommt man auch Waren, die definitiv nichts mit Gemüse und Seife zu tun haben. Mage schlendert davon, um mit einem Mann zu reden, der sich Kobold nennt. Vermutlich geht es um Computertechnik vom Schwarzmarkt, bei der ich nicht einmal wüsste, was man mit ihr anstellt. Ich kaufe eine Stange grobes Brot, einen Beutel Reis, Gemüse, Nüsse und ein kleines Stück Käse, mit dem ich meinen Vater hoffentlich zum Essen verführen kann. Er mag Rindfleisch, aber das ist eine seltene Ware – das einzige Weideland, auf dem man größere Tiere halten kann, ist der Park in der Inselmitte. Selbst dort gibt es nur mickrige Exemplare, zu oft geklonte Abziehbilder des Viehs, das man vor der Belagerung in die Stadt gebracht hat. Rindfleisch ist ein Luxus und reserviert für das UpperWeb. Ich nehme stattdessen ein dürres, bleiches Huhn, das aus einer Hochhausfarm stammt. Vor dem Hallentor verabschieden wir uns, und Mage verschwindet mit den Armen voller zerbrechlicher Elektronik, die in ein Bündel aus billigem Kleiderstoff gewickelt ist.

»Wo hast du gesteckt? Du wirkst … glücklich.«

Ich lasse vor Schreck fast meine Einkaufstasche vor Havens Füße fallen, die auf der untersten Stufe der Eingangstreppe zu meiner Wohnung sitzt.

»In der Depothalle. Einkaufen.«

Haven mustert die beiden groben Leinenbeutel in meinen Händen. »Dazu braucht man eine ganze Stunde?«

»Tja, jedenfalls wenn man kein Personal hat, das alles für einen macht«, sage ich und merke zu spät, dass ihre Frage ernst gemeint war.

Kaum zu überhören, dass meine Witzelei einen bitteren Beigeschmack hat, und Haven zieht scharf die Luft ein.

»Mist, so habe ich es nicht gemeint. Ich wusste ja nicht, dass du hier sitzt und wartest. Du hättest mir eine Nachricht schicken können.« Ich habe mein Tablet in der Hosentasche und es hat den ganzen Nachmittag keinen Ton von sich gegeben.

»Was soll ich sagen …?«, scherzt sie, steht auf und küsst mich auf die Wange. Ihr Parfum macht mich ganz schwindelig. »Ich stecke voller Überraschungen.«

»Na dann, Mystery Girl, wie war dein Tag?«

»Randvoll. Ich bastele an einem neuen Projekt.«

»Oh?«

»Du bekommst es zu sehen, wenn ich fertig bin.«

Ich scanne mein Handgelenk und lehne Havens Angebot ab, mir beim Tragen der Taschen zu helfen. Alpha und Omega kommen ein paar Minuten später nach Hause. Sie stürmen zuerst auf uns beide und dann auf das Sofa zu.

»Daddy!«, ruft Alpha, klettert an ihm hoch und hockt sich auf seine Beine. »Rate mal, was wir heute gemacht haben!«

Omega setzt sich am Kopfende auf den Fußboden und beide wechseln sich dabei ab, voller Begeisterung von ihrem Tag zu erzählen. Ich weiß, wie viel Anstrengung es ihn kostet, die Augen zu öffnen und mit ihnen zu sprechen. Hinterher wird er noch erschöpfter sein als sonst, aber ich bin froh, dass er sich für sie die Mühe macht.

Von der Probe bin ich immer noch so high, dass ich nicht mal einen Kick von der Konsole brauche. Haven und ich kochen Abendessen, und meine winzige Küche zwingt uns, viel zu nah beieinanderzustehen. Okay, kochen tut Haven eigentlich nicht – sie schaut interessiert zu und zerkleinert Gemüse.

»Wach auf.« Die Augenlider meines Vaters zucken, und ich rüttele mit der freien Hand, die keinen Teller voll Käsebrot balanciert, an seiner Schulter.

»Anthem«, murmelt er mit seinen aufgeplatzten Lippen. »Durst.«

Ich hole eine Flasche Wasser und halte sie an seinen Mund. Er trinkt so sorgfältig, wie es seine Erschöpfung und die schlaffen, verkümmerten Gesichtsmuskeln erlauben. Sein Kragen färbt sich dunkel und überdeckt die Flecken, die schon darauf sind. Er hustet.

Ich frage mich, ob er ähnlich zwiespältige Gefühle hatte wie ich, als er dem Sterben meiner Mutter zusah. Auf der einen Seite wünsche ich ihm, dass die Quälerei bald vorbei ist, auf der anderen Seite bin ich eigensüchtig genug, ihn möglichst lange am Leben zu erhalten.

»Du musst etwas essen«, sage ich. Er schüttelt den Kopf. So läuft es eigentlich jeden Tag. Ich helfe ihm, sich ein wenig aufzurichten, hocke mich neben das Sofa auf den Boden und füttere ihn. Während der langen Pausen zwischen den einzelnen Bissen starre ich auf den Fernseher. Aus der Küche höre ich Gabeln auf Teller kratzen und Havens Stimme, die Omega dazu überredet, seine Tomaten zu essen.

»Und nun folgt eine Ansprache von unserer Präsidentin Z«, kündigt die Kon-Sprecherin an. Der Bildschirm wird schwarz, aber das ist kein Übertragungsfehler. Nach dem Krieg war eine der häufigsten Todesursachen für Präsidenten ihre Ermordung durch Volksaufstände und Rebellen. Jetzt kennen wir von unseren Staatsführern nur noch eine körperlose Stimme und einen vermutlich x-beliebigen Anfangsbuchstaben. Noch weniger wissen wir über den Aufsichtsrat, eine Gruppe aus neun Bürokraten, die als Präsidium mitregieren. Sie geben sich nicht die Mühe, im Fernsehen zu erscheinen. Sie sitzen nur in ihren Büros ganz oben in der Firmenzentrale und erlassen eben diese Gesetze, laut denen es illegal ist, ihre Identitäten zu enthüllen.

»Bürger unserer Stadt«, beginnt Präsidentin Z mit einer Stimme, die durch die digitale Verzerrung unangenehm kreischt. Zumindest hoffe ich, dass der Ton verzerrt ist. Falls die Frau wirklich so klingt, könnte sie mir fast leidtun. »Ich habe gute Nachrichten für uns alle: In Quadrant 3 wurde ein Gewaltausbruch registriert, aber innerhalb kurzer Zeit befriedet. Liebe Fernsehzuschauer, ich möchte daran erinnern, dass der Konzern für *euch* arbeitet. Wir werden jede nötige Maßnahme ergreifen, um die Stadt vor Ruhestörern zu beschützen, und diese Oase des Friedens davor bewahren, dass sie in das Chaos früherer Zeiten zurückfällt.«

Ich schüttele den Kopf. Wahrscheinlich hatte nur jemand einen schlechten Trip und die Umstehenden wurden davon angesteckt. So etwas passiert. Es kommt recht häufig zu spontanen Unruhen, aber sie dauern nie lange. Die Shuttle der Wachpatrouillen haben Lautsprecher, mit denen harte Drogen in die Menge geblasen werden, um jeden Aufruhr im Keim zu ersticken.

»Außerdem freut es mich, meinen Bürgern mitteilen zu können, dass eine höhere Energiezufuhr für das NETZ beschlossen wurde, um die Engpässe in Quadrant 4 zu beseitigen. Heute Abend werden wir alle die Musik voll und ganz genießen können. Ich wünsche eine angenehme Nacht und lang lebe das Web!«

Lang lebe … ja, klar. Das mag vielleicht für das Web zutreffen, aber sonst hat hier nichts und niemand eine lange Haltbarkeitsdauer. Mit achtzehn wäre ich im mittleren Alter, wenn ich einen normalen Beruf hätte. Als Akku habe ich die besten Jahre schon hinter mir. Von jetzt an geht es nur noch bergab.

Ich werfe mit einer Brotkruste nach dem Fernseher.

»Stell den Mist aus«, sagt Haven von der Tür. Sie streift den Bildschirm mit einem verächtlichen Blick, dann verschwindet sie wieder in der Küche.

Ich folge ihr. »Seid ihr beide fertig?«, frage ich die Zwillinge und stelle den halb leeren Teller meines Vaters neben die Spüle. Omega hat seine Tomaten immer noch nicht gegessen, und Alpha hat den meisten Reis liegen gelassen. Mit einer kleinen Bestechung – einem Riegel Schokolade, den ich mir im Depot geleistet habe – überrede ich sie dazu, ihre Teller zu leeren.

»Anthem?«, fragt Omega und leckt klebrige Schokoreste von seinen Fingern. »Was sind Drogen?«

Die Haare um meinen Nackenstecker stellen sich auf. »Wieso willst du das wissen?«

»Fabel hat gesagt, deshalb ist Mama jetzt im Rückschauzentrum.«

Am liebsten würde ich dem Burschen den Hals umdrehen. Seine Mutter bekommt meine hart verdienten Kreditpunkte, also soll er gefälligst seine vorlaute Klappe halten, wenn meine Geschwister dabei sind. Haven ist mitten in der Bewegung erstarrt und hat die silbrigen Augenbrauen fast bis zum Haaransatz erhoben. Ich werfe ihr einen panischen Blick zu und hoffe auf Hilfe oder wenigstens eine gute Idee.

Lügen prickeln mir auf der Zunge: *»Fabel irrt sich. Er hat sich das nur ausgedacht.«* Über Drogen sollten meine Geschwister nicht nachdenken müssen. Bisher fand ich meine Strategie immer ganz okay, die Wahrheit so lange wie möglich vor ihnen geheim zu halten. Na ja, bis sich eine passende Gelegenheit ergibt. Aber jetzt müsste ich ihnen ins Gesicht lügen und dazu bin ich nicht fähig. Ich versuche eine Minute lang, eine Antwort zu finden, und bringe keinen Ton heraus. Dann zwinge ich meine verkrampften Lungen zum Atmen.

Ich hätte wissen sollen, dass nie ein passender Moment kommen würde, und jetzt starren mich beide mit großen Augen an.

»Wenn man Drogen nimmt, sorgen sie dafür, dass man sich gut fühlt. Oder schlecht. Manchmal lassen sie Schmerzen verschwinden.«

»Wieso will sich jemand schlecht fühlen?«, fragt Alpha.

Havens Miene taut auf, als hätte man warmes Wasser darübergeschüttet. »So einfach ist das nicht, Süße. Weißt du noch, wie ich dir zu deinem Geburtstag eine Schokotorte mitgebracht habe? Du hast so viel davon gegessen, dass dir übel wurde.« Alpha nickt. »Aber manchmal kann Torte auch das Beste auf der Welt sein. Wenn man gerade genug davon isst, damit sie glücklich macht, stimmt's?«

»Mmh.« Alpha lässt grinsend die Zahnlücke aufblitzen, wo ihr kürzlich der letzte Milchzahn ausgefallen ist.

Ich bin Haven so dankbar, dass es fast wehtut. Aber die Zwillinge sind mein Job, nicht ihrer. »Stimmt ungefähr«, sage ich und bringe ein Lächeln zustande, weil die Zwillinge eines brauchen können und Haven eines verdient hat. »Nur geht es nicht um Schokolade, sondern um Musik. Der Konzern sorgt dafür, dass alle Musik, die wir hören, bestimmte Gefühle auslöst. Mom hat zu viel davon genommen und ist krank geworden. Jemand hat schon vor langer Zeit entdeckt, wie solche Musik gemacht wird, aber für Kinder ist sie gefährlich, deshalb habt ihr noch nie welche gehört.« Das kommt der Wahrheit ziemlich nahe.

»Klingt superseltsam«, sagt Omega. »Wann dürfen wir das mal probieren?«

Mein Magen verkrampft sich.

»Darüber solltet ihr euch jetzt noch keine Gedanken machen«, sagt Haven. »Seht lieber zu, dass ihr ins Bett kommt, okay?«

Die beiden verschwinden in ihr Zimmer und geben unserem Vater auf dem Weg einen Gutenachtkuss. Ich kann gar nicht schnell genug in mein eigenes Zimmer flüchten. Mein Musik-High von heute Nachmittag ist verflogen, vom Kon vergiftet, so wie alles in unserer Welt.

Fuck.

Noch drei Jahre. Ich tippe hart auf den Bildschirm der Konsole. Drei Jahre, bevor man die beiden schutzlos dem Stream überlässt. Das ist keine lange Zeit, zumindest nicht für mich. Je weniger Lebensminuten man hat, desto kürzer fühlen sie sich an.

Haven folgt mir und tigert im Raum auf und ab, während ich versuche, mit einem Stream meine Gedankenkreise zu stoppen. Es funktioniert nicht. Alles dreht sich, wieder und wieder, und nichts auf der Welt könnte helfen, das erwachende Begreifen der Zwillinge in etwas Erträgliches zu verwandeln. Meine Mutter war tot, bevor die Drogen ihre Klauen in mich schlugen; mein Vater war schon auf dem besten Weg dahin. Sie mussten nicht miterleben, wie der Kon mich abhängig machte.

Aber in drei Jahren werde ich noch genug Hirn haben, um zuzuschauen, wie die Menschen, die ich über alles liebe, in den Abgrund gestoßen werden. Ich wünschte, ich könnte sie für immer im Dunkeln lassen. Am liebsten würde ich einfach die Augen schließen und ihnen dort Gesellschaft leisten.

Bald werden sich die Zwillinge den Rest der Wahrheit zusammenreimen. Dann wird ihnen klar werden, dass ich auf dem Weg bin, genauso zu enden. Und wie soll ich ihnen erklären, dass niemand von uns eine Wahl hat? Den Clubnächten und den Streams zu Hause kann man nicht entkommen. Als würde es nicht reichen, dass jeder Entzugsversuch meinen Körper in ein zitterndes Wrack und meine Gedanken in Brei verwandelt, gibt es noch zusätzlich die Überwachung durch den Konzern. Der Kon weiß, ob wir genug Musik konsumieren oder nicht.

Drei Jahre. Ich sehe die Tage nahtlos ineinander übergehen, verschiedene Schattierungen von Grau, und plötzlich ist der Moment gekommen. Ich schicke die beiden zur Schule und muss von nun an täglich fürchten, dass es sie auch erwischt.

Und dann wird alles in sich zusammenbrechen. Wenn die Zwillinge zurückkehren, werden sie mit einem verträumten, sorgenfreien Lächeln durch mich hindurchblicken. Ihr Essen schmeckt wie bunte Farben, und die Musik, die sie gerade gehört haben, lässt ihre Seele leuchten wie die Sonne.

Ich vergesse nie, wie sich der erste Trip angefühlt hat. Nichts lässt sich damit vergleichen. Wir alle hoffen den Rest unseres Lebens, dass der nächste Song ausreichen wird, um das Erlebnis zu wiederholen. Manche Streams kommen dem Ziel nahe genug und dann kann der Rausch stunden- oder sogar tagelang anhalten. Als mich ein Clubsong zum ersten Mal so high gemacht hat, lag ich hinterher eine Woche lang im Overdose Center.

Kurz danach hat Johnny mich aufgesammelt, und das ist eigentlich das Schlimmste an der ganzen Sache. Ich *weiß*, wie echte Musik klingt, wie sich unverdorbene Töne und pures Glück anhören, aber ich kann ihnen nichts davon erzählen.

Nicht, bevor es zu spät ist. Nie. Weil ich Johnny geschworen habe, keinem etwas zu verraten, und dieses Versprechen kann ich auf keinen Fall brechen, nicht einmal für die Zwillinge. Er hat mir ein Ziel geschenkt, zu einer Zeit, als ich noch zu blind und zu vernagelt war, um die wertvollen Dinge im Leben zu erkennen.

»Anthem …?«, fragt Haven. Ich lese meinen Namen auf ihren Lippen und ziehe die Kopfhörer von den Ohren, während die letzten Töne des Streams verklingen.

»Nicht jetzt.« Ich schüttele den Kopf. »Bitte … sag einfach gar nichts.«

Arme gleiten um meine Taille, als ich aufstehe. Haven duftet wie die Rosen aus dem Park.

»Wusstest du, dass die Zwillinge sich schon mit acht ihre Namen ausgesucht haben? Ich war fast zwölf«, sage ich.

»Sie werden schnell erwachsen, ich weiß. Du hattest keinen älteren Bruder, den du nachahmen konntest. Die beiden beten dich an und schauen dir alles ab.«

»Was ist, wenn ich alles falsch mache?«

»Tust du nicht. Du sorgst dafür, dass sie eine Familie haben. Eine echte, im Gegensatz zu meiner«, sagt sie leise.

Ich löse meine Stirn von ihrer Schulter und trete einen Schritt zurück, weil mir alles zu eng wird und meine Selbstbeherrschung schwindet. »Am besten gehst du schon mal ohne mich zum Club. Ich treffe dich dann.«

»Sicher?«, fragt sie.

»Mmh.«

»Okay.« Sie greift nach meiner Hand und drückt sanft meine Finger.

Die Zwillinge warten auf mich, eingerollt in ihren Bettdecken. Ich setze mich an Alphas Fußende und erzähle ihnen von weiten Feldern zwischen sonnigen Städten, und wie die Leute früher zum Nachbarort gereist sind oder sogar auf die andere Seite der Erdkugel, wenn sie wollten. Ich erzähle ihnen von den Abenteuern der Menschen in meinen Büchern, die in gewaltigen Schiffen den Ozean überquerten und Berge erstiegen, die hundert Mal höher waren als die Hydrofarmen.

Vielleicht reichen diese Fantasien von Sonnenlicht, blauem Wasser, klarer Luft und gesunder Erde, um ihnen schöne Träume zu schenken. Ich brauche nicht zu erwähnen, dass wir heutzutage nicht einmal die andere Seite des Flusses erreichen können. Die Straßentunnel wurden mit Geröll gefüllt, die Brücken eingerissen, und nun leben wir in einer Festung aus Glas, Stahl und Beton. Natürlich zu unserer eigenen Sicherheit. Die Flughäfen haben den Krieg nicht überdauert, und die letzten Flugzeuge fielen vom Himmel, als die EMP-Bomben gezündet wurden, aber man hat uns Aufnahmen gezeigt, die aus notdürftig geflickten Hubschraubern gefilmt wurden.

Da draußen gibt es absolut nichts. Wir sind hier drinnen gefangen. *Ich* bin hier drinnen gefangen, zusammen mit den Zwillingen, und die Zukunft nähert sich unaufhaltsam. Schon stecke ich bis zu den Knöcheln im Sand der Zeit, und bald wird er mich ganz unter sich begraben.

0110010101 **05** 1011010110

Licht vom Fernseher flackert über das Gesicht meines Vaters, als ich mich auf den Boden hocke, um meine Stiefel zu schnüren. Ich entdecke nur ausdruckslose Leere … Von dem Mann, den ich einmal kannte, ist fast nichts mehr übrig.

Ich presse mir die Handflächen gegen die Augen. Aber es hilft sowieso nichts. In der Schwärze ist es nur noch einfacher, sich vorzustellen, dass Narbengewebe schleichend die Nervenbahnen zerfrisst und Spannungsrisse sich ausbreiten wie vor einem mörderischen Erdbeben.

»Ich weiß nicht, was ich tun soll«, sage ich in die Stille. Er blinzelt, aber das könnte auch nur Zufall sein. »Bald fragen sie mich nach dem Warum. Was soll ich ihnen dann sagen?«

Nichts. Ich schaue noch einmal nach den Zwillingen. Dabei kämpfe ich gegen die Vorstellung an, unter ihren geschlossenen Lidern trübe, stumpfe Pupillen zu sehen. Ich weigere mich, mir vorzustellen, wie sie in zehn Jahren aussehen werden. Jetzt sind sie gesund und kräftig, und sie schlafen einfach nur.

Kurz darauf verlasse ich die Wohnung. Frischer Wind bläst vom Fluss ins Viertel; hier draußen fällt das Denken leichter.

Wahrscheinlich hat das Ganze ziemlich harmlos angefangen. Während des Krieges wurden die meisten Medikamentenvorräte aufgebraucht, also musste man andere Wege finden, um den Kranken und Verletzten zu helfen. Ihnen Musik vorzuspielen, half besser als jedes andere Mittel gegen die Schmerzen.

Ich wünschte, dabei wäre es geblieben.

Auf dem Weg durch den Clubeingang trete ich einmal kräftig gegen den Türrahmen. Pixel öffnet den Mund – giftgrün bemalt –, dann schüttelt er nur den Kopf. Die Farbsträhnen in seinem Haar passen zu seinem Lippenstift.

»Bloß eine halbe Stunde zu spät, ich bin beeindruckt. Sonst alles unter Kontrolle?«

Ich verdrehe die Augen und scanne mein Handgelenk. »Yep, und selbst?«

»War schon schlechter. Die anderen sind auf der Empore.«

»Super.« Ich kann die Musik noch nicht hören, aber schon fühlen. Das Streamen zu Hause hat mich durch den Tag gebracht, doch nun giert mein Körper nach dem stärkeren Kick, der mich auf der Tanzfläche erwartet. »Na dann, immer locker bleiben«, sage ich mit der Hand an der schalldichten Tür.

»Aber klar doch.«

Drinnen hat die Musik noch nicht ihre ganze hypnotische Kraft erreicht, und harmlos codierte Songs bringen die Partymenge langsam in Stimmung. Die Streams werden von einem Computer in einer gläsernen Kabine ausgewählt, wo früher vielleicht ein Mensch stand. Ich steige verspiegelte Stufen bis zu dem Tisch hoch, an dem meine Freunde warten und mit ihren Stimmen den Lärm übertönen. Implantate und ultraviolettes Make-up blitzen im rotierenden Licht. Haven hat mir einen Platz neben sich frei gehalten; ich quetsche mich zu meinem Stuhl durch und fange ihre Bemerkung auf, dass irgendetwas *erste Sahne* ist.

Sie liest zu viele Vorkriegsromane, wenn sie nicht gerade hier oder in meiner Wohnung ist – oder seltsame Sachen mit ihrem Computer anstellt.

»Ich war nicht sicher, ob du kommst.« Haven hat sich dicht zu mir herübergelehnt, damit ich sie hören kann. Ihre langen Beine berühren mich fast. Ich glaube, sie trägt diesen Rock nur, um mich in den Wahnsinn zu treiben. Meine Fingerknöchel werden weiß, während ich die Hände im Schoß balle.

Scope winkt mir von der anderen Tischseite zu. Der Typ neben ihm legt besitzergreifend eine Hand auf seinen Schenkel. Seine Fingernägel sind kreischend zitrusgelb lackiert. Da der DJ-Computer in diesem Moment die Lautstärke höherdreht, verstehe ich nicht, was Scope sagt. Wahrscheinlich stellt er uns einander vor, jedenfalls sprechen die Blicke von Mr Zitrus wahre Bände.

Sieht so aus, als seien sie schon über die Kennenlernphase hinaus. Das ist ungewöhnlich für meinen Ex, zumindest seit wir uns getrennt haben. Ich rücke meinen Stuhl näher an Haven, auch wenn ich dort fast das Atmen vergesse. Keine Ahnung, ob der Typ meinen kleinen Hinweis versteht, aber das ist schließlich nicht mein Problem.

»Hey!«, ruft Scope über die Musik hinweg. »Stimmt was nicht?«

Ich seufze. »Die Zwillinge wissen Bescheid. Ihr Freund Fabel konnte nicht dichthalten und hat ihnen von der Musik erzählt. Von den Streams und –«, ich mache eine Handbewegung zur Tanzfläche, »– dem Ganzen hier.«

»Mist.«

»Kann man wohl sagen.«

»Du meinst deine jüngeren Geschwister, oder?«, fragt der

Zitrustyp. Ich nicke. »Was soll denn so schlimm daran sein?«, erkundigt er sich.

Er ist ein Idiot. Haven berührt mein Knie und ich atme einmal tief durch. »Diese Scheiße ist *gefährlich*, kapierst du das nicht? Klar, ich kann mich auch noch erinnern, wie cool ich das alles mal fand. Als Kind konnte ich meinen ersten Stream gar nicht erwarten, habe meine Eltern angebettelt, dass sie mich früher Musik hören lassen. Ich habe sogar versucht, heimlich die Konsole zu benutzen, aber mein Chip war dafür nicht freigeschaltet.«

»Schau dich doch um«, gibt der Typ lautstark zurück. »Sehen die Leute hier vielleicht aus, als ob sie keinen Spaß haben?«

»Um Spaß geht es nicht. Oder bist du etwa nur hier, weil du es willst?«

Sein Schweigen kann ich wohl als Zustimmung deuten.

Er schmiegt sich wieder an Scope und ich lehne mich vor. »Eines Tages werden die Zwillinge so denken wie ich. Und dann werden sie wissen, dass ich sie nicht beschützt habe!«

Einige Leute am Nachbartisch drehen sich zu uns um. »Anthem«, sagt Haven, »nicht hier, okay?«

Sie hat natürlich recht. Außerdem werde ich mir in dieser Stimmung einen schlechten Trip einfangen, und das kann ich im Moment so gar nicht gebrauchen.

Die Songs aus den Lautsprechern dröhnen lauter, doch ihre codierte Wirkung ist immer noch milde, nur eine leichte Dosis Glück und Partyfeeling. Ungefähr wie das erste Glas Alkohol, wenn man der Beschreibung in meinen russischen Romanen glauben kann.

Heutzutage braucht man keine anderen Drogen, nur unser Gehör, um uns gefügig zu machen. Ein Sprichwort sagt, dass Not erfinderisch macht, aber Habgier ist ein genauso guter Antrieb. Die Experimente aus den überfüllten Krankenhäusern wurden nach dem Krieg weitergeführt. Als der Kon die Herrschaft übernahm, standen an seiner Spitze lauter Männer und Frauen, die wussten, wie man Technologie und Innovation als Machtmittel einsetzt.

Die Bässe beginnen zu vibrieren, ein elektrisches Kribbeln breitet sich in meinem Körper aus, als würden meine Knochen online gehen.

»Dann mal los«, sagt Haven und steht auf. Scope und der Zitrustyp können sich lange genug voneinander losreißen, um ihr zur Tanzfläche zu folgen. Ich tauche in ein Menschenmeer aus glühenden Farben und Metall. Mit Implantaten geschmückte Arme und Gesichter flammen im Rhythmus der Musik, druckempfindliches Bodypainting überzieht nackte Haut, verwandelt Körper in Glitzerwellen und flirrende Sonnenuntergänge.

Hände strecken sich den Songs entgegen, Magnete unter straff gespannter Haut synchronisieren die Bewegungen der Tänzer und ziehen sie in Richtung des Sounds.

Wir suchen uns einen Platz mitten in der Menge. Scope und sein … was auch immer … bilden sofort wieder ein verschmolzenes Knäuel aus Gliedmaßen. Haven ruft mir etwas zu, aber ich schüttele den Kopf und zeige auf mein Ohr.

»Deine Frisur ist zerknickt«, sagt sie mit ihren Lippen fast an meiner Haut. Sie streckt die Hände aus und arrangiert sorgfältig die blauen Glasfasern. Seidenweiche Fingerkuppen suchen die Verkabelung und folgen ihr bis zu meinem Nackenstecker. »Perfekt«, flüstert sie und tritt zurück.

Ich fröstele, Erregung wie Eissplitter unter meiner Haut,

die Musik brandet rhythmisch gegen meine Trommelfelle. Eine tiefe Bassnote gongt durch den Club, hallt nach und erschafft einen Moment atemloser Stille. Bleiern flackerndes Stroboskoplicht lässt die Zeit einfrieren und verwandelt die Menschen in schwarz-weiße Schattenrisse. Alle erstarren in angespannter Erwartung …

Keyboardsound explodiert, Regenbögen regnen auf uns herab, und die Töne aus den Lautsprechern durchdringen alle Sinne gleichzeitig, werden zu Farben, Düften, Geschmack, während der Computer uns mit seinem biochemischen Klangcocktail aufputscht.

Dieser Moment ist jeden Preis wert. Ich würde alles dafür geben, in diesem Zustand zu bleiben. Genau das ist natürlich der Zweck der Sache, aber wieso soll ich mir Gedanken über den Kon machen, während dieser Sound durch meine Adern pulst? Ich fühle mich lebendig und grenzenlos, meine Erinnerungen verschwimmen zu Fantasien und umgekehrt. Solange ich hier bin, ist alles perfekt.

Ich lasse mich in die Lügenwelt des Drogenrausches fallen und spüre nur Erleichterung.

Dann bebt plötzlich die Erde, bäumt sich rasend auf, und ich spüre nichts als Angst. Gerade saß ich noch bei den Hausaufgaben, während meine Mutter kochte, jetzt klirren die Küchengeräte an der Wand, und sie schreit panisch nach meinem Vater. Er kommt hereingestürzt und zieht mich unter den Türrahmen.

Meine Mutter hält mich dort fest, ihre Finger krallen sich in meinen Arm, während ich um etwas kämpfe, das auf dem Tisch liegt. Ich muss es unbedingt erreichen. Auf keinen Fall kann ich es dort liegen lassen. Aber meine Mutter hält mich unbarmherzig gepackt. Meine Finger berühren ihr Ziel schon fast, da werde ich mit einem Ruck nach hinten gerissen, und alles ist zu spät. Ich sehe es in die Tiefe fallen und in der bebenden Erde verschwinden.

»Hilf mir!« Die Finger bohren sich noch fester in meinen Oberarm; meine Hände lösen sich von Havens Schultern. Blinzelnd öffne ich die Augen und grinse glücklich ein Gesicht an, das zuerst nur aus Neonlinien zu bestehen scheint und sich dann in Scopes verwandelt. »Anthem, werd endlich wach, ich brauch dich *hier*!«

Ich beiße die Zähne aufeinander, als seine Panik mich aus der Musik reißt, und versuche, hinter Schichten aus Sound mein Ich wiederzufinden. Meine Augäpfel sind kurz vorm Explodieren, aber ich zwinge mich, meine Umgebung zu sehen. Der Zitrustyp windet sich mit gekrümmtem Rücken auf dem Boden. Uns bleibt keine Zeit, Haven aus der Trance zu zerren, also müssen Scope und ich allein klarkommen. Wir heben ihn hoch und drängen uns mit ihm durch die Menge aus wild tanzenden Körpern.

»Überdosis«, sagt Scope hastig, als wir seinen Bruder am Clubeingang erreichen. Pixel nickt und drückt schnell eine Reihe von Knöpfen an der Wand, um ein MedShuttle zu rufen.

Die Musik im Club fühlt sich an wie pures Licht – das hier ist die Schattenseite. Rezeptoren im Gehirn werden mit Klängen, Erinnerungen und Visionen überladen, bis sich das Denkzentrum einfach ausklinkt. Ich beneide Zitrus nicht um die höllischen Schmerzen, die durch seinen Kopf toben, auch wenn er sich die Hände noch so hart auf die chrome-tätowierten Schläfen presst und schreit.

Wir können ihn nur auf den Fußboden legen und warten. Scope kniet sich neben ihn. Als sein Freund um sich schlägt und mehrere Treffer landet, zuckt er bloß leicht zusammen.

Trotzdem bewirkt Scope bestenfalls, dass er sich etwas besser fühlt.

Ich brauche schon meine ganze Konzentration, damit meine Füße sich nicht selbstständig machen. Die Musik schreit nach mir.

Eine Ewigkeit vergeht, auch wenn sie nur einen einzigen Song dauert. Das Shuttle taucht auf, als ich durch meine Stiefelsohlen spüre, wie sich die Klangvibrationen ändern. Uniformierte MedTechs reißen die Tür auf, nicken kurz in Pixels Richtung und wenden sich dann dem Körper auf dem Fußboden zu. Offenbar sind sie Experten darin, Leute zu fesseln und zu knebeln. Mit einer Geschwindigkeit, die jede Menge Übung erfordert, schnallen sie Zitrus auf einer Plastikliege fest. Einer von ihnen hält einen Scanner über das zuckende linke Handgelenk.

»Ich will mitfahren«, sagt Scope. Ich starre ihn ungläubig an.

»Medizinische Shuttles befördern nur einen Bürger pro Fahrt«, erwidert der Mann am Kopfende in einem Tonfall, als sei Scope ein verzogenes Kind. »Für mehr ist kein Platz.« Na ja, die Forderung war auch ziemlich lächerlich.

»Wohin bringen Sie ihn?« In unserem Stadtteil gibt es mehrere Overdose Center. Ich persönlich kenne drei OCs von innen.

Die MedTechs heben die Trage hoch. »Wenn sein Zustand sich normalisiert hat, kann er sich jederzeit bei Ihnen melden«, antwortet derselbe Mann im selben Tonfall. Einen Moment lang kommt mir der Verdacht, dass der andere – der uns die ganze Zeit nicht beachtet und keinen Ton gesagt hat – ein Exsonic ist. Aber dann hätte er natürlich eine orangefarbene Uniform an, also ist der Gedanke absurd. Anscheinend habe ich schon genauso idiotische Ideen wie Scope.

Pixel legt seinem Bruder einen Arm um die Schulter und hält ihn zurück, als die Liege nach draußen getragen wird. Die erstickten Schreie von Zitrus werden von der zufallenden Tür verschluckt.

»Er ist bestimmt bald wieder okay«, sagt Pixel. »Hat er schon gestreamt, bevor er in den Club gekommen ist? Warst du bei ihm?«

»Nein. Keine Ahnung. Wir haben uns erst hier getroffen.«

»Na ja, so was kann passieren. Wahrscheinlich hatte er nur Pech und der Song hat ihn zu stark erwischt. Geh wieder auf die Tanzfläche, okay? Du hast wahrscheinlich genug Zeit, um noch mal high zu werden. Ich komme auch mit rein. Ausnahmsweise muss ich ja nicht hier rumstehen und warten, bis Anthem irgendwann auftaucht.« Pixel macht eine Kopfbewegung in meine Richtung und drückt den Knopf, der die Türen versiegelt. »Wird Zeit, dass ich mir meine Dosis hole.«

Scope schaut mich fragend an. Ich zucke mit den Schultern. »Was sollen wir denn sonst machen? Nach Hause gehen?«, sage ich und werde bereits in Richtung der Musik gezogen. Ich kann sehen, dass die Aufputschmittel Scope bei seiner Stimmung kaum nützen werden und ihn vielleicht sogar ein schlechter Trip erwartet. Aber für Zitrus können wir heute Abend wirklich nichts mehr tun.

»Überlass Scope ruhig mir«, sagt Pixel. »Du solltest dich lieber um dein Mädchen kümmern.«

»Danke.«

Tatsächlich versucht ein Typ, mit Haven zu tanzen. Er trägt zu viel Chrome, blutrote Kontaktlinsen und verschleudert wohl seinen ganzen Kredit für Partyschick. Trotzdem scheint sie ihn gar nicht zu sehen. Da ich inzwischen (fast) nüchtern bin, kann ich verfolgen, wie meine Temperatur steigt und Hitze durch meinen Magen schwappt. »Lass sie in Ruhe!«, fauche ich über die Musik hinweg. Er grinst happy, weil er natürlich zu weggetreten ist, um meine Worte zu verstehen. Mein letzter Geduldsfaden brennt ab wie eine Zündschnur, und explosive Funken füllen den handbreiten Abstand zwischen uns beiden. Mit einem Stoß lasse ich ihn zurück in die tanzende Menge taumeln. Ha, *das* versteht er hoffentlich! Ich nehme seinen Platz ein, und obwohl ich im Gegensatz zu dem Typen meine Finger von Haven lasse, füllt sie alle meine Sinne. Sie ist ein Wirbel aus Pink und ich sehe die Hitze von ihrer zimtbraunen Haut aufsteigen.

Ihr Geruch umhüllt mich unendlich vertraut. Ihr Name bedeutet Sicherheit, Hafen und Heimat. Wenn ich bei Haven bin, ist alles gut. Wir tanzen, bis der Club schließt, doch meine Gedanken sind weniger vernebelt als sonst. Ich stütze Haven auf dem Weg zu meiner Wohnung und lege die Hand über ihren lachenden Mund, damit die Zwillinge nicht aufwachen. Sie küsst meine Handfläche, sodass mir die Knie weich werden. Der Schlafzimmerboden kommt mir noch unbequemer vor als gewöhnlich. Unruhig wälze ich mich zum Klang ihrer Atemzüge dicht über meinem Kopf und halte die Hand geballt, um das Echo ihrer Lippen festzuhalten.

♫

»Wo steckt denn Scope? Bei seinem schmusigen Freund?« Haven grinst mich an und lässt dann den Blick über die Blätterknospen wandern, die an den dürren, verformten Bäumen wachsen. Ich habe nur Augen für sie und kann mich kaum sattsehen, denn den ganzen gestrigen Tag war sie mit irgendeiner Familiensache beschäftigt. Ihr Haar fängt den Sonnenschein ein und hält ihn fest, während sie weiterspaziert.

Wir folgen dem gewundenen Pfad, der sich vor uns in einem weiten Bogen durch den öffentlichen Bereich des Parks zieht. »Yeah, stimmt genau. Scope sagt, Zitrus ist wieder völlig okay.«

»Nichts hilft besser als ein bisschen Ruhe und die richtige Chemiekeule. Wie geht's den Zwillingen?«

»Prima. Sie sind bei Fabel.« Ich habe den kleinen Mistkerl doch noch nicht erwürgt.

»Zum Glück können sie das alles nicht richtig verstehen«, sagt Haven. »Kinder nehmen selbst den schrägsten Mist einfach hin. So war ich jedenfalls in ihrem Alter.«

»Stimmt, ich auch.«

Wir schlendern weiter und suchen uns schließlich ein bequemes Stückchen Wiese aus. Andere Stadtbürger spazieren vorbei und genießen ebenfalls den ersten warmen Tag des Jahres.

»Gestern habe ich es geschafft, noch weiter in den Hauptrechner vorzudringen. Der verdammte Konzern weiß, wie man Netzwerke baut, das muss man ihm lassen. Das Systemdesign ist erste Sahne.«

Ich schaue mich um, weil ich sichergehen will, dass niemand uns hören kann. »Was hast du gefunden?«

»Nichts. Nur langweiligen Kram. Akten von Kon-Angestellten, Sterbe- und Geburtsurkunden. Ich verstehe echt nicht, weshalb die Leute noch Kinder kriegen, wo hier alles so … Egal, jedenfalls geht es nicht darum, was ich gefunden habe, sondern dass ich rekordmäßig tief drin war.«

»Du bist doch vorsichtig, wenn du das machst, oder?« Bei der Frage komme ich mir wie ein Macho-Arschloch vor. Zu Mage hätte ich so was nie gesagt.

»Anthem.« Sie verdreht die Augen. »Erstens bin ich kein Idiot. Zweitens habe ich gar nicht die Möglichkeit, unerlaubte Änderungen vorzunehmen. Die Sicherheitsmaßnahmen sind … heftig. Teile davon kann ich austricksen, aber alle zu umgehen, schaffe ich nie. Ich spiele nur einfach gerne herum. Im System ist es wunderschön.«

Ich frage mich, ob ich wohl einen ähnlich verklärten Gesichtsausdruck hätte, wenn ich über die Band sprechen dürfte. »Du bist ein echter Nerd, weißt du das?«

Sie boxt mir in die Rippen. Hart. Ich falle im Sitzen um und bekomme einen Lachanfall, der gar nicht wieder aufhört. Es fühlt sich an wie Musik. Die Sonne scheint mir ins Gesicht und lässt meine Ängste verfliegen. Als ich mich endlich beruhigt habe, legt Haven sich neben mich, sodass unsere Arme sich fast berühren. Ich winkele die Beine an und presse die Finger fest auf meine Oberschenkel. Die Zeit verlangsamt sich, bis sie beinah stillsteht. Fünfzehn Minuten voller Stille und Frieden, die ich am liebsten in einer Flasche verkorken und festhalten würde.

»Anthem?«

»Hmmm?«

»Was wäre, wenn … wenn die Zwillinge doch eine Wahl hätten?«

Ich wende den Kopf. Sie hat die Augen geschlossen und wirkt völlig entspannt, im Gegensatz zu mir. Jede Zelle meines Körpers fühlt sich plötzlich an wie ein straff gespanntes Gummiband. »Was meinst du damit?«

»Manchmal höre ich eben Gerüchte. Es soll Leute geben, die uncodierte Musik spielen.«

Der Park verschwimmt vor meinen Augen, als ich mich ruckartig aufsetze. »Sprich leiser!« Ein altes Ehepaar, vielleicht Ende dreißig, spaziert auf dem Pfad an uns vorbei. Die beiden sind teuer gekleidet und starren Haven ein bisschen zu lange an. Ich frage mich, ob sie sich kennen. »Wer hat dir denn so was erzählt?«

»Niemand, also … nicht direkt«, sagt sie und schaut zu mir hoch. »Ich habe gehört, wie mein Vater davon gesprochen hat. Es ging um Methoden, die Gruppen auf frischer Tat zu ertappen oder zu unterwandern. Ich glaube … das Ganze hat sich angehört, als ob der Konzern nervös wird. Anscheinend wehren sich in letzter Zeit mehr Leute gegen die Musik. Sieht fast so aus, als könnte man auf Dauer immun werden oder so. Ich weiß auch nicht.«

Die Sonne brennt zu heiß auf mich herunter. »Kann sein, aber wenn die Zwillinge nach der ersten Dosis nicht zu streamen anfangen, würde der Kon es merken. Und wir können schließlich nicht verhindern, dass man sie in der Schule auf Droge setzt.«

»Ja, stimmt wohl.« Sie seufzt. »Ich würde zu gerne eine uncodierte Band spielen hören. Nur um zu wissen, wie solche Musik klingt. Wie sie sich von den Streams unterscheidet. Ich glaube, das geht vielen Leuten so.«

»Versprich mir, dass du dich da nicht reinziehen lässt«, sage ich und greife nach ihrem Handgelenk. »Das ist gefährlich, Haven. Dein Vater hat nicht umsonst davon gesprochen, die Bands auffliegen zu lassen. Du musst es mir versprechen, okay?«

Scheinheiligkeit schmeckt wie verbrannter Toast. Haven

richtet sich auf einem Ellbogen auf, um mir ins Gesicht zu sehen, und hebt die Augenbrauen. Das Chrome ist wie ein Spiegel, in den ich lieber nicht hineinschauen will.

»Okay«, sagt sie schließlich. »Schon gut, reg dich ab. War ja nur eine Idee.«

Und eine verlockende noch dazu. Für einen kurzen Moment erlaube ich mir die Vorstellung, wir könnten unsere Songs unter den Leuten verbreiten. Wie wäre es wohl, wenn sich rumsprechen würde, wie wir klingen? Wenn ich für Haven singen könnte, ganz allein oder zusammen mit der Band? Ich könnte den Zwillingen beibringen, was echte Musik ist.

»Tja, aber es geht eben nicht. Komm, Prinzessin, lass uns was anderes machen.« Noch immer halte ich ihr Handgelenk, mein Daumen berührt das winzige Stück Haut über ihrem PersoChip. Sie runzelt die Stirn, als ich loslasse und aufstehe.

Wir verlassen den Park, und ich verberge meine Hände in den Hosentaschen, weil sie auffällig zittern. Es wird Zeit, dass ich zu einer Konsole komme.

Dann schaue ich Haven von der Seite an. Ich kann warten.

Die Straßen hier im Norden werden von Läden gesäumt, deren Fassaden aus Stahl und Neon verführerisch in wechselnden Regenbogenfarben leuchten und selbst das Sonnenlicht verblassen lassen. Wenn Haven allein wäre, würde sie vermutlich hineingehen und Partyoutfits aus Latex und handgestickter Spitze kaufen, die mich in Versuchung bringen, jedem Mann in Sichtweite die Augen auszustechen.

Stattdessen führt sie mich in die staubige, stille Halle einer Bibliothek. Hier drinnen ist alles uralt. Seit Anfang des Krieges wurde keine neue Literatur gedruckt, nur ein paar Handbücher für Kon-Angestellte. Andererseits gibt es hier genug Lesestoff für ein ganzes Leben. Besonders für meines. Als ich jünger war, habe ich mich gewundert, warum der Kon uns die Bücher nicht verbietet. Meine Mutter hat mir den Grund schließlich erklärt, kurz bevor sie starb. Da hielt sie das Thema wohl für ungefährlich.

Ähnlich wie der Kon. Unsere Regierung bewahrt Erinnerungen an die Vergangenheit nicht aus Menschenfreundlichkeit oder Großzügigkeit auf, sondern zur Abschreckung. Bücher sind eine Warnung: Schaut, wie die Gesellschaft geendet hat, von der dort geschrieben steht. Die Tugenden, Freiheiten und Ideale der alten Zeit sind eine Gefahr – und sicher nichts, wonach man streben sollte.

Wir verlieren uns eine Stunde lang in vergilbten Seiten. Haven mag alles, was sie zum Lächeln bringt, während ich in den Romanen nach Hinweisen auf Musik suche, die bei der Säuberung übersehen wurden.

Ich schleiche mich von hinten an sie an. Haven ist weit fort, mit gesenktem Kopf in eine vergangene Welt versunken.

»Ich muss jetzt nach Hause«, flüstere ich ihr direkt ins Ohr.

Das Buch landet mit einem Knall auf dem Fußboden und wirbelt eine Staubwolke auf. »Du Biest!« Sie fährt zu mir herum. »Das hast du mit Absicht gemacht.«

»Stimmt.«

Den ganzen Weg die Treppen herunter versucht sie, ein Grinsen zu unterdrücken. Die automatischen Türen öffnen sich, und Geräusche fluten herein, viel zu laut nach der ehrfürchtigen Stille. Wir treten auf die Straße, nur einen Schritt, bevor ich erstarre.

Man erkennt sie sofort als Exsonic. Die Frau in zerknitterter orangefarbener Uniform überquert die Straße, hält den Kopf gesenkt und scheint ihre Umgebung kaum wahrzunehmen. Ich kenne die lange Liste von Verbrechen, die sie begangen haben könnte, um diese Strafe zu verdienen … die schlimmste, die der Kon außer einer Hinrichtung auszuteilen hat. Aber mir bleibt keine Zeit, sie im Kopf durchzugehen.

»Stop!«, schreit Haven. Ihre Stimme vermischt sich mit der heulenden Polizeisirene auf dem Dach eines Patrouillen-Shuttles, das viel zu schnell in die Kreuzung gerast kommt. »Stop!«

1101011000 **06** 0101110100

Im letzten Moment packe ich Haven und reiße sie zurück, bevor sie auf die Straße laufen kann. Die Frau wird vom Shuttle erfasst und klappt in Zeitlupe zusammen. Blut sprüht gegen die Windschutzscheibe wie radioaktiver Regen. Der Körper prallt ein-, zweimal auf und rollt bis zur anderen Straßenseite, wo er liegen bleibt.

»Sie hat dich nicht gehört«, sage ich in Havens Ohr, das genauso zittrig ist wie der Rest von ihr. »Sie … Exsonic. Sie konnte auch die Sirene nicht hören.«

»Mir ist ganz …«, stöhnt Haven und beugt sich ruckartig nach vorn. Erbrochenes bedeckt unsere Schuhe, ein saurer Geruch erfüllt die Luft, und ich verstärke meinen Griff, bis Haven wieder sicher auf den Füßen stehen kann. Dabei presse ich die Lippen zusammen und atme gleichmäßig, um meine eigene Übelkeit zu bekämpfen.

Eine Menschenmenge hat sich hinter uns versammelt. Ich glaube kaum, dass ich der Einzige bin, der eigentlich nicht zu dem blutigen Körper hinsehen will. Aber wegzuschauen ist ebenso unmöglich.

Alles scheint still zu stehen. Die einzige Bewegung kommt vom Shuttle, aus dem mehrere Wachen steigen.

»Habt ihr sie denn nicht gesehen?!«, schreit Haven die Männer an. »Oder war es euch egal? Wie kann man nur so …« Ihre Stimme ist voller Tränen. Einer der Wachen zuckt gleichgültig mit den Schultern, während er auf die Frau herunterblickt und ein Tablet hervorholt, um eine Nachricht zu tippen.

»Haven«, zische ich. »Das war ein Unfall. Sei still.«

Sie reißt sich von mir los und tritt auf die Straße, wo einer der Wachmänner auf uns zumarschiert. »Identifizieren Sie sich, Bürgerin«, befiehlt er. Sein Mund verzerrt sich zu einem sadistischen Lächeln, als Haven nicht antwortet. »Ich wiederhole: Identifizieren Sie sich.« Seine rechte Hand legt sich auf das Waffenhalfter an der Hüfte.

Hier wird nur selten jemand erschossen. Mein Blick wandert wieder zu der Frau. Der Kon hat andere Methoden.

Mit der freien Hand zieht der Typ seinen Scanner. »Lass die Finger von ihr!«, knurre ich, als er nach Havens Arm greifen will. Er lacht mich aus.

»Du auch«, sagt er und wedelt mit dem Gerät herum. Vielleicht lässt er Haven in Ruhe, wenn ich gehorche. Ich trete vor und zeige ihm mein Handgelenk. Der Sensor wandert kaum eine Sekunde über meine Haut, bevor er piept. »Akku-Dreck«, schnaubt er über das schmerzhafte Jaulen in meinen Ohren hinweg.

»Scher dich zum Teufel«, sagt Haven. Ich bin nicht schnell genug, und er bekommt sie zu fassen. Gleich darauf ertönt das Piepen. Wut brodelt heiß in meinen Eingeweiden. Aber dann reißt der Mann die Augen so weit auf, dass sie ihm fast aus dem Kopf fallen. Der Anblick ist den ganzen Ärger wert. Er erholt sich schnell von seiner Überraschung, aber nicht schnell genug.

»Keine sehr passende Begleitung, Bürgerin. Sie sollten sich Ihre Kontakte sorgfältiger aussuchen.« Gerade noch war seine Stimme eiskalt, jetzt wird sie ölig, was nicht gerade eine Verbesserung ist. »Sicher ist Ihre Familie nicht erfreut, wenn Sie sich mit solchem Müll abgeben?«

Ich bin beeindruckt von ihrer Zielgenauigkeit. Ihre Spucke trifft beinah sein Auge, landet auf seinem Wangenknochen und läuft an seinen geblähten Nasenflügeln vorbei auf das gefrierende Lächeln zu. Die Menge hält den Atem an, und die Stille ist fast körperlich spürbar, bis der Wachmann einen Schritt zurücktritt und sich das Gesicht mit dem Ärmel abwischt.

»Was für ein unartiges kleines Mädchen. Gefällt mir. Lass mich wissen, wenn du von deinem Slumboy genug hast.«

»Ja, sicher«, schnaubt Haven verächtlich.

»Weitergehen!«, befiehlt er der Menge, die sich hastig in Bewegung setzt. Ich ziehe Haven vom Kantstein und dem Anblick des Leichnams weg, der in den Laderaum des Shuttles geworfen wird. Gleich darauf wirkt die Straßenkreuzung schon wieder, als wäre gar nichts passiert.

Wir sind kaum um die Häuserecke gebogen, da bricht Haven in meinen Armen zusammen. Meine Kleidung wird nass von ihren Tränen. »Die arme Frau! Ich hasse sie alle.« Ihre Stimme ist heiser und mutlos. »Ich hasse, wer ich für diese Typen bin.«

»Ja, ich weiß. Du solltest dir einen Stream besorgen. Das können wir jetzt beide gebrauchen.«

»Okay.« Sie löst sich von mir und wischt sich über die Augen. »Gehen wir zu dir? Ich will jetzt nicht nach Hause.«

Ich hole mein Tablet aus der Tasche und schicke eine Nachricht an Fabels Mutter. Eine Minute später kommt die Antwort, dass die Zwillinge noch ein paar Stunden bei ihr bleiben können.

Bis zu meiner Wohnung ist es ein langer Fußmarsch, aber wir beide sind nicht scharf darauf, in ein Shuttle zu steigen. Wolken ziehen auf, und ein leichter Regen setzt ein, als wir das andere Ende des Cyclon erreichen und in den tiefer gelegenen Quadrant 2 eindringen. Die Straßen sind voller Dreck, ein rutschiger Morast, so grau wie Beton und der Fluss. Er klebt an den Sohlen meiner überteuerten, kniehohen Stiefel aus schwarzem Kunststoff und schimmerndem Metall.

Schuhe sind schwerer herzustellen, als man denkt. Ich habe bei dem Versuch nur jede Menge gutes Material ruiniert und dann aufgegeben.

Haven schmiegt sich an meine Seite. Ich lege den Arm enger um sie und lasse nur kurz los, als ich mein Handgelenk scannen muss. Ein paar Handtücher aus der Hygienekabine, dann das zusätzliche Headset von der Konsole bei meinem Vater … Haven löst ihr Haar und schüttelt es aus, während ich in meinem Zimmer durch die Menüs klicke. Dabei überspringe ich alle starken Wirkstoffe, weil sie zu viele Kreditpunkte auffressen würden, und lande bei einer Liste mit Stimmungsaufhellern, die hoffentlich helfen.

»Danke.« Ihre Stimme klingt heiser. Ich nehme das Handtuch aus ihren klammen Händen und rubble damit ihr Haar, bis es nicht mehr trockener werden kann.

»Okay, lass uns anfangen«, sage ich. Wir setzen uns aufs Bett, Kopfhörer über den Ohren, die Decke bis ans Kinn gezogen, voll bekleidet inklusive Stiefel.

Obwohl ihr Körper noch immer bebt, als würde sie frieren, fühlt sie sich unglaublich warm an. Ich hätte nichts dagegen, für immer hier neben ihr zu bleiben. Vielleicht könnte ich dann sogar ohne die Streams auskommen, die nun fleißig ihre Arbeit tun, die Kälte aus meinen Knochen vertreiben, meinen Magen beruhigen und meine dunklen Gedanken aufhellen. Haven entspannt sich immer mehr, bis ihr Kopf auf meiner Schulter ruht und das Headset sich in mein Schlüsselbein bohrt. Ich rühre mich nicht.

Mühsam konzentriere ich mich darauf, ein- und auszuatmen. Meine Augen schließen sich für einen Moment; alles ist blutrot, und ich öffne sie hastig. Allmählich kann ich auch meine Zehen wieder spüren.

Weißes Rauschen signalisiert das Ende der Musik. Ich krabbele vorsichtig unter Haven hervor, bette ihren Kopf auf das einzige Kissen und rücke die Decke zurecht. Sie ist noch nicht ganz eingeschlafen – ihre Lippen formen sich zu einem Wort, das ich nicht verstehe –, also wähle ich noch eine Handvoll Streams und lasse sie allein, damit sie Ruhe findet.

Eine Stunde später kommen Alpha und Omega durch die Tür gestürmt. Begeistert streiten sie darum, wer mir und Dad erzählen darf, was sie bei Fabel gespielt haben. Trotz allem muss ich lächeln. Außerdem sollen sie nicht merken, dass etwas nicht stimmt. Ich lege nur den Finger an die Lippen und flüstere, dass Haven schläft.

Beim Kochen und beim Abendessen komponiere ich im Kopf einen Songtext für einen langsamen, schwermütigen Trauermarsch, während die beiden darum wetteifern, wer von ihnen besser still sein kann.

Omega gewinnt, aber ich gebe beiden einen Schokoriegel zum Nachtisch.

Haven kommt zu uns in die Küche, vom Schlaf ganz zerknittert, mit verlaufener Schminke und verquollenem Gesicht. Die Zwillinge hüpfen ihr entgegen und haben die Hausaufgaben auf dem Tisch sofort vergessen, bis Haven sie daran erinnert. Aber sie kann sich nur schwer von ihnen lösen und lässt sich eine weitere Minute umarmen.

»Willst du was essen?«, frage ich.

»Nein, danke.« Sie schüttelt den Kopf und Haarsträhnen fallen ihr in die rot geränderten Augen. Ich toaste trotzdem eine Brotscheibe und mache Tee aus Pfefferminzblättern und unserem letzten Zucker. Krümel landen auf dem Tisch, als sie sich über Omega lehnt, um ihm bei einer Matheaufgabe zu helfen.

Später, als die beiden im Bett sind und es mir nicht gelungen ist, meinen Vater zum Essen zu bewegen, gehen wir zurück in mein Zimmer. »Deine Mutter«, beginnt sie nach längerem Schweigen. Ich halte den Atem an. »... konntest du deshalb besser damit umgehen? Ich habe noch nie einen toten Menschen gesehen.« Ihre Stimme versagt und ich greife nach ihrer Hand.

»Kann sein. Vor allem habe ich mir Sorgen um dich gemacht.«

Ein schwaches Lächeln huscht über ihre vollen Lippen. »Du sprichst nie von ihr.«

»Du sprichst auch nie über deine.«

»Stimmt.« Sie schaut aus dem Fenster.

»Vermisst du sie?«

Haven zuckt mit den Schultern. »Ich vermisse, wie sie früher war, bevor ... Damals war meine Mutter noch sie selbst.«

Verstehe ich gut. Bei meinen Eltern gab es auch ein *Bevor*.

»Ich hasse sie, Anthem. Was sie sind und was sie tun. Der Konzern ... Er verwandelt Menschen in Zombies. Ich wünschte, sie würden alle einfach nur ... tot umfallen.«

»Vielleicht solltest du deinem Vater erzählen, was du heute gesehen hast.«

»Das würde ihn kein bisschen scheren.«

Ich kann nicht glauben, dass sie damit recht hat. Sie selbst ist unglaublich warmherzig und hilfsbereit. Von irgendwo muss so etwas schließlich herkommen. Aber ich weiß, dass sie selbst glaubt, was sie sagt, und das allein zählt.

»Ich wünsche mir auch oft, dass unsere Welt anders aussieht. Es ist nur so« – ich schüttele den Kopf –, »leider habe ich keine sehr hilfreichen Ideen.«

»Vielleicht habe ich welche«, sagt sie und wendet ruckartig den Kopf vom Fenster, um mich anzusehen.

»Falls du die Sache meinst, über die wir im Park gesprochen haben, diese Gerüchte …« Mir kommt es vor, als sei das schon Tage her.

»Nein, das meine ich nicht. Ich rede vom Hauptrechner. Es muss doch möglich sein, tief genug reinzukommen, um was zu verändern.« Mit ihrem entschlossen vorgereckten Kinn könnte sie glatt Glas einschlagen.

Ich packe sie an der Schulter. Ihr Körper ist unter meiner Hand und den rosaroten Rüschen hart und abweisend. »Haven, was hast du vor?«, frage ich langsam.

Stille. »Nichts«, sagt sie schließlich. Auf ihrem Gesicht erscheint ein sonniges, harmloses Lächeln. »Komm, wir legen uns wieder hin.« Ich zögere und sie verdreht die Augen. »Ich werde schon nicht über dich herfallen.«

»Weiß ich«, sage ich mit einem Lachen, das sogar für meine Ohren künstlich klingt. Die Matratze quietscht, als wir uns darauf herumbewegen. Bestimmt kann Haven meinen Herzschlag hören, schnell und laut, als sie ihren Kopf auf meine

Brust legt, aber sie sagt nichts. Ich atme durch einen Schleier aus feinem Haar und Rosenduft. Strähnen kitzeln meine Nase und ich bewege mich unruhig auf der harten Matratze. Haven fragt, ob ich bequem liege, und ich nehme sie wortlos noch fester in die Arme. Die Müdigkeit überwältigt sie als Erstes. Ich starre an die Zimmerdecke und wünsche mir, ich könnte jetzt im Musikkeller stehen und mir die Lunge aus dem Leib schreien, während das Aufheulen von Johnnys E-Gitarre den Sirenenklang in meinem Kopf übertönt. Schließlich gebe ich auf, befreie mich aus der Bettdecke und schlurfe zur Konsole.

Nur einen Stream. Oder vielleicht zwei.

♫

Blut pulst im harten Rhythmus von Maschinenklängen, Musik wie zerbrochenes Glas, jede Note präzise geschliffen und voller scharfer Kanten. Sie vereinen sich zu einer Melodie, die meine Füße zentimeterweit über den Tanzboden bewegt, während mein Geist unendliche Meilen zurücklegt.

Freiheit. Ich fliege, tanze, schwebe in Erinnerungen, versinke in Träumen.

Ich bin überall. Und nirgends. Vielleicht wird eines Tages jemand mein Gedächtnis durchforschen, meine Gedanken scannen und diese Nacht finden, diesen Club, diesen Dancefloor. Sie werden die Neonlichter über meine Haut streifen sehen, heißes Rot und kühles Blau; Grün, prickelnd wie Kohlensäure, Pink, wärmend wie eine Dusche. Sie werden Haven durch meine Augen sehen und wissen, dass ich jede Faser dieses rosaroten, glitzernden, rebellischen Mädchens geliebt habe.

Falls es die Zwillinge sind, die meine Gedanken sehen, werden sie verstehen, dass ich mich nicht dagegen wehren konnte, sosehr ich auch wollte. Vielleicht halten sie mir das ein wenig zugute, zumindest im Angesicht des Todes, der die Hinterbliebenen immer milde stimmt.

Die Klänge begraben mich unter ihrem Gewicht, und ich kann mich nicht rühren, eingeschlossen in meinem winzigen Glaskasten trommele ich gegen die Tür. Ich kann die beiden sehen, wieso bemerken sie mich nicht?

Jemand kommt. Stampfende, rhythmische Schritte. Licht flammt auf wie ein Heiligenschein, und ich sehe mich selbst, bleiche Haut, leichenfahl zwischen Blitzlichtern aus glühender Farbe.

Eine Sirene heult auf. Blut, genau wie zuvor. Es überströmt mich, fließt grellrot über meine Haut. Dann grün, dann gelb, dann ergibt nichts einen Sinn. Was passiert mit mir?

Kalt. So kalt. Holt mich hier raus! Mein Körper wird von Frost geschüttelt, ich ringe nach Atem, ich sterbe, ich fühle es. Meine Fäuste hämmern gegen das Glas, wieder und wieder. Helft mir! Noch einmal schreie ich mit meinem letzten Atemzug. Pink streckt sich nach mir aus, entriegelt die Tür und berührt mich. Ich taumele hinaus ins Warme, schnappe nach Luft und bin okay. Haven ist hier, direkt neben mir, und die Lichter werfen farbige Schatten aus Glück auf ihr Gesicht. Scope ist hier und die Zwillinge sind in Sicherheit. Sie liegen zu Hause im Bett, eingehüllt in den Schlaf der Ahnungslosen, unbefleckt von der Wirklichkeit.

Ich bleibe so lange wie möglich an der Oberfläche und kämpfe gegen den Sog der Musik an, bis ich meine Gefühle besser im Griff habe.

Alles ist okay.

Ich tauche wieder ab.

♫

Vermutlich wird das Sofa für immer den Abdruck vom Körper meines Vaters tragen, der dort auf der Seite liegt und den Fernseher anstarrt. Sein Zustand wird ständig schlechter. Selbst mit seinem Lieblingsessen lässt er sich nicht mehr ködern, und er magert so schnell ab, dass ihm das Fleisch regelrecht von den Knochen schmilzt. Was das bedeutet, ist vorauszusehen.

Es gibt andere Todesursachen als die Musik. Man kann verhungern oder sich in einem letzten, tödlichen Energieschub dazu aufraffen, der Quälerei ein Ende zu setzen. Aber wenn nichts davon passiert, erwischt die Musik am Ende jeden.

Ich frage mich, wie mein Gehirn wohl aussieht. Nicht so schlimm wie das meines Vaters, aber die ersten Schäden sind schon da und breiten sich mit jedem Mal weiter aus, wenn ich einen Stream herunterlade oder im Club zu einem Song tanze. Eines Tages wird es nur noch eine vernarbte, unförmige Masse sein, und von mir ist dann nichts mehr übrig außer einem MemoryChip in einem Spind. Gespeicherte Erinnerungen voller Leerstellen, die aus mir eine Lüge machen.

Vielleicht sollte ich ihn ins Schlafzimmer verlegen und selbst auf dem Sofa übernachten. Nein. Die Zwillinge verdienen die Chance, so viel Zeit wie möglich mit ihrem Vater zu verbringen … auch wenn von ihm fast nur noch eine leere Hülle übrig ist. Man merkt ihm an, dass die Schmerzen schlimmer werden. In den seltenen Fällen, wenn er sich zum Essen überreden lässt, muss ich erst seine geballten Fäuste aufstemmen, und beim Schlafen wimmert er vor sich hin.

Er ist nicht der Einzige, der unter Albträumen leidet. Meine sind heute Nacht messerscharf und blutig, angefüllt mit Horror, Sirenen und Todesschreien. Ich schrecke hoch, atme panisch den sauren Geruch meines Angstschweißes ein und schleppe mich zur Konsole. Ich kann kaum sagen, ob ich zur Beruhigung streamen will oder um mich zu überzeugen, dass ich nicht taub bin.

Aber wir haben wieder Mittwoch, also benutze ich die Konsole nur, um mein Kreditkonto zu überprüfen und meinem Vater ein teures Schmerzmittel herunterzuladen. Seine Ohrmuscheln sehen ganz entzündet aus, gerötet und heiß.

Es wird schon gehen. Ich muss nur zusehen, dass ich bei meinem nächsten Depotbesuch sparsamer einkaufe.

♫

Scope wartet nicht an der üblichen Ecke auf mich. Ich stehe eine Weile herum und lehne mich an das Schaufenster eines Billigkleiderladens, bis die Besitzerin von drinnen gegen das Glas hämmert und mich mit ihrem Mund voller Zahnlücken anschreit. Dann schlendere ich ein Stück weiter den Häuserblock entlang und hole mein Tablet heraus.

Kommst du noch?_

Geh schon mal ohne mich vor. Wir treffen uns dort._

Phönix und Mage streiten mal wieder in einer Ecke, vermutlich nur, um die Zeit zu füllen. Mage lässt sich nicht aus der Ruhe bringen, und ich muss lachen, als ich Phönix' beleidigte Miene sehe.

»Kein Scope?«, nuschelt Johnny, der einen frisch mit dem Messer angespitzten Bleistiftstummel zwischen den Zähnen hält. Er schiebt sein geflochtenes Lederarmband aus dem Weg – das trägt er schon, seit ich ihn kenne – und schreibt ein paar Worte. Seine Hand zittert kaum merklich, während sie über das Papier fährt. Wahrscheinlich braucht er einen Stream.

»Hat sich wohl verspätet.«

»Hier. Verbrenn den Text, wenn du ihn auswendig kannst.« Johnny reicht mir das Blatt, auf das er gekritzelt hat. Ich überfliege es kurz. Sehr krass. Der Anfang einer Melodie erscheint in meinem Kopf, voller zynischer Fröhlichkeit, um die beißenden Worte zu unterstreichen.

»Sorry, Jungs«, sagt Scope und springt von der Leiter. Phönix räuspert sich vernehmlich. »… und Lady«, fügt er hinzu.

Ich will ihn gerade darauf aufmerksam machen, dass er die Falltür offen gelassen hat, als mir beim Geräusch von Schritten im oberen Raum die Worte im Mund gefrieren. Wir alle erstarren zu Statuen, die Gesichter maskenhaft versteinert.

Alle bis auf Scope. »Ich …«, setzt er an. Ein Stiefel erscheint auf der obersten Leiterstufe. Die Schnürsenkel sind neongelb.

Ich warte gar nicht erst, bis der Rest von unserem … Gast erscheint.

Scope versucht, seinen Arm aus meinem Griff zu reißen, aber ich bin stärker und außerdem stinkwütend. »Hast du sie noch alle, Mann? Was macht der Typ hier?« In der hintersten dunklen Ecke nagele ich ihn fest, und seine Miene wird störrisch.

»Er wollte uns beim Proben zuhören.«

»Ach ja, und wie hat er davon erfahren … dass wir überhaupt proben?«, fragt Johnny ein paar Schritte hinter uns. »Musstest du dich vor deinem Lover aufspielen, oder was? Verdammt, Scope! Hast du vergessen, dass mich letzte Woche eine verfickte Patrouille fast bis hierher verfolgt hat?«

»Dann riskiert er ja wohl selbst eine ganze Menge, indem er herkommt! Die Sache mit der Band ist mir einfach rausgerutscht, nachdem er fast an der Überdosis draufgegangen ist, okay? Er hat sich gewünscht, nur einmal im Leben einen echten Song zu hören. Pure, unverfälschte Musik. Sollte ich vielleicht so tun, als könnte ich ihm das nicht geben?«

»Hm, lass mich nachdenken. Ja!«, sage ich und starre ihn aus schmalen Augen an. »So war die Abmachung.«

Er verzieht den Mund. »Nur weil du ein zu großer Feigling bist, um darüber zu reden …«

»Verdammt, Scope.« Ich lasse ihn los, nehme die Hände weg und balle sie an den Seiten zu Fäusten. Wir haben eine ganze Gruppe schweigender Zuschauer. Wahrscheinlich finden sie die Situation nicht sehr unterhaltsam, abgesehen von Phönix. Ich bin überrascht, dass sie sich nicht vor Lachen auf dem Boden wälzt. »Glaubst du, mir geht es nur um Haven? Ich habe eine Menge Leute, die ich beschützen will. Was ist mit den Zwillingen? Meinem Vater? *Deiner* Mutter und Pixel? Meinst du wirklich, falls wir auffliegen, lässt der Kon unsere Familien in Ruhe?«

»Johnny, Anthem«, schaltet Mage sich ein. »Hört schon auf. Jetzt ist es auch nicht mehr zu ändern.«

Scope und ich funkeln uns an.

»Was ist dein Problem?«, fragt er. »Bist du immer noch scharf auf mich? *Du* hast Schluss gemacht, okay?«

Mein Gelächter hallt durch den Raum. »Ja, klar. Genau darum geht es hier.«

»Worum sonst?«

»Mein *Problem* ist, dass du ein Idiot bist. Als wir noch zusammen waren, hast du wenigstens mit dem Kopf gedacht und nicht mit dem Schwanz.«

Johnny legt mir eine beruhigende Hand auf die Schulter und sagt: »Jetzt mal ehrlich, Scope. Du hättest mich erst fragen sollen.«

»Sorry«, murmelt er.

Ich wende mich ab. »Mage hat recht. Solange wir keinen Stream haben, der Amnesie erzeugt, müssen wir wohl damit leben.« Das ist kein Witz. Zumindest nicht ganz. Es gibt tatsächlich Codierungen, die Gedächtnisdaten löschen können. Aber die werden nur in ungewöhnlichen Fällen angewandt, soweit ich gehört habe. »Okay, nichts gegen dich persönlich«, sage ich und muss die Augen anstrengen, um Zitrus im dämmrigen Licht zu finden. »Aber wir kennen dich nicht, und Johnny leitet die Band. Also gelten seine Regeln.«

»Soll ich wieder gehen?«

Wir alle schauen in Johnnys Richtung, doch er schüttelt den Kopf. »Ist jetzt auch egal. Pass nur auf, dass du niemandem von uns erzählst, sonst ...« Er braucht den Satz nicht zu beenden. Die Stille klingt bedrohlich genug.

Zitrus hebt abwehrend die Hände. »Schon verstanden.«

»Geht's dir wieder besser?«, frage ich.

»Ja, alles okay. Ehrlich gesagt erinnere ich mich kaum an den Abend. Na ja, nur an die Schmerzen.« Er verzieht das Gesicht. »Aber die MedTechs haben mich wieder hingekriegt, wie man sieht.«

»Wie lange warst du im Overdose Center?«

»Sie haben mich am Montag entlassen. Seitdem habe ich eigentlich nur geschlafen.«

»Wir verschwenden Zeit.« Phönix klingt genervt, jetzt, wo die Unterhaltungsshow vorbei ist. »Wenn ihr mit eurem Macho-Kram fertig seid, Jungs, können wir vielleicht noch ein bisschen ... ihr wisst schon ... *proben*, bevor die Patrouillen wieder auftauchen.«

»Wir spielen immer nur für kurze Zeit, während Schichtwechsel ist«, erklärt Scope. Zitrus nickt und lehnt sich an einen

Pfeiler, die Hände hinter dem Rücken verschränkt. Immerhin hält er den Mund, während wir unsere Instrumente aufbauen, und stört uns nicht mit einer Million neugieriger Fragen. Seine Augen folgen unseren Bewegungen und glänzen im schwachen Licht der Glühbirne.

Außerdem muss ich widerwillig zugeben, dass Scope vielleicht doch kein völliger Idiot ist. Denn obwohl Johnny noch nicht einmal seine Gitarre in der Hand hat, fühlt sich alles anders an als sonst. Okay, unser Publikum besteht nur aus einem einzelnen Typen, dessen Musikgeschmack hoffentlich besser ist als sein Neon-Outfit. Und wir haben alle schon mal dem Rest der Band solo vorgespielt, um sicherzugehen, dass wir nicht nur Mist bauen. Aber trotzdem ist die Atmosphäre ungewohnt. Meine Stimme schwankt ein bisschen, als wir uns kurz aufwärmen, und dann kapiere ich den Grund: Zitrus soll uns mögen. Ich hoffe, dass er unsere Band gut findet.

Auch wenn ich Scope immer noch eine reinhauen will.

»Fertig?«, fragt Mage.

»Schon seit fünf Minuten.« Phönix zwirbelt einen ihrer Xylofonschlägel in der Hand.

»Klar.«

»Los geht's.«

Sich in *diese* Art von Musik hineinfallen zu lassen, ist unglaublich leicht. Hinter mir setzen nacheinander die Instrumente ein und ich atme tief durch. Mein Puls beschleunigt sich zusammen mit Mages Schlagzeugbeat. Energie knistert und tanzt züngelnd über meine Haut. Ich schließe die Augen und öffne die Lippen, bereit für den Anfangssong.

Wir spielen ihn jedes Mal und kriegen trotzdem nie genug.

Nachdem wir Phönix neu in die Band geholt haben, war

unser Klang immer etwas daneben. Diesmal jedoch klingen wir besser als seit Ewigkeiten. Johnny singt von dem Mädchen, das er liebt – ein zeitloses Thema, egal wozu der Kon die Musik missbraucht. Sogar die Dancehits in den Clubs drehen sich meistens um Liebe, wenn sie nicht gerade die Regierung verherrlichen.

Ich kann den Wunsch verstehen, darüber Songs zu schreiben. Aber meine eigenen Liebeslieder bleiben in meinem Kopf verschlossen. Die Band gehört allein Johnny, weil er uns gefunden und zusammengebracht hat. Weil er uns genug vertraut hat, um uns das Geheimnis seines Musikkellers zu verraten.

Mage hämmert mit den Fäusten auf seine Trommeln ein wie ein wütender Donnergott, und Scope schlägt so hart gegen eine der Flaschen, dass sie davonfliegt und klirrend an der Wand zerbricht. Der Soundeffekt passt perfekt zu dem anschwellenden Crescendo. In Zukunft wird Scope ihn garantiert bewusst einbauen. Phönix wirft die Schlägel in die Luft und fängt sie vor der nächsten Tonfolge wieder auf. Johnnys E-Gitarre dröhnt und kreischt, seine Finger bewegen sich zu schnell, um ihnen mit den Augen zu folgen.

Meine Stimme schwebt über allem und versieht Johnnys Song mit unerwarteten Schnörkeln, die ihn mitten im Spielen zum Lachen bringen.

Im Augenwinkel sehe ich etwas blutrot aufblitzen, aber das sind nur Scopes Haare.

Der erste Song geht nahtlos in die nächsten über. Wir verwandeln Johnnys Weltsicht in Musik – seinen Freiheitsdrang, seinen Hass auf den Kon, für den er arbeitet. Von hektischen Rhythmen und donnerndem Sound wechseln wir zu flüsternder, brodelnder Erwartung.

Selbst Wut kann schön sein, wenn man sie in die richtige Melodie verpackt.

Die Probe ist viel zu kurz, zumal wir am Anfang wertvolle Minuten verloren haben. Aber als der Uhrenalarm ertönt, sind wir alle außer Atem und schweißgebadet. Johnny schwebt in anderen Sphären, Mage grinst, und sogar Phönix sieht glücklich aus, was eine Schlagzeile in den Nachrichten verdient. Ich gebe Johnny einen High Five und drehe mich weg, als Scope mir seine Hand entgegenhält.

»Wow, und ich dachte, du übertreibst, um mich zu beeindrucken«, sagt Zitrus und stößt sich vom Pfeiler ab. Sofort sind ihre Hände wieder ineinander verflochten, und wir anderen wenden den Blick ab. »Ihr seid echt umwerfend, wenn ihr spielt«, fügt er hinzu, als die Knutscherei vorbei ist. »Warum versucht ihr nicht, das legal zu machen? Ihr könntet die Stars sein, zu denen die Leute in den Clubs tanzen.«

»Vergiss es«, sagt Johnny. »Lieber spiele ich den Rest meines Lebens hier im Keller, und zwar *meine* Musik, als der Regierung zu erlauben, dass sie meine Lieder in Streams umprogrammiert. Was der Kon anstellt, ist doch menschenverachtend.«

Zitrus hebt die Augenbrauen. »Sag bloß, dir gefällt es nicht, high zu sein. Kommst du etwa ohne die Streams aus? Wie kriegst du das hin?«

»In meinen Träumen«, sagt Johnny trocken. »Klar bin ich so abhängig wie alle, aber darüber muss ich doch nicht glücklich sein. In den ersten Jahren habe ich wie wild gestreamt und mir auch ein paar Mal eine Überdosis eingefangen, genau wie du. Dann, beim letzten Mal, habe ich ewig im OC gelegen, und die ganze Zeit hat mich der Gedanke nicht losgelassen: *Wie wäre es, selbst zu spielen?* Natürlich habe ich eine Weile gebraucht, um die richtigen Leute für eine Band zu finden, aber wie man sieht, hat es geklappt. Ich streame nur noch, um über die Runden zu kommen, und das gilt für uns alle.«

»Kaum zu glauben. Also gibt es nur euch fünf gegen den Rest der Welt?«

»Wir sind nicht die einzige Band. Aber ich habe keine Ahnung, wo sich die anderen verstecken, und will es auch nicht wissen. Schließlich können wir uns ja kaum treffen, um zusammen eine geile Musikerparty zu veranstalten. Also ist es besser, anonym zu bleiben«, sagt Johnny. Die letzte Bemerkung richtet er an Scope.

Wir packen die Instrumente zusammen und verstauen sie, während Zitrus als Nächstes auch Mage und Phönix mit Fragen löchert. In ihren Lebensgeschichten spielt der Hass auf den Kon keine so entscheidende Rolle wie bei Johnny, aber viel Begeisterung für die Regierung bringen sie auch nicht auf.

»Kommst du?«

Ich schaue Scope an und schüttele den Kopf. Er zögert kurz, dann folgt er dem Paar neongelber Schnürsenkel die Leiter hinauf. Johnny und ich bleiben allein zurück.

»Und wie läuft's sonst?«, frage ich.

»Ganz okay, schätze ich. Man schlägt sich durchs NETZ wie immer.« Er lehnt sich gegen den Pfeiler, an dem Zitrus gerade eben noch stand, und verschränkt die Arme. »Na ja, bis auf …«

Ich schweige und warte.

»Keine Ahnung, vielleicht ist gar nichts …«

»Was?«

Sein Blick huscht zur Falltür. »Ich wollte nicht schon wieder alle in Panik versetzen. Aber ich bilde mir ständig ein, das Shuttle vom letzten Mal zu sehen.«

»Kein Wunder, die Patrouillen sind überall«, sage ich und versuche, das nervöse Flattern in meinem Magen zu ignorieren. Ohne die Band würde ich verrückt werden. »Meinst du, wir sollten uns ein neues Versteck suchen?«

»Oder ich muss aufhören.« Man sieht, dass ihm allein der Gedanke regelrecht Schmerzen bereitet.

»Unsinn, wer kann die Shuttles schon auseinanderhalten? Du glaubst nur, dass dir immer dasselbe begegnet, weil du danach Ausschau hältst.«

»Kann sein.« Er atmet aus und lässt die Arme sinken. »Bestimmt hast du recht. Na, jedenfalls hatte die Band heute einen fantastischen Sound.«

Wir wechseln das Thema und reden über neue Klangeffekte, die Johnny ausprobieren will. Mehr experimentellen Kram wie das Klirren, als Scope die Flasche zerbrochen hat.

Mir soll es recht sein, aber irgendwie verstehe ich nicht, warum er sich die Mühe macht. Wozu das Ganze? Heute habe ich zum ersten Mal eine Andeutung des Gefühls erlebt, tatsächlich auf der Bühne zu stehen, und schon frage ich mich, wieso Johnny so hartnäckig an einem Sound feilt, den niemand außer uns – na ja, und vermutlich Zitrus – jemals hören wird.

0111001001 **07** 1001010111

Lichter blinken mich an; Mages Finger klicken Befehle, die über seinen Monitor flackern.

»Ich werde nie kapieren, was du da machst«, sage ich und er grinst.

»Das ist gar nicht so anders als bei unseren Musiksessions mit der Band. In die Datenströme einzutauchen, ist irgendwie … spirituell. Glaub mir, Mann, nichts ist reiner als Code. Da drinnen ist alles so klar. Na ja, und ein bisschen gefährlich.«

»Ich glaube, Gefahr habe ich in meinem Leben schon genug.«

»Hmm. Okay« – er tippt eine letzte Zeile – »fertig. Gib mir 'ne Sekunde.« Ich höre Türen auf- und zuschlagen und das gedämpfte Geräusch eines Lüftungsgitters, das kratzend aus der Verankerung gelöst wird. Gleich darauf ist er zurück und hält mir ein zerfleddertes Buch entgegen. Ich stopfe es in meine Tasche unter einen Haufen alter Kleidung. Dort fällt es nicht auf, bis ich es unter meinem Bett verstecken kann. »Gib es Johnny zurück, wenn du damit durch bist, okay?« Das Buch immer am gleichen Platz zu behalten, wäre nicht sicher. Besonders, wenn wir beobachtet werden, wie Johnny fürchtet.

»Danke.«

»Jederzeit.«

Er stellt keine neugierigen Fragen – typisch Mage – und ich bin froh darüber. Eigentlich weiß ich selbst nicht genau, warum ich das Buch haben will. Ich kann sämtliche Seiten längst auswendig, und selbst ein waschechtes Musiklehrbuch wird mir nicht dabei helfen, Alpha und Omega vor der Beschallung durch den Kon zu retten.

»Willst du was trinken? Wasser?«

»Ich muss nach Hause, bevor die Zwillinge zurückkommen«, sage ich. »Viel Spaß mit deinem Was-auch-immer.«

»Du kannst mir glauben, Mann, das sind ganz neue Realitätslevel.«

Draußen liegt eine Spannung in der Luft wie kurz vor einem Gewitter, dabei ist der Himmel halbwegs blau – so blau jedenfalls, wie er überhaupt jemals werden kann.

Ich trete aus der Tür und schlendere langsam die Straße entlang, denn allzu schnelle Bewegungen würden in dieser Gegend die Wachen dazu bringen, unbequeme Fragen zu stellen. Einen Arm habe ich schützend um meine Tasche geschlungen, während Menschen dicht an mir vorbeiströmen. Aus dem Augenwinkel entdecke ich einen Patrouillentransporter und presse das Buch noch enger an mich.

Scheiße, ich bekomme schon Verfolgungswahn wie Johnny. Das Tablet in meiner Hosentasche summt. Die Nachricht stammt von Haven.

Bist du heute Abend im Club?_

Klar, wo sollte ich sonst sein. Wie war dein Tag?_

Stressig, aber erfolgreich._

Was immer das heißen soll. Sie hat mir immer noch nicht erzählt, an was für einem Projekt sie gerade bastelt. Ist wohl nur fair, dass sie auch Geheimnisse hat. Lächelnd betrachte ich den Bildschirm und blende alles andere aus, obwohl ich gerade einen belebten Platz überquere. Während ich auf ihren Namen starre, stelle ich mir Haven in dem Minirock vor, der ihr so sagenhaft steht. Ich stecke das Tablet wieder ein, bevor ich der Versuchung nachgeben und ihr vorschlagen kann, ihn heute Abend anzuziehen.

Alles passiert ganz plötzlich. Ich schaue eine Sekunde zu spät hoch und blicke direkt in die wild aufgerissenen Augen einer Frau auf einem schlechten Trip. Etwas Metallisches fliegt aus ihrer Hand, saust haarscharf am Kopf eines Passanten vorbei und prallt gegen eine Straßenlaterne. In der Menge stößt jemand einen Schrei aus. Ich taumele zurück und presse die Tasche an mich, kann aber nirgendwo hin. Ein Mann versucht, die Frau am Arm zu packen, und sie schleudert ihn in die Menge, während ihr Gesicht manisch auflodert wie eine Stange Dynamit. Ein Dutzend enorm teure Eier zerplatzen auf dem Boden.

Keine Ahnung, wer als Erstes zuschlägt oder wer damit anfängt, im Gedränge panisch zu schieben. Ich weiß nur, dass ich hier wegmuss. Auf der anderen Seite des Platzes splittert Glas und eine Alarmsirene heult auf.

Ich darf nicht zulassen, dass man mich mit dem Buch erwischt. Aber es ist zu wertvoll, um es einfach fallen zu lassen. Von allen Seiten schließen mich Menschen ein, eine gewalttätige, formloses Masse. Eine endlose Sekunde vergeht, in der mich noch niemand berührt, und ich fühle die verführerische, heiße Erregung. Die pure *Lebendigkeit* in dem Tumult. Jemand tritt mich ins Knie, und der Moment verfliegt, als ich vor Schmerz das Gleichgewicht verliere. Ich taumele zurück, werde wieder vorwärtsgeschoben. Meine Finger krampfen sich um das Kunstleder der Tasche.

»Stadtbürger! Zerstreut euch!«

Aber es ist zu spät für Befehle. Ich weiß genau, was als Nächstes passiert. Die Menge brüllt auf, Hunderte von Menschen vereinen sich zu einem rasenden Wesen wie Noten zu einem Song. Die Luft lädt sich knisternd auf, und dann stürmt der Mob auf den Patrouillentransporter zu, brandet um mich herum und wirft sich gegen das Fahrzeug. Ich höre es umstürzen und das ersterbende Knattern eines Lautsprechers, der auf dem Boden zermalmt wird. Ich bin der Einzige, der zurückweicht, und noch während ich mich abwende, kommt schon ein anderes Shuttle angerast, dann ein drittes und viertes, um uns einzukreisen. *Kostenloses Dope für alle.* Musik beginnt, aus den Lautsprechern zu dröhnen, die auf den Fahrzeugen angebracht sind. Harte Elektrosounds und kräftige Beats, vermischt mit einem schnell wirkenden Drogencocktail. Eine E-Gitarre setzt ein und ich muss an Johnny denken. Er ist besser.

Er sollte für die Menge spielen.

Wir … sollten …

Ich kann … nicht mehr … denken. Ich kann nicht mehr denken. Sehe ich Leute tanzen? Musik, Hass, zornige Energie. Alles wird schwarz.

♫

Der grüne Text von *Schuld und Sühne* verschwimmt vor meinen Augen, ich spüre den Nackenstecker als einen Fremdkörper, der sich bis in mein Innerstes bohrt. Ich hasse meinen Job. Wenn ich hier liege, habe ich zu viel Zeit zum Nachdenken.

Besonders über alles, was ich niemals sagen oder tun werde, weil ich schon das Falsche gesagt oder getan habe.

Um drei Uhr werde ich ausgestöpselt, richte mich mühsam auf, schlurfe in den Fahrstuhl und auf die Straße. Haven wartet an der Statue auf mich und hält mir eine Flasche Traubensaft entgegen. Mit einem Seufzer schleppe ich mich die letzten Schritte zu ihr.

»Ich habe doch gesagt, du sollst mich nicht von der Arbeit abholen.«

Ihre Augen werden kaum merklich schmaler, dann lächelt sie. »Und ich habe beschlossen, nicht darauf zu hören. So läuft das eben zwischen uns. Außerdem war ich sowieso in der Gegend.«

Oh. Klar. Hier ist schließlich das VIP-Viertel und sie gehört nun mal zum Kon.

»Als Nächstes will ich zu Scope«, fügt sie hinzu.

»Er arbeitet um diese Zeit«, sage ich, drehe den Flaschendeckel auf und stürze die Hälfte in einem Schluck herunter. Fruchtsüßer Geschmack explodiert auf meiner Zunge.

»Eben. Ich glaube, ich will mir was Neues designen lassen.«

»Das kommt ziemlich plötzlich. Ist es wegen neulich und der Exsonic?« Scope hat mir mal erzählt, dass manche Leute nach so einem Erlebnis zu ihm in den Chrome-Shop kommen. Weil sie einen schmerzhaften Akt der Katharsis brauchen.

»Vielleicht ein bisschen.« Sie zuckt mit den Schultern. »Außerdem sieht man Scope sonst gar nicht mehr. Er hängt immer mit diesem Lackaffen herum.«

»Okay«, sage ich mit einem Gähnen, das mir fast den Kiefer ausrenkt und meine Augen zum Tränen bringt.

»Tut das immer noch weh?«, fragt sie, streckt die Hand aus

und lässt die Fingerkuppen über den blauen Fleck an meiner Stirn wandern.

»Nicht wirklich.« Ich hatte unverschämtes Glück. Mage konnte den Aufruhr von seinem Hochhausfenster aus sehen und mich rausholen, ohne im Chaos von den Wachen bemerkt zu werden.

Wir nehmen den TT und fahren abwärts in Richtung Quadrant 2. Ich lehne den Kopf ans Fenster, bis Haven mich an sich zieht.

Scopes Laden befindet sich in der Nähe seiner Wohnung. Er lebt wie ich im Quadrant 2, aber am anderen Ende. Der beißende Geruch des Flusses steigt uns in die Nasen, als wir von der Haltestelle zum Chrome-Shop marschieren. Der Wind ist scharf und schneidend. Haven fröstelt, aber ich atme tief ein und stemme mich gegen die Böen.

»Hallo, Sonnenschein! Und hallo, Anthem.« Scope grinst uns von seinem Hocker entgegen. Vor ihm befindet sich ein waagerecht geklappter Behandlungsstuhl, der meinem auf der Arbeit ähnelt. Ein übergewichtiger Typ liegt darauf und zeigt uns seine Stiefelsohlen, während Scope sich über sein Gesicht lehnt. »Dauert nur ein paar Minuten.«

Bei der Eingangstür stehen einige Stühle aus hartem, genormtem Kon-Plastik aufgereiht. Ich lasse mich in einen davon fallen und lehne den Kopf gegen die Wand, wo Scopes Entwürfe hängen. Papier knistert hinter mir. Haven setzt sich neben mich und rückt so nah heran, dass ich ihre Körperwärme spüre. Sie schlägt die Beine übereinander, und ich konzentriere mich auf eine Tattoozeichnung an der anderen Wand, bis das Bild vor meinen Augen zu sinnlosen Mustern verschwimmt.

Chrome hat mich nie interessiert, zumindest nicht für mich

selbst. In meinen Körper wurden schon genug Fremdkörper implantiert. Aber ich gebe zu, dass es im Club toll aussieht, wenn das Metall das Licht zurückwirft.

Geplatzte Adern umrahmen die Silbermuster, die nun die fetten Wangen des Mannes verzieren. Er steht auf und zieht die Kopfhörer aus den Ohren, die ihn garantiert mit einem Schmerzmittel beschallt haben. Dann wirft er einen Blick in den Spiegel, grinst und zuckt gleich darauf zusammen, was seine Wangen zum Wobbeln bringt. Scope rät ihm, ein paar Stunden aufs Lächeln zu verzichten, und zeigt in Richtung des Scanners, der die Bezahlung vom Konto abzieht.

Haven wünscht sich Armreifen, schmale Linienmuster um beide Handgelenke. Ich höre nur halb zu, als Scope mit ihr über die Feinheiten diskutiert und ihr einen extracoolen Entwurf verspricht. Dieser Beruf ist wirklich perfekt für ihn … und umgekehrt.

Ein kalter Luftzug streift mich und ich öffne mühsam die Augen. Eigentlich hatte ich erwartet, einen weiteren Kunden zu sehen, aber das Neongelb ist unverkennbar. Ich winke ihm zu, und er reagiert mit einem Lächeln, das kaum seine Augen erreicht. Ehrlich, ich habe keine Ahnung, was Scope an ihm findet. Er sieht ganz lecker aus, bis auf seine überdramatischen Outfits, aber normalerweise steht Scope nicht auf die coolen, gefühlskalten Typen. Er mag Männer, die ihm selbst gleichen – offen, vertrauensvoll, optimistisch und immer in Stimmung für eine Party.

Na ja, ich war da wohl auch eine Ausnahme. Aber er kennt mich lange genug, um über den Müll hinwegzusehen, aus dem meine Psyche besteht.

»Hi«, sagt Zitrus, schlingt von hinten die Arme um Scopes

Taille und küsst seinen Nacken. Scope wird rot, was bei seiner Blässe derartig auffällt, dass ich lachen muss und beschließe, Zitrus vielleicht doch nicht so übel zu finden. Haven schafft es, gleichzeitig den Kopf zu schütteln, die Augen zu verdrehen und zu lächeln.

»Okay, jetzt ist Feierabend«, sagt Scope. »Schluss mit der Arbeit und her mit dem Vergnügen!«

Wir landen alle zusammen in meiner Wohnung, auch wenn wir uns in meinem Zimmer ziemlich zusammenquetschen müssen. Zitrus nimmt sofort das Bett in Beschlag, streckt sich genüsslich aus und zieht Scope hinterher.

»Kein Sexkram auf meiner Matratze, oder ihr werdet es bereuen!«, warne ich.

»Diese Matratze könnte ein bisschen Sex gebrauchen«, lacht Scope.

»Ach, leck mich doch. Dafür kriegen Haven und ich als Erstes die Kopfhörer.« Ich hocke mich bei der Konsole auf den Fußboden und wähle für uns beide einen Rocksong mit stampfendem Rhythmus aus, der zu meinen Favoriten gehört, seit er vor ein paar Monaten herausgekommen ist.

Wow, ja! Meine Erschöpfung verfliegt, ich beginne zu grinsen und bekomme Lachkrämpfe ohne jeden Grund. Haven starrt kichernd ihre Schnürsenkel an. Scope und Zitrus rätseln anscheinend, ob wir den Verstand verloren haben. Dann wollen sie den Trip auch sofort probieren.

Wir tauschen die Kopfhörer hin und her und scannen abwechselnd unsere Handgelenke, um uns Streams reinzuziehen, die hirnlose gute Laune machen. Das Gefühl ist toll. Es ist für mich nicht gerade *normal*, aber eine Weile kann ich es genießen. Haven klettert auf meinen Schoß, während sie mit Zitrus ein intensives, allerdings nicht sehr logisches Gespräch über Wasser führt. Ihre Wärme und ihr Duft sind fast zu viel für mich. Über ihre Schulter hinweg kichere ich Scope an, der fasziniert die Wandfarbe betastet. Ich stülpe mir wieder die Kopfhörer über und starte den nächsten Stream.

♫

»Ich habe Nein gesagt, Phönix.«

Seufzend schaue ich auf die Uhr und verschränke die Arme. Wenigstens haben wir diese Woche eine volle Probe zustande gebracht, bevor wieder mal der Streit losging. Und diesmal hat eindeutig Phönix angefangen.

Sie funkelt Johnny an und das chaotisch flackernde Licht der Glühbirne malt einen leicht irren Ausdruck auf ihre Schmollmiene.

»Wieso nicht? Du hast uns zusammengebracht, wie schwer kann es sein, noch andere Leute zu finden, die den Mund halten können?«

»Glaubst du wirklich, das ist so einfach? Ich habe ewig gebraucht, um diese Band zusammenzustellen. Anthem und Mage habe ich monatelang beobachtet und durchleuchtet. Anthem kennt Scope schon sein ganzes Leben und trotzdem haben wir ein Jahr gewartet, bis wir ihn dazugeholt haben. Du willst gar nicht wissen, wie lange ich dich durchgecheckt habe, bevor ich mir sicher war.«

»Und? Dann spielen wir eben nur für Leute, denen wir vertrauen können.«

Johnny atmet tief durch und kämpft sichtbar um Kontrolle. »Na klar, und dieses Vertrauen hält gerade so lange, bis einem dieser tollen Freunde klar wird, dass sie vom Kon einfach alles bekommen können, wenn sie uns verpfeifen.«

»Du wolltest eine Band! Musik ist dafür da, gehört zu werden. Was für einen Sinn hat sie sonst?«

Er wirbelt zu ihr herum und seine Nasenflügel beben. »›Musik ist dafür da, gehört zu werden‹«, äfft er sie nach. »Genau das findet der Kon auch. Und der Sinn ist einfach, dass wir hier zusammenkommen und die Musik zurückerobern, nur für uns. Deshalb müssen wir es nicht gleich überall rausposaunen.«

»*Er* findet, dass wir gut genug sind.«

Zitrus reißt überrascht die Augen auf, als hätte er nicht erwartet, plötzlich im Mittelpunkt des Streits zu stehen. Schwachkopf. »Er –«, beginnt Johnny, bricht den Satz jedoch ab. Vermutlich findet er, Zitrus hat schon so viel Feindseligkeit von mir abbekommen, dass es für uns beide reicht.

Okay, aber trotzdem bin ich immer noch sauer auf Scope.

»Es geht nicht darum, ob wir gut genug sind.«

»Was denkt ihr denn, Jungs?«, fragt Phönix. Damit lehnt sie sich ziemlich weit aus dem Fenster und eigentlich hat sie kein Recht dazu. Ich werfe einen Blick auf Johnny, doch er zuckt nur mit den Schultern.

Mage lässt die Trommelschlägel durch seine flinken Finger tanzen. »Ich bin nur hier, um zu spielen. Mehr brauche ich nicht.«

»Anthem?«

Von der anderen Seite des Raums fange ich Scopes Blick auf. Er trommelt nervös gegen seine Glasflaschen, aber so leicht, dass sie kein Geräusch von sich geben. »Ich finde, wir sind Johnnys Band«, sage ich nach einer Minute. »Er muss bestimmen.«

»Weil du das wirklich glaubst oder weil es Johnny ist?«

Ich starre sie wütend an, denn ich weiß selbst nicht mehr, was ich denke und fühle.

»Also, ich bin auf der Seite von Phönix«, sagt Scope und erntet ein Lächeln von Zitrus. Phönix grinst triumphierend.

»Wenn ihr für Publikum spielen wollt, dann versucht es beim Kon oder findet eine andere Band«, sagt Johnny zu ihnen. »Die gibt es schließlich da draußen, und sie verstecken sich aus gutem Grund, genau wie wir.«

»Was ist, wenn wir die Zahl echt klein halten? Nur ein paar Leute. In den Keller passen sowieso nicht viele«, schlägt Scope vor.

»Nur ein paar Leute *mehr*, meinst du?«, fragt Johnny mit einem Seitenblick auf Zitrus. »Nein. Wenn ihr das wollt, dann ohne mich.«

Phönix presst die Lippen zusammen und wendet sich ab. Der Streit scheint entschieden zu sein, zumindest für heute. Ich bezweifle, dass sie so schnell aufgibt.

Johnny greift nach einer Lumpendecke und drapiert sie über seine Gitarre. Wie ein Leichentuch. »Was ist? Kommst du mit, Anthem?«

»Jederzeit.«

Wir klettern durch die Falltür nach draußen und lassen das Lagerhaus hinter uns. Über uns dehnt sich ein trügerisch offener Himmel. Er reicht viel weiter, als wir jemals kommen werden.

»Ich verstehe ja, was sie meint«, sagt Johnny leise und schaut sich hastig um, als wir eine Ecke erreichen. Seine Augen sind so grau wie unsere Welt. Sie scheinen mehr von der Wirklichkeit einzufangen, als wir anderen wahrnehmen. »Vor Leuten spielen, das wäre schon cool. Ist mir völlig klar. Aber es wäre auch riskant und wir haben alle eine Menge zu verlieren.«

»Yep, ganz deiner Meinung«, sage ich. »Aber fragst du dich nicht auch manchmal, wie es wäre?«

»Kann schon vorkommen. Dann mache ich mir klar, dass es den Kick nicht wert ist. Weil es vermutlich das letzte Mal wäre, dass wir spielen.«

Oder dass wir Musik überhaupt hören …

Weiße Shuttlefahrzeuge rauschen auf der Straße vorbei, die langen, mehrgliedrigen für den Pendelverkehr, die eher quadratischen für Patrouillen und Techniker. Niemand hat mehr als einen flüchtigen Blick für uns übrig, zwei junge Typen bei einem harmlosen Spaziergang im Sonnenschein. Ich lege den Kopf in den Nacken und halte mein Gesicht in das warme Licht.

Vielleicht hat er recht. Die meiste Zeit weiß ich nur deshalb, welchen Wochentag wir haben, weil der Mittwoch näher rückt. Es wäre verrückt, das aufs Spiel zu setzen.

»Hör auf, so ein düsteres Gesicht zu machen«, sagt er und gibt mir mit der Schulter einen Knuff. »Wir haben ein Geheimnis vor dem Kon. Damit zeigen wir ihnen total den Stinkefinger. Stell dir nur vor, wie viel Mühe sie haben werden, unsere Erinnerungen für die Nachwelt zu säubern.«

Ich muss lachen, was besser zum Sonnenwetter passt. »Okay. Aber dir ist wohl klar, dass Phönix die Idee nicht einfach fallen lassen wird.«

»Phönix ist nur zufrieden, wenn sie einen Grund zum Rumzicken hat. Das gehört zu ihrem persönlichen Charme. Jetzt komm rein, ich will dir was zeigen.«

Johnny lebt in einer Einzimmerwohnung ganz oben in

einem der alten Brownstonehäuser. Scanner an den Wohnungstüren blinzeln uns mit roten Leuchtaugen an, als wir die Treppen hochsteigen, und beobachten uns wie argwöhnische Wachen. Am Ende eines totenstillen Flurs empfängt uns seine Tür. Ich folge ihm nach drinnen, wo uns eng gestellte Möbel und das übliche Chaos erwarten, durch das ich mir meinen Weg bahne. Johnny schichtet einen Stapel Bibliotheksbücher vom Sofa auf das Bett um, damit ich Platz zum Sitzen habe. Dann geht er zu der winzigen Küchenecke gegenüber der Hygienekabine. Stiefel und schwarze Pullis liegen als wilder Mischmasch auf dem Boden herum. Jede waagerechte Oberfläche ist mit dem seltsamen Kleinkram bedeckt, den er sammelt: Drähte, Kiesel, getrocknete Blumen aus dem Park. Nichts hat sich verändert, seit ich vor ein paar Monaten das letzte Mal hier war.

Ich finde, seine Wohnung sieht mehr wie ein Zuhause aus als meine.

Dampf kondensiert an der Fensterscheibe über einem Wassertopf, der gerade zu kochen beginnt. Johnny nimmt ihn vom Herd und füllt sorgfältig zwei angeschlagene Keramikbecher, sodass eine Wolke aus Kamille- und Honigduft zu mir herüberzieht. Er muss auf dem Rückweg zu mir aufpassen, dass er nicht über irgendwelchen Kram stolpert und Tee quer durchs Zimmer verschüttet.

»Bitte.«

»Danke.« Der Tee ist sehr heiß, aber meiner vom mehrstündigen Singen aufgerauten Kehle tut er trotzdem gut.

Wir sehen uns nicht mehr so oft wie früher. Am Anfang bestand die Band nur aus ihm und mir und einem Probenkeller. Damals landeten wir hinterher fast immer in seiner Wohnung. Wir konnten unsere staatsfeindliche Begeisterung nicht einfach abstellen, wollten aber auch nicht auf der Straße die Patrouillen auf uns aufmerksam machen. Also hingen wir einfach nur herum, schrieben Songs, redeten. Dann kam Mage dazu, später Scope. Scope und ich wurden ein Paar, trennten uns wieder. Johnny verliebte sich kurzzeitig, die Zwillinge wurden für mich mehr als eine lästige Pflicht, Haven lief mir im Chrome-Shop über den Weg.

»Denkst du manchmal auch, dass es einfacher war, als es nur uns beide gab?«

Ich grinse ihn an. »Hör auf, meine Gedanken zu lesen«, sage ich, und er lacht.

»Versteh mich nicht falsch, ich finde unseren Bandsound super. Nur ab und zu fühlt es sich an, als ob zu viele Leute im Raum sind. Seit Scope seinen Typen angeschleppt hat, ist es nicht gerade einfacher geworden. Du und ich, wir mussten früher kaum reden, wir haben beim Proben einfach gespürt, wo der andere gerade war. Manchmal ist es heute ähnlich, schätze ich, aber nie so intensiv. Die Musik ist fantastisch, wenn es gut läuft, aber dann vermasselt es immer irgendjemand, stimmt's?«

»Mit so vielen Leuten ist es schwierig, das richtige Feeling hinzukriegen«, bestätige ich. »Und klar, ich vermisse das auch. Ist das der Grund, weshalb du kein Publikum haben willst?«

»Vielleicht«, sagt er mit einem Schulterzucken. »Na, egal. Wie geht's dir sonst so? Alles okay?« Er lehnt sich auf dem Sofa zurück und fährt sich mit der Hand durchs Haar. An seinem Nacken wird kurz die Stelle sichtbar, wo das runde Steckerloch als narbige Wunde im Fleisch sitzt. Ich bin froh, dass ich meine eigene nicht sehen kann.

»Wahrscheinlich hält mein Vater nicht mehr lange durch.«

Er nickt. Das ist unsere Normalität. Johnnys Eltern haben oft gestreamt, und er blieb allein zurück, als er fünfzehn war.

»Du hast gesagt, du willst mir was zeigen?«

»Ja, stimmt.«

Die kleine Holzkiste, die er unter dem Bett hervorzieht, ist eine Antiquität aus der Vorkriegszeit, und tausend Berührungen haben sie zu einem warmen Glanz poliert.

Ich kann ein Lächeln nicht unterdrücken. »Du hast was Neues?«

»Und ob«, sagt er. Der Messingriegel klickt mit einer Handbewegung auf, der Deckel öffnet sich und enthüllt einen Stapel Papierbögen, die er bisher nicht verbrannt hat, weil die Songs darauf noch nicht fertig sind. Er nimmt das oberste Blatt und reicht es mir. Auf der einen Seite prangt die Buchüberschrift *Shakespeares Gesammelte Werke*, doch die andere ist mit Liederzeilen bekritzelt. Manche Worte sind durchgestrichen, mit dünnem Bleistift oder dicker schwarzer Tinte.

Während ich den Text lese, entsteht langsam eine Melodie in meinem Kopf. Direkt nach der Probe, wenn die Musik noch roh und ungezähmt durch meinen Körper vibriert, fällt es mir leicht, den Worten Johnnys Gitarre hinzuzufügen, Mages Rhythmen, Scopes gläserne Klänge und die klaren Akzente von Phönix.

»Ich bin noch nicht so ganz glücklich damit«, sagt Johnny.

»Glücklich? Das hier dreht sich nur um den Tod, und du willst es happy?« Ich schüttele den Kopf. »Schon gut, ich sehe, was du meinst. Stift?«

Er gräbt einen aus der Kiste hervor, und ich klemme ihn zwischen die Zähne, während ich den Song noch einmal durchlese.

»Die Stelle hier funktioniert nicht.« Ich tippe mit dem gesplitterten Ende des Bleistifts auf eine Zeile in der zweiten Strophe. »Dadurch kommt der übrige Rhythmus durcheinander.« In meinem Kopf wirbeln Ersatzworte herum, bis der passende Begriff auftaucht und sich weigert, wieder zu verschwinden. Ich kritzele ihn über die störende Stelle. »Hier. Dann brauchen wir keinen Auftakt.«

Er liest den Text durch und nickt, als er das geänderte Wort sieht. »Ja, stimmt. Anscheinend sind die ganzen hochtrabenden Romane, die du liest, doch zu was nütze.«

»Hey, wir können uns nicht alle von unserem Akku-Job verabschieden.«

»Du könntest schon, wenn du wolltest.«

»Ich hasse den Scheiß, aber dafür habe ich ein festes Gehalt. Ist mir lieber so.«

»Okay, ich brauche einen Stream. Willst du als Erstes?«

Fast muss ich über das Angebot lachen. Wir sind zwar Junkies, aber wenigstens halten wir uns an die Höflichkeitsregeln. »Nein, ich bin okay. Fang einfach an.«

Das Sofa knarrt, als er sich hinkniet, um die Konsole an der Wand über unseren Köpfen zu erreichen. Seine Finger klopfen einen unregelmäßigen Takt auf den Touchscreen. Ich nehme das nächste Blatt aus der Holzkiste und lese es durch, während ich mit dem Bleistift auf mein Knie trommele.

»Hier gibt's neue Songs.«

»Cool«, sage ich und höre nur halb hin.

»Hey, kannst du dir mal den Text auf dem blauen Zettel anschauen? Ich glaube –« Er bricht plötzlich ab.

Die Bleistiftmine kratzt übers Papier. »Du glaubst was? Johnny?«

Das Sofa knarrt wieder, und ich schaue hoch. Die Kopfhörer sind über seine Ohren gestülpt, und seine Augen sind so weit aufgerissen, dass man das Weiße sieht. Er schwankt, aber nicht im Takt der Musik.

Vor mir taumelt ein lebloser Körper, der kurz davor ist, auf den Boden zu kippen.

0110011000 **08** 0101111001

Johnny ist tot. Ich starre auf den milchweißen Himmel, graue Häuser und teerschwarze Straßen. Das blaue Leuchtschild der Wasserbar gegenüber flackert unregelmäßig an und aus. Anscheinend braucht das NETZ mal wieder mehr Energie.

Tot. Er war noch jung, sogar für unsere Verhältnisse. Nur ein paar Jahre älter als ich. In seiner Wohnung habe ich so wild auf den Notrufknopf gehämmert, dass das Plastik gesprungen ist, aber das MedShuttle hatte trotzdem keine Chance, rechtzeitig einzutreffen.

Meine Hände zittern und ich falte sie im Schoß. Johnny hat getan, was ich gerne für jeden Einzelnen in der Stadt tun würde – mich gesucht und gefunden, mir vertraut und mir gezeigt, dass es noch eine andere Art zu leben gibt. Vorher wusste ich zwar, dass mir etwas fehlte, aber ich konnte dieses Bedürfnis nicht einmal benennen. Erst unter seinem Einfluss habe ich verstanden, wie ich die seltsame, frustrierende Leere füllen kann.

Durch ihn habe ich gelernt, wer ich wirklich bin.

»Was ist denn mit euch los? Braucht ihr einen Stream oder was?«, fragt Haven, die eine Stufe über mir auf der Eingangstreppe zu meiner Wohnung sitzt. Scope hockt ganz unten, die

Knie ungelenk ans Kinn gezogen, und sieht ausnahmsweise einmal ernst aus. Ich werfe ihm einen warnenden Blick zu.

»Nichts ist los«, sagt er. Erleichtert entspanne ich mich wieder, während sich gleichzeitig ein anderer Teil von mir verkrampft, weil wir Haven anlügen. Schon wieder. »Du weißt schon« – er zwinkert ihr zweideutig zu – »war eine lange Nacht.«

»Uuh. Vergiss, dass ich gefragt habe. Und welche Entschuldigung hast du?« Ein spitzer Fingernagel landet zwischen meinen Schulterblättern, und ich lehne mich zurück, um den Körperkontakt zu verlängern. Alles fühlt sich besser an, wenn sie ein Teil davon ist.

»Ich bin bloß müde«, sage ich. An Schlaf war letzte Nacht nicht zu denken.

Haven berührt wieder meinen Rücken, diesmal sanfter. »Okay. Aber zum Club schaffst du es heute Abend?«

»Klar.«

»Erste Sahne«, sagt sie, steht auf und klopft sich Quadrant-2-Dreck von ihrem schwarzen Minirock. »Ich gehe nach Hause und ziehe mich um.«

Sie schlendert davon, wobei sie ihr Tablet aus der Tasche zieht und eine Nachricht schickt. Ich weiß, dass sie ihr Privatshuttle mit Chauffeur benachrichtigt, damit er sie außer Sichtweite aufsammelt. Sie behauptet, dass sie meine Adresse vor ihrer Familie geheim halten will, aber das habe ich ihr nie abgenommen. Mit Sicherheit wissen ihre Kon-Eltern ganz genau, wo sie steckt. Die Sache mit dem Shuttle ist eine reine Höflichkeitsgeste, und ich finde es nett, dass sie so rücksichtsvoll ist.

Ausnahmsweise bekomme ich von Scope keinen spöttischen Kommentar ab, obwohl er sieht, wie ich ihr nachschaue.

»Okay, reden wir wieder über Johnny«, sage ich.

»Das Ganze macht echt keinen Sinn«, sagt Scope. »Ich meine, jeder erwischt mal eine Überdosis, klar. Das kennen wir alle. Aber wann ist zum letzten Mal jemand daran gestorben? Die MedTechs sind ziemlich gut darin, Leute wieder auf die Beine zu bringen.«

»Vielleicht war er vorher schon krank. Also, mehr, als für sein Alter normal ist.« Ich kann nicht glauben, dass Johnny mir so etwas verschwiegen hätte. Der Gedanke ist kaum zu ertragen.

Scope blickt ebenfalls zweifelnd. Ich lehne mich auf den Ellbogen zurück und schaue nach oben. Eine einzelne Taube flattert über den Himmel. Ihre plumpe Form wirkt hübsch, weil sie so selten ist.

Irgendwann geht auch Scope, um sich umzuziehen und nach seiner Mutter zu schauen. Ich bewege mich nicht vom Fleck, bleibe einfach sitzen und starre auf die Straße. So muss es sich anfühlen, einen älteren Bruder zu verlieren. Er hat mir gezeigt, wo es langgeht, und ich habe seine Courage genug bewundert, um mich von ihm führen zu lassen.

Fabel öffnet die Tür der Nachbarwohnung unter uns, und die Zwillinge werfen sich in meine Arme. Ich verpasse ihrem Spielkameraden nur einen düsteren Blick. Für mehr fehlt mir leider die Energie. Oben lasse ich die beiden Hausaufgaben machen, während ich meinen Vater vom Sofa wuchte und ihn unter den Duschstrahl schiebe. Jeden Tag hat er weniger Kraft, sich aufrecht zu halten. Selbst das eisige Wasser kann ihn kaum noch zu Bewusstsein bringen.

Nach dem Abendessen schwafeln die TV-Nachrichten von Upgrades für öffentliche Shuttles und Verbesserungen am Hauptrechner, was mir wenig bringt, aber immer noch besser ist als Stille. Ich habe die Botschaft schon kapiert: Der Konzern ist groß und mächtig und nur um unser Wohl besorgt.

Durch meine offene Schlafzimmertür sehe ich den Bildschirm der Konsole leuchten. Meine Fingernägel bohren sich in meine Oberschenkel und ich beiße die Zähne zusammen. Mein Kiefer schmerzt schon von den vielen gescheiterten Versuchen, der Sucht zu widerstehen, seit Johnny gestorben ist.

Wenn ich nicht streame, kommen sie mich holen.

Aber ein Stream hat ihn umgebracht.

Die Zwillinge lachen in ihrem Zimmer, mein Vater schnarcht ein paar Meter entfernt. Mir bricht der kalte Schweiß aus, als ich meine Tür hinter mir schließe, die Kopfhörer vom Haken nehme und mit dem Daumen über die Ränder fahre. Der Stream, den ich anklicke, klingt dünn und blechern aus den Membranen, nicht laut genug für die erwünschte Wirkung. Das dünne Plastik schneidet mir in die Haut. Ich bin so nah dran, fühle die Wand kühl und glatt an meiner Stirn, denke ans Atmen. Meine Knie fangen an zu zittern, und ich muss sie steif durchdrücken, damit sie wieder damit aufhören. Wenn ich will, kann ich einfach hier stehen bleiben und den Stream abspielen lassen. Der Kon wird nie erfahren, dass ich ihn in Wirklichkeit nicht gehört habe.

Aber ich weiß Bescheid. Mein Gehirn weiß Bescheid und kreischt: »Ich brauche das Zeug! Ich will es haben, jetzt sofort!« Und schon sacke ich (und der Rest meiner Willenskraft) zusammen, bis ich auf dem Fußboden kauere.

Dröhnend laut und perfekt, ein Raum aus purem Klang, in dem ich mich verstecken kann und aus dem ich nie wieder herausmuss. Ein Kokon aus Gitarrensaiten, eine warme Decke aus dunklen Trommeltönen. Die Ränder der Klangräume zerfransen zu

Farben, verschwimmen und schmelzen, alles um mich herum wird fließend weich. Johnny ist hier und lächelt mich auf seine schräge Art an, gleichzeitig amüsiert und ernst.

Es fängt wohl an zu regnen. Ich fühle die Tropfen auf meinen Wangen.

Der Raum verformt sich, und aus dem Fußboden wächst der Stuhl aus meiner Legebatterie. Unscharfer grüner Text, den ich nicht lesen kann, scrollt über die Decke, und meine Finger trommeln einen Rhythmus, bis ich es merke und sofort damit aufhöre. Ich stehe auf, und Johnny folgt mir nach draußen auf die Straße. Dort greift er nach meinem Handgelenk. Mein Puls schießt nach oben. Ich kenne diesen Typen nicht! Was will er von mir?

»Ich kann dir helfen«, *sagt er.*

Nein, nein, ich brauche keine Hilfe. Mir geht es prima, alles ist bestens, und ich muss nach Hause. Ich kann ihm nicht zuhören. Alpha und Omega warten auf mich; sie brauchen mich.

»Ich hatte dich schon länger im Auge«, *sagt er.* »Obwohl du immer dachtest, dass dich niemand sieht.«

Der Donner hämmert einen dröhnenden Beat. Regen prasselt härter auf mein Gesicht herunter, aus dem Himmel und aus der schmutzigen Kellerdecke. Der Typ zeigt mir eine echte E-Gitarre, und ich lache, als die Saiten losröhren. Das Ding ist zerschlissen, hässlich und ein solches Heiligtum, dass ich es kaum zu berühren wage. Aber ich tue es trotzdem, strecke die Hand aus, spüre glattes Holz und Metall unter meinen Fingerkuppen. Er reicht mir ein Blatt Papier, das zerknittert und dünn ist, aber trotzdem kann ich diesen Text lesen, diese Worte singen, hier an diesem sicheren Ort, wo niemand uns hört.

Wir fangen an herumzuprobieren, und meine Stimme klingt fremd in meinen Ohren; die Gitarre hallt laut in dem beengten

Raum. Ich muss wieder lachen, kann gar nicht mehr aufhören. Abwechselnd lache und singe ich, bis mir die Texte ausgehen und die Musik verstummt. Wie kann es jetzt schon vorbei sein? Die Wände schimmern und lösen sich auf, die Saiten lockern sich und geben mich frei, Johnny lächelt mich an, aber etwas stimmt nicht. Ich kann durch ihn hindurchsehen bis auf die harten, alltäglichen Konturen meines Schlafzimmers. Ein kurzes Blinzeln, und er ist verschwunden.

♫

Sie haben ihn umgebracht. Ist mir egal, ob es ein Unfall war. Im Moment ist mir auch egal, dass die Musik am Ende jeden von uns töten wird. Johnny war immer noch so lebendig, hatte mehr Talent und Mut als wir alle.

Er war mein Freund. Mein *Freund*, verdammt.

Haven und Scope fragen sich wahrscheinlich, wo ich bleibe. Bestimmt sind im Club schon alle high. Mir wird bei dem Gedanken ganz schlecht.

Trotzdem zieht es mich dorthin, was mir erst recht den Magen umdreht.

Ich habe Glück, dass ich dunkle Kleidung trage und eine schattige Türöffnung finde, als ein Patrouillen-Shuttle vorbeikommt. Vermutlich könnte ich mich rausreden, falls ich gefragt werde, warum ich nicht im Club oder zu Hause an meiner Konsole bin, aber eine blöde Bemerkung von einem Wachmann würde reichen, um bei mir die Sicherungen durchbrennen zu lassen. Und da ich kein VIP wie Haven bin, kann ich mir so etwas nicht leisten.

Ich bin nur Akku-Dreck.

Ziellos wandere ich durch die menschenleeren Straßen. Erst als ich schon fast am Südufer mit den Lagerhäusern bin, wird mir klar, dass ich die ganze Zeit hierher unterwegs war. Es gibt keinen besseren Ort, um mich von Johnny zu verabschieden. Bei seinem Tod hatte ich ja keine Chance dazu. Ich schlüpfe durch den Zaun und beiße mir auf die Zunge, als Stacheldraht mir die Hand aufschneidet.

Eine huschende Bewegung in der pechschwarzen Dunkelheit des Kellers lässt mich zusammenfahren. Ich will lieber gar nicht wissen, was das war. Meine Hand tastet über die schmierige Wand nach dem Lichtschalter.

Alles ist still und leblos, so wie Johnny und ich den Raum verlassen haben, als wir zu ihm nach Hause gegangen sind. Mit zittrigen Knien sinke ich neben dem Lumpenhaufen zu Boden und lehne den Rücken an die dreckige Wand.

Mein Unterbewusstsein blättert durch Gesichter. Johnny taucht vor mir auf – natürlich –, aber nicht nur er. Da ist Haven, deren lächelnder Blick nicht ganz die Härte in ihren Augen verbirgt. Alpha und Omega, für die ich Sicherheit, Schutz und ein Zuhause bedeute. Mage mit seinem unkomplizierten Grinsen. Phönix und ihr Wirrwarr von Gefühlen, mit denen sie tentakelhaft um sich schlägt, wenn sie sich unsicher fühlt. Scope, dem ich mehr vertraue als sonst einem Menschen, und Zitrus, den Scope wirklich und wahrhaftig liebt, auch wenn er es mir gegenüber noch nicht zugegeben hat. Meine Eltern, die für mich gesorgt haben, so gut sie konnten, und die ich auf keinen Fall enttäuschen will, obwohl sich das merkwürdig spiegelverkehrt anfühlt.

Ich bin nicht sicher, wie lange ich dort hocke, denn meine Uhr liegt immer noch zu Hause auf der Küchenspüle. Jedenfalls lange genug, um einen steifen Rücken zu bekommen, und als ich mich in eine bequemere Position bugsieren will, bleibt mein Hosenstoff am Fußboden kleben.

Die Gitarre ist ein Kaleidoskop von Tastreizen unter meinen Fingerkuppen – glattes Holz, scharf gespannte Saiten, kaltes Metall. Das Instrument bleibt stumm, aber meine Stimme durchbricht laut die Stille.

»Es tut mir leid, Johnny.«

In der Luft liegt ein Gefühl wie geisterhaftes Unbehagen, und ich bezweifle, dass seine Anwesenheit jemals ganz verschwinden wird. Gut so. Das will ich auch gar nicht. Ich verlasse den Keller und wandere ziellos durch die Straßen, während mein Gehirn wie verrückt rotiert.

Alles ist aus dem Rhythmus. Nichts fühlt sich richtig an.

»Wow, das nenne ich mal 'ne Verspätung, selbst für dich. Und du blutest. Was ist passiert?«

Ich schaue Pixel an, dann meine Hand. Mist, das hatte ich ganz vergessen.

»Ups«, sage ich. »Äh …«

Er schüttelt den Kopf, verschwindet durch die Tür in den Club und taucht eine Minute später mit einer Rolle Verbandszeug wieder auf. »Ich habe den DJ-Computer programmiert, als Nächstes was mit Schmerzmitteln zu spielen«, sagt er. »Bist du okay?«

»Ja, keine große Sache.« Ich lasse meine Hand von ihm verbinden und bedanke mich.

»Sicher doch. Hör mal, ich stelle mir normalerweise nicht allzu genau vor, was Scope in seiner Freizeit treibt, aber ist mit ihm alles in Ordnung? Gestern hat ihm jemand 'nen Voice-Ticker geschickt und … na ja, da ist er noch blasser geworden als gewöhnlich. Und wenn ich dich jetzt anschaue, siehst du auch nicht viel besser aus.«

»Keine Sorge, ihm geht es gut.« Die Nachricht gestern kam von mir, ein paar Stunden, nachdem … Ich konnte meine Finger nicht dazu bringen, einen Text zu tippen.

»Er hat keinen Ärger mit seinem Lover?«

»Nicht, dass ich wüsste.«

»Okay, danke. Erzähl meinem kleinen Bruder nicht, dass ich wegen ihm rumglucke, klar?« Er grinst.

»Das bleibt unser dunkles Geheimnis.«

Haven und Scope sind viel zu weggetreten, um zu bemerken, wie spät ich heute da bin. Ich bekomme einen ungezielten Schmatzer von Haven, der gefährlich nah an meinen Lippen landet. Mein Stöhnen geht in der pulsierenden Musik unter, genau wie bald darauf der Rest meiner Gedanken. Trotzdem weiß ich hinterher noch, welche Entscheidung ich getroffen habe. Mein Entschluss hält mich wach, während ich neben Haven liege, und lenkt mich beim Job vom Romanlesen ab. Eine Woche verfliegt, fast ohne dass ich es bemerke. Die anderen treffen sich ein paar Mal ohne mich, um über Johnnys seltsamen Tod zu reden. Ich ignoriere mein vibrierendes Tablet und schließe die Augen, sehe ihn in einer Endlosschleife vor mir zu Boden sacken.

Bis zum Mittwoch. Wenn ich nach dem Job noch die Energie dafür hätte, würde ich von der Kon-Zentrale zum Lagerhaus sprinten.

Mage ist es wahrscheinlich egal, und Scope wird sagen, dass die Gitarre jetzt rechtmäßig mir gehört. Phönix … keine Ahnung, aber *ihr* überlasse ich sie auf keinen Fall.

Johnny würde wollen, dass wir weiter darauf spielen, statt sie für immer in einer Kellernische voller rostiger Rohrleitungen zu lassen, wo sie allmählich vergammelt.

Ich trage sie zu einer der Pappkisten, die wir als Tische benutzen, und wickele sie aus der Lumpendecke. Selbst als ich sie enthüllt habe, macht sie nicht den Eindruck, als könnte man ihr die Melodien entlocken, die Johnny aus den vier verbliebenen Saiten hervorgezaubert hat. Ich habe keine Chance, seinem Talent auch nur nahe zu kommen, aber ich muss es wenigstens versuchen.

Der Gurt besteht aus einem geflochtenen groben Tau, das in meinen Hals einschneidet, sobald ich die Gitarre überstreife. Aber das bisschen Schmerz ist nichts gegen das Glücksgefühl, ein echtes Instrument in der Hand zu halten.

Ein einziger durchdringender Ton, dann ein zweiter und dritter vibrieren durch die stickige Kellerluft. Sie klingen nicht ganz harmonisch, das erkenne ich mit bloßem Gehör, also drehe ich vorsichtig an einem Wirbel. Falls eine Saite reißt, kann ich sie nicht ersetzen.

Meine Augen schließen sich ganz von selbst. Ich erinnere mich, wie Johnnys linke Hand über das Griffbrett getanzt ist, wie er die Saiten angeschlagen und gezupft hat. Durch den Raum hallen Töne, die man schon fast als Musik bezeichnen könnte. Die Zeit scheint sich zu verzerren und stehen zu bleiben – nicht wie beim Streamen oder im Club, sondern einfach nur von dem Gefühl, selbst Musik zu erschaffen. Es gibt nichts außer der nächsten Note, dem nächsten Beat und meinen Fingern, die ungeschickt die Tonleiter hinaufrutschen. Das hier ist zehnmal besser als alles andere in meinem Leben.

Ich denke an Haven. Okay, zehnmal besser als alles, was ich tatsächlich bekommen kann.

»Dachte mir schon, dass du sie dir schnappst. Nicht schlecht, Mann, nicht schlecht.« Mage ignoriert die letzten Leitersprossen, springt in den Keller und schüttelt sich die Dreadlocks aus dem Gesicht. »Lässt sich noch ein bisschen dran feilen, aber mir gefällt es.«

»Danke. Und na ja …« – meine Stimme bricht – »tut mir leid.« Dabei bin ich nicht mal sicher, wofür ich mich entschuldige.

»Yeah, schon gut.« Mage starrt auf den dreckigen Boden. »Was ist *passiert*, Mann? Scope hat uns davon erzählt, aber das hat echt keinen Sinn ergeben.«

Die Saiten graben sich tiefer in meine Finger. »Er ist plötzlich einfach … Ich weiß auch nicht. Wir waren in seiner Wohnung, haben zusammen abgehangen und an Songs gebastelt. Er hat sich einen Stream runtergeladen und …« Ich presse die Lippen zusammen und schließe meine Augen, weil sie brennen.

»Haben die MedTechs nichts gesagt?«

»Nur, dass jeder einen schlechten Trip erwischen kann.« Der Kloß in meinem Hals erstickt mich fast. »Dann haben sie ihn zugedeckt und weggetragen.«

»Natürlich gibt es schlechte Trips, aber so krass? Ich habe noch nie gehört, dass jemand einfach tot umfällt. Doch nicht von einem einzigen Stream.«

»Ich weiß. Das hat Scope auch gesagt.« *Nichts fühlt sich richtig an.*

»Was soll ich gesagt haben?« Scopes Stiefelsohlen kommen die Leiter herabgepoltert. Zitrus folgt gleich hinterher.

»Hi«, grüße ich. »Über Johnny. Wie schnell das bei ihm ging.«

»Ja, stimmt. Aber Pixel meint, er kennt einen ähnlichen Fall.

Erst vor Kurzem, einem Monat oder so, hat es einen seiner Bekannten aus dem Club erwischt.«

»Auf genau die gleiche Art?« In meinem Kopf dreht sich alles.

»Klang so, ja.« Scope wirft mir einen stirnrunzelnden Blick zu und legt eine Hand auf meine Schulter. »Alles okay? Kommst du damit klar?«

Ich nicke und wir stehen einen Moment schweigend beieinander.

»Er würde garantiert wollen, dass wir ohne ihn weitermachen«, sagt Mage schließlich. »Ich schätze, Anthem ist jetzt der Boss?«

In diesem Moment taucht Phönix auf und rettet mich vor einer Antwort. Als sie die Falltür hinter sich zuklappen lässt, wirkt ihr hübsches Gesicht ungewöhnlich weich, nicht so kämpferisch und wild wie sonst. Mage nimmt sie in die Arme, und sie klammert sich einen Moment lang an ihm fest, bevor sie ihn wegstößt.

»Hätte ich mir ja denken können«, sagt sie mit einem Blick zu mir und schüttelt ihre feuerrote Mähne. »Okay, lasst uns anfangen.«

Ich halte die Gitarre in der Hand, und es wäre leicht, zwei Stunden lang alles zu vergessen, einfach nur zu spielen und an gar nichts mehr zu denken.

Der Gurt verfängt sich kurz in meinem Haar, als ich ihn über den Kopf ziehe. »Nein«, sage ich. »Nicht heute.«

Vier Gesichter starren mich an. »Aber Anthem, was –?«, beginnt Scope. Da haben sich meine Hände und Füße schon halb die Leiter hochgearbeitet. Ich halte auf der Mitte an, mit den rostigen Scharnieren der Falltür in Augenhöhe.

»Spielt heute ohne mich. Oder lasst es bleiben. Ist mir egal.« Ich könnte Mage und sein Hackertalent dazu benutzen, meinen Verdacht zu überprüfen, aber das will ich nicht. Am besten erzähle ich ihm erst davon, wenn ich wirklich Bescheid weiß. »Ich muss mich mit jemandem treffen.«

0110111001 **09** 1001010010

Ich hatte total recht, aber fühle mich kein bisschen besser, seit ich das weiß.

Ungläubig starre ich Haven an. Sie presst die Lippen zusammen und wartet darauf, dass ich etwas sage. Mit gekreuzten Beinen hockt sie auf meinem Bett und schaut zu, wie ich zwischen der Tür und ihr hin- und hertigere.

»Es gibt tatsächlich eine Liste«, wiederhole ich. In Gedanken kann ich es regelrecht vor mir sehen: leichenfahler Code auf einem pechschwarzen Bildschirm.

»Ja, mit Zielpersonen.« Ihre Knöchel sind weiß und bilden einen kränklichen Kontrast zum grellen Pink ihrer Fingernägel. »Ich musste ziemlich tief graben, aber ich habe sie gefunden. Anthem, die Leute sind alle …«

Tot. Ja, natürlich.

»Erzählst du mir jetzt, wieso ich überhaupt danach gesucht habe? Wessen PersoCode war das?«

»Ein Freund von mir. Sein Name war Johnny.«

Mein Rücken stößt gegen die Wand, und meine Knie knicken ganz von selbst ein. Havens warme Hand legt sich auf meine Schulter.

»Er war auch ein Akku, aber dann hat er aufgehört«, sage

ich mit rauer Stimme. Mehr kann ich ihr nicht erzählen. Alles andere wäre zu gefährlich.

»Tut mir leid«, flüstert sie.

Ich schaue zu ihr hoch und wische mir über die Augen. »Standen da noch andere Informationen? Irgendwas? Wenigstens ein Grund?« Als wenn ich mir nicht selbst denken könnte, was der Grund war.

»Nein, gar nichts«, sagt sie und schüttelt den Kopf. Eine Haarsträhne fällt ihr in die Augen, und sie streicht sie abwesend zurück. »Nur die Worte *Zur Tötung freigegeben.* Und darunter ungefähr zwanzig PersoCodes von Leuten aus dem ganzen Web. Sonst nichts. Kein Grund, keine Methode.«

Sie wissen Bescheid. Mir wird ganz schlecht, als sich mein Magen bei dem Gedanken verkrampft. Sie wissen über uns Bescheid. Zumindest über Johnny, aber es ist nur eine Frage der Zeit, bis sie herausfinden, mit wem er kürzlich Kontakt hatte. Phönix und Mage. Und natürlich ich. Vielleicht wurde ich mit ihm gesehen. Außerdem weiß Tango, dass wir befreundet waren. Von mir führt die Spur direkt zu Scope und Zitrus. Wahrscheinlich werden sie Pixel automatisch als schuldig betrachten, weil er Familie ist.

»Was hat er getan, Anthem? Was ist hier los?«

Ich starre auf das Logo des Konzerns, das auf dem Bildschirm hin und her pendelt. »Keine Ahnung.«

♫

Ich habe mir vor Ewigkeiten angewöhnt, mich unauffällig zu benehmen, den Blick auf den Boden zu senken und mich nicht umzuschauen. Aber jetzt echot das Gespräch mit Haven durch meinen Kopf, und ich halte die Augen offen, wo immer ich hingehe. Bei jedem Schichtwechsel sehe ich rechts und links nur Wachleute und Patrouillen-Shuttles. Ein einziges Motorboot befährt den Fluss, der unsere Stadtinsel einschließt, und ein Uniformierter steht am Steuer. Auf meinem Weg zur Arbeit starre ich so auffällig die Statue an, dass ein misstrauischer Wachmann mich auffordert weiterzugehen.

Ich bezweifle, dass die Flüchtlinge, die sich nach dem Krieg hier versammelten, eine solche Zukunft im Sinn hatten. Hungernd, zerlumpt, ohne Ziel oder staatliche Lenkung strandeten sie an dem Ort, den man einst New York City nannte. In den Konflikten war die Stadt so oft zum Ziel geworden, dass sie sich besser zu schützen gelernt hatte als die meisten anderen. Und als alles vorbei war, gab es hier tatsächlich noch Lebensmittel, unzerstörten Wohnraum und die einzigen Computer, die das EMP-Bombardement am Kriegsende übrig gelassen hatte.

Die Flüchtlinge sehnten sich einfach nur nach Sicherheit und Frieden. Was sie stattdessen bekamen, waren Straßenschlachten, die dem Krieg an Grausamkeit fast gleichkamen. Immerhin gab es weniger Tote, weil kaum noch Waffen übrig waren. Während die einen versuchten, die Stadt wieder aufzubauen, beschäftigten sich die anderen mit blutigen Machtkämpfen. Am Ende errang der Mann die Kontrolle, der nun in Metall verewigt vor der Hauptzentrale steht.

Der Fahrstuhl ist heiß, eng und voll. Ich muss einen Flashback von dem Massenkrawall niederkämpfen.

»Was ist los?«, fragt Tango, als sie mir auf den Dränagestuhl hilft.

Fast sage ich, dass ihr Freund noch Glück hatte, nur als

Exsonic zu enden. Aber erstens ist das nicht wahr, und zweitens müsste ich zu viel erklären, über das ich nicht reden kann. »Nichts«, sage ich. »Bloß müde.«

Da ich immer müde bin, glaubt sie mir.

♫

Auf der anderen Flussseite ragen zertrümmerte Betonstreben aus der toten Landschaft wie schiefe Zähne, verzerrt gespiegelt von stahlgrauem Wasser. Ich starre einen Moment abwesend darauf, bevor ich mich ducke und durch den Zaun klettere. Mir ist klar, was ich von meinen Freunden verlange. Ein Treffen an einem Freitag ist riskant, weil noch mehr Patrouillen als gewöhnlich die Straßen bevölkern, um für das Wochenende vorzusorgen. Aber ich habe einen guten Grund, sie zusammenzurufen.

Der vermüllte Keller fühlt sich noch enger und klaustrophobischer an als sonst, während ich hin und her stapfe und vor Wut buchstäblich mit den Zähnen knirsche. Ich trete gegen ein rostiges Rohr und höre zu, wie der dumpfe Ton verebbt. Seit ich dank Haven die Wahrheit kenne, türmen sich lebensgefährliche Entscheidungen in meinem Kopf auf. Ich werde von purem Zorn angetrieben, vermischt mit dem Gefühl, dass dieser ganze verdammte Albtraum nicht wahr sein kann.

Nein, das stimmt nicht. Obwohl ich gehofft habe, dass ich mit meinem Verdacht falschliege und dass selbst der Kon nicht so tief sinken würde, fällt es mir nicht schwer, daran zu glauben. Die Tatsachen sprechen für sich, und zwar sehr deutlich.

Eine Weile sehe ich rot … bis neongelbe Schnürsenkel vor mir auftauchen.

»Hey, spinnst du?«, keucht Zitrus, als ich durch den Keller gestürmt komme und ihn gegen die Wand stoße. Nur vage höre ich, wie Scope mit einem Sprung im Keller landet.

»Du hast den Mund nicht halten können, stimmt's?«

Seine Augen werden groß. »Wovon redest du?«

»Von uns. Von den Proben. Hast du jemandem davon erzählt?«

Scope packt mich an der Schulter. »Was zur Hölle ist mit dir los? Natürlich hat er nichts erzählt.«

Ich schaue zwischen den beiden hin und her. Meine ganzen Pläne schwirren mir durch den Kopf. »Okay«, sage ich widerwillig. »Ich erkläre euch alles, wenn die anderen hier sind.«

Mage und Phönix tauchen ein paar Minuten später auf und wollen wissen, wieso ich sie angetickert habe. Ich bin froh, dass ihre Ankunft die angespannte Stille unterbricht.

»Johnny wurde ermordet. Der Clubfreund von Pixel wahrscheinlich auch«, verkünde ich. »Und vermutlich eine junge Frau aus meinem Wohnblock.« Ich erinnere mich an meinen Moment der Panik und die darauffolgende Erleichterung, als ich das tote Mädchen anstelle meines Vaters auf der Trage liegen sah.

Das Gesicht von Mage verliert sämtliche Farbe. »Okay, das meinst du nicht ernst.«

»Ich … eine Freundin … also, jemand hat sich für mich ins System gehackt, und Johnnys Code stand auf einer Liste. Alle anderen sind auch tot. Scope, vielleicht kann Pixel dir den Code von seinem Freund geben, dann lasse ich den als Nächstes checken«, sage ich. Scope nickt.

»Der Stream«, flüstert Mage. »Er ist an dem Stream gestorben.«

»Ja, glaube ich auch.« Mir ist noch nicht klar, wie sie das hingekriegt haben, aber das spielt im Moment auch keine Rolle.

»Okay, jetzt schalt mal einen Gang zurück. Willst du damit sagen, der Kon hat angefangen, Leute umzubringen? Mit Streams?«, fragt Phönix.

»Das machen sie doch schon ewig. Der Unterschied ist nur, dass es jetzt schneller geht.« Ich sehe vor mir, wie Johnny zu Boden sinkt. Wieder und wieder und wieder. »Er hatte das Gefühl, dass er überwacht wird.«

»Du glaubst, sie wissen über uns Bescheid?«

Ich zucke mit den Schultern, als Zitrus das Wort *uns* benutzt. Soll er doch. »Das macht am meisten Sinn, oder?«

Alle schweigen eine ziemlich lange Zeit. Ich sollte sie vorwarnen, dass der Gedanke nicht angenehmer wird, wenn man ihn sacken lässt. Als sich ihre Blicke wieder auf mich richten, stelle ich mich neben Johnnys Gitarre auf und beginne meine Rede.

»Wir müssen uns wehren. Uns bleibt nichts anderes mehr übrig. Eine Freundin hat mal zu mir gesagt, dass sich viele Leute wünschen, eine uncodierte Band spielen zu hören. Ich glaube, sie hat recht. Und falls Johnny wirklich überwacht wurde, weiß der Kon auch über uns Bescheid. Das heißt, uns könnte genau dasselbe passieren, jeden verdammten Moment. Gut möglich, dass wir schon als Nächstes auf der Abschussliste stehen … Oder der Kon zählt darauf, dass wir uns einschüchtern lassen und aufhören. Ich meine, wir sollten genau das Gegenteil tun. Vielleicht ist das unsere letzte Chance. Wenn die Regierung schon so nervös ist, dass sie Leute ermorden lässt, dann ist das ein Zeichen von Schwäche –«

»Du redest hier vom Kon«, unterbricht mich Zitrus. »Falls

der Konzern einen schwachen Punkt hat, dann sicher nicht für lange.«

»Eben«, sage ich.

»Auf was genau willst du eigentlich hinaus?«

Ich schaue Phönix an. »Live-Konzerte. Echte Auftritte irgendwo … na ja, wahrscheinlich hier. Wir trommeln Leute zusammen, denen wir vertrauen. Sie werden garantiert kommen, weil sie wissen wollen, wie echte Musik klingt. Oder wir sagen ihnen gar nicht, was wir hier veranstalten. Keine Ahnung, uns wird schon was einfallen. Jedenfalls können wir uncodierte Musik benutzen, um Leute zusammenzubringen und dafür zu sorgen, dass die Wahrheit weiter verbreitet wird. Wenn genug mitmachen, muss der Kon reagieren.« Ich erinnere mich an den Krawall und die zornsprühende Energie der Menschenmasse, bevor die Drogen uns wieder gefügig machten. Der Hass auf den Kon brodelt bereits dicht unter der Oberfläche. Er braucht nur eine Gelegenheit, um auszubrechen. »Wenn wir genug Leute zusammenbekommen, können wir die Wachen einfach überrennen und die Zentrale stürmen.«

»Ist das dein Ernst?«, fragt Scope. Alle starren mich an.

»Was in letzter Zeit passiert ist … das war einfach zu viel. Johnny. Die Zwillinge. Die Exsonic.«

Mage und Phönix schauen mich verwirrt an, und ich erzähle ihnen, was vor ein paar Tagen geschehen ist. Meine Version ist harmloser als die Realität, aber sie können sich den blutigen Rest vorstellen.

»Scheiß auf den Kon«, zischt Phönix.

»Genau. Deshalb müssen wir endlich etwas tun. Okay, ich habe keine Ahnung, ob wir tatsächlich etwas ändern können, aber was bleibt uns sonst übrig? Sollen wir einfach alles lassen wie bisher? Damit sich andere mit dem Problem herumschlagen … die Zwillinge vielleicht? Gut möglich, dass wir schon als Nächstes dran sind. Unsere Codes werden auf irgendeine beschissene Liste gesetzt, und wir haben keine Ahnung.« Schließlich kann Haven nicht die ganze Zeit aufpassen, selbst wenn sie weiß, wonach sie suchen muss. »Falls das passiert, will ich wenigstens nicht kampflos abtreten.«

»Du redest davon, eine Revolution anzuzetteln«, sagt Mage.

Ich spüre, wie ein Kribbeln über meine Haut läuft. »Ja, kann schon sein. Ich … keine Ahnung. So was in der Richtung. Früher waren Songs mal ein Mittel gegen Unterdrückung. Heute sind sie selbst zu Machtmitteln geworden. Ich glaube, ich würde lieber sterben als …« Meine Kehle ist klebrig, und ich schlucke gegen die Trockenheit an. »Die Zwillinge sollen wissen, dass ich es wenigstens versucht habe. Außerdem geht es um Johnny.« Jemand muss dafür sorgen, dass er nicht einfach vergessen wird.

»Tja, mich musst du nicht erst überzeugen«, sagt Zitrus. Kein Wunder, er war ja auch von Anfang an für Auftritte mit Publikum.

Ärger flammt kurz in mir auf, aber ich schüttele das Gefühl ab. Zitrus ist auf meiner Seite, also sollte es mir egal sein, dass er eigentlich nicht zur Band gehört.

»Klar bin ich dabei«, sagt Phönix. »Ich will, dass die Leute mich spielen hören, und eine kleine Straßenschlacht macht es nur besser.«

»Ich habe die Patrouillen und die Wachen bei der Zentrale beobachtet«, erkläre ich. »Wir werden ziemlich viele Leute brauchen. Aber unmöglich ist es nicht.«

»Und dann was? Wir stürmen mit unserer Armee los und

bringen alle um?« Zitrus scheint der Gedanke zu gefallen, denn er grinst. Ich schüttele den Kopf.

»Gewalt ist ihre Methode, nicht unsere. Nein. Wenn wir das System verändern wollen, gibt es andere Wege. Wir müssen nur die Zentrale und den Hauptrechner unter Kontrolle bekommen.«

Er hebt die Augenbrauen. »Ist das nicht ein bisschen naiv?«

»Ich töte niemanden zum Spaß. Nicht einmal aus Rache«, sage ich. Wenigstens in diesem Punkt bin ich mir sicher. »Natürlich müssen wir uns notfalls verteidigen, aber …«

»Okay, wie weit bist du bereit zu gehen?«, fragt Phönix. »Willst du nun einen Kampf oder nicht?« Alle schauen mich erwartungsvoll an. Ich schließe die Augen und sehe meinen Freund sterben, nur eine Armlänge entfernt, ohne dass ich etwas dagegen tun kann. Ich höre das Geräusch, als er auf dem Boden aufprallt.

Ich denke an die Zwillinge.

»So weit es notwendig ist«, sage ich. »Aber keinen Schritt weiter.«

1110011000 **10** 1101101111

Nur Mage bleibt still; er starrt auf seine übergeschlagenen Beine und lässt die Dreadlocks zwischen seinen Fingern hindurchgleiten.

»Mage«, sagt Scope. »Sie haben ihn umgebracht.«

»Glaubst du wirklich, dass wir es schaffen können?«, fragt er mich.

»Ich glaube, dass wir es wenigstens versuchen müssen. Und dazu brauchen wir mehr Leute als nur uns vier.«

»Aber ausgerechnet mit Musik? Ist das nicht ein bisschen, als würde man Bomben benutzen, um einen Krieg zu beenden?«

Fast muss ich lächeln. Ich verkneife mir die Bemerkung, dass diese Methode zumindest einmal funktioniert hat. »Ich würde eher sagen, wir bekämpfen Feuer mit Feuer.«

Nachdenklich nickt er. »Okay, Mann. Deshalb bin ich zwar nicht in die Band gekommen, aber für Johnny …«

Ich verstehe, was er meint. Das geht uns allen so. »Gut.« Ich stehe auf und fühle den erwartungsvollen Schauer, den ich seit Johnnys Tod nicht mehr kannte. Genauer gesagt, seit unserer letzten gemeinsamen Probe. »Ich habe keine Ahnung, wie wir das Ganze richtig ins Rollen bringen können, aber jedenfalls müssen wir damit anfangen, unseren Kreis zu erweitern. Scope, du musst mit Pixel reden. Wir werden seine Hilfe brauchen.«

Scope lacht. »Na, danke. Dafür wird er mich echt lieb haben. Er sagt jetzt schon, dass ich Ärger anziehe wie ein Magnet.«

»Tja, da kann ich ihm nur recht geben«, stichele ich grinsend. »Soll ich mitkommen?«

Zitrus greift nach seiner Hand und Scope schüttelt den Kopf. »Nee, schon gut. Aber wenn er ausflippt, sage ich, dass alles deine Idee war.«

Ich mache mir keine echten Sorgen. Pixel ist nicht grundsätzlich dagegen, die Regeln zu brechen. Immerhin lässt er mich kostenlos in den Club, wann immer ich nicht genug Kredit für den Eintritt habe.

Ich schätze, wenn man erst einmal angefangen hat, gegen das Gesetz zu verstoßen, ist es nur noch eine Frage der Größenordnung und der Hemmschwelle.

»Wir brauchen aber das richtige Publikum«, sagt Mage. »Leute, die uns nicht gleich verpfeifen. Die mit unseren Ideen sympathisieren.«

»Ja, stimmt schon.«

Er nickt nachdenklich. »Deine Freundin mit dem Computertalent, erzählt die manchmal, was wir Hacker im System so treiben?«

Phönix, Scope und Zitrus hören auf, miteinander zu reden, und spitzen die Ohren. »Oberflächlich. Ich kapiere kaum was davon«, antworte ich. »Sie sagt, die Sicherheitsmaßnahmen sind ziemlich krass.«

»Das System ist wie ein riesiger Spielplatz. Klar gibt es diese ganze Abwehrtechnik, und an vielen von den Schutzschilden beiße sogar ich mir die Zähne aus. Aber in den Zentralcomputer überhaupt reinzukommen, reicht schon, um der Regierung den Finger zu zeigen. Der Kick ist, verbotenen Kram zu machen, ohne dass sie es merken.« Er lacht. »Ist schon seltsam, alle Hacker hassen den Kon, und trotzdem verbringen wir freiwillig unsere ganze Freizeit in seinem Superdatenhirn.«

»Okay. Und?«

Mage grinst. »Ey, Mann, es gibt nur eines, was Hacker cooler finden als Schleichwege ins System, nämlich damit anzugeben. Wir hinterlassen die ganze Zeit Nachrichten für die anderen aus der Community. Solche Infos werden tief im Code versteckt, und der Kon hat keinen blassen Schimmer, dass es sie überhaupt gibt.«

♫

Diesmal sind wir die gesamte Probenzeit im Keller nur mit Reden beschäftigt. Trotzdem fühle ich mich auf dem Nachhauseweg, als hätte ich stundenlang gespielt. Mages Idee, eine Konzerteinladung über das Hackernetz zu verbreiten, macht mich nervös, aber Haven ist hoffentlich zu beschäftigt mit ihrem geheimnisvollen Projekt, um allzu tief im System herumzugraben. Die anderen haben versprochen, dass sie das Thema bei Leuten ansprechen wollen, denen sie vertrauen. Ich hätte nie gedacht, dass Phönix überhaupt jemandem vertraut. Anscheinend gibt es selbst in ihrem Leben Menschen, die ihr nahestehen … wir sollten bloß nichts von ihnen erfahren. Sonst hätte sie wohl mal früher einen Namen erwähnt.

Was uns verbindet, ist nur die Musik. Wenn wir zusammen im Keller sind und uns die Seele aus dem Leib spielen, hört unser übriges Leben auf zu existieren.

Meine Begeisterung verblasst ein wenig, als ich nach Hause komme und die Zwillinge sehe. Falls der Kon mich erwischt, sind sie ebenfalls in Gefahr. Das gilt genauso für Haven, sobald ich ihr von der Band erzähle … vielleicht sogar, wenn ich weiter schweige. Ich habe mich noch nicht entscheiden können, ob ich sie einweihen soll. Natürlich will ich mit ihr darüber sprechen, aber wäre das klug? Mein Bauchgefühl sagt etwas ganz anderes als meine Paranoia. Schließlich bin ich nicht allein gefährdet, sondern auch mein Vater, Tango, Fabel und seine Mutter, alle möglichen Bekannten. Ich riskiere die Sicherheit von jedem, den ich kenne.

Am Ende kann ich nur hoffen, dass meine Gründe gut genug sind. Falls der Kon einen Exsonic aus mir macht oder mich ohne Wiederkehr ins ZFR schickt, werden all diese Menschen mir hoffentlich vergeben.

Ich kann ein Schaudern nicht unterdrücken. Von den zwei Möglichkeiten wäre mir der Tod lieber. Der Kon betrachtet es als ausreichend brutale Strafe für die meisten Gesetzesbrüche, den Täter festzuschnallen, ihm Kopfhörer überzustülpen und einen Stream abzuspielen, der ihn für immer taub werden lässt. Für mich wäre das noch schlimmer als für den Durchschnittsbürger. Nie wieder Musik hören zu können … ich würde mich lieber umbringen, als das über Jahre hinweg zu ertragen.

Wenigstens bekomme ich bald darauf den Beweis, dass ich bei meiner Einschätzung von Pixel richtiglag. Ich bin nicht überrascht, ihn am Montag nach der Arbeit vor meiner Tür warten zu sehen. Wahrscheinlich hatte er vor, schon am Wochenende im Club mit mir zu reden, aber Omega war erkältet und ich wollte ihn nicht allein lassen. Zum Glück hatte er sich nichts Schlimmeres eingefangen. Das Musikverbot für Kinder wird aufgehoben, wenn sie medizinische Behandlung brauchen. Manchmal sieht man solche Szenen auf den Straßen … Kleine Kinder an den Händen ihrer Mütter taumeln mit glasigen Augen durch eine von Drogen verzerrte Welt.

Ich schüttele den Gedanken ab, und konzentriere mich auf Pixel, dessen grüne Haarsträhnen im Sonnenlicht schimmern. Er ist genauso groß wie ich und wir können uns geradewegs in die Augen sehen. Wenn wir uns über den Weg laufen, ist sein Blick meistens genervt-tolerant, doch heute scheint er einen Anflug von Respekt zu enthalten

In der Wohnung schaue ich als Erstes nach meinem Vater. Er schläft, aber ich lade ihm trotzdem einen Stream herunter, vor allem um unser Gespräch in der Küche zu übertönen.

Vielleicht ist Musik, die auf der Stelle tötet, in manchen Fällen gar nicht schlecht … Ich schüttle den Gedanken ab und mustere Pixel, der hier seltsam fehl am Platz wirkt, obwohl er sich anscheinend ganz wie zu Hause fühlt. Er war noch nie in meiner Wohnung, doch die winzigen Zimmer, in denen er am anderen Ende von Quadrant 2 mit Scope und seiner Mutter haust, ähneln unseren fast zum Verwechseln.

»Alles okay bei dir?«, fragt er.

Ich zucke mit den Schultern. »Und bei dir?«

»Ich musste nicht zuschauen, wie einem meiner besten Freunde so etwas passiert.«

Automatisch öffne ich den Mund, um zu sagen: »Ich werd's überleben«, aber die Worte bleiben mir im Hals stecken.

»Ich habe nachgedacht, seit Scope mir das Ganze erzählt hat. Streams, die einen umbringen können …« Er stößt einen Pfiff aus, und ich zucke zusammen. Niemand ist hier außer uns. Keine Wachleute weit und breit, die uns hören könnten. Offen miteinander zu reden, ist okay. »Ich hab ein paar Ideen, wo euer Auftritt stattfinden kann«, sagt er und legt seine langfingrigen Hände um den Becher heißen Tee, den ich ihm gekocht habe.

»Sehr gut. Das ist nämlich unser größtes Problem.« Ich habe die ganze Nacht darüber nachgegrübelt, während ich abwechselnd Omegas erhöhte Temperatur prüfte und ihm kaltes Wasser einflößte.

Pixels Lippen – die ohne ihre grüne Clubfarbe total seltsam aussehen – zucken an den Mundwinkeln. »Tja, oder auch nicht.«

Ich hebe die Augenbrauen.

»Ihr braucht einen schallgedämmten Raum, stimmt's? Scope hat mir von eurem Keller erzählt. Der reicht vielleicht, wenn ihr nur ein paar Leute seid und euch vorseht. Ein Riesenpublikum könnt ihr da nicht gerade unterbringen.«

»Riesenpublikum? Ich glaube, du überschätzt unser Talent. Aber rede ruhig weiter«, sage ich.

Er grinst und legt den Kopf schräg. »Totaler Schrott seid ihr garantiert auch nicht. Ich sehe doch, wie du im Club abgehst, wenn die Musik dich echt berührt. Da ist es ganz egal, wie high du bist. Du hast es einfach im Blut, anders als der Rest der Leute. Das gilt genauso für Scope, und euer Johnny klingt erst recht nicht, als hätte er nur herumgespielt.«

Mein Magen zieht sich zusammen, als er so beiläufig Johnnys Namen nennt, aber wie soll er auch sonst von jemandem reden, den er nie getroffen hat? Ich rufe mir ins Gedächtnis, dass mit seinem Freund vermutlich dasselbe passiert ist. »Okay, du wolltest was sagen … über einen Ort für das Konzert?«

»Genau.« Er nickt. »Ihr könnt in meinem Club spielen.«

»Du bist ja verrückt«, bringe ich hustend heraus, weil mir der Tee in die falsche Kehle geraten ist. »Der gehört doch dem Kon!«

»Anthem«, sagt er, als wäre ich ein Idiot, »das gesamte Web gehört dem Kon. Jeder Quadratmeter. Und der Club ist der letzte Ort, an dem sie suchen würden.«

Okay, damit hat er irgendwie recht. Aber trotzdem.

»Also habt ihr eine Bühne«, fährt er fort. »Der beste Termin ist ein Sonntag, weil der Kon mir da großzügigerweise einen freien Abend gönnt. Ich kann euch auch alles besorgen, was ihr sonst noch braucht. Kobold schuldet mir einen Gefallen. Und das Beste an meiner Idee? Im Untergrund dieser Stadt befindet sich ein ganzes Labyrinth, wo früher die Züge gefahren sind.«

»Aha«, sage ich, ohne zu verstehen, was die Tunnel mit unserem Auftritt zu tun haben. Die U-Bahnen wurden vor langer Zeit recycelt, vermutlich um daraus Konsolen für die Streams zu machen.

»Also gibt es einen Weg, wie euer Publikum in den Club kommen kann«, sagt er und starrt mich an, bis ich kapiert habe, was er meint. Wir müssen nicht den Vordereingang mit den Scannern benutzen. Falls eine Patrouille vorbeikommt, wird niemandem auffallen, dass Menschen in einen angeblich geschlossenen Club strömen. – Einen Club, der jede nur gewünschte Ausrüstung hat. Oder uns zumindest viel mehr bietet, als wir gewohnt sind: Tontechnik, Scheinwerfer, genug Platz.

Die Idee ist perfekt. Verrückt, aber das gilt schließlich auch für den Rest des Plans.

Pixel trinkt seine Tasse leer und lässt sich vom Küchentisch plumpsen, auf dessen Rand er gehockt hat. Seine Stiefel treffen mit einem *Wump!* auf den Boden, aber mein Vater reagiert nur mit einem lauten Schnarchen. Pixel wirft mir einen mitleidigen, verständnisvollen Blick zu, den ich erwidere.

Kaum ist er gegangen, steuere ich trotz allem schnurstracks auf mein Zimmer zu, wo die Konsole wartet. Ich wäre unglaublich froh, wenn ich den Stream einfach nur abspulen lassen könnte, ohne hinzuhören. Inzwischen habe ich das unzählige Male versucht. Ich halte eine Sekunde oder zwei durch, an guten Tagen sogar fünf, weil mir dann meine eigene Musik durch den Kopf geht. Aber am Ende reicht schon der Gedanke, dass der Stream in Hörweite ist, um mich zusammenklappen zu lassen. Ich bin hoffnungslos süchtig, die Droge baumelt direkt vor meiner Nase, und das Geld wurde schließlich schon von meinem Konto abgezogen.

Trotzdem brauche ich diesmal drei Anläufe, bis ich den Kopfhörer tatsächlich über meine Ohren stülpe und auf dem Touchscreen den gewünschten Song anklicke.

Mein Herz setzt aus … aber nur für eine Schrecksekunde.

Wärme durchflutet mich von den Zehen bis zu den Fingerspitzen, prickelt golden und honigsüß durch meine Adern, und ich atme aus. Diesmal hat es mich nicht erwischt. Noch nicht. Wenn ich mich stark konzentriere, bevor die Wirkung einsetzt, bilde ich mir ein, dass ich der Melodie durch mein Gehirn folgen kann, bis die codierte Botschaft den Teil von mir erreicht, der speziell dafür designt wurde … oder für den die Musik designt wurde. Ich verliere mich in einer Endlosschleife, rund und rund, bis mein Bewusstsein ebenfalls zu kreiseln beginnt und ich abhebe.

Am liebsten würde ich immer weiterschweben und einfach aus der Stadt fortfliegen. Aber dafür reichen alle Streams der Welt nicht.

♫

Den Rest der Woche stürze ich mich in Zukunftspläne für die Band. Am Samstag schaue ich Alpha und Omega im Park beim Spielen zu, aber meine Gedanken sind woanders. Ich kann nicht einmal genau sagen, was ich mir von der ganzen Sache erhoffe. Eigentlich will ich nur mein Leben halbwegs angenehm zu Ende bringen und so lange wie möglich für die Zwillinge da sein. Aber als Mage das Wort *Revolution* in den Raum geworfen hat, war das wie ein Funke im Pulverfass meines Gehirns. Nun explodiere ich geradezu vor Energie, und in meinem Kopf überschlagen sich haufenweise wilde Ideen, wie man den Konzern besiegen kann.

Das wird garantiert alles gelöscht, bevor mein Chip in einem Spind des ZFR landet. Ich schätze, von den letzten Jahren werden sie eine Menge wegradieren müssen, und das gilt auch für diesen Augenblick, in dem ich Pixel durch das Tunnelsystem unter dem Web folge. Der Boden ist zerklüftet und vernarbt von den herausgerissenen Schienen. Wasser rinnt an den Wänden herunter; Ratten und Kakerlaken fliehen vor dem Lichtstrahl seiner Taschenlampe.

»Hey, ihr zwei, trödelt gefälligst nicht die ganze Zeit rum!«, ruft Pixel über die Schulter seinem Bruder und Zitrus zu, weil sie mal wieder angehalten haben, um den Schutz der Dunkelheit für ganz andere Aktivitäten zu nutzen.

»Wie sollen sich die Leute denn hier zurechtfinden, verdammte Sch…«, sage ich und kann gerade noch verhindern, dass ich der Länge nach auf den Boden klatsche. Ich habe inzwischen völlig die Orientierung verloren und keine Ahnung, welche Abzweigungen ich nehmen müsste, um zurück zur Einstiegsluke irgendwo am südlichen Stadtrand zu finden. Sie lag versteckt in einem Keller, der an unseren Probenraum erinnerte. Die Falltür ließ sich nur widerwillig und mit quietschenden Scharnieren öffnen.

»Wir können den Weg mit Pfeilen markieren oder so. Ich habe im Club noch fluoreszierende Farbe rumstehen. Hier unten kommt nie jemand lang.«

»Und woher willst du das wissen?«, fragt Scope, der anscheinend seine Zunge wieder zum Sprechen benutzen kann.

Pixel lacht, und der Lichtstrahl tanzt ungezielt herum. Seine Stimme verhallt in der Tiefe des Tunnelwegs. »Du bist nicht der Einzige in der Familie, der ab und zu das Gesetz bricht, kleiner Bruder. Und mehr bekommst du nicht aus mir heraus.«

Scope kann quengeliger werden als die Zwillinge, wenn etwas nicht nach seinem Willen geht. Ich bin sicher, dass Pixel nur deshalb nicht verrät, was er hier unten treibt, weil er seinen Bruder aufziehen will. Soll mir recht sein.

Ich laufe von hinten in Pixel hinein und stolpere, fange mich aber wieder auf. Die Betonwand unterscheidet sich an dieser Stelle kein bisschen von den endlosen Gängen, die wir schon entlangmarschiert sind, allerdings steht hier ein Stapel alter Bretterkisten herum. Pixel wirft mir die Taschenlampe zu, und der Lichtstrahl huscht im hohen Bogen über die Decke, bevor ich sie auffange. Er sagt, ich soll die Stelle über seinem Kopf anleuchten. Die Kisten sehen nicht stabil genug aus, um ihn zu tragen, aber Pixel klettert trotzdem darauf. Oben angekommen, streckt er sich und beginnt vier Schrauben aufzudrehen, die deutlich besser geölt sind, als sie sein sollten.

Mit einem Knirschen und plötzlichem Ruck fällt ein Lichtschein auf uns herunter, der Pixels Gesicht über der schwarzen Kleidung blendend grell erleuchtet. Er zieht sich durch die quadratische Luke hoch, und seine geübten Bewegungen verraten, dass er diese Kletterpartie schon öfter hinter sich gebracht hat.

Sieht so aus, als hätte er mit seiner Andeutung wegen gewisser illegaler Aktivitäten nicht übertrieben. Wir drei schauen uns einen Moment lang an, bis Pixels grün gesträhnte Haarmähne wieder in der Öffnung erscheint und er uns anranzt, dass wir uns beeilen sollen.

Nachdem ich hochgekraxelt bin und mich zwischen ein paar Metallregalen durchgequetscht habe, die scheinbar extra dafür zurechtgeschoben wurden, finde ich mich in einem Raum mit seltsamem Kram wieder. Auf den Regalen stapeln sich Kabelrollen, Wasserflaschen und Seifenpackungen. Im nächsten Moment tauchen auch Zitrus und Scope auf, und Scope wirft seinem Bruder ein breites Grinsen zu, weil er den Raum offenbar kennt.

»Hier entlang«, sagt Pixel und führt uns durch eine Tür. Der Flur dahinter kommt mir dann ebenfalls bekannt vor. Zumindest als ich hinter den Hygienekabinen den Eingang des Saals sehe, in dem ich unzählige Stunden meines Lebens verbracht habe. Als wir ihn betreten, ist er taghell beleuchtet, was mich für einen Augenblick so verwirrt, dass ich mich anstrengen muss, um ihn wiederzuerkennen. In Gedanken ersetze ich das kalte Licht der Neonlampen durch wirbelnde Farben, fülle den leeren Tanzboden mit einem Gedränge von Körpern und lasse Musik aus den schweigenden Wänden dröhnen.

Ich stehe in der Mitte und schaue mich sprachlos um, als hätte ich das alles nie zuvor gesehen … und das habe ich auch nicht, jedenfalls nicht mit dem Gedanken an einen Auftritt. Die graue Realität verwandelt sich vor meinen Augen in eine verlockende Vision: Dort drüben an der Wand wird die Bühne stehen, genau wo Pixel nun hinzeigt, und die Menschenmenge im Club wird *meine* Musik aus den Lautsprecherboxen hören.

Die anderen reden darüber, was wir noch für Ausrüstung brauchen, wie man sie am besten beschafft und wo alles aufgebaut werden soll. Ich höre nicht wirklich hin. In Gedanken singe ich für Haven, die auf einem der Emporenplätze sitzt und nur Augen für mich hat. Und sie weiß in meiner Fantasie genau, dass sich in dem Song alles um sie dreht.

»Erde an Anthem«, sagt Scope und tickt mir von der Seite gegen die Stirn.

»Hm?«

»Ich habe gefragt, wann ihr mit der Sache loslegen wollt«, sagt Pixel.

»Oh.« Darüber habe ich noch gar nicht richtig nachgedacht. »Ich schätze, wir brauchen ein paar Wochen zum Proben?« Wenn wir Johnny hätten … aber dann würden wir überhaupt keinen Auftritt planen. Er ist der Grund, warum ich das hier durchziehen will, auch wenn er sich mit Händen und Füßen gegen die Idee eines Konzerts gewehrt hat. Seit seinem Tod habe ich wieder dieses nervöse Gefühl wie kribbelnde Ameisen unter der Haut. Ich kenne es von früher, bevor Johnny mir gezeigt hat, dass man Musik auch anders bekommen kann als über die erlaubten Kanäle. Ich muss dafür sorgen, dass mein Leben wieder einen Sinn ergibt. Und ich muss etwas tun, um die Zwillinge zu beschützen, selbst wenn ich wenig Aussicht auf Erfolg habe.

Ich muss einfach … irgendwie aktiv werden. Obwohl der Kon mich wahrscheinlich umbringt, bevor ich dem Ziel auch nur nahe komme.

»Prima. Na gut, dann kümmere ich mich um alles hier. Habt ihr schon darüber nachgedacht, ob ihr auch im Club proben wollt? Ihr müsst euch an die Akustik gewöhnen. Außerdem kann ich dann schon mal hören, ob ihr grottenschlecht seid.«

Scope knufft ihn in die Schulter und Pixel lacht. Ich frage mich, ob alles einfacher wäre, wenn ich Geschwister in meinem Alter hätte. Einen großen Bruder statt zwei Kinder, für die ich den Ersatzvater spiele und jederzeit mein Leben geben würde.

Ich bin zu jung für das alles, aber gleichzeitig körperlich zu alt.

Am nächsten Tag ist es noch schwerer als sonst, zum Job zu gehen und darüber nachzudenken, wie meine Lebensenergie die Kabel entlangpulsiert, bis sie oben in den Laboren landet. Ich habe Johnny die Kopfhörer natürlich nicht übergestülpt, aber das spielt kaum eine Rolle. Als Akku speise ich das NETZ und übertrage die Musik, die uns alle umbringt.

Als Nächstes denke ich an Haven, die vor lauter Hass am liebsten den ganzen Kon ausrotten würde, das jedoch nie mit ihrem Gewissen vereinbaren könnte. Dagegen habe ich tatsächlich Menschen getötet, auch wenn ich nur apathisch hier gelegen habe und während der Prozedur oft kaum bei Bewusstsein war.

Eine Zukunft ohne den Kon und seine Verbrechen, eine Zukunft, in der Musik einfach nur Musik ist, wird uns ebenfalls Todesopfer kosten. Vielleicht werde ich selbst dazugehören. Ich wäre bereit, für so eine Zukunft zu sterben, falls unser Kampf einen Märtyrer brauchen sollte. Jeder, der sich gegen den Konzern erhebt und kämpft, riskiert sein Leben. Aber wenn Menschen dabei umkommen werden, dann wenigstens, weil sie aktiv geworden sind, und nicht, weil wir – ich und Hunderte von Akkus – hier unten in einem Keller liegen und uns die Energie absaugen lassen.

Ich schätze, wenn man erst einmal angefangen hat, sich und andere in Todesgefahr zu bringen, ist das auch nur noch eine Frage der Größenordnung und der Hemmschwelle.

0110110100 **11** 1011110110

Normalerweise sind Havens Lippen pink, aber nun umschließen sie weiß und schmal den Rand ihrer Wasserflasche. Wir sitzen in einer Bar des MiddleWeb, und die Kellnerin wirft uns giftige Blicke zu, weil wir nichts anderes bestellen. Als wäre das Wasser nicht schon teuer genug.

»Ich muss endlich aus dieser Wohnung raus.« Sie regt sich schon die ganze Zeit auf, seit wir uns hier getroffen haben. Es geht um irgendeine Sache, die ihr Vater getan hat. Mehr will sie mir nicht erzählen, aber jedenfalls war sie bei ihrer Ankunft kurz davor, in Tränen auszubrechen oder vor Wut zu schreien.

»Dann tu's doch einfach.« *Du kannst es dir leisten,* hängt ungesagt zwischen uns. Ganz ehrlich, ich habe keine Ahnung, warum sie nicht schon längst ausgezogen ist. Außer vielleicht, weil sie sowieso fast nie zu Hause ist.

Sie kaut an einem spitz gefeilten Fingernagel, dessen ehemals glatte Ränder nun ganz zackig sind. »Er will, dass ich bleibe.«

Ich liebe Haven, aber manchmal frustriert sie mich unglaublich. »Du kannst es dir aussuchen – das können die wenigsten Leute behaupten, die ich kenne –, und keine der beiden Optionen ist gut genug?«

Wasser schwappt aus dem Plastik; der Tisch wackelt. »Ich dachte, du würdest mir zuhören!«

»Tue ich ja«, sage ich und werfe der Kellnerin einen bösen Blick zu, weil sie uns jetzt aus einem ganz anderen Grund anstarrt. Wir sind doch nicht ihre private Live-Show!

»Ich kann nicht aufhören, an diese Liste zu denken, die wir gefunden haben. Jedes Mal, wenn ich nach Hause gehe ... Mir will einfach nicht in den Kopf, wie man so etwas tun kann und weshalb.«

»Jetzt hör mal zu.« Ich löse ihre verkrampften Finger von der Wasserflasche und halte sie zwischen meinen Händen fest. »Du bist doch sowieso die meiste Zeit bei mir zu Hause.«

Das könnte sich allerdings schnell ändern, wenn sie sich ein schickes Luxusapartment im UpperWeb besorgt, um von ihrer Familie wegzukommen. Mein Magen krampft sich zusammen. Ich kann die Zwillinge nicht über Nacht allein lassen und stattdessen zu Haven gehen. Bevor ich in den Club aufbreche, warte ich immer erst, bis sie eingeschlafen sind, und nach einigen wenigen Stunden Nachtruhe stehe ich zusammen mit ihnen auf. Ich will nicht, dass mein Bett aufhört, nach Haven zu duften. Ich will auch in Zukunft lange schwarz-pinke Haare in meiner Hygienekabine finden.

Sie lächelt mir zu. »Also hast du mich noch nicht satt?«

Ich schüttele den Kopf. »Nie im Leben.« Mit ziemlicher Sicherheit weiß sie das längst. Wieder hängen ungesagte Worte laut und deutlich in der Luft. »Ich muss los, die Zwillinge sind gleich zu Hause.«

»Soll ich mitkommen?«

»Geht heute nicht. Ich, äh, habe Scope versprochen, dass ich ihm helfe. Bei so einer ... Männersache.«

»Oh.« Sie schaut enttäuscht, und ich würde mich am liebsten selbst ohrfeigen. »Okay, klar. Meldest du dich heute Abend?«

»Natürlich.«

Meine Wohnung ist leer, nur mein Vater ist da. Ich benutze sie sowieso nur als kurzen Zwischenstopp zum Club. Fabels Mutter war gerne bereit, für zusätzliche Kreditpunkte das Babysitting zu verlängern, also kann ich mir einreden, dass ich das Richtige tue.

Ich mache das für die beiden, sage ich mir.

Na ja, jedenfalls zum Teil.

Die Bühne ist eine hastig zusammengezimmerte Konstruktion, die sich schnell wieder auseinandernehmen und verstecken lässt, wenn der Club legal seine Tore öffnet. Der grobe Heimwerker-Look passt zu den Instrumenten und Verstärkern darauf. In den fünf Jahren, die Pixel den Club schon managt, hat er anscheinend einiges über Sound gelernt. Ich bin nicht sicher, über welche dunklen Kanäle er die Technik für einen Live-Auftritt bekommen hat, oder vielleicht hat er auch alles selbst gebaut, jedenfalls macht der Anblick mich ganz kribbelig. Ob aus Vorfreude oder Angst, kann ich nicht recht entscheiden, aber was soll's.

Noch eine Woche.

Wir erwarten kein großes Publikum, nur bekannte Gesichter aus Quadrant 2 und ein paar Leute, die Mages codierte Nachricht entdeckt haben.

Ich rechne jeden Moment damit, dass ein Wachtrupp hereinmarschiert kommt – ein Pulk aus schwerer Bewaffnung und Rechthaberei –, und mein Magen krampft sich im Schritttakt von Stiefelsohlen zusammen.

»Bereit für die Bühne?«, fragt Pixel und trägt einen Mikrofonständer herein, der aus Rohrleitungen und silbernem Packband zusammengebastelt ist.

»Woher soll ich das wissen?«

Er stellt den Ständer ab und hockt sich neben mir auf den Bühnenrand. »Was du tust, ist richtig.«

»Was ich tue, ist illegal und könnte meine ganze Familie umbringen. Das gilt auch für dich.«

»Ja, schon«, stimmt er zu. »Aber vielleicht fühlt es sich genau *deshalb* richtig an. Wie eine Art Zeichen ... weil es keinen Sinn machen würde, wenn es zu einfach wäre. Oder bist du jetzt nicht mehr der Meinung, dass es den Preis wert ist?«

Ich bin der Meinung, dass mir nichts Besseres einfällt. Singen ist nun einmal das Einzige, was ich wirklich kann. Na ja, wahrscheinlich meinen wir im Grunde das Gleiche: Was wir hier anstellen, mag nicht gerade klug sein, aber wenigstens ist es richtig.

Pixel knufft mich aufmunternd mit seiner Schulter. »Ich hätte nie gedacht, dass du der Typ für Lampenfieber bist«, sagt er, und die Enge in meiner Brust lässt ein wenig nach. Klar. Was soll es auch sonst sein.

Wir schweigen eine Weile und betrachten den leeren Club. »Hast du manchmal das Gefühl, dass Scope anders ist als sonst?«, fragt er schließlich.

»Wie denn?«

Er zuckt mit den Schultern. »Weiß nicht genau. Irgendwie ruhiger, trotz allem, was hier gerade abgeht. Vielleicht hat sein Lover doch einen guten Einfluss auf ihn. Hätte nie gedacht, dass ich das noch einmal sagen würde, nachdem du damals mit ihm Schluss gemacht hast.«

Ich winde mich ein bisschen. »Scope ist total in den Typ

verknallt. Da benimmt man sich manchmal seltsam. Lass ihn einfach eine Weile in Ruhe.«

»Stört es dich, dass du dabei zusehen musst?«

»Nicht so, wie du meinst.«

Mage kommt hereinmarschiert, und sein schwarzer Ledermantel flattert dramatisch bei jedem seiner langen Schritte. Hinter ihm folgt Phönix in einem hautengen Rock, der eher an einen breiten Gürtel erinnert. Natürlich ist auch Zitrus dabei, denn inzwischen ist er wohl eine Art Maskottchen geworden. Bei diesem inneren Bild muss ich beinah grinsen. Er lässt Scopes Hand los und wir stellen uns zu viert auf der Bühne auf.

Der Club sieht von hier oben anders aus, obwohl die Bühne nur einen knappen Meter höher liegt. Es reicht, um mir vorzustellen, dass ich über eine Menschenmenge hinwegschaue, statt von ihr verschluckt zu werden wie sonst auf der Tanzfläche. Alle starren gebannt zu uns hoch, in ihrem glitzernden Partyschick, und singen meine Worte mit. Kann sein, dass wir total verrückt sind, weil wir den Club benutzen, aber meine Bedenken lösen sich in Luft auf, als ich den ersten krachenden Akkord auf meiner E-Gitarre anschlage. Unwirkliche Melodien ertönen von Scopes wachsender Sammlung aus Pseudo-Instrumenten. Phönix mit ihrem Xylofon ist sogar über Mages Trommeln hinweg zu hören. Das Summen der Generatoren ist wie ein tiefer, stetiger Basston. Dafür gebe ich gerne mein Leben und meine Energie her, sogar im doppelten Sinne.

Wir klingen kein bisschen wie das, was normalerweise in diesem Saal zu hören ist und sorgfältig im Studio aufpoliert wird, bevor man es zur Codierung ins Labor schickt. Ich bin sicher, den Kon-Musikern läuft nicht der Schweiß in Strömen herunter, während sie in ihre Mikros singen, und sie spielen sich nicht die Finger blutig.

Garantiert haben sie keine Ahnung, wie sich das hier anfühlt. Wenn sie noch echte Gefühle hätten, würden sie ihre Seelen nicht an den Kon verkaufen.

Meine Arme schmerzen, und meine Kehle ist wund, als ich mitten im Song abbreche, um Mage zu sagen, dass er mit seinem Timing etwas danebenliegt. Zerschmettertes Glas knirscht unter meinen Stiefelsohlen. Ich stelle mich wieder ans Mikro, und mir ist plötzlich sehr stark bewusst, dass Pixel und Zitrus hinten im Saal zuschauen.

Lampenfieber. Und ob. Ich atme tief durch, damit mein Herzschlag sich beruhigt, und spüre die Ungeduld der anderen hinter mir.

Das hier ist unsere letzte Probe, abgesehen vom Soundcheck direkt vor dem Auftritt nächste Woche. Ich finde, wir klingen okay. Keine Ahnung, wie viel besser wir werden müssten, damit ich uns wirklich für konzertreif halte.

»Hey, Anthem«, reißt mich Scope aus meinen Grübeleien.

»Ja, schon gut. Sorry.«

Wir werfen uns wieder Hals über Kopf in den Song und wiederholen den Part, den Mage vermasselt hat. Ein Lied nach dem anderen dröhnt aus den Verstärkern, als würden wir uns an der Schallmauer hochziehen, bis wir ganz oben stehen und den Kon zu unseren Füßen sehen.

Hitze brodelt in meiner Brust. Mein Blick wandert über die anderen.

Wir können es schaffen.

♫

Ohne die Zwillinge ist die Wohnung viel zu still, nur erfüllt vom Hintergrundgebrabbel des Fernsehers und den rasselnden Atemzügen meines Vaters. Ich komme aus meinem Zimmer, während ein Stream in mir nachhallt und meinen ganzen Körper mit Erleichterung füllt. Zwischen den Fingern zwirbele ich eine pinkfarbene Feder, die ich gefunden habe. Mein Vater wendet mir blinzelnd den Kopf zu, als ich den Fernseher ausschalte, und sein Blick landet auf der Feder. Ich kann nie sicher sein, wie viel er von Haven eigentlich mitbekommt, aber er nickt, also betrachte ich das als Zustimmung. Selbst diese winzige Bewegung scheint ihn zu erschöpfen.

»Es gibt da etwas, das ich tun muss«, beginne ich stockend, durchquere den Raum und hocke mich an seinem Kopfende auf den Fußboden.

Die Antwort ist ein keuchendes Grunzen. Das Geräusch heißt vielleicht, dass er zuhört. Oder es hat überhaupt keine Bedeutung.

»Ich könnte in ziemliche Schwierigkeiten geraten.« Okay, die Untertreibung des Jahrhunderts, aber der Blick in seinen trüben, milchigen Augen wird schärfer und seine Muskeln spannen sich an. »Ich tue es für die Zwillinge«, fahre ich fort, »und für mich selbst. Weil das alles hier so nicht weitergeht. Hörst du mir zu?«

»Du …« Ein Hustenanfall bläht seine eingefallenen Wangen, und er tastet krampfhaft nach der Wasserflasche, die ich für ihn hingestellt habe. Ich nehme sie und halte sie ihm an die Lippen. »Du … sollst tun, was du für richtig hältst«, keucht er, während sein Körper von Krämpfen geschüttelt wird. »Anthem … es tut mir leid.«

»Ich weiß.« In den letzten Wochen ihres Lebens hat meine

Mutter das auch ständig gesagt. »Ist schon okay«, lüge ich, weil ich mich nicht dazu bringen kann, dieses von Drogen zerfressene Wrack eines Mannes anzuschreien, den ich früher für so stark und bewundernswert gehalten habe. Manchmal ist es verdammt schwer, sich zu beherrschen.

Er schweigt mehrere Minuten, bis ich annehme, dass er wieder eingeschlafen ist. »Was … denn?«, murmelt er schließlich.

Ich schüttele den Kopf. »Das brauchst du nicht zu wissen. Aber falls die Sache schiefgeht, *musst* du dafür sorgen, dass Alpha und Omega nichts passiert, okay? Hörst du mich? Mir ist klar, dass du selbst nicht die Kraft hast, also lass Haven oder Fabels Mutter einspringen. Sie können dir helfen, wenn du sie entscheiden lässt.« Ich warte, bis er nickt und seine Augen sich flatternd wieder schließen. Erst dann stehe ich auf und gehe zurück in mein Zimmer. Ich würde mich besser fühlen, wenn ich sicher sein könnte, dass er sich morgen früh noch an dieses Gespräch erinnert – ha, fünf Minuten wären schon ein Erfolg –, aber mehr kann ich nicht tun, um ihn zu erreichen. Garantiert höre ich erst auf, mich um die Zwillinge zu sorgen, wenn der Tod mich schon bei der Gurgel gepackt hat. Also raffe ich meine letzten Reste von Optimismus zusammen und hoffe, dass mein Vater für sie das Gleiche empfindet.

♫

Pixel überlässt uns sein Büro, um dort zu warten. Vorher bin ich schon mehrere Stunden durch den Club getigert – seit ich beschlossen habe, dass Herumtigern zu Hause noch weniger sinnvoll ist.

Zitrus sitzt auf dem Bürotisch und lässt die Beine baumeln.

Er schaut mich direkt an, als ich durch die Tür komme. Ein kleiner Barkühlschrank summt in der Stille. Ich habe keine Ahnung, wo Scope, Phönix und Mage stecken, aber es ist ja noch früh. Sie haben genug Zeit, um pünktlich aufzutauchen.

»Hi«, sage ich. Eigentlich ist der Typ gar nicht so übel. Meine Wut vom ersten Tag, als Scope ihn zur Probe mitgebracht hat, ist verflogen, und stattdessen ist mir das Ganze eher peinlich. Ohne Zitrus wären wir vermutlich nicht hier, oder zumindest wären wir nicht auftrittsbereit. Er ist kein Musiker, aber dafür hat er sich auf andere Weise nützlich gemacht. Seine Hände sind immer noch bunt bekleckst (in seiner Lieblingsfarbe natürlich), weil er mit Pixel durch die dunklen Tunnel gelaufen ist, um Pfeile an die Wände zu malen. Er konnte mir sogar eine der fehlenden Saiten meiner Gitarre ersetzen.

»Kommt die Frau, mit der du zusammen bist, auch zum Konzert?«, fragt er.

Ich wende mich vom Kühlschrank ab. Die Plastikflasche dellt sich unter meinem Griff.

»Wir sind nicht zusammen.«

»Aber als wir bei dir zu Hause waren, habt ihr beide ausgesehen … Was soll's, jedenfalls hat Scope gemeint, aus dem Grund brauche ich mir keine Sorgen zu machen, dass er noch mit seinem Ex befreundet ist.«

Ich lache in mich hinein. Haven ist nicht der Grund, warum ich keine Konkurrenz bin. Die Wahrheit ist viel weniger sexy, aber Scope hatte schon immer ein gesundes Selbstbewusstsein. Das gehört zu den Eigenschaften, die ihn so attraktiv machen.

»Stimmt, wir sind immer noch befreundet, und das ist kein Problem. Trotzdem bin ich nicht mit ihr zusammen.«

»O-kay …«

Ich sehe ihm an, dass er mich weiter löchern will, doch meine abweisende Miene hält ihn zurück. Zu wissen, dass Haven heute Abend nicht dabei sein wird – obwohl eine einzige Nachricht vom Tablet in meiner Tasche sie herbringen würde –, ist schmerzhaft genug … auch ohne zusätzlichen Seelenstriptease.

Den spare ich mir für die Bühne auf.

»Und was ist damals zwischen dir und Scope gelaufen?«, will er wissen.

»Das war ein Fehler und hätte gar nicht erst passieren dürfen.«

Zitrus hebt die Augenbrauen, und ich lasse mich gegen die Wand sinken. »Ich habe meiner Mutter ein Versprechen gegeben, bevor sie starb. Nämlich dass meine kleinen Geschwister an erster Stelle stehen. Hinterher war ich eine Weile so wütend, dass ich mich nicht daran gehalten habe.« Ich zucke mit den Schultern. »Aber inzwischen hat sich das geändert. Außerdem hätte die Sache mit Scope sowieso nicht lange gehalten. Das mit Haven … sie ist anders.«

»Deine Geschwister werden nicht immer so jung sein, dass du dich um sie kümmern musst«, sagt er.

Stimmt. »Wenn sie alt genug sind, bin ich schon tot. Das ist der zweite Grund. Es macht doch eh keinen Sinn. Soll die Liebe meines Lebens vielleicht zusehen, wie ich in ein paar Jahren krepiere? Nein danke.«

»Aber für das hier lässt du die beiden trotzdem allein«, sagt er und macht eine Handbewegung zur Tanzfläche. Ich bin nicht sicher, ob er die Partynächte oder unser Konzert meint, doch die Antwort ist sowieso die gleiche.

»Ich habe keine Wahl.«

Er nickt, und ich schlendere zu einem der Sofas an der Wand. Ein paar Stunden Schlaf helfen mir, die Zeit totzuschlagen.

Ich träume unruhig. Das Leder klebt an meinem Rücken, wo mein Shirt hochgerutscht ist. Im Schlaf sehe ich Johnny die Kopfhörer überstülpen, aber diesmal stirbt er nicht. Stattdessen schreit er nur, schreit endlos weiter, während der Stream sein Gehör auslöscht. Als alles vorbei ist, steht er auf, lächelt und marschiert direkt auf die Straße vor ein um die Ecke rasendes Shuttle.

Mage und Phönix kommen ins Büro und reden laut genug, um mich zu wecken. Scope scheint schon eine Weile hier zu sein. Er und Zitrus sind wohl der Meinung, dass es keinen Unterschied macht, ob man im Raum allein ist oder nur allein wach.

Ehrlich, ich freue mich ja für sie, aber sie haben echt zu viel Energie.

»Hey, sind eure Zungen aus Sekundenkleber? Oder könnte ihr euch mal einen Moment losreißen?«, fragt Phönix, und ich grinse ihr zu.

Der Soundcheck sollte sich eigentlich nicht anders anfühlen als die vorigen Proben im Club. Der leere Saal ist derselbe, Pixel fummelt wie immer an Knöpfen und Schaltern herum, aber in der Luft liegt eine gespannte Erwartung, die neu und ungewohnt ist.

Der grobe Trageriemen gräbt sich in die wunde Stelle an meinem Nacken. Ich starre auf die Hornhaut an meinen Fingerkuppen, während die anderen sich hinter mir aufstellen.

Das erste Aufheulen der Gitarre echot durch den leeren Saal und dann erbebt die Bühne im Eröffnungsrhythmus von Mages Trommelschlägen, die meine Stimme zu einem kratzenden Vibrato verzerren. Scope setzt genau im richtigen Moment ein, füllt das Gebäude mit wütenden Soundeffekten. Trotz seines perfekten Timings zucke ich kurz vor Überraschung zusammen, und meine Hände rutschen auf den Saiten ab. Ich korrigiere mich sofort und hoffe, dass niemand den Fehler bemerkt hat. Mein Magen schlägt Purzelbäume. Zu meiner Erleichterung hat gleich darauf Phönix ihren Einsatz. Inmitten des aggressiven Klanggewitters ist ihre fröhliche, spielerische Melodie so unerwartet, dass mein Part bis zum Ende in den Hintergrund tritt.

Den nächsten Song schaffen wir ohne Schnitzer, obwohl meine Aufmerksamkeit nur halb bei der Musik und gleichzeitig halb bei Pixel ist. Seine Finger verwandeln unseren anschwellenden Sound in einen Tsunami, das Bassgrollen in ein Erdbeben. Mitten im dritten Song schaltet er statt des grellen Neonlichts plötzlich die bunten Strahler an, die ich aus meinen Clubnächten kenne. Ich blinzele.

Wenn ich das nächste Mal hier stehe und auf die Tanzfläche schaue, wird sie nicht leer sein. Der Gedanke verschlägt mir den Atem. Ich sehe ein paar staubige Schuhabdrücke auf dem polierten Boden, die sich im Discolicht gelb, grün und purpurrot färben. Mein Mund formt den falschen Text, diese Zeile hatten wir schon gespielt. Der Rest der Band gerät in hörbare Verwirrung, bis ich mich wieder an die richtigen Worte erinnere.

Gänsehaut überzieht meine Arme, als würde ich frösteln. Nachher wird der Saal viel wärmer sein, wenn die Körper unserer Zuhörer ihn aufheizen.

»Verdammte Scheiße!« Ich breche mitten im Song ab, wirbele herum und starre Scope giftig an, während seine schräge

Note in meinen Ohren nachhallt. »Könntest du das vielleicht mal richtig spielen?« Seine Augenbrauen schießen in die Höhe, und ihm bleibt der Mund offen stehen. Die Trommeln verstummen. »Und Phönix, willst du eigentlich, dass die Leute dich hören? Du klimperst herum wie ein Mädchen.« Jetzt ist mir warm. Viel zu warm. Ich kann fühlen, wie Zitrus und Pixel sich von hinten nähern.

»Anthem –«, sagt Mage.

»Kapiert ihr es nicht? Wir haben nur einen Pluspunkt, nämlich dass wir *echt* klingen. Aber das wird den Leuten egal sein, wenn unsere echte Musik einfach nur *scheiße* ist. Dann rennen sie wieder zurück zu ihren Streams, die der Kon mit seinen Studiotricks aufpoliert hat.« Ich keuche und trete so hart gegen einen Lautsprecher, dass er auf den holperigen Bühnenbrettern schwankt.

Mage kommt hinter seinem Schlagzeug hervor. »War's das jetzt, Mann?«, fragt er, während sich seine schwarzen Augen in meine bohren.

»Wir müssen einfach gut genug sein«, sage ich und umklammere den Hals meiner Gitarre wie einen Rettungsanker.

»Nein, wir müssen nur *anders* genug sein. Anders als die Kon-Idioten, die im Fernsehen herumstolzieren und kein echtes Gefühl für Musik haben. Nicht so wie du. Wie wir alle. Du hast uns um diese Sache gebeten, und wir sind aufgetaucht und ziehen das jetzt durch. Vielleicht geht es danach weiter, aber nur, wenn die Leute den Unterschied zu ihrer Plastikmusik sehen. Und das wird nicht passieren, wenn sie statt einer Band einen beschissenen Egotrip von dir vorgesetzt bekommen. Du liebst es doch, Mann. Vergiss das nicht, verdammt noch mal, ansonsten kannst du es nämlich auch ganz lassen.«

Ich starre auf die blauen Schnürsenkel meiner Stiefel, bis mein Atem wieder ruhiger wird. »Sorry«, murmele ich.

»Das ist die einzige Chance, die du kriegst«, sagt Phönix. »Wenn du noch mal so etwas abziehst, trete ich dir in die Eier.«

»Da mache ich mit«, bietet Scope an.

»Der Soundcheck ist fertig«, sagt Pixel. »Komm mal mit, Anthem.« Er winkt mir zu und ich folge ihm ins Büro. Dort starre ich begriffsstutzig auf die Kopfhörer, die er mir hinhält, nachdem er sein Handgelenk gescannt hat. Er sollte eigentlich wissen, dass wir clean spielen. Doch als ich ihn daran erinnere, bleibt seine Hand trotzdem ausgestreckt, und meine Füße verraten mich, indem sie sich von selbst in Bewegung setzen.

Die Situation ist anders als sonst, sage ich mir. Jetzt geht es um mehr, als in einem Keller zu hocken und rumzuprobieren. Meine Nerven senden Stromschläge durch meinen Körper, von den Rückenwirbeln bis in die zitternden Fingerspitzen. Ich habe darum gekämpft, nicht zu streamen, doch das hier ist eine Ausnahme. Schließlich darf gerade heute unsere Fassade nicht bröckeln.

Aber vor allem brauche ich den Kick. Scheiße, und wie ich das Zeug brauche, obwohl sich jede Note wie die reine Heuchelei anfühlen wird. Ich streame auch bestimmt nicht lange, nur gerade genug, um meinen Magen zu entkrampfen und meine Hände vom Zittern abzuhalten, damit ich spielen kann.

Mit angehaltenem Atem höre ich dem Intro zu, und nach den ersten Songzeilen verlangsamt sich mein Herzschlag, meine Augen schließen sich, und mein Körper sackt zusammen, bis ich auf dem Fußboden hocke. Pixel hat mich im Büro allein gelassen, und niemand sieht, wie sich Scham in meine

Erleichterung mischt. Die Musik gibt mir das Gefühl, stark und unbesiegbar zu sein, obwohl ich in Wirklichkeit ein solcher Schwächling bin, dass ich sie als Stütze brauche. Jeder Stream, den ich herunterlade, könnte mich umbringen, und trotzdem kann ich nicht aufhören.

Nach einer Weile nehme ich die Kopfhörer ab und höre stattdessen eine Vielzahl von Schritten im Gang vor der Tür. Mein Puls beschleunigt sich im gleichen Rhythmus. Unsere ersten Zuhörer … was weiß ich, wie viele es am Ende werden. Ein paar Freunde von Pixel wollen versuchen, verdächtige Leute auszusieben, die uns beim Kon anschwärzen könnten, aber das ist nur Augenwischerei. Wenn die Regierung uns aufspüren will, wird sie das auch schaffen. Dazu muss sie nur mitbekommen, dass es etwas aufzuspüren gibt.

Ich suche Phönix und überrede sie, mir ihren Schminkstift zu leihen. War ja klar, dass ich irgendwas zu Hause vergessen würde. Vor dem Toilettenspiegel singe ich laut, während ich meine Augen schwarz umrande, und summe weiter, während ich mir mit demselben Stift die Lippen anmale. Die Farbe ist mit Klangsensoren durchsetzt, sodass sie sich in Silber verwandelt, wenn die Musik laut genug wummert. Der Look lässt mich gefährlicher aussehen als mein übliches Blau.

Ich schiebe Zitrus aus der Tür und fange mir einen bösen Blick ein, den ich gleich wieder vergesse. Nur ein paar Minuten allein mit der Band, das ist alles, was ich will. Niemand sonst, bloß wir vier. Okay, Scope ist total in ihn verliebt, und okay, er war eine echte Hilfe, aber trotzdem gehört er nicht zu unserem Kreis. Haven hätte ich genauso rausgeschickt. Glaube ich jedenfalls. Hastig verbanne ich jeden Gedanken an sie aus meinem Kopf, der im Moment nur mit Songtexten und Akkorden gefüllt sein sollte. Ich kann keine innere Stimme brauchen, die schreit, dass heute Abend die wichtigste Person fehlt.

Wahrscheinlich wäre es jetzt meine Aufgabe, die richtigen Worte zu finden, um die Band zu inspirieren. Eine anheizende Rede oder wenigstens etwas, das cool klingt. Aber mir fällt nichts ein. Wir wissen alle, warum wir hier sind. Wir wissen, dass wir unser Bestes geben müssen. Die Leute dort draußen sind gekommen, weil jeder von ihnen wenigstens ein bisschen daran glauben will, dass es eine Alternative zu dem Mist gibt, mit dem der Kon uns zwangsfüttert. Wenn wir es vermasseln, ist es aus mit dieser Hoffnung.

»Also, äh … na ja«, bringe ich hervor.

Phönix wendet sich ab, und ihre Schultern zucken. Ich rede mir ein, dass es bloß ein Anfall von Nervosität ist.

»Wir schaffen das schon«, sagt Mage total relaxt.

»Jedenfalls haben wir garantiert mehr Übung als die Typen, die der Kon sich als Marionetten hält«, fügt Scope hinzu. Damit hat er wohl recht. Soweit ich gehört habe, werden die Bewerber nach dem Casting ziemlich schnell ins Aufnahmestudio geschoben. Natürlich nur, wenn sie nicht durchfallen. Wer abgelehnt wird, verbringt den Rest seines Lebens unter Vollzeitüberwachung. Schließlich soll niemand auf die Idee kommen, das Musizieren selbst in die Hand zu nehmen. So wie wir, bloß dass keiner von uns jemals versucht hat, legal zu spielen.

»Wir sind echt um Längen besser!«, behauptet Phönix.

»Ich hoffe, das sehen die Leute da draußen genauso«, sage ich. Im Saal wird der Lärm immer lauter und die Leute beginnen, ungeduldig zu klingen. Scharrende Füße und greller werdende Stimmen. »Okay, bereit für die Bühne?«

Phönix wendet mir ihr Gesicht zu, auf dem der Hauch eines

Lächelns liegt. Eine rote Haarsträhne ist an ihrem Lippenstift festgeklebt. »Schon die ganze Zeit.«

Wir sind einfach nur eine Band, und wo wir Musik machen, ist egal. Hier oder im Probenkeller, das ändert gar nichts. Ich gehe die paar Schritte bis zu Phönix, lehne mich vor und schmatze ihr einen Kuss auf die Wange. Sie tut so, als müsse sie würgen.

Wir sind immer noch dieselben.

Mage setzt sich als Erster in Bewegung, gibt mir im Vorübergehen einen lässigen High Five, und Phönix folgt gleich hinterher. Durch die geöffnete Tür spüre ich förmlich, wie das gesamte Publikum die Luft anhält, als die beiden die Stufen zur Bühne erklimmen. Scope macht einen zögernden Schritt, dann bleibt er stehen und sieht mich an.

Das letzte Mal hat er mich an dem Tag umarmt, als ich mit ihm Schluss gemacht habe. Ich wünschte, im Moment wäre ich genauso überzeugt, dass ich das Richtige tue. »Komm«, flüstert er mir ins Ohr, löst sich von mir und geht rückwärts auf die Tür zu.

Ich zögere eine Sekunde, bevor ich ihm folge. Auf dem Weg in den Saal streife ich hautnah an Zitrus vorbei, und er sagt etwas, das vielleicht eine Aufmunterung sein soll. Ich kann ihn nicht hören, weil meine Ohren von einem Summen erfüllt sind, als würde sich das murmelnde Publikum direkt in meinem Kopf befinden.

Es sind mehr Leute als erwartet. Als ich die erste wackelige Stufe der Treppe betrete, die mich auf die Bühne und in den Mittelpunkt des Interesses befördern wird, sehe ich nichts als Köpfe und Schultern. Neugierige Gesichter über einer formlosen Masse gedrängter Körper.

Schweißgeruch wabert wie Hitze über den vielen Menschen auf engem Raum. Ein Gemisch aus Parfümdüften und dazu Scopes Aftershave auf meinem Shirt.

Ich schaffe das. Die anderen stehen oben und warten auf mich, in buntes Licht gehüllt, das mir plötzlich wie das einzig Vertraute im Club vorkommt. Bald wird das Kaleidoskop zu meinen Rhythmen pulsieren und eine Menschenmenge in Farben tauchen, die sich zu meinen Songs bewegt.

Mage steht hinter seinem frisch aufgemotzten Schlagzeug, Phönix an meinem alten Xylofon, Scope inmitten von Gerätschaften, die man nur mit viel Fantasie als Instrumente bezeichnen kann. Glas fängt die Lichtstrahlen ein, blau, grün und purpurn, und malt seltsame Regenbögen auf skeptische Mienen.

Meine E-Gitarre lehnt an einem Verstärker. Sie hat schon jetzt ihre eigene Stimme.

Komm und spiel mich.

0010011011 **12** 1101101110

Ich kann dem Sirenengesang meiner E-Gitarre genauso wenig widerstehen wie den Streams aus der Konsole oder dem wilden Soundgemisch, das sechs Nächte pro Woche diesen Ort erfüllt. Deshalb verbanne ich sämtliche Gedanken in eine dunkle Ecke meines Bewusstseins und lasse meinen Instinkt übernehmen, damit er meine Füße den Rest des Weges vorwärtsbewegt. Ein Schritt. Noch einer. Der nächste und übernächste und Bühnenbretter knirschen unter mir.

Ein Flüstern raschelt durch den Saal. Ja, das hier bin ich. Ja, ich bin der Sänger. Ja, ich stecke hinter der ganzen Idee.

Erst als ich die Gitarre über der Schulter hängen habe, schaue ich wieder zum Publikum. Es besteht aus gut hundert Leuten, die alle auf mich warten. Chrome blitzt, umrahmt von Frisuren in wilden Farben und leuchtenden Glasfasern, wie ich sie selbst im Haar trage. Ich erkenne einige Gesichter aus Quadrant 2 wieder. Sie sehen überrascht aus, weil ich derjenige bin, der hier oben steht; ich bin genauso überrascht, dass sie zum Konzert aufgetaucht sind. Da ist der Teenager, der seinem Vater im Depot am Gemüsestand hilft, die Kellnerin von der Wasserbar um die Ecke und eine Menge Leute, an die ich mich nur nebelhaft von den Partynächten im Club erinnere.

Auch jetzt weiß ich nicht, was ich sagen soll, aber schließlich sind sie nicht gekommen, um von mir eine Rede zu hören. Na ja, noch nicht. Ich werfe über die Schulter einen Blick auf Mage, der grinsend in Richtung der Menschenmenge nickt. Scope und Phönix stehen beide in Position, um auf ihre Instrumente loszugehen, und warten auf meinen Einsatz. Bei unserem Eröffnungssong spiele am Anfang ich ganz allein, nur eine einfache, wiederholte Folge von Akkorden, bis Mage mit seinem Schlagzeug loslegt und uns alle mit seinem Beat mitreißt.

Eins, zwei, und mein Solo startet *jetzt*.

Es dröhnt irre laut, kein Vergleich mit den Proben. So habe ich mich noch nie angehört. Vielleicht hat Pixel den Verstärkern mehr Saft gegeben, oder vielleicht liegt es nur daran, dass meine gespannten Nerven jede Vibration in der erwartungsschweren Luft auffangen. Meine rechte Hand tanzt über die Saiten, während die linke aus purem Instinkt die richtigen Bünde trifft. Ich weiß, ich *fühle*, wie die Musik sein muss. Zwei Wiederholungen und dann erzittert der Boden, als Mage seine Trommelschlägel wie Stahlhämmer niedersausen lässt.

Ich trete näher an das Mikro und bringe den Mund so dicht an das Metall, dass sich durch die Statik die feinen Härchen über meinen Lippen aufrichten. Rechts neben mir schlägt Scope klirrend auf eine Glasscherbe. Das ist mein Signal. Mein erstes Wort erklingt gleichzeitig mit Phönix' erster Note, und plötzlich sind wir alle mitten im Song, von der Musik zusammengeschweißt, als hätten sich unsere ungleichen Teile zu einem nahtlosen Ganzen gefügt.

Noch immer sind wir namenlos, aber nicht mehr gesichtslos. Wir haben endlich eine Stimme. Ich schaue über die Menge hinweg und sehe offene Münder, die vielleicht eines Tages meine Texte mitsingen werden, meine Wut auf den Kon teilen und noch mit ihrem letzten Atemzug gegen die Resignation anschreien, die uns alle erstickt. Aber im Moment bin ich mit den Vocals allein. Unser Publikum kennt die Worte nicht und ich bin wohl der untalentierteste Lehrmeister des ganzen Web. Vielleicht wollen sie die Wahrheit auch gar nicht hören, doch ich kann nicht anders, als davon zu singen. Von der Revolution. Von allem, was bei uns schiefläuft. Was der Kon mit uns macht, ist nicht okay. War es nie, und ich will mich nicht länger in einem Keller verstecken, wenn ich davon singe. Mir bleibt nur diese eine Chance.

Elektrische Schläge pulsen durch mein Blut, brodeln zum rasenden Takt der Musik. Ich fühle meine Hände fast nicht mehr, nur den Sound, die Saiten und einen unbeugsamen Willen, während sich explosive Energie unter meiner Zunge sammelt und herausbricht. Meine Stimme wird ständig lauter, und ich lasse ihr freien Lauf, sodass sie in Echos gegen die Rückwand schmettert und über Gesichter hinwegrauscht, die ich nicht mehr sehe.

Strophe, Refrain, Strophe. Ein paar Mal verhaspeln wir uns, weil meine Finger abrutschen oder Mage einen halben Schlag danebenliegt, aber das spielt überhaupt keine Rolle. Im Coda-Teil werden die Worte so schnell, dass sie kaum noch wie Englisch klingen, nur ein Chaos aus harten Silben, die ich mit aller Kraft hervorstoße. Die Trommeln dröhnen fiebrig, Phönix' Arme sind nur noch ein verschwommener Eindruck von Bewegung, Glas zerschellt und Stahl kreischt.

Das Ende kommt abrupt, ein letztes Krachen von Akkorden, die in ein schockiertes Nichts aus Stille fallen. Ich wische mir den Schweiß aus den Augen und stelle fest, dass meine Finger schwarz verfärbt sind. Die Leute haben gerade zum ersten Mal Musik gehört, die nicht codiert wurde. Zum ersten Mal haben sie einen Song kennengelernt, mit dem sie nicht auf dem Drogentrip ihrer Wahl davonschweben. Ihre Gesichter … ich muss an Alpha und Omega denken, als sie gerade dabei waren, das Gehen zu lernen. Hier sehe ich das gleiche zögernde Staunen über ein neues, unbekanntes Was-auch-immer, das nie zuvor erreichbar schien.

»Was sollte denn *das* sein, verfickt noch mal?«

Meine Augen suchen nach der Stimme, aber Pixel kommt mir zuvor. »*Das* war Musik, Arschloch«, sagt er und bahnt sich einen Weg durch die Menge zu dem Typen, der mit verschränkten Armen in der Mitte steht. Sein kantiges Gesicht ist ein einziges Fragezeichen, als er zwischen mir und Pixel hin- und herschaut.

»Ich fühle gar nix, ey.«

»Tja, das beweist nur, dass du ein –«

Ich trete wieder ans Mikro. »Pixel«, sage ich und schüttele den Kopf, als er zu mir hochblickt. Ich nehme den Typen ins Visier und starre ihn an. »Ich glaube dir gerne, dass du nichts fühlst. Weil das hier nämlich *echte* Musik ist, und die muss man wollen. Man muss sie in sich reinlassen, ganz bewusst. Wenn man das schafft, ist der Trip besser als bei jeder Droge, aber der Kon will nicht, dass ihr diese Erfahrung macht. Wir sollen lieber weiter das Zeug hören, dass uns umbringt. Weil sie uns damit unter Kontrolle haben. Sie können unseren Kredit einkassieren, unsere Körper als Energiequellen nutzen, unser ganzes Leben bestimmen. Wenn dir die codierten Trips diesen Preis wert sind, geh zurück zu deiner Konsole.«

Er erwidert nichts. Ich habe den ersten Schritt gemacht. Für eine Kehrtwende ist es nun zu spät, aber ich schätze, für mich gab es schon kein Umkehren mehr, seit Johnny mir das erste Mal seinen Keller gezeigt hat. Seitdem hat alles geradewegs hierher geführt.

»Früher waren wir zu fünft«, rede ich weiter und zeige auf die Band. Dann wende ich mich wieder der Menge zu und bei den erwartungsvollen Mienen bleiben mir fast die Worte im Hals stecken. Ich bin echt nicht der Typ für so etwas. »Eines Abends hat unser Kumpel einen Stream hochgeladen und ist tot umgekippt. Sie haben ihn ermordet. Und er ist nicht das einzige Opfer. Genau dasselbe könnte jedem von uns passieren, wann immer wir streamen. Seid ihr dem Kon irgendwann mal auf die Zehen getreten? Absichtlich oder unabsichtlich? Vielleicht hatte unser Freund sogar Glück. Vielleicht ist es besser, dass er nicht mehr erleben muss, wie sich die Musik schließlich durch den größten Teil seines Gehirns frisst. Aber dem Kon ist das sowieso egal. Wenn wir krepieren, machen wir eben Platz für die nächste Generation, die man mit bewaffneten Wachen einschüchtern und zwingen kann, sich zum Wohl der Regierung ins Koma zu streamen.«

Ein Murmeln läuft durch die Menge. »Und du glaubst, dass du das ändern kannst?«, fragt der Typ mit erhobener Stimme. Okay, ich würde mir das selbst auch nicht ganz abnehmen.

»Ich will nur zeigen, was sie uns gestohlen haben. Nämlich das hier.« Ich klopfe mit der Hand auf meine E-Gitarre. »Das Recht, unsere Gefühle auszudrücken. Sie stehlen es nicht nur, sondern benutzen es auch noch, um uns umzubringen. Ich sage, dass wir uns dieses Recht zurückerobern müssen. Aber dazu brauchen wir eure Hilfe, weil wir sonst zu wenig sind.«

»Zu wenig wofür?«, ruft jemand. »Was wollt ihr denn machen?«

Ich kann nicht erkennen, woher die Frage kam, aber schließlich ist sie mir selbst auch schon tausend Mal durch den Kopf gegangen. »Wir wollen, dass sich etwas ändert«, sage ich. »Präsidentin Z, der Aufsichtsrat und alle anderen, die mit der Codierung zu tun haben und uns echte Musik wegnehmen, sollen wissen, dass wir nicht mehr mitmachen. Wir wollen die Musik zurückerobern und ihnen zeigen, dass sie in Zukunft nie wieder mit so etwas durchkommen. Wenn nötig, müssen wir die Regierung eben ersetzen.«

»Genau!« Ein Mädchen stößt die geballte Faust in die Luft. Ich bringe ein Lächeln für sie zustande, während ich hektisch durch die gespannten Lippen atme. Andere schließen sich an und »*Scheiß auf den Kon!*«-Rufe hallen durch den Saal.

Ich bin froh, dass der Club schalldicht ist.

»Fertig für den nächsten Song?«, frage ich die Jungs und Phönix. Ich fühle mich lebendig und wie elektrisiert, will dem Publikum eine echte Show liefern, damit sie sehen, was ich meine.

Schweiß glänzt auf Mages nackten, muskulösen Armen. »Zur Hölle, yeah«, sagt er, wirbelt einen Trommelschlägel hoch in die Luft und fängt ihn wieder auf.

Wir stürzen uns in einen von Johnnys ersten Songs, und die plötzliche Stille im Saal schafft Platz für meine Stimme. Die Musik ist schnell, brutal und so voller Wut, dass es mich fast zerreißt und ich meine ganze Seele in den Sound werfe. Die Haare fallen mir ins Gesicht, Salz brennt auf meinen Lippen. Meine Füße haben schon seit Jahren eine direkte Verbindung zu meinem Gehör und setzen sich von selbst in Bewegung.

Wir enden in einem metallischen Donnerhall aus Trommeln und Glas, doch wir gönnen uns keine Atempause, geben dem Publikum keine Gelegenheit, uns noch einmal zu unterbrechen. Die Songs verschmelzen ineinander, während ich auf die Saiten einschlage. Fast wie eine normale Nacht im Club mit unaufhörlicher Kon-Beschallung und dem spacigen Mix aus Träumen und Erinnerungen. Ich muss ihnen zeigen, dass man mit dieser Musik auf andere Weise high wird: weil wir selber spielen, ganz im Hier und Jetzt sind und die Musik mit allen Sinnen wahrnehmen können, statt nur den unersättlichen Hunger der Droge zu füttern. Ich weiß, dass ich die Leute noch nicht ganz gepackt habe – noch nicht –, aber verschwommen sehe ich, wie sich die ersten Körper zu Mages Rhythmus bewegen. Adrenalin prickelt süßsauer auf meiner Zunge und meine Finger legen an Tempo zu; ich merke kaum, dass ich mir den Daumennagel abreiße.

♫

Es ist immerhin ein Anfang. Vielleicht wird nie mehr daraus werden. Pixel lässt blaues Licht von der Saaldecke blinken, was unser Zeichen ist, mit dem Konzert aufzuhören. Die Leute brauchen genug Zeit, um durch die Tunnel in ihre Wohnungen zu kommen, bevor die Sperrstunde anfängt.

»Das war's für heute!«, ruft Scope dem Publikum zu und ich schütte mir Wasser in die wunde Kehle. »Nächste Woche zur selben Zeit am selben Ort, und bringt die Freunde mit, denen ihr vertraut. Nieder mit dem Kon!« Seine letzten Worte bekommen mehr Applaus als unsere Songs. Ich stolpere wie blind von der Bühne herunter und taste mich zu Pixels Büro und dem Sofa durch.

»Das«, keucht Phönix, als sie sich auf meine taub prickelnden Beine fallen lässt, »war unglaublich krasser Shit.«

»Kann ich voll bestätigen«, sagt Mage. Scope und Zitrus kommen als Doppelpack durch die Tür gestolpert, und ihre Augen strahlen.

Ich fühle mich seltsam schwer und gewichtslos zugleich. Nur die Aufregung hält meinen Körper noch aktiv, während die Muskeln eigentlich schon aufgegeben haben. »Ob sie wiederkommen?«, frage ich mit heiserer Flüsterstimme. Pixel hört mich trotzdem, als er sich rückwärts durch die Tür schiebt.

»Machst du Witze?«, fragt er und verteilt eine Armvoll Wasserflaschen. Ich kann meine kaum halten, so erschöpft bin ich, und stelle sie auf meinem Bauch ab. »Mindestens ein Dutzend Leute da draußen haben laut überlegt, wie sie ihre eigene Band gründen sollen. Ein Typ spielt schon in einer und hat gefragt, ob sie auch im Club auftreten können. Ich dachte, wenn sie halbwegs gut sind, könnte man sie benutzen, um das Publikum anzuheizen, bevor ihr auf die Bühne kommt.«

»Cool, das ist genau, was wir wollten«, sagt Phönix. »Jetzt kommen auch andere aus der Deckung.«

Ich nicke stumm. Im Keller und sogar bei den Proben im Club habe ich mich immer selbst ausgebremst. Heute war das erste Mal, dass ich mit voller Power gesungen und versucht habe, meine Stimme in die Gehirne von hundert Leuten einzubrennen.

»Okay, und wie geht es jetzt weiter?«, will Phönix wissen.

»Die Sache wird sich von selbst herumsprechen«, sagt Mage. »Manche Leute werden nur auftauchen, weil sie neugierig sind. Aber ein paar sind bestimmt darunter, die kämpfen wollen.«

»Mage, wenn du dich in Zukunft ins System einhackst,

kannst du dort nach Infos suchen, die uns helfen? Zum Beispiel, ob es bei den Patrouillen noch andere Schwachstellen gibt als die Wachablösung?«

»Klar, ich sehe, was ich machen kann.« Er nickt.

»Dann sollten wir jetzt erst mal unauffällig verschwinden«, sagt Pixel. »Mage, bringst du Phönix sicher nach Hause?« Er reicht unserem Drummer eine Taschenlampe und ignoriert Phönix' wütenden Protest, dass sie keinen Babysitter braucht. Vor der Tür ist inzwischen alles still. Anscheinend haben Pixels Freunde den Club schon geleert. »Komm, Anthem. Deine Begleitung übernehme ich.« Er packt meinen Arm und zieht mich hoch. Sieht ganz so aus, als ob ich einen Babysitter sehr gut gebrauchen kann.

Als wir durch die Tunnel gehen, wird die Stille nur durch schwache Geräusche aus der Ferne unterbrochen. Das Echo von Gesprächen und die Schritte der letzten Nachzügler hallen bis zu uns herüber. Auf der Straße angekommen, teilen wir uns in Zweierpaare auf und steuern in verschiedene Richtungen. Pixel bleibt in Bereitschaft, mich aufzufangen, falls ich umkippe.

Mir geht es gut, ehrlich, nur … Ich habe mich noch nie so lebendig gefühlt wie auf der Bühne, also ist es wohl kein Wunder, dass ich hinterher auch so ausgebrannt bin wie noch nie.

»Endstation«, sagt Pixel und stoppt mich mit einer Hand an der Schulter, als ich fast an meiner eigenen Wohnung vorbeischlurfe.

»Den Rest schaffe ich schon allein«, gebe ich heiser zurück. Er grinst.

»Ihr habt die Bühne echt gerockt. Der ganze Saal hat euch zu Füßen gelegen. Ehrlich, als Scope mir das erste Mal von der Sache erzählt hat, wollte ich ihn am liebsten übers Knie legen. Wie bescheuert muss man sein, um sich auf so etwas Gefährliches einzulassen? Er hat mich ziemlich schnell überzeugt, trotzdem war ich nicht sicher, ob ihr genug Cojones habt, um die Sache auch durchzuziehen.« Er zuckt mit den Schultern. »Jetzt glaube ich daran. Hauptsache, du verlierst nicht die Nerven, Mann.«

»Ohne dich hätten wir das alles nicht geschafft.«

»Ach was. Ich bin bloß der Assistent und komme schon auf meine Kosten. Als Gage sammle ich Tickerkontakte. Da gab es eine Menge echt *scharfe* Girls im Publikum.«

Mein Lachen fühlt sich an wie Rasierklingen im Hals. »Die überlasse ich dir gerne.«

Er nickt bedächtig und das Lächeln verschwindet von seinem Gesicht. »Warum hast du Haven nichts erzählt? Du weißt genau, dass sie uns helfen könnte.«

»Ich muss los, nach meinem Vater schauen«, sage ich und steige die Stufen hoch. Er hält abwehrend die Hände in die Luft.

»Schon gut, sorry. Gute Nacht.«

»Du auch. Ach, und Pixel?«, sage ich und drehe mich noch einmal um.

»Ja?«

»Vielen Dank. Das meine ich ernst.«

»Yeah, schon gut.«

♫

»Du klingst erkältet.«

»Bin ich aber nicht«, sage ich, obwohl meine Reibeisenstimme ihr recht gibt. Kein Wunder, dass sie die Augenbrauen hebt. »Wirklich nicht.«

»Setz dich.«

Ich gehorche und lasse mich genauer untersuchen, den Blutdruck und die Temperatur messen. Als Tango mit einer Taschenlampe meine Pupillen checkt, muss ich mich anstrengen, die Augen offen zu halten. »Hmmm«, sagt sie und betrachtet meine Fingernägel. Es ist schwer zu übersehen, dass einer fehlt und die Fingerkuppen voller Hornhaut sind. »Anthem, was hast du angestellt?«

»War ein krasses Wochenende«, sage ich, während meine Augen sie stumm anbetteln: *Frag nicht weiter*.

»Okay.« Sie nickt und hält meine Hand ein paar Sekunden länger als nötig fest. »Bin gleich zurück.«

Es fühlt sich falsch an, unter ihrer Aufsicht zu streamen, wenn ich sie nicht vorwarnen kann, welche Wirkung die Musik vielleicht hat. Aber natürlich kann ich im Hauptsitz des Kon nicht offen reden und außerdem habe ich die Grenzen unserer Job-Freundschaft schon genug ausgereizt. Also halte ich die Klappe, als sie mit einer kleinen, tragbaren Konsole zurückkehrt. Nach letzter Nacht fühlt es sich überhaupt falsch an zu streamen. An das High auf der Bühne kann garantiert nichts herankommen.

Sie stülpt mir die Kopfhörer über und drückt verschiedene Knöpfe. Ich sitze nur da und warte, während meine Knöchel an den Armlehnen weiß werden. Mir bleibt keine Wahl. Ich mache das hier nicht zum Vergnügen.

Beruhigende Computerklänge füllen meinen Kopf, meilenweit entfernt von der Musik, die ich selbst spiele. Die Sampler-Rhythmen und Melodien ähneln einem Traum oder vielleicht einem Flug durch die Weiten des Universums, wo jede Note wie ein Stern aufstrahlt, während ich vorbeischwebe.

Die Halsschmerzen lassen nach, und erfrischende Energie füllt meinen Körper. Natürlich ist die Dosis Lebendigkeit nur kurzzeitig geliehen, bevor ich sie mit Zinsen ans NETZ zurückgeben muss, aber selbst dieses Wissen kann das angenehme Gefühl nicht völlig zerstören. Während mein Körper in dem Arztstuhl verankert ist, fühlt sich der Rest von mir schwerelos und driftet zu den ganz eigenen Melodien in meinem Kopf dahin.

»Besser?«, fragt Tango, als der Stream zu Ende ist und sie mir die Kopfhörer abgenommen hat.

»Ja, danke.« Ich lege ihr eine Hand auf den Arm. »Wie geht es dem Freund, von dem du erzählt hast?«

»Ganz okay.« Sie wirft mir ein trauriges Lächeln zu. »Nett von dir zu fragen. Heute setze ich dich auf Dränagestufe 4.«

Danach geht der Tag weiter wie üblich. Ich versenke mich in ein kompliziertes Buch, bekomme in der Mittagspause abscheuliches Essen und bin mit den Gedanken die ganze Zeit im Club – was normal ist – und bei dem Auftritt letzte Nacht – was mit normal so gar nichts zu tun hat. Ich weiß ja nicht, was das Publikum gefühlt hat oder im Nachhinein darüber denkt, aber für mich war es eine Offenbarung, auf der Bühne zu stehen. Die Energie, das Machtgefühl … als wäre ich der Mittelpunkt der Welt und gleichzeitig nur ein winziger Teil von etwas Gewaltigem und Unkontrollierbarem.

Am liebsten würde ich es laut von den Dächern schreien und jedem, den ich kenne, von nichts anderem mehr erzählen.

Vor allem Haven. Pixels Frage lässt mich nicht los, schließlich habe ich sie mir selbst schon oft genug gestellt. Jetzt höre ich sie stattdessen mit seiner Stimme. Dadurch ist sie schwerer zu ignorieren.

Ich sollte Haven alles erzählen. Immerhin weiß ich genau, wie sie sonst reagiert, wenn die Sache immer größer wird und der Tag X kommt … die Revolution, wie Mage es genannt hat. Haven sollte vorher Bescheid wissen.

Am liebsten würde ich nicht einmal mir selbst eingestehen, warum ich zögere. Ich liebe sie. Ich brauche sie. Ich würde alles für sie tun.

Ich vertraue ihr, oder?

Die ganze Woche über bekomme ich genug Gelegenheiten, den Mund aufzumachen: an meinem Küchentisch, im Stadtpark, auf dem Nachhauseweg vom Club. Aber selbst der Kontrollverlust durch die Drogen reicht nicht aus, um mich zum Sprechen zu bringen.

Vielleicht ist es besser, noch zu warten. Wenn sie mich auf der Bühne sieht, soll die Band in Topform sein. Ich will sie mit einem routinierten Auftritt davon überzeugen, dass ich wirklich weiß, was ich tue. Genau, abzuwarten ist eine gute Idee.

Aber Haven weiß, dass ich ihr etwas verheimliche. Ich sehe, wie sie fragende Blicke auf meinen Vater und die Zwillinge wirft. Wenn mein Geheimnis doch so simpel wäre.

♫

Am nächsten Sonntag ist der Club noch voller. Ich brenne darauf, in den Saal zu schleichen und selbst abzuschätzen, wie viele Paar Füße wohl das ungeduldige Gedrängel vor Pixels Bürotür erzeugen. Aber zuerst gibt es hier noch etwas Offizielles zu erledigen.

»Leute, das ist Ravenous«, stellt Pixel uns den Mann vor, den er gerade hereingebracht hat. Er ist ein Stück größer als ich und trägt seine langen Lockenhaare naturbraun. Als er mich anlächelt, sieht er zum Anbeißen aus. Ich schüttele den Gedanken ab.

»Hi«, sage ich und stehe vom Sofa auf, um ihm die Hand zu reichen. »Ich bin Anthem. Das sind Phönix, Mage und Scope.« Die anderen nicken ihm von ihren Plätzen im Büro zu. »Du spielst in einer Band?«

Ravenous zuckt mit den Schultern. »Ja, schon. Nicht so gut wie ihr … und ohne echte Instrumente, weil uns der Kredit fehlt. Aber wir proben schon eine Weile zusammen. Haben ein Abrissgebäude in Quadrant 3 gefunden.«

»Wie viele Leute?«

»Vier, genau wie bei euch.«

Ja, wie bei uns – zumindest seit Johnny nicht mehr da ist. Scheiße, ich vermisse ihn. Er würde wissen, wie man die richtigen Fragen stellt. »Gut, kommt nächste Woche ein bisschen früher. Die ganze Band. Dann sehen wir mal, wie ihr klingt. Ist der übrige Kram okay für dich?«

Ich drücke mich vage aus, doch er versteht, was ich meine. »Hey, ich bin ganz wild darauf, den Kon zu stoppen. Auch wenn zu Hause eine Frau und ein Baby warten, für die ich sorgen muss.« Womit sich mein flüchtiger Moment der Schwärmerei erledigt hat, aber mehr wäre sowieso nicht daraus geworden. »Manche Dinge sind so wichtig, dass man sie einfach tun muss, stimmt's?«

»Absolut. Was ist dein Job?«

»Ich bin Wachmann.«

Phönix wirbelt vom Kühlschrank herum. »Was? Hast du sie nicht mehr alle, Pixel?«

Er öffnet den Mund, doch ich komme ihr zuvor. »Phönix,

wir arbeiten fast alle für den Kon. Ich bin ein Akku, Mage ist Programmierer, Pixel managt den Club. Andererseits«, ich mache eine Pause und starre Ravenous an, »solltest du besser auf keine dummen Ideen kommen.«

»Scheiße, nein. Ich brauche eben einen Job, um die Miete zu bezahlen, so wie jeder.«

»Und das glauben wir ihm einfach?«, will Phönix wissen. Scope stimmt ihr mit einem schroffen Kopfnicken zu.

Mage hat weniger Bedenken. »Ja, tun wir«, sagt er. »Genau wie wir an unsere eigene Band glauben und wie Johnny an uns geglaubt hat.«

Da gibt Phönix ihre kämpferische Pose auf und lehnt sich gegen den Kühlschrank. »Meinetwegen.«

Ich strecke die Hand aus und schüttele seine noch einmal. »Okay, dann spielt ihr uns nächste Woche was vor.«

»Cool. Wie sieht der restliche Plan aus?«

»Im Moment sammeln wir vor allem so viele Informationen über den Kon wie möglich. Wir haben schon eine Menge Hilfe von Leuten bekommen, die letzte Woche hier waren. Zum Beispiel die Namen von ranghohen Mitarbeitern, Arbeitspläne, Schichteinteilungen und so weiter. Mage, hast du was rausgefunden?«

Er verzieht den Mund. »Ich arbeite daran, aber ehrlich gesagt könnte ich Hilfe brauchen. Das System ist riesig, Anthem.«

»Du weißt, wen wir fragen könnten«, sagt Scope.

Ich werfe ihm einen finsteren Blick zu. »Fang gar nicht erst an. Ravenous, vielleicht kannst du uns mit Wächterkram versorgen? Infos über Einsatzzeiten, den Inhalt von Waffendepots, was immer du für wichtig hältst.«

»Mache ich.«

Danach wendet sich das Gespräch wieder der Musik zu. Mage fragt, was seine Leute als Instrumente benutzen, wobei ihn natürlich das Schlagzeug am meisten interessiert. Genau wie bei uns (und vermutlich den meisten Untergrund-Bands im Web) haben sie fast alles aus Schrott selbst zusammengezimmert. Ravenous erzählt, dass sie alte Elektrogeräte wie Bohrer und Kettensägen für ihren Sound benutzen. In Scopes Augen funkelt es.

Der Moment des Auftritts rückt näher. Das Gefühl ist anders als letzte Woche, weil ich schon einen Vorgeschmack habe, was mich erwartet. Diesmal gibt es keine Bedenken, sondern ich will einfach nur da raus. Ich will die Menge zum Rocken bringen und die Songtexte in ihren Köpfen verankern, sodass jeder sie als Geheimnis vor dem Kon mit sich herumträgt.

Zitrus taucht auf, um Scope und dem Rest von uns Glück zu wünschen. Er wirft Ravenous einen abschätzenden Blick zu, bevor ich die beiden auf den Gang scheuche, weil sie nicht zur Band gehören. Wahrscheinlich ist es ein bisschen früh für Traditionen und Rituale, und eigentlich kann ich mit solchem Kram auch wenig anfangen. Aber irgendwie fühlt sich der gemeinsame Moment, bevor wir auf die Bühne gehen, wichtig an.

Diesmal muss ich nicht fragen, ob sie bereit für den Auftritt sind. Dazu brauche ich nur einen Blick auf sie zu werfen. Bestimmt kann man es mir genauso deutlich ansehen, an meinem kriegsbemalten Gesicht, meinen angespannten Muskeln, meinen nervös wippenden Stiefelspitzen. Phönix zupft an ihrem Minirock herum, Scope trommelt den Rhythmus unseres Einstiegssongs auf seinem Schenkel, und Mage umklammert die Trommelschlägel so fest, dass seine Fingernägel weiß werden.

Der aufbrandende Lärm, als Mage schließlich als Erster auf die Bühne geht und vor der Menge auftaucht, ist unglaublich viel lauter als letzte Woche und wird noch ohrenbetäubender, als Phönix und Scope ihre Plätze einnehmen. Ich schließe die Augen, nur für eine Sekunde, und lasse den Klang über mich hinwegrollen. Er gibt mir einen Teil der Energie zurück, die ich an jedem Arbeitstag opfere.

Meine Schritte sind selbstbewusst. Mein Herz schlägt wie wild, aber dieses Mal genieße ich das Gefühl.

Ich betrete die Treppe.

0111010101 **13** 1100110110

Die Stimme von Präsidentin Z ertönt aus dem Fernseher, schrill und mechanisch. Ich erstarre mitten in der Bewegung, während der Löffel halb im Mund meines Vaters ist.

Aber es ist nichts von Bedeutung. Nur der übliche Mist, der niemanden interessiert. Unsere Untergrund-Aktivitäten sind beim Kon noch nicht angekommen. Ich bin sicher, wenn schließlich alles auffliegt, wird Präsidentin Z ebenfalls eine Rede halten und den braven Bürgern des Web versprechen, dass man unsere amüsante kleine Rebellion bald im Keim ersticken wird – oder dass wir bereits ausgeschaltet wurden, aber in dem Fall werde ich wohl kaum vor dem Fernseher sitzen und ihr zuhören.

Jemand klopft an die Wohnungstür, und ich schaue verwirrt hoch. Alpha und Omega brechen ihr einseitiges Gespräch mit unserem Vater mittendrin ab. »Kommt Haven heute?«, fragt Omega.

»Vielleicht will sie dich überraschen.« Ich lächele ihm zu und durchquere das Zimmer, während ein weiteres Klopfen ertönt, von dem das dünne Holz erzittert. »Hey –«, setze ich an und öffne die Tür.

Alles Blut weicht mir aus dem Gesicht, als hätten die mattschwarzen Uniformen es aufgesogen. »Geht auf euer Zimmer, alle beide.«

»Anthem – ?«

»Sofort!« Ich warte, bis ich ihre Tür klappen höre, erst dann wende ich mich den zwei Wachleuten zu, die im Hausflur stehen. »Kann ich Ihnen helfen?« Ich höre meine eigene Stimme kaum, weil sie von dem Rauschen in meinen Ohren übertönt wird.

»Sind Sie Stadtbürger N4003?«

Ich nicke. »Ja«, flüstere ich heiser. Verdammte Scheiße. Jetzt ist alles vorbei. Ich beiße die Zähne aufeinander, damit sie nicht zu klappern anfangen.

»Man hat uns informiert, dass Ihr Stream-Level unter das Standardmaß gefallen ist. Gibt es ein Problem mit Ihrer Konsole?«

»Was? Nein.« Nein. Oh, fuck und Halleluja. Ich erlaube mir ein kleines, erleichtertes Aufatmen. Diesen Affenzirkus habe ich schon öfter mitgemacht. »Ich … äh … war sehr beschäftigt?«

Der Größere von beiden mustert mich misstrauisch und wirft seinem Partner einen Blick zu. »Kommt er dir nervös vor?«

»Kann man wohl sagen«, stimmt der andere zu und tritt einen Schritt näher. Meine Beine beginnen zu zittern, und ich drücke die Knie durch. Sein Gesicht ist nur ein paar Zentimeter von meinem entfernt, sodass mich sein heißer, stinkiger Atem trifft. »Haben Sie einen Grund, nervös zu sein, Bürger?«

»Ich … überhaupt nicht. Ich soll also öfter streamen, ja?«, frage ich und zwinge ein künstliches, breites Lächeln auf meine Lippen.

»Wenn Sie wissen, was gut für Sie ist«, sagt der Größere. »Das hier war nur eine freundliche Warnung. Sie wollen keinen *unfreundlichen* Besuch von uns. Glauben Sie mir.«

Oh ja, das tue ich.

»Komm«, wendet er sich an seinen Partner. »Wir haben noch siebenundzwanzig andere auf der Liste. Passen Sie bloß auf, dass Ihnen so etwas nicht wieder passiert, Bürger.«

»Jawohl, *Sir*«, würge ich heraus. Ich brauche drei Anläufe, um mit meiner verschwitzten Hand den Türknauf zu drehen. Dann lasse ich mich gegen die geschlossene Tür fallen. Das wackelige Holz knirscht.

Alles ist okay. Wir sind okay. Die Zwillinge kommen aus ihrem Zimmer gerannt und bauen sich vor mir auf.

»Wer war das, Anthem?«

»Nur ein paar Wachleute, die was überprüfen wollten«, sage ich. »Jetzt sind sie weg. Warum macht ihr euch nicht bettfertig, und ich komme gleich vorbei für eure Gutenachtgeschichte.« Kraftlos lasse ich mich auf den Teppich sinken und bleibe dort hocken, bis mein Puls sich normalisiert hat.

Der Aufstand kann gar nicht früh genug beginnen. Noch sind wir nicht stark genug, aber das ändert sich schnell. Bei meinen TT-Fahrten zur Arbeit, den Einkaufstouren durchs Depot und den regelmäßigen Clubnächten – bevor ich so high bin, dass ich nichts mehr mitbekomme – passiert es mir immer öfter, dass Fremde mir zunicken, dann unauffällig den Blick abwenden und weitergehen. Unsere Konzerte laufen jede Woche besser. Die Leute verstehen, was ich sagen will. Ich habe sie gepackt. Die vielköpfige Masse auf der Tanzfläche bewegt sich zu meiner Musik wie ein einziges Wesen und giert nach dem Hass auf den Kon, den ich mit Mund und Händen herausbrülle.

Jeder donnernde Akkord ist ein einziges *Fuck you* an die Typen, die mir befehlen wollen, was ich tun und lassen darf, und meine Musik als illegal abstempeln.

Ich versuche mich zu gedulden und mir zu sagen, dass wir erst seit drei Wochen dabei sind und der Kon schon seit Kriegsende und damit seit Jahrzehnten an der Macht ist. Aber gleichzeitig weiß ich, dass Menschen wie Johnny noch immer ahnungslos ihre Kopfhörer aufsetzen und zusammensacken. Möglicherweise liegen sie tot in ihren Schlafzimmern, ohne dass sie jemand findet. Seit wir mit den Auftritten angefangen haben, wurde uns von fünf weiteren Opfern erzählt, die alle mehr oder weniger gegen das Gesetz verstoßen hatten. Einer davon war bei unserem ersten Konzert. Ich glaube nicht mehr an Zufälle. Der Kon ändert seine Methoden, und uns läuft die Zeit davon. Konsolen überall im Web werden zu Mordwaffen. Ich will *kämpfen,* und zwar sofort.

Geduld.

♫

Die Band von Ravenous ist ziemlich gut. Letzten Sonntag haben sie das Konzert eröffnet, und ihr Sound ist härter, gröber als unserer. Sie spielen mit einer brutalen Energie. Zuerst war ich fast eifersüchtig, weil sie ihren ersten Auftritt vor einem Publikum hatten, das schon auf diese Art von Musik vorbereitet war. Aber das gab sich bald, als die Menge in der Pause immer lauter und ungeduldiger nach uns schrie.

Manchmal fühlt es sich so an, als ob die verschiedenen Rollen, die ich in meinem Leben spiele, immer weiter auseinanderklaffen: Bruder, Ersatzvater, Musiker, Rebell, Akku-Dreck,

Junkie und was auch immer ich in Havens Nähe bin. Mit Händen voller Gitarrenschwielen halte ich krampfhaft die verschiedenen Teile meines Selbst zusammen.

Das Zentrum für Rückschau ist in eine Mischung aus Abendsonne und grünem Neonlicht gebadet, als ich davor ankomme. Keine Ahnung, warum Haven mich angetickert und ausgerechnet hierher bestellt hat. Ich bin einfach gekommen, ohne Fragen zu stellen. Jedenfalls ist bestimmt niemand von ihrer Familie hier drin. Ihre Chips dürften sich in einem exklusiven ZFR im Quadrant 1 befinden, wo die Reichen wohnen und auf den Rest von uns herabschauen.

Sie steht in der Eingangshalle und hat den Kopf in den Nacken gelegt, um die Wandmalereien zu betrachten. Gemälde sind eine Kunstform, die der Kon erlaubt, aber vermutlich nur, bis sie eine Methode gefunden haben, daraus auch eine Droge zu machen. Außerdem gibt es nur wenige Leute, die sich mit Malen beschäftigen. Farbe ist teuer.

»Was ist denn los?«, frage ich. Sie hat mich nicht bemerkt und dreht sich überrascht zu mir um. Ihre langen Beine enden in engen Stiefeln, darüber trägt sie einen Minirock und einen Pulli gegen den schneidenden Wind draußen. Über die Schulter hat sie eine Tasche aus quietschrosafarbenem Gummi geworfen, die mit absurd großen Spikes verziert ist. Ich schlucke mit trockener Kehle.

»Kommst du?«, fragt Haven.

»Äh, wohin …«

»Zu deiner Mutter«, erklärt sie ungeduldig, während sich ihre langen Fingernägel in den Schultergurt der Tasche bohren. »Ich bin mit meinem Spezialprojekt fertig.«

»Okay, klar.« Auf dem Weg zur dritten Etage versuche ich,

mehr aus ihr herauszubekommen, aber sie presst störrisch die Lippen zusammen. Bei jeder Spindreihe mit einer Stele bleibt sie stehen, um sich vorsichtig umzuschauen.

»Gut«, stellt sie fest, »wir sind allein.«

Verwirrt führe ich sie zum Spind meiner Mutter. Ich spüre kurz den harten, scharfkantigen Chip zwischen den Fingern, dann hält Haven mir auffordernd die Hand entgegen. Automatisch strecke ich den Arm aus, um ihr den Chip zu reichen, breche jedoch mitten in der Bewegung ab. »Erklärst du mir erst mal, warum wir hier sind?«

Sie schüttelt den Kopf über mein Misstrauen, zieht den Reißverschluss ihrer Tasche auf und holt einen Minicomputer mit Kabelgewirr heraus. »Ich habe mich reingehackt.« Sie flüstert, obwohl weit und breit kein Mensch ist. »Jetzt kannst du alles sehen, Anthem, absolut alles.« Ohne auf eine Antwort zu warten, marschiert sie auf das nächstgelegene Sichtgerät zu, bastelt an der Verkabelung herum, positioniert ihren Computer vor dem Touchscreen und klappt ihn auf.

Meine Füße fühlen sich an wie festgenagelt. Das Blut rauscht in meinen Ohren. Ich stelle mir vor, wie es bei jedem Pulsschlag meinen Chip umspült, der alles aufzeichnet, was ich tue und erlebe. Auch das hier. In diesem Moment.

»Ich dachte nur, vielleicht würdest du gerne …« Haven beißt sich auf die Lippe.

»Ja, absolut.«

»Die Informationen sind nicht gelöscht, nur verschlüsselt. Ich habe lange geglaubt, dass die Regierung die unerwünschten Stellen einfach wegschneiden lässt, aber dann fing ich an, mich zu fragen: Würde sie das wirklich tun? Der Konzern ist doch ganz besessen davon, Informationen zu sammeln, mit denen man die Bürger gefügig machen kann. Also würde es wenig Sinn ergeben, mit Löschprogrammen zu arbeiten. Und es funktioniert«, sagt sie und zieht den MemoryChip aus meinen steifen Fingern. »Ich habe es an meinem Großvater ausprobiert.«

Sprachlos schaue ich sie an. »Das hast du getan? Ich fasse es nicht. Kann der Kon herausfinden, dass wir den ganzen Chip gesehen haben?« Ich schaue nervös zu den Ecken der Saaldecke. »Bist du sicher, dass es ungefährlich ist?«

Sie wirft mir einen Blick zu, als wolle sie sagen: Du machst wohl Witze? »Klar. Der Kon ist gut, aber ich bin besser. Außerdem werden ZFRs nicht überwacht. Wozu auch, schließlich glaubt der Kon, dass wir hier nichts sehen können, was wir nicht sehen sollen. Tja, falsch gedacht.« Tastengeklapper hallt durch den lang gestreckten Saal, als sie auf ihrem Keyboard herumtippt, und dann strahlt über der Stele ein schimmerndes Licht auf. Statt meiner Mutter erscheint ein glühendes Gebilde wie eine dreidimensionale Landkarte, die blau und grün leuchtet. Schwebende Staubkörnchen unterbrechen die perfekten Linien.

»So sehen die Daten im Netz aus?«

»Ich habe doch gesagt, es ist wunderschön.«

Obwohl ich ganz still stehe, habe ich das Gefühl, mich zu bewegen, während sich das Hologramm in atemberaubender Schnelligkeit verändert. Haven navigiert uns durch Menüs und Unterprogramme, bis schließlich auf Augenhöhe ein Symbol auftaucht, das den Dateinamen *Stadtbürgerin T25641* trägt.

»Da ist es«, sagt Haven schlicht, als bräuchte ich eine Erklärung. »Wenn du dich bereit fühlst, muss du nur das Symbol anklicken. Danach kannst du weiternavigieren wie immer. Ich gehe so lange –«

Aber ich greife nach ihrer Hand und halte sie fest. »Nein, bleib.«

»Bist du sicher?«

Ich nicke. Plötzlich bin ich mir bei allem Möglichen sicher … im Gegensatz zu letzter Woche, gestern oder sogar noch vor fünf Minuten. Was immer sich auf diesem Chip befindet, es ist ein unglaubliches Geschenk. Durch Haven kann ich nun Momente mit meiner Mutter verbringen, die nicht vom Kon verfälscht sind. Dieses Mal brauche ich mich nicht zu fragen, was wohl fehlt, wenn ich in ihr Gesicht schaue.

Das Menü mit den Wahlmöglichkeiten ist viel länger als gewohnt. Ich kann jeden einzelnen Tag anklicken, seit ihr der Chip implantiert wurde. Das meiste aus den frühen Jahren kenne ich schon. Selbst die Kon-Zensoren finden bei einem Kind wohl nicht viel, das dringend verheimlicht werden muss.

Ich wähle einen beliebigen Menüpunkt aus und erwische einen Abend, als sie ungefähr fünfzehn war. Das Licht flackert kaum merkbar, und das Hologramm verwandelt sich in die Gestalt eines jungen Mädchens. Als Teenager war sie nicht blond, wie ich sie kannte, sondern hatte eine wilde, lila gefärbte Stachelmähne. Die Frisur sieht aus, als könnte meine Mutter dem jungen Mann an ihrer Seite aus Versehen ein Auge ausstechen. Die beiden schlendern Hand in Hand eine Einkaufsstraße des MiddleWeb entlang. Ihre Gesichter und ihre Arme sehen im flackernden Neonlicht aus, als hätten sie Chamäleonhaut.

»Diese Szene habe ich noch nie gesehen«, sage ich zu Haven. »Ist das dein Vater?«

»Nein.«

Mehrere lange Minuten betrachte ich die beiden. Mir ist ziemlich egal, wer der Typ ist, aber ich verstehe, warum der Kon ihn aus den Erinnerungen entfernt hat. Schließlich findet das Löschen angeblich zum Wohl der Angehörigen statt, also muss alles herausgeschnitten werden, was eine schmerzhafte Überraschung sein könnte.

»Du siehst deiner Mutter unglaublich ähnlich«, sagt Haven, »besonders eure Augen.« Sie hat meine Hand nicht losgelassen, und ich würde sie am liebsten fester umklammern. Aber dann würde Haven vermutlich bewusst werden, dass unsere Finger immer noch verwoben sind.

Sich alles zu merken, was ich in der nächsten Stunde zu sehen bekomme, ist ganz unmöglich. Oft lande ich bei Erinnerungen, die ich schon von früheren Besuchen kenne, doch es gibt auch viele neue. Einmal stiehlt meine Mutter im Depot einen Apfel, ein anderes Mal liegt sie schreiend mit grauem Gesicht in einem Overdose Center. Ich klicke schnell weiter.

Manches kommt total unerwartet: ein Streit mit einem Wachmann, bei dem ich natürlich die Worte nicht hören kann. Ich halte den Atem an, obwohl meine Mutter noch jung ist und ich weiß, dass sie mit heiler Haut davongekommen ist. Ihre verächtliche Miene, als sie am Hauptquartier vorbeigeht. Diesen Gesichtsausdruck kannte ich bisher überhaupt nicht an ihr. Ich wusste immer, dass wir uns äußerlich ähneln, aber vielleicht gehen die Gemeinsamkeiten tiefer.

Klick, klick, klick surfe ich durch das Menü und durch meine Mutter. Wahrscheinlich sollte ich mir wie ein Eindringling vorkommen, doch schließlich wissen wir alle, dass uns solche Besuche eines Tages bevorstehen.

Fast übersehe ich die Szene. Mein Finger berührt schon den Menüknopf, um zum nächsten Bild zu springen, als mein

Gehirn gerade noch rechtzeitig hinterherkommt und ich ruckartig die Hand wegziehe. Neben mir höre ich Haven scharf einatmen und spüre ihre Überraschung, während sich sämtliche Haare um meinen Nackenstecker aufrichten.

Sie ist jung, noch jünger, als ich es jetzt bin. Vielleicht sechzehn ... und viel zu lebendig, farbenfroh und strahlend für den schmuddeligen Raum, in dem sie sich befindet. Die Wände sind mit Rußspuren von einem Brand überzogen. In einer Ecke stehen ein paar kostbare Kerzen, deren Flammen in der zugigen Luft tanzen.

Nie zuvor habe ich mir so sehr gewünscht, dass die Sichtgeräte auch eine Tonspur haben, doch meine Fantasie ergänzt die Klänge aus der Violine, die meine Mutter in der Hand hält. Ihre Wange schmiegt sich an das alte, abgenutzte Holz. Selbst ohne sie zu hören, weiß ich, was für ein Talent sie hat. Ihre Finger bewegen sich mit geübter Eleganz, sie hält den Bogen sicher und selbstbewusst.

»Heilige Scheiße«, flüstert Haven. Besser könnte ich es auch nicht ausdrücken, also sage ich gar nichts. Ich schaue einfach nur fasziniert zu.

Daher also mein Gespür für Musik. Ich habe es von *ihr* geerbt.

Ich fühle mich leer, ausgehöhlt. Und zugleich kämpfen in mir all diese widersprüchlichen Gefühle: Stolz, Enttäuschung, Ehrfurcht, Neid, Zorn.

Warum hat sie mir nie davon erzählt? Warum hat sie nicht versucht, mich irgendwie darauf vorzubereiten, was in mir schlummert?

Als die Szene endet, starte ich sie erneut, wieder und wieder, und kann meinen Blick nicht vom Hologramm losreißen.

Meine Füße bewegen sich immer dichter an das Bild heran, bis es beinahe verzerrt. Ich bin ihr so nah, dass ich die gerissenen Pferdehaare des Bogens und den tiefen Kratzer am Violinenkopf sehe. Bestimmt haben solche Schönheitsfehler sie nicht gekümmert, genauso wenig wie mich der abgenutzte Zustand meiner Gitarre stört.

Wieso hat sie mir nie davon erzählt?

Ich trete einen Schritt zurück und klicke mich mit hastigen Fingern durch die Menüs, suche nach mehr Beweisen, überspringe Alltagserinnerungen, die mich an jedem anderen Tag brennend interessieren würden.

Da ist es wieder. In dieser Szene ist meine Mutter so alt, dass sie schon Spuren der Krankheit zeigt, aber sie hält die Violine mit der gleichen Kraft wie ihr jüngeres Selbst.

Ich hatte keine Ahnung. Meine Mutter war Bibliothekarin, keine Musikerin.

Nur … der Bildschirm beweist das Gegenteil. Und sie hat es die ganzen Jahre vor mir geheim gehalten.

Doch mit dieser Familientradition ist jetzt Schluss. Keine Geheimnisse mehr. Vor allem nicht vor Haven, die mir dieses Geschenk gemacht hat.

»Wir sollten gehen«, sage ich. »Die Zwillinge kommen bald nach Hause.« Im selben Moment schwingt die Tür des Saals auf und ein weiterer Besucher erscheint, um Geister der Vergangenheit zu beschwören.

Haven entkabelt bereits den Computer, klappt ihn schwungvoll zu und lässt die ganze komplizierte Technik in ihrer Tasche verschwinden. Das schimmernde Licht erstirbt, als sie den Chip aus der Stele zieht und ihn mir reicht. Wer immer gerade hereingekommen ist, nähert sich uns und biegt dann in den

Nachbargang ein. Ich lege einen Finger auf die Lippen und Haven nickt.

Der MemoryChip fühlt sich ungewöhnlich schwer an, als ich ihn zurück zum Spind bringe. Ich schließe die Tür und teste zwei Mal, dass das Schloss auch wirklich eingerastet ist. Auf dem Weg zum Eingang sehen wir die andere Besucherin. Sie ist ungefähr so alt wie mein Vater und hält gerade ihr Handgelenk vor die kleine Glasscheibe, während ihr Tränen übers Gesicht laufen.

Meine Wohnung ist der einzige sichere Ort für das kommende Gespräch. Schweigend besteigen wir einen TT, aber von all den Gedanken und Gefühlen platzt mir fast der Kopf.

Ich hatte seit heute Morgen keinen Stream mehr.

Die Zwillinge kommen ein paar Minuten vor uns an. Wir sind zu lange im Rückschauzentrum geblieben. Als sie sehen, dass Haven mit mir in die Küche kommt, sind die beiden so begeistert, dass ich meine Ungeduld beiseiteschiebe. Doch sobald ich kann, besteche ich sie mit einem Schokoriegel, damit sie eine Weile still spielen, und ziehe Haven in mein Zimmer. Sie hebt die metallischen Augenbrauen, als ich ihr einen Kopfhörer in die Hand drücke, aber sie sagt nichts, sondern streamt einfach nur mit mir.

Hinterher bin ich ruhiger – auch aus purer Erleichterung, weil die Musik mich nicht umgebracht hat –, hocke mich aufs Bett und bewundere Havens Beine, die sich neben meine gesellen. »Danke«, sage ich mit rauer Stimme und schaue konzentriert auf meine Fingernägel. »Was du für mich getan hast, ist …«

»Ich wollte einfach nur ausprobieren, ob ich es schaffe, das ist alles«, sagt sie. Natürlich nehme ich ihr das nicht ab, aber egal, im Moment gibt es Wichtigeres zu besprechen. »Was ist mit der Geige passiert?«, fragt sie mit Flüsterstimme und gibt mir einen auffordernden Schubs, damit ich mich auf dem Rücken ausstrecke. »Weißt du etwas darüber?«

Auf dem Nachhauseweg habe ich an nichts anderes gedacht. »Ganz zum Schluss, als meine Mutter … als es mit ihr zu Ende ging, hatten wir nicht genug Kredit, um ihr mit Streams zu helfen.« Meine Stimme bricht. »Dann, eines Tages, konnten wir uns die Medikamente plötzlich leisten.«

Ich frage mich, ob meine Mutter Bescheid wusste. Hat mein Vater die Geige verkauft, weil sie ihn darum gebeten hat, oder konnte er es einfach nicht ertragen, sie so leiden zu sehen?

Werde ich bald das Gleiche für ihn tun müssen? Werde ich mich dazu durchringen?

»Sie hat dir nie von dem Instrument erzählt, oder?«

»Nein. Das war ihr gut gehütetes Geheimnis.« Ich versuche, nicht allzu bitter zu klingen, aber ich versage dabei total. Was hat meine Mutter mir wohl sonst noch verschwiegen?

»Anthem«, sagt Haven, stützt sich auf einem Ellbogen ab und greift nach meiner Hand. »Bestimmt wollte sie dich nur beschützen.«

Ihr Gesicht ist so nah, dass unsere Lippen sich fast berühren. Beinah gebe ich nach und küsse sie, aber weil ich ein erbärmlicher Hasenfuß bin, starre ich stattdessen an die Decke. »Kann schon sein. Ist es okay, wenn wir einfach eine Weile nicht reden?«

Sie nimmt meine Bitte ernst und antwortet nicht, sondern schmiegt sich einfach nur neben mich. Die Luft scheint sich im Rhythmus meiner flatternden Nerven gewitterhaft aufzuladen und zu verdichten. Im Nachbarzimmer höre ich die Zwillinge spielen. Durch das dünne Fensterglas dringen Straßengeräusche herauf. Mein Vater schnarcht, draußen auf dem Gehweg reden Leute.

»Ich muss dir was erzählen.«

Haven rutscht noch ein bisschen näher. »Was denn?«, fragt sie und presst die Nase gegen meine Schulter. »Du riechst gut.«

Das ist nicht gerade hilfreich. Ich habe mir diesen entscheidenden Moment im Kopf wieder und wieder ausgemalt, und jetzt wünschte ich, sie würde nicht ganz so nah sein, damit ich mich konzentrieren kann … oder noch viel näher, dann hätte ich einen ausreichenden Grund, gar nichts zu sagen. »Es ist wichtig«, bringe ich heraus. »Ehrlich.«

Ihre Finger hören auf, über meine Rippen zu wandern. »Geht es um deinen Freund?«

»Irgendwie schon. Ich bin« – ein tiefer Atemzug – »also, Scope und ich sind –«

Haven richtet sich auf, und meine rechte Seite fühlt sich plötzlich kalt an. »Ihr seid wieder zusammen«, sagt sie tonlos.

»Was?« Oh, okay, kein Wunder, dass sie mich falsch verstanden hat. Zwar ist mir an diesem Nachmittag eigentlich überhaupt nicht zum Lachen zumute, trotzdem muss ich mir auf die Lippe beißen, um nicht zu grinsen. Das Missverständnis ist einfach so … da fehlen mir echt die Worte. »Nein. Gott, bloß nicht. Ich wollte sagen, dass meine Mutter … sie ist nicht die Einzige in der Familie.«

Haven reißt die grünen Augen auf und betrachtet forschend mein Gesicht.

»Wir machen illegal Musik«, erkläre ich und dann strömt

alles wie von selbst aus mir heraus: die Band, Johnny, unsere Auftritte im Club. Ich rede, bis mir die Worte und der Atem ausgehen, und kann nur hoffen, dass sie mein Geständnis gut aufnimmt.

Nach allem, was Haven für mich getan hat, fühle ich mich wie das größte Arschloch im ganzen Web.

Stille breitet sich im Zimmer aus und hängt erdrückend über dem schmalen Platz, den mein Bett einnimmt. »Wie lange machst du das schon?« Ich hätte mir denken können, dass sie diese Frage zuerst stellen würde. Schließlich hatte ich mich davor am meisten gefürchtet.

»Seit Jahren. Haven, der Kon hat angefangen, Leute umzubringen. Ohne Vorwarnung oder die Chance, sich zu verabschieden.«

»Du hast mich angelogen.«

Nicht wirklich, aber schuldig fühle ich mich trotzdem. Vor allem, weil ich mich im Park so scheinheilig aufgeführt habe. Also verzichte ich auf eine Verteidigung.

»Traust du mir nicht? Oder denkst du, ich würde damit nicht klarkommen? Wieso erzählst du mir erst jetzt davon? Du selbst bist seit Ewigkeiten dabei, aber mir verbietest du, mich für uncodierte Musik zu interessieren? Scheiß drauf. Ich wette, du und Scope, ihr fandet das echt lustig.«

Man merkt ihr an, wie verletzt sie ist, und ich bin dafür verantwortlich. Ich hasse mich selbst ein bisschen. »Scope hat immer gesagt, ich soll dir alles erzählen. Und natürlich vertraue ich dir.«

»Also warum?«

»Weil ich dich beschützen wollte.« Diese Begründung hört sich viel weniger überzeugend an als noch vor einer Stunde, gestern oder letzte Woche. Denn inzwischen weiß ich, wie man sich fühlt, wenn man sie vorgesetzt bekommt.

»Klar, ich bin nur ein kleines, schwaches Mädchen und muss beschützt werden«, sagt Haven mit Tränen der Wut in den Augen.

»Ich muss jetzt schon einen hohen Preis bezahlen, falls ich erwischt werde, und die Vorstellung, dass sie dich auch … der Preis wäre einfach *zu* hoch.« Sie gibt keine Antwort, und ich versuche es auf andere Weise. »Haven, ich kenne niemanden, der so stark ist wie du. Du lebst dein Leben und lässt nicht zu, dass irgendjemand dich davon abbringt.«

»Aber genau das hast du versucht, oder nicht?« Sie klingt so bitter, dass ich es regelrecht auf der Zunge schmecke.

»Ich wollte dir davon erzählen. Schon oft.« Ich greife im Liegen nach ihrer Hand. Als sie abrupt die Finger wegzieht, reißt sie mein Herz gleich mit heraus. Ich richte mich auf und weiß, dass sie jede Bewegung fühlt, genau wie meinen Blick auf ihrem abgewandten Gesicht.

»Okay, wieso erzählst du mir jetzt davon?«, fragt sie.

»Weil es mich ganz krank gemacht hat, dass du nicht Bescheid wusstest. Wegen der Sache heute im ZFR … Und weil ich will, dass du uns spielen hörst.«

Sie stößt ein hartes Lachen aus, das nicht im Geringsten amüsiert klingt. »Also geht es vor allem um dein Ego. Ehrlich, ich weiß kaum, ob ich mich darüber aufregen soll. Vielleicht sollte ich dankbar sein, dass du wenigstens einmal im Leben zugibst, was du wirklich willst.«

»Ich will eine Menge, okay? Aber Wünsche sind ein Luxus, den sich Leute wie ich nicht leisten können. Normale Bürger bekommen nämlich nicht alles auf dem Silbertablett serviert, was sie sich in den Kopf setzen.« Das ging unter die Gürtellinie. Schon bevor die Worte ganz heraus sind, ist mir klar, wie unfair ich bin, aber trotzdem kann ich mich nicht bremsen.

Havens störrisch geschlossene Augen fliegen auf. Sie haben einen feuchten Schimmer. »Leck mich!«, zischt sie. Gleichzeitig schießt ein scharfer Schmerz durch mein Bein, weil sie ihren Stiefelabsatz in mein Knie gerammt hat.

»Warte. Haven, warte!« Ich krabbele vom Bett, stolpere über die eigenen Füße und erreiche die Tür gerade rechtzeitig, um sie voll ins Gesicht zu kriegen. Hoffentlich haben die Zwillinge das nicht gehört. Als ich das Wohnzimmer erreiche, vibriert die Tür zum Treppenhaus noch immer in den wackeligen Angeln.

»Ist Haven schon weg?«

Ich drehe mich um. Omega lächelt mich ahnungslos an. Ich kann die beiden nicht allein lassen. »Ja«, nicke ich und unterdrücke den Drang, ihr nachzulaufen. »Ja, sie ist weg.«

1000011010 **14** 0101100100

Mein Bett riecht nach Haven. Ich schlafe auf dem Fußboden und stelle mir die Absätze ihrer Stiefel an meinem Kopfende vor. Ihr Duft driftet herunter und umhüllt mich wie eine Bettdecke, die viel zu klein ist und nicht genug wärmt. Wo immer ich hingehe, fehlt ihr Gesicht an den gewohnten Orten: im Club, in meiner Wohnung und der Kon-Zentrale, vor der sie immer gewartet hat, obwohl ich es ihr ausreden wollte. Auf meine Ticker-Texte bekomme ich keine Antwort, und ich weiß nicht, wie ich sie sonst erreichen soll. Das UpperWeb ist zwar ein ziemlich kleiner Bezirk, aber in den turmhohen Luxuswolkenkratzern könnte ich sie selbst in hundert Jahren nicht finden.

Wenn die Zwillinge nach Haven fragen, rede ich mich damit heraus, dass sie beschäftigt ist. Ich verspreche, dass sie uns bald wieder besuchen wird. Dabei habe ich mir das Ganze doch gerade durch solche Schwindeleien eingebrockt.

Selbst das Streamen hilft nicht. Ich mache es trotzdem, weil ich mir keinen zweiten Besuch von den Wachen leisten kann, aber jedes Mal hänge ich die Kopfhörer hinterher beiseite und bin gleichzeitig enttäuscht und erleichtert. Bei der Arbeit kosten mich meine Grübeleien mehr Energie als der Nackenstecker. Ich komme ausgelaugt nach Hause und sorge aus reiner

Routine weiter für meine Familie, koche, erzähle Einschlafgeschichten, zwinge meinen Vater zum Essen.

Aus Quadrant 4 erreicht uns das Gerücht, dass es einen weiteren Streamtoten gibt, und Zorn lodert in mir auf, aber er verglüht auch genauso schnell.

Den Rest meiner halbherzigen Aufmerksamkeit bekommt die Band, obwohl es ihnen wahrscheinlich lieber wäre, wenn ich sie ebenfalls links liegen ließe. Gestern bei der Probe ist es mir tatsächlich gelungen, Phönix durch meine harsche Kritik in Tränen ausbrechen zu lassen. Ein einmaliges Erlebnis, auf das ich einen Moment lang beinah stolz war.

Jetzt bin ich allein auf dem Weg zum ZFR. Ohne Havens Technikkram kann ich nur die Szenen sehen, zu denen ich legal Zugang habe, aber heute geht es mir auch mehr darum, meine eigenen Erinnerungen heraufzubeschwören. Ich stehe vor dem Sichtgerät, klicke mich abwesend durch das Leben meiner Mutter und stelle mir vor, Haven neben mir zu haben. Das Hologramm flackert und verwandelt sich in ein ärmliches Zimmer mit einem Sterbebett und meinen Abschiedsworten.

Okay, ich verspreche es.

Das war der letzte Moment, in dem ich sie lebend gesehen habe, obwohl sie noch ein paar Stunden länger durchgehalten hat. Ich habe den Film nie weiterlaufen lassen. Bisher wollte ich gar nicht wissen, wie es weiterging, und ich verstehe selbst nicht, wieso meine Hand jetzt auf Vorspulen tippt. Vielleicht, weil nichts schmerzhafter sein kann als mein letzter Besuch hier im Rückschauzentrum.

Die Szene hat sich kaum verändert, nur die Person an ihrem Bett ist nun jemand anderes. Ich war zu dem Zeitpunkt mit den Zwillingen in der Küche, hatte so viel Abstand zwischen mich und das Schlafzimmer gebracht, wie ich konnte, und mich hinter der geschlossenen Tür verbarrikadiert. Jetzt sehe ich, wie meine Eltern die Lippen bewegen, aber ich kann die Worte nicht entziffern und habe auch gar nicht den Wunsch. Widerwillig verfolge ich, wie er ihre Hand nimmt und dann – als wäre das noch nicht genug – vom Stuhl aufsteht und sich zu ihr legt.

Sie bringt ein Lächeln zustande, und er lächelt zurück. Beide hören auf zu sprechen. Es dauert nur ein paar Minuten, bis ihre Augen sich schließen, als würde sie einfach nur einschlafen, und mein Vater begreift, was passiert ist.

Ich sehe nicht zum ersten Mal jemanden sterben. In letzter Zeit hat es mehr als genug Tote in meinem Leben gegeben. Sie alle wurden brutal aus dem Leben gerissen, unerwartet und einsam. Ich sehe zu, wie sich mein Vater vorlehnt und ihre Stirn küsst, dann ziehe ich den Chip aus der Stele, lege ihn zurück in den Spind und gehe.

♬

»Hey, Mann«, sagt Scope, der auf meiner Eingangstreppe wartet. »Jetzt rück endlich damit raus: Was hast du für ein Problem?«

Ich trinke den letzten Schluck Saft und hocke mich neben ihn. »Gar keins. Alles ist bestens.«

»Ja, sicher«, schnaubt er. »Deshalb ist auch Haven nirgends mehr zu sehen. Glaubst du, das ist mir nicht aufgefallen? Ich bin ja nicht ständig … du weißt schon … anderweitig beschäftigt.«

»Klar, deshalb hast du nur anderthalb Wochen gebraucht,

um mich nach ihr zu fragen. Ich bin nicht der Einzige hier, der neben der Spur ist.«

Er zuckt mit den Schultern. »Ich dachte, du würdest von selbst den Arsch hochbekommen und die Sache wieder in Ordnung bringen. Was immer du angestellt hast. Aber da kann ich wohl lange warten, also helfe ich jetzt ein bisschen nach.«

Ein heißes Prickeln überläuft meine Haut. »Wieso glaubst du eigentlich, dass es meine Schuld war?«

»Äh, weil wir beide Haven kennen? Sie hat mehr Geduld mit dir und deinem ganzen Mist, als gut für sie ist. Außerdem verbringt sie jede freie Minute mit dir und behandelt Alpha und Omega wie ihre eigenen Geschwister. Wenn ihr beide den Rest eures Lebens umeinander herumtanzen wollt, ist das eure Sache, das geht mich nichts an. Aber ich hoffe, dir ist wenigstens klar, was für ein saumäßiges Glück du mit ihr hattest.«

»Das war echt taktvoll, danke.«

»Sorry, Takt ist nicht mein Ding.«

»Wir haben uns gestritten. Und ich fände es nett von meiner Band, wenn ihr nicht hinter meinem Rücken über mich tratschen würdet.«

»Hör auf, das Thema zu wechseln. Was ist passiert?«

Seufzend lehne ich mich zurück. Eine Betonstufe bohrt sich schmerzhaft in meinen Rücken, was mir ganz recht ist, weil ich mich dadurch wenigstens wacher fühle. »Ich habe ihr alles erzählt. Sie ist ausgeflippt.« Scope weiß nicht, dass Haven den MemoryChip meiner Mutter gehackt hat und was ich dadurch herausgefunden habe. Ich behalte diese Info auch jetzt für mich. Ihm davon zu erzählen, würde alles nur noch schlimmer machen.

»Soll das alles sein?«

»Machst du Witze? Ist das etwa nicht genug?«

»Nein.« Er schüttelt den Kopf und mustert mich mit dunklen Augen. »Hinter der Geschichte steckt doch mehr. Natürlich ist sie sauer, weil du sie so lange angeschwindelt hast. Das hätte ich dir auch vorher sagen können. Wenn ich mich richtig erinnere, *habe* ich es dir sogar gesagt. Aber wir reden hier von Haven, also wird sie dir verzeihen, sobald sie sich abgekühlt hat. Deshalb kapiere ich nicht, wieso du seit Tagen …« Er packt meinen Arm. »Moment mal, das ist jetzt nicht dein Ernst.«

»Hä?«, sage ich und tue so, als wüsste ich nicht, wovon er redet. Warum muss Scope mich auch so gut kennen? Den angewiderten Blick, den er mir daraufhin zuwirft, habe ich wohl verdient.

»Okay, du hast kein Problem damit, dass total fremde Menschen zu unseren Konzerten auftauchen. Du hast Ravenous und seine Leute mit ins Boot geholt, obwohl wir keinen von ihnen kennen und Ravenous sogar zu den verdammten *Wachleuten* gehört. Aber Haven traust du immer noch nicht? Lass mich raten: Du machst dir die ganze Zeit Sorgen, dass sie uns bei ihrem Vater oder sonst jemandem verpfeift, weil sie sauer auf dich ist … Herrgott, Anthem, hier geht es nicht länger nur um dich! Alle warten darauf, dass du den nächsten Schritt machst, und du läufst herum wie benebelt. Wir brauchen Haven. Pixel und ich vertrauen ihr total, selbst wenn du das nicht schaffst. Für Phönix und Mage kann ich das Gleiche garantieren, wenn du ihnen Haven endlich mal vorstellst. Haven weiß mehr über den Kon als sonst jemand von uns. Findest du nicht, du solltest ihr die Chance geben, uns zu helfen?«

Nachdem er laut ausgesprochen hat, was bisher nur als Stimme in meinem Kopf herumspukte, komme ich mir wie ein totales Arschloch vor. Ich und mein idiotischer Verfolgungswahn. Natürlich würde Haven mich nie verraten. Scope öffnet den Mund, schließt ihn wieder und unternimmt dann einen neuen Anlauf.

»Wahrscheinlich kann ich nichts sagen, das du nicht gerade selber über dich denkst«, meint er schließlich. »Hat Haven dir jemals einen Grund gegeben, sie zu verdächtigen?«

»Nein.« Er hat mit allem völlig recht.

»Du weißt, dass du ein hirnloser Esel bist, oder?« Und wie er recht hat.

»Ja, schon«, sage ich und schlucke. »Eigentlich will ich für den Rest meines Lebens mit ihr zusammen sein. Aber dafür ist es jetzt wohl zu spät.« Mir ist egal, was ich meiner Mutter versprochen habe. Sie hatte ja keine Ahnung.

Sein Griff um meinen Arm wird weniger hart und kommt mir einen Moment lang regelrecht mitfühlend vor, bevor er sich von der Treppe abstößt und aufsteht. »Okay, ich muss nach Hause. Ach ja, und hör damit auf, Mage und Phönix anzuschreien. Ich habe den beiden versprochen, dir das auszurichten.«

In meinem Mundwinkel zuckt es. »Wird gemacht.«

Scope betrachtet mich einen langen Moment. »Tja, damit ist wieder einmal bewiesen, dass ich in unserem Team für das Hirn zuständig bin und du für das gute Aussehen. Obwohl … das habe ich ja auch«, sagt er und spaziert grinsend davon. Ich bleibe noch eine ganze Weile sitzen und betrachte die Menschen, die vorbeikommen. Angst hat sich im Web ausgebreitet wie eine Seuche, genährt von Gerüchten und Halbwahrheiten über die neueste Erfindung des Kon. Ich schaue in graue, verkniffene Gesichter, denen man den Stream-Entzug meilenweit ansieht.

Kein Wunder, dass die Wachen kaum damit nachkommen, ihre Listen abzuarbeiten.

♫

Als wir uns am nächsten Sonntag im Club treffen, strenge ich mich an, netter zu den anderen zu sein. Phönix bleibt trotzdem eingeschnappt, aber vermutlich aus reiner Langeweile, denn Mage ist mit dem Schlagzeuger von Ravenous beschäftigt und baut irgendwelche zusätzlichen Instrumente auf.

Unsere Proben sind inzwischen alles andere als privat. Zusätzlich zu Ravenous und seinen Freunden sind noch zwei andere Bands im Club aufgetaucht, die sich während der letzten Wochen aus der Deckung gewagt haben. Den ganzen Nachmittag bekomme ich »unauffällige« Blicke zugeworfen, und mir wird klar, dass die Zeit reif ist. Einfach weiterzumachen wie bisher, hat wenig Sinn. Unseren Plan, im Untergrund Mitstreiter zu sammeln, haben wir ausgereizt.

Aber beim nächsten Schritt müssen wir uns geschickt anstellen. Wenn einfach ein paar Hundert wütende Konzertbesucher vor der Zentrale aufmarschieren und Parolen schreien, dürfte das Spektakel nur einige Minuten dauern. Dann schießt man uns entweder alle nieder oder befördert uns in den Arrest, wo schon die Kopfhörer mit ganz speziellen Streams auf uns warten. Selbst wenn uns die Wachen wie durch ein Wunder in Ruhe lassen, würde ein simpler Protestmarsch nicht die Sorte von Revolution erreichen, über die ich gelesen habe. Die Regierung hat keinen Grund, ihre Politik zu ändern, solange der Druck nur von Leuten kommt, die man wie Ameisen zertreten kann.

Trotzdem könnte es den Versuch wert sein. Die Zwillinge würden bestimmt davon hören, auch wenn ich nicht derjenige wäre, der es ihnen erzählt.

Aber ich will, dass sie es von mir erfahren. Wenn wir die Regierung nicht dazu bringen können, ihre Politik zu ändern, dann müssen wir eben den Kon selbst revolutionieren. Die Machthaber loswerden, Präsidentin Z und den Aufsichtsrat gefangen nehmen und wegsperren, sodass sie uns nicht mehr schaden können.

Doch das sind nur Tagträume, denn so weit sind wir noch nicht. Die Spitzenleute des Kon werden allesamt zu gut abgeschottet – man kommt einfach nicht an sie heran. Wir wissen nicht einmal, wie sie aussehen. Etwas Entscheidendes fehlt uns immer noch.

Ich bin *wirklich* nicht der Typ, einen Umsturz anzuführen. Die aufgeputschte Menge sollte einen anderen Namen schreien.

Pixel folgt mir ins Büro, scannt wortlos sein Handgelenk an der Konsole und lässt mich allein. Einen Moment genieße ich einfach die Stille und versuche, dem Stream zu widerstehen, der auf mich wartet. Natürlich vergebens. Obwohl es mir jede Woche leichter fällt, von einer ständig wachsenden Augenzahl angestarrt zu werden, muss ich mir immer noch künstlichen Mut herunterladen. Vielleicht gelingt es der Codierung dieses Mal, Haven für mehr als dreißig Sekunden aus meinem Gedächtnis zu löschen, oder meine Probleme werden sich auf die gleiche Art verflüchtigen, wie mein rasender Pulsschlag sich beruhigt. Eine akustische Gitarre erklingt, das Intro besteht aus drei schlichten Akkorden, und der langsame Rhythmus klingt wie das Wellenrauschen am Ufer des Web.

Pink. Mehr sehe ich eine Weile nicht, bis es sich schlagartig zu dunklem Rot verwandelt, Blutstropfen auf gesplittertem Glas. Ich rieche den Duft ihrer Haut, halte ihren zittrigen warmen Körper in meinen Armen und hasse den Gedanken, dass sie mich in diesem Moment noch mehr braucht als ich sie. Dann liegt sie auf meinem Bett, ihre lange Mähne ist über meine Brust ausgebreitet, und jede einzelne Strähne erinnert an das Haar eines Geigenbogens, der über bebende Saiten gezogen wird. Der Klang wird harscher, als müssten die Noten um Luft kämpfen, quälend wie meine Atemzüge, und die Musik schält sich aus einer Erinnerung, die feucht und schmuddelig und klebrig vor Blut ist.

Die Sirene heult los, und verdammte Scheiße tut das weh, ich kann nicht … Messerstiche in meinen Trommelfellen, unerträglich, nichts als Schmerz. Jetzt ist alles vorbei. Ich werde nie wieder etwas hören. Meine Musik ist tot, und meine Stimme ist zu nichts anderem mehr nutze als zu schreien, ohne Ende zu schreien.

Die Kopfhörer werden mir heruntergerissen. »Anthem? Bist du okay? Komm, leg dich hier drüben hin.« Ich werde halb hochgehoben und zu einer Couch geschleift. Mein Gesicht rutscht feucht über Leder, und ich schnappe vergeblich nach Luft. Plastik wird mir in die Hand gedrückt, und verschüttetes Wasser rinnt über mein Kinn, als ich den Kopf hebe und zu trinken versuche. Fremde Finger umklammern meine Hände, sehnige Arme pressen gegen meine Haut.

»Besser?«

Blinzelnd schaue ich zu Ravenous hoch. »Ich glaube schon. Danke.«

»Du warst auf halbem Weg zu einem Trip. Bist du sicher, dass jetzt alles in Ordnung ist?«, fragt er, und seine dichten Augenbrauen ziehen sich besorgt zusammen.

»Sind die neuen Bands mit dem Soundcheck fertig?«, frage ich zurück und richte mich auf. Nur ein bisschen schwindelig. Gut.

»So ziemlich. Ich bin eigentlich nur reingekommen, um dir zu sagen, dass ich nächste Woche nicht auftreten kann. Da ist bei uns Kindergeburtstag.«

»Das war echt Glück. Ich meine, dass du reingekommen bist. Danke fürs Bescheidsagen und ... na ja, du weißt schon.«

Er erhebt sich aus der Hocke. »Kein Problem. Ich hoffe, wir sehen uns gleich auf der Bühne?«

»Klar. Hör mal, könntest du –« Mein Blick huscht zur Konsole, während die stickige Luft den letzten Rest der Tränen von meinem Gesicht trocknet.

»Niemandem erzählen, dass du gestreamt hast? Versprochen. Aber lass für den Rest des Abends die Finger davon, okay?«

»Großes Ehrenwort.« Ich werfe ihm ein dankbares Lächeln zu.

Mir wäre sowieso keine Zeit für einen weiteren Stream geblieben, denn Scope, Phönix, Mage und Zitrus kommen ins Büro, kaum dass Ravenous gegangen ist. Die anderen Bands müssen sich vor dem Auftritt in einem alten Vorratslager zusammenquetschen. Der Raum wurde nicht mehr benutzt, seit er vor ein paar Jahren bei Hochwasser überflutet worden ist. Wir fünf bekommen den Promibonus, weil wir zufällig den Club-Manager kennen.

Phönix leiht mir nicht nur ihren Kajalstift, sondern bietet sogar an, das Schminken zu übernehmen, als sie meine zittrigen Hände sieht. Anscheinend hat sie mir verziehen, obwohl ich vielleicht abwarten sollte, bis ich das Resultat im Spiegel sehe. Mage ist relaxt wie immer und hat sich auf einem Sofa ausgestreckt. Manchmal beneide ich ihn wirklich. Scope und Zitrus lehnen in einer Ecke und knutschen ausnahmsweise nicht, sondern unterhalten sich im Flüsterton. Ich kann nicht hören, worüber sie reden, und will es auch gar nicht. Beide haben mir schon den ganzen Nachmittag seltsame Blicke zugeworfen. Wahrscheinlich hat Scope ihm von unserem Gespräch erzählt.

Ich bin immer noch nicht sicher, ob ich es gut oder schlecht finde, als Hauptact nach anderen Bands aufzutreten. Einerseits habe ich mehr Zeit zum Nervöswerden, andererseits ist das Publikum schon angeheizt, wenn wir aus dem Büro kommen.

Und die Menge wird immer größer. Letzte Woche musste Pixel die Emporenplätze freigeben. Die Leute haben sich über das Geländer gelehnt und chrome-tätowierte Arme nach uns ausgestreckt. Vor der Bühne, über der Bühne, überall wurde nach Zugaben geschrien und in Schlachtgesängen die Vernichtung des Kon gefordert.

So viele Leute wollen das Gleiche wie wir … mehr als ich mir je vorstellen konnte. Anscheinend habe ich nicht nur Haven falsch eingeschätzt. Jahrelang habe ich die Musik als mein Privatgeheimnis gehütet und nie wirklich darüber nachgedacht, was in der Welt außerhalb unseres Kellerlochs passiert.

Ich will die Gesichter der Machthaber vom Kon sehen, wenn ihnen unsere Existenz bewusst wird. – Selbst wenn das meine letzte Tat ist, bevor man mir das Licht ausknipst.

Dankbar stelle ich fest, dass Phönix ihre Laune nicht an meinem Gesicht ausgelassen hat. Die schwarzen Linien um meine Augen sind so perfekt gezogen, wie ich es nur mit einer Dosis Beruhigungsmittel geschafft hätte (und zwar von der Sorte, die mich nicht wieder auf einen schlechten Trip schickt).

Vor dem Spiegel, den Pixel für uns gegen die Wand gelehnt hat, stecke ich mir blaue Glasfasern in die weißblonde Stachelfrisur und verkabele sie mit meinem Nackenstecker. Sie erwachen zum Leben und bilden eine farbliche Einheit mit den reflektierenden Streifen auf meinem schwarzen Shirt und den blauen Schnürsenkeln meiner Stiefel.

»Sehr schick, Loverboy«, ruft Zitrus, und ich verdrehe die Augen. Anscheinend darf er rumflirten, obwohl eine ähnliche Bemerkung von Scope ihn sofort dazu gebracht hätte, unübersehbar sein Revier zu markieren.

Hinter der geschlossenen Bürotür füllt sich der Club und die Frauenband, die als Erste auftreten wird, macht sich bühnenfertig. Sie haben Talent und sogar noch kräftigere Stimmen als Phönix. Ihre Lieder bestehen vor allem aus Gesang, nur manchmal begleitet von einer Trommel oder dem Rasseln eines selbst gebastelten Tamburins. Die Musik ist luftig leicht, sanft und beruhigend. So einen Sound würde man auf der Konsole anklicken, wenn man sich einfach nur treiben lassen will. Eine gute Seite hat es immerhin, dass der Kon uns alle süchtig nach Streams gemacht hat – die wenigsten von uns beschränken sich auf einen bestimmten Stil. Musik ist Musik.

Ich lege mich auf das andere Sofa und versuche, mich zu entspannen. Aber nach einem gefühlten Sekundenbruchteil öffnet Pixel schon die Tür, um zu verkünden, dass wir gleich dran sind, und ich greife nach meiner Gitarre in der Ecke. Zitrus verlässt den Raum, ohne dass ich ihn extra auffordern muss – wofür er bei mir ausnahmsweise ein paar Pluspunkte erntet –, und die Band versammelt sich zu ihrem gemeinsamen Moment.

Anschließend schlucke ich meine Nervosität herunter, atme tief durch und folge den anderen nach draußen. Der Club ist brechend voll, heiß wie ein Backofen und von einem Geräuschpegel erfüllt, der von Geflüster bis Geschrei reicht. Lichter tanzen über die Menge hinweg, und ausgestreckte Hände versuchen, die flüchtigen Strahlen einzufangen.

Aber auch wenn die Menge noch größer wäre, würde es in diesem Moment keinen Unterschied machen. Die tausend Gesichter verschwimmen und hören auf zu existieren, als ich auf die Bühne komme … sie verschwinden beim Anblick der einzigen Person auf der ganzen Welt, die ich bis in jedes intime Detail auswendig kenne. Mein Gehirn registriert zuerst nur das Aufblitzen von Pink, dann zwei funkelnde Bögen aus Chrome in der Mitte des Publikums.

Ich werfe Scope einen Blick zu und er grinst. Was hat er bloß zu ihr gesagt, um sie zu überreden? Und wann?

»*Hi*«, formen ihre Lippen, als ich ihr Gesicht anstarre, das mir perfekter vorkommt als je zuvor. Ein Mundwinkel hebt sich zu einem vorsichtigen Lächeln. Ich höre sie so deutlich, als würde sie mir direkt ins Ohr hauchen, anstatt vom brausenden Lärm einer ungeduldigen Menge umgeben zu sein.

Ich antworte, ohne wirklich zu wissen, was aus meinem Mund kommt. Meine Zehen krümmen sich über den Bühnenrand, und ich bin kurz davor, mich in das Gewühl silbergeschmückter Körper zu stürzen. Ich balle die Fäuste und trete zurück, den Blick noch immer auf sie geheftet. Vermutlich könnte mich jetzt nichts mehr von Havens Seite reißen. Dagegen ist selbst meine Gitarre machtlos. Ich kann hier oben nicht viel tun, aber eine Möglichkeit habe ich.

Bevor ich die Gitarre in den Verstärker stöpsele, spiele ich einige Noten, die nur die Band und die Leute in der ersten Reihe hören können. Die Melodie gehört nicht zu unserem üblichen Einstiegssong, doch ein Blick zu Phönix und Scope überzeugt mich, dass sie den Hinweis verstanden haben. Das Gleiche gilt garantiert auch für Mage an seinen Trommeln.

Haven ist hier und hört mir zu. Ich hoffe, sie versteht die Botschaft.

Ich trete ans Mikrofon, auch wenn mir dieser Part immer ziemlich unangenehm ist: Zum Publikum zu sprechen, ist viel schwerer, als einfach nur zu singen. »Danke fürs Kommen«, sage ich, unterbrochen vom kurzen Schrillen einer Rückkoppelung, »und fürs Zuhören.« Das Publikum denkt mit Sicherheit, dass ich sie alle damit meine. Meine Finger finden ganz von selbst die Saiten, und ich wiederhole die Melodie, die ich eben kurz angespielt habe. Mage, Phönix und Scope stimmen mit ein, sodass die Musik anschwillt und immer klarer durch die Lautsprecherboxen hallt.

Für die Leute, die bei unseren früheren Konzerten dabei waren, dürfte die Programmänderung eine Überraschung sein, und alle Neulinge sind wahrscheinlich ebenso verwirrt. Sie sind hergekommen, um gegen den Kon zu protestieren, und bekommen stattdessen ein romantisches Liebeslied vorgesetzt.

Mir ist egal, was sie denken. Im Moment zählt nur eine einzige Person, und als ich den Mund zur ersten Strophe öffne, sehe ich niemanden außer ihr. Ich bilde mir sogar ein, dass ich ihr Parfum riechen kann – als ob sein schwindelerregender Duft im Saal über allen anderen schweben würde.

Der Song gehört zu den ersten, die ich über Haven geschrieben habe. Damals saß ich im Park unter blühenden Kirschbäumen, mit einem splitterigen Bleistiftstummel und einer ausgerissenen leeren Seite aus einem Bibliotheksbuch auf den Knien. Meine Worte waren so unvollkommen wie meine

Schreibwerkzeuge, nur *sie* war perfekt. Ich hatte sie gerade erst in Scopes Chrome-Shop kennengelernt und sofort gewusst, dass sie der Grund war, warum meine Mutter mich zu meinem Versprechen am Totenbett gezwungen hatte. Haven war der Mensch, der mich dazu verführen konnte, vor Glück alles andere zu vergessen. Verse ranken sich um die friedlichen, samtigen Klänge meiner E-Gitarre, und ich merke erst, dass ich sie gesungen habe, als ich ihre Wirkung sehe. Aus Havens nervösem Lächeln ist ein Strahlen geworden. Es passt auf seltsame Weise zu den feuchten Spuren auf ihren Wangen, in denen sich das Licht als prismenbunte Tropfen bricht. Ein warmer Nebel füllt meine Brust und lässt den Schmerz darin verschwinden.

Die Coda-Melodie schwebt über die Menge hinweg, mit sanftem, hypnotischem Rhythmus. Alles passt perfekt. Ich presse die letzten Worte an dem Kloß in meiner Kehle vorbei und lasse die Musik unter meinen Fingern verklingen.

Weiter habe ich nicht gedacht, als ich angefangen habe zu spielen, aber Phönix kümmert sich darum. Bevor ich auch nur überrascht gucken kann (weil ausgerechnet sie die Sache in die Hand nimmt anstatt Scope oder Mage), hat sie mich auch schon vom Mikro weggeschoben.

»Geh«, zischt sie mir ins Ohr und wendet sich an die Menge. »Sorry, Leute, technische Probleme. Wir spielen gleich weiter.«

Ich warte nicht ab, bis sie den Satz vollendet hat. Statt die Treppe zu benutzen, schlittere ich direkt von der Bühne auf den leeren Fleck Tanzfläche, der sich für meine Stiefel bildet. Hände recken sich mir entgegen, um mich zu berühren und an meiner Kleidung zu zerren. Ich reiße mich von einem Mädchen los und nehme mir nicht einmal die Zeit für einen wütenden Blick, als mein Shirt dabei zerreißt und feuchtwarme Luft auf meinen Brustkorb trifft.

Dann spüre ich eine weiche, nackte Schulter unter meiner Hand und rieche das Parfum, das mich die ganze Songlänge hindurch in der Nase gekitzelt hat. Ich atme tief ein … der erste richtige Atemzug seit Wochen. »Hi«, sage ich und lehne meine Stirn gegen ihre. Sie erlaubt es, also kann ich davon ausgehen, dass meine Botschaft tatsächlich angekommen ist.

»Hi. Das war unglaublich.« Ihre Lippen beben, und ich will sie küssen, bis sie ganz ruhig werden. Die Leute um uns herum hören auf zu reden, und Stille breitet sich aus wie Ringe um einen Kiesel, den jemand ins Wasser geworfen hat. »Ich sollte dir echt eine runterhauen.«

»Das hat Scope schon erledigt.« Gelächter blubbert in mir hoch wie Seifenblasen. »Es tut mir so l…«

Sie bringt mich mit einer Fingerkuppe zum Schweigen. »Später. Das heißt nicht, dass du um deine Entschuldigung herumkommst, keine falschen Hoffnungen. Aber … später. Und mir tut es auch leid.«

»Ich habe nachgedacht«, verkünde ich, »und meine Regeln über Bord geworfen.«

Ihre Augen werden ganz groß und ihr Lächeln immer breiter. »Das trifft sich gut. Ich nämlich auch.«

Meine Hände legen sich um ihre Wangen, und ich beuge mich vor, um den letzten Abstand zwischen uns zu schließen. Ein Trommelwirbel erklingt. Ich lasse mit einer Hand los, um Mage den ausgestreckten Mittelfinger zu zeigen, ohne den Kopf zu wenden. Haven und ich lachen beide, als sich unsere Lippen zum ersten Mal treffen, und genau so sollte es wohl sein.

Man kann sich leider nicht endlos küssen und buchstäblich ineinander hineinkriechen, aber ich gebe mir redliche Mühe. Ihre Finger wühlen sich in mein Haar über dem Nackenstecker und zerren dabei an den Glasfasern und Kabeln. Das sollte vermutlich schmerzhaft sein und an der Kopfhaut ziepen, tut es aber nicht. Meine Zunge huscht über ihre Zähne und sie beißt sanft in meine Unterlippe. Heilige Scheiße. Ich bin ziemlich sicher, dass das gesamte Publikum mich stöhnen hört. Trotzdem werden die Leute langsam ungeduldig. Ich kann nicht einfach für immer hier bleiben, auch wenn ich es mir wünsche.

Haven benutzt die Hand, mit der sie meine Haare gefasst hält, um mich wegzuziehen. »Der Song war erste Sahne«, sagt sie. In ihren Augen glitzert es herausfordernd. »Jetzt geh wieder auf die Bühne und zeig mir, was du sonst noch draufhast.«

0110010001 **15** 1001010110

Unsere Körper zwischen den Laken sind total verschwitzt. Zuerst die Schweißschicht vom Club und jetzt noch eine neue obendrauf. Meine rissigen Fingernägel fahren die nackte Linie ihres Rückgrats entlang. Ich sollte völlig kaputt sein, wie immer nach den Konzerten, aber ich kann trotzdem nicht schlafen. Hartnäckig weigere ich mich, für einen Stream aus dem Bett aufzustehen, auch wenn mein Gehirn noch so sehr danach schreit. Mondlicht strömt durchs Fenster, beleuchtet den Fußboden und die pinkfarbenen Kleidungsstücke, die überall verteilt sind. Ich kann gar nicht aufhören zu lächeln und erinnere mich, wie jedes einzelne dort gelandet ist.

Morgen früh tut mir garantiert alles weh. Ich habe schneller und härter gespielt als je zuvor und mit meiner Stimme neue Lautstärkenrekorde gebrochen.

Könnte sein, dass ich ein kleines bisschen angeben wollte.

»Sag mir, was du noch brauchst«, murmelt Haven, und ihr Atem lässt Gänsehaut über meinen Körper laufen.

»Ich dachte, du bist eingeschlafen«, sage ich und ziehe sie enger an mich. »Dich. Ich brauche nur dich.«

Ihre Lippen finden meine in der Dunkelheit und das Gefühl gleicht einem perfekten Akkord … oder umgekehrt. Energie durchströmt meinen Körper; meine Zungenspitze kribbelt, als sie Havens berührt.

»Freut mich, das zu hören«, sagt sie, ohne die Lippen wegzunehmen. »Aber ich hatte ein anderes Thema im Sinn.«

Ich will jetzt nicht reden. Wir haben unsere Beziehung durchgekaut, bis meine Stimme noch heiserer war als vorher und ich einfach nicht länger die Finger von ihr lassen konnte. Sie weiß jetzt absolut alles. Trotzdem ist sie immer noch hier. Ich muss wieder grinsen und versuche, nicht daran zu denken, wie sich Scope bei unserem nächsten Treffen aufführen wird. Garantiert ist er kaum auszuhalten.

»Ich spreche vom Kon«, sagt sie. »Worauf warten wir noch?«

Mit einem leisen Lachen antworte ich: »Sorry, kann mich im Moment nicht erinnern.«

Ein Finger pikst mich zwischen die Rippen, aber nicht hart genug, um die Seifenblase zerplatzen zu lassen, in der ich schwebe. »Ihr habt genug Leute zusammen, und länger zu warten, erhöht nur das Risiko. Alle haben ihr Wissen geteilt und Informationen zusammengetragen … Das meiste ist wohl nutzlos, aber trotzdem scheint das Nötigste dabei zu sein, zumindest bis auf …«

Sie stockt, und ich bemühe mich weiterzuatmen. Falls ich mit meiner Vermutung richtigliege, wer ihr Vater ist, kann ich bestimmte Dinge nicht von ihr verlangen.

Ich tue es trotzdem. »Was uns fehlt, ist Zugang zum Aufsichtsrat und Präsidentin Z. Wenn der Protest losgeht, werden sie kaum persönlich eingreifen, sondern sich irgendwo verschanzen. Wir müssen an sie herankommen.«

Ein Herzschlag. Zwei. Drei.

»Okay«, flüstert sie. »Ich kümmere mich darum.« Dann

wechselt ihr Tonfall abrupt von ernst zu spielerisch. »Sonst noch was?«

Ich rolle uns herum, sodass ich über ihr lehne, und knabbere zärtlich an ihrem Schlüsselbein. »Da fällt mir eine Menge ein.«

Als wir schließlich einschlafen, malt die Sonne bereits einen Hauch von Rot an den Horizont.

Glücklicherweise sind die Zwillinge es gewohnt, Haven zerzaust und ungeschminkt aus meinem Zimmer auftauchen zu sehen. Trotzdem wirft Alpha mir ein ungewöhnlich breites Grinsen zu, als hätte sie bemerkt, dass etwas anders ist als sonst. Vielleicht bilde ich mir das aber auch nur ein, denn eine Sekunde später hängt sie wie üblich mit Omega an Haven und schreit: »Ich habe dich soooo vermisst.« Der letzte Rest von Schuldgefühlen, den ich wegen meines gebrochenen Schwurs hatte, verfliegt augenblicklich. Meine wundgespielten Finger streifen über dem Toaster beiläufig ihre Hände, unsere Beine schmiegen sich unter dem Tisch aneinander.

Eine neue Art von Normalität. Ich habe Muskelkater in den Mundwinkeln, und obwohl ich mir noch schnell einen Stream zum Runterkommen gönne, nachdem ich mich für den Job angezogen und nach meinem Vater geschaut habe, muss ich mich die ganze TT-Fahrt lang anstrengen, mein Grinsen zu unterdrücken. Ich stecke es in eine gedankliche Box, aus der ich es nachmittags wieder herausholen kann. Heute fällt es mir sogar etwas leichter, mich zu beherrschen – nicht auf die Statue zu spucken und die Fäuste entspannt zu lassen, während sich der Fahrstuhl mit verächtlich blickenden Anzugträgern füllt. Selbst das Summen des Hauptrechners geht mir weniger auf die Nerven als sonst.

»Guten Morgen, Anthem«, begrüßt mich Tango und folgt mir in meine Kabine. Ich will gerade wie üblich antworten, als ich ihr einen Blick zuwerfe und merke, dass ich es nicht mit ihrer normalen »Ich bin so gut gelaunt«-Routine zu tun habe.

»Äh, guten Morgen?«

Ihre Lippen zucken und ihre Augen funkeln, als sie mich mit einer Geste zum Sitzen auffordert, damit sie meine Vitalfunktionen checken kann. »Wie fühlst du dich heute? Alles in Ordnung?« Ihre Schultern beben.

»Mir geht es prima«, sage ich in normaler Lautstärke. *»Was ist los mit dir?«*, füge ich im Flüsterton hinzu.

»Das freut mich. Jetzt einmal tief einatmen«, sagt sie und drückt mir das kühle Metall des Stethoskops auf die Brust. Als sie damit fertig ist, dreht sie meinen Kopf zur Seite und lehnt sich vor, um den Nackenstecker zu inspizieren. Kein alltäglicher Teil der Untersuchung, aber es kommt manchmal vor. *»Ich wette, dass es dir ›prima‹ geht. Der Kuss letzte Nacht war echt … wow.«* Mein Herz setzt ein paar Schläge aus – den Puls hat sie glücklicherweise schon gemessen – und ich rucke zurück, um sie anzustarren.

»Du warst …« Mir fehlen die Worte. Dass sie beim Konzert war, ist offensichtlich. Ich bin nicht gerade überrascht, dass sie mir dort nicht aufgefallen ist, aber Tango war doch immer eine brave kleine Kon-Angestellte, die jeden Abend in einen der Sky-Clubs geht und sich mit Leuten umgibt, die ihrem Status entsprechen. Mit geübten Bewegungen manövriert sie meine schockgefrorenen Gliedmaßen in die richtige Position für die Dränage, dann legt sie einen Finger auf die Lippen. Ein klares Zeichen. Mein Geheimnis ist bei ihr sicher.

»Worauf hast du Lust?«

Oh, verdammt. Sie ist schlimmer, als Scope je sein könnte. Ich ignoriere die Lachtränen in ihren Augen.

»*Schuld und Sühne*«, sage ich mit finsterem Blick. Langsam habe ich den Verdacht, ich habe mich heute beim Aufwachen nur deshalb wie auf Wolken gefühlt, weil das ganze verdammte Web auf dem Kopf steht: Ich bin total glücklich, und Haven gehört mir, und Tango geht zu Konzerten mit illegalen Bands.

Sie bekommt sich langsam wieder in den Griff. Wurde auch Zeit. »Du und deine altmodischen Wälzer. Halt still«, sagt sie und wickelt das Kabel ab, das mich gleich mit dem NETZ verbinden wird. *»Du bist wirklich gut, Anthem«*, flüstert sie, als sie mich eingestöpselt hat und ich wie immer von diesem fremdartigen Gefühl überschwemmt werde. *»Glaubst du wirklich, wir können etwas verändern?«*

»Ja«, sage ich, aber ich kann den Kopf nicht bewegen und habe den Verdacht, dass sie schon gegangen ist, um mich meiner russischen Literatur und meinen herumwirbelnden Gedanken zu überlassen. Wenn sich die Konzerte inzwischen schon bis ins UpperWeb durchgesprochen haben, bis hin zu Tango, dann wissen auch andere im Kon darüber Bescheid. Wir können nicht länger geheim halten, was wir planen. Lebensenergie fließt summend aus meinem Körper, während ich an die Decke starre. Das Kon-Gebäude ragt erdrückend über mir auf, ein Symbol absoluter Macht, und ich päppele es jeden Tag noch weiter auf. Nicht mehr lange, und ich werde zu schwach sein, um zu kämpfen. Dann helfen mir auch Saft und Schokolade nicht mehr auf die Beine.

Ich brauche den gesamten Abend, um mich halbwegs von der Dränagestufe 7 zu erholen, die Tango heute ausgewählt hat. Sie hat mir eine Entschuldigung zugeflüstert, als sie den

Schalter umlegte, aber ich verstehe, dass ihr keine Wahl bleibt. Die Zwillinge rennen herum und hüpfen über meine Beine, während ich ausgestreckt auf dem Wohnzimmerteppich liege. Irgendwann raffe ich mich auf, sie ins Bett zu bringen, und mache mich clubfertig. Für die dunklen Ringe unter meinen Augen habe ich schließlich Make-up.

Zu einer normalen Tanznacht in den Club zu gehen, fühlt sich inzwischen seltsam an. Als würde ich ein Fantasygebäude aus einem alten Buch betreten, wo dieselbe Tür in ganz verschiedene Räume führt, je nachdem, wann man sie öffnet. Pixel begrüßt mich mit der gleichen ruppigen Freundlichkeit wie immer. Der verschwörerische Unterton würde niemandem auffallen, der zufällig vorbeikommt und ihn hört. Hoffe ich jedenfalls.

»Konntest dich wohl nicht losreißen?«, sagt er und fährt sich mit der Hand durch die grün gesträhnte Frisur.

Ich schiebe die Gasmaske nach hinten, sodass sie über meiner Schulter baumelt. »Fang du nicht auch noch an!« Als ich mittags auf mein Tablet geschaut habe, ist es vor lauter Nachrichten von Scope fast explodiert. Nach der Arbeit hatte ich noch mal die gleiche Menge auf dem Bildschirm. Die ersten zwanzig habe ich noch überflogen, danach habe ich sie ungelesen gelöscht.

»Hey, ich freu mich nur für dich. Haven ist schon drin und sie sieht aus wie …« Er schüttelt den Kopf. »Ich kann nur sagen, du hast Glück, dass sie niemanden außer dir anschaut.«

Ich lache und öffne die Tür. Die Musik packt mich und zieht mich unwiderstehlich in die Mitte der Tanzfläche. Der harte Beat eines aufputschenden Streams lässt die Füße um mich herum stampfen, die tanzende Menge hüpft auf und ab wie eine sichtbare Verkörperung der Musik. Grellbunte Münder formen die Worte der Songtexte, aber niemand singt. Es tut fast weh, das zu sehen.

Ich bin spät dran wie immer, aber diesmal mit Absicht. So erkennt mich niemand vom Publikum, denn alle sind schon zu high. Noch ein zerrissenes Shirt kann ich mir nicht leisten.

Pixel hat recht. Bei ihrem Anblick fehlen mir auch die Worte. Schwarzes Latex schmiegt sich um Beine, die ich seit gestern Nacht in jeder intimen Einzelheit kenne. Ein passendes Korsett ist hinten mit pinkfarbenem Band zugeschnürt und lässt einen Streifen zimtbraune Haut zu beiden Seiten des Rückgrats aufblitzen. Ich bin gerade erst reingekommen und würde am liebsten gleich wieder rausstürmen – zusammen mit ihr –, aber dann entdeckt sie mich, und schon tanze ich dicht an sie gepresst und vergrabe mein Gesicht in ihren Haaren.

Die Musik beginnt zu wirken und füllt meine Knochen mit gleißendem Licht. Es strahlt aus mir heraus, prallt zwischen den Wänden hin und her und spiegelt sich in Chrome und Kunststoff. Haven und ich sind ein einziges Wesen, das auf den Wellenkämmen und -tälern der Musik dahinwogt, ich kann unsere Körper nicht mehr unterscheiden. Wie magnetische Pole ziehen wir uns an und trennen uns wieder. Ich bin nicht sicher, worüber wir lachen, und kann trotzdem nicht aufhören. Meine Stimme vermischt sich mit dem Klangteppich aus den Boxen, der uns zu allen Seiten umhüllt.

Ich lasse mich fallen und schwebe, völlig high von ihrer Nähe, vom Lächeln der Zwillinge, vom Wunder der Konzertbühne, die bald wieder an der Wand stehen wird und jetzt schon nach mir ruft. Energie brandet in mir auf. Hier im Club bin ich stark und unbesiegbar.

Lichter huschen kitzelnd über mich hinweg, ich kann den Keyboardsound schmecken, metallisch und süß. Haut streift mich wie heiße, elektrische Seide, und Haven ist alles, was ich brauche. Sie und Alpha und Omega und meine Gitarre. Ich fühle mich sicher und übersprudelnd vor Glück, das diesmal nicht verpuffen wird, sobald die Lautsprecher verstummen. Meine letzten klaren Gedanken verflüchtigen sich, werden von den Drogen verjagt und in alle Winde verstreut. Heute Abend gebe ich mich willig dem Gefühl hin, tanze wilder, lache lauter. Auf dem Weg hierher war ich noch müde und ausgebrannt, aber jetzt ist davon nichts mehr übrig. Jetzt bin ich bereit, die ganze Welt zu erobern.

♫

Verdammt, was für ein fieses Gefühl, trotz der schmerzbetäubenden Streams, die noch in meinen Ohren nachhallen.

»Dachte nie, dass ich dich mal auf meiner Klappliege sehen würde«, sagt Scope und beginnt, unsere Ecke des Studios antiseptisch zu reinigen. »Fühlst du dich okay?«

Um ehrlich zu sein, brennt es immer noch höllisch. Ich habe endlich ein Design gefunden, das zu mir passt, und jetzt glänzt nagelneues Chrome auf meinem rechten Handrücken.

»Sei ein paar Stunden vorsichtig damit, solange es noch empfindlich ist. Aber jetzt mal ehrlich, keiner wird kapieren, was das Symbol bedeutet.«

»Hauptsache, ich weiß Bescheid.«

Auf den ersten Blick wirkt es wahrscheinlich wie reine Dekoration, nur ein verzierter Kreis. Man könnte mein neues Tattoo für das Fadenkreuz eines Maschinengewehrs halten, zumindest wenn man so eine Waffe schon einmal gesehen oder davon gelesen hat. Und ich begebe mich tatsächlich in die Schusslinie. Aber das will ich mit dem Symbol nicht ausdrücken.

Heute Morgen habe ich eine Stunde damit verbracht, durch Johnnys altes Buch über Musiktheorie zu blättern. Die Seiten sind vom Alter ganz dünn und spröde, an einigen Stellen ist die Druckerschwärze von zu vielen Berührungen abgetragen, und die Buchecken krümmen sich empor wie Blütenblätter. Ich war nicht einmal sicher, wonach ich suchte, bis es mir schließlich ins Auge sprang.

Ein Coda-Symbol. Es steht für das Ende eines Songs. Für einen letzten Part, der anders ist als die ganzen vorigen Strophen und Refrains.

»Fertig?«, fragt Scope. Er hat den Chrome-Shop extra für mich geöffnet, und nun wird es Zeit zu gehen.

»Ja.« Ich scanne mein Handgelenk, um zu bezahlen, und zucke wieder einmal bei dem Piepen zusammen, das mir wie Nadeln in die Ohren sticht. Wir schlendern durch das Wochenendgewimmel und sehen uns vor, dass niemand uns folgt. Dann verschwinden wir in einem der U-Bahn-Eingänge, die wir von Pixel kennen. Gelbe Pfeile führen uns zum Club. Haven steht unter der Falltür zum Eingang und wartet auf uns, wobei sie darauf achtet, ausreichend Abstand zwischen sich und die schleimigen Tunnelwände zu bringen.

»Wurde auch Zeit«, sagt sie und senkt die Taschenlampe, die unsere Gesichter abgetastet hat. Der Lichtstrahl huscht für einen Sekundenbruchteil über meine Hand, und als er schon bei meinem Knie angekommen ist, richtet Haven ihn ruckartig wieder höher. »Anthem!«

Scope kichert. Ich betrachte mein neues Chrome, das sich glänzend von meiner Haut abhebt. »Ja?«

»Lass mich sehen! Wofür hast du dich entschieden?«, fragt sie und greift vorsichtig nach meinem Handgelenk, um die wunde Haut nicht zu berühren. Ich erkläre ihr das Symbol, während Scope auf dem Kistenstapel zur Decke klettert.

Stimmengewirr tönt uns entgegen, als wir die Tür des Lagerraums öffnen, und Haven wirft mir ein schiefes Grinsen zu. Nach der letzten Show habe ich mir nicht gerade die Zeit genommen, sie der Band vorzustellen. Wir hatten uns schon aus dem Club davongemacht und die Tunnel erreicht, bevor die letzte Bassnote ganz verhallt war.

»Hi«, sage ich zu der bunten Gruppe, die auf dem Fußboden des Hauptflurs zusammenhockt. »Leute, das hier ist Haven.«

Alle winken ihr nacheinander zu und nennen ihre Privatnamen. Nur Mage steht grinsend auf und kommt auf uns zu.

»Haven«, sagt er. »Sprechen wir hier von *der* Haven?«

Ich versuche, mich zu erinnern, ob ich ihm jemals ihren Namen genannt habe. »Kommt darauf an, wer fragt«, sagt sie mit erhobenen metallischen Augenbrauen.

Er hält ihr die Hand entgegen. »Mage.«

Ihr Grinsen ist fast so breit wie seines. »Sprechen wir hier von *dem* Mage?«

»Kommt darauf an, wer fragt.«

»Hast du eine Ahnung, was da gerade abgeht?«, flüstert Scope mir zu. Ich schüttele den Kopf und starre die beiden an, während sie in eine seltsame Begeisterung ausbrechen und sich gar nicht wieder loslassen wollen.

»Mage und ich sind alte Freunde. Na ja, so was Ähnliches«, sagt Haven. »Das kapiert wahrscheinlich nur ein Hacker.«

»Wir schreiben unsere Signaturen in den Code, wenn wir ein bisschen angeben wollen«, erklärt Mage. »Allerdings hat sie sehr viel mehr Grund zum Angeben als ich.«

»Ich habe eben Glück«, sagt sie. Mage lacht.

»Du warst eine Weile von der Bildfläche verschwunden.«

»Ich hatte was anderes zu tun.«

Nämlich den MemoryChip meiner Mutter freizuschalten. Eine neue Welle von Dankbarkeit durchflutet mich. »Wir sollten zur Sache kommen«, sage ich trotzdem, denn die anderen werden langsam ungeduldig.

»Stimmt«, sagt Haven und lässt ihren Blick über die kleine Versammlung schweifen: Pixel, Zitrus, meine Band und die von Ravenous, dazu das Frauentrio und noch zwei Musiker, die ganz am Anfang auftreten. Ich konnte mir gar nicht alle Namen merken, dabei haben sie sich gerade erst vorgestellt. »Wir sollten auf keinen Fall länger warten«, erklärt Haven. »Beim nächsten Konzert ist es so weit. Wir verkünden ein Datum für den Aufstand. Letzte Woche waren hier über tausend Leute. Das reicht, wenn wir geschickt vorgehen. Wir fordern alle Freiwilligen dazu auf, nach dem Konzert zu bleiben, und verteilen Aufgaben.«

»Das heißt, du hast eine Lösung für unser Problem?«, fragt Scope selbstzufrieden. »Ich hab doch gleich gesagt, dass wir dich brauchen.«

»Na ja, ich habe fast eine Lösung. Wir müssen gar nicht herausfinden, *wer* sie sind, schließlich wissen wir, *wo* sie sind, nämlich in der Zentrale. Das Gebäude hat automatische Türen wie jeder andere Büroturm. Ich kann den Code hacken, einen Notfall vortäuschen und das Gebäude von außen und innen abriegeln. Das ist ein Standardbefehl, gehört zu den üblichen Sicherheitsfunktionen. Wir können alle Kon-Mitarbeiter in ihren Abteilungen einschließen und wieder freilassen, ganz wie es uns passt. Dadurch gibt es weniger Chaos, und wir brauchen keine Waffen.« Haven wirft mir einen Blick zu. Ich habe ihr erklärt, was ich von unnötiger Gewalt halte. »Aber dank Ravenous werden wir Schusswaffen dabeihaben, falls nötig.«

»Ich finde immer noch, wir sollten einfach das Gebäude stürmen und alle erschießen«, sagt Zitrus. Haven schnaubt verächtlich.

»Wenn wir das versuchen, mähen die Wachen uns nieder, ohne mit der Wimper zu zucken. Denkst du wirklich, wir können das Hauptquartier mit roher Gewalt erobern? Keine Chance. Dazu ist der Kon viel zu skrupellos.« Murmelnd setzt sie hinzu: »Glaub mir, das weiß ich aus Erfahrung.«

So wie wir alle.

»Ohne Plan das Gebäude zu stürmen, selbst schwer bewaffnet, ist total nutzlos«, wiederholt Haven. »Wir müssen es unauffälliger angehen. Fast alle von euch arbeiten doch direkt oder indirekt für den Konzern. Der Kon geht davon aus, dass ihr ihm gehört, dass ihr an seine Politik glaubt, stimmt's? Diesen blinden Fleck können wir nutzen, genau wie wir unsere Konzerte ausgerechnet hier im Club abhalten. Die Regierung schaut nicht genau hin, wo sie keinen Ärger erwartet. Ihr alle könnt einfach in die Firmenzentrale spazieren, ohne Verdacht zu erregen. Und *dann* tritt die Armee in Aktion, die ihr hier aufgebaut habt.«

Ob es tatsächlich so einfach wird? Oder macht Haven uns – und sich selbst – nur etwas vor? *Ich habe gehört, wie mein Vater davon gesprochen hat, die Gruppen zu unterwandern*, hallt ihre Stimme in meinem Kopf. Bei dem Gedanken umklammere ich krampfhaft ihre Hand.

Zitrus ist sichtbar verärgert über die Abfuhr und starrt sie aus schmalen Augen an.

»Also morgen«, stimmt Pixel zu. »Macht die Leute bloß

nicht so wild, dass sie meinen Club zerlegen, okay?« Er grinst. »Spart euch das für die Zentrale auf.«

»Wir werden uns bemühen.«

»Wow, wir ziehen das wirklich durch«, sagt Haven leise zu mir und betrachtet das Chrome-Symbol auf meiner Hand. Die anderen haben sich zerstreut, stehen in Grüppchen zusammen und reden.

Vor uns liegt eine entscheidende Wende, das spüre ich in jeder erwartungsvoll gespannten Zelle meines Körpers. Ich lege den Arm um ihre Taille. »Allerdings. Bist du bereit?«

Haven hört meine unausgesprochene Frage. »Ich habe mich schon vor langer Zeit entschieden, auf welcher Seite ich stehe«, sagt sie und lehnt sich zu einem Kuss vor. Wenn ich ein besserer Mensch wäre, weniger schwach und eigennützig, würde ich sie davon abhalten. Ich bin es nicht wert, dass sie ihre Familie verrät. Schließlich habe ich Haven nicht das Geringste zu bieten. Meine Lebensspanne ist kürzer als die von so ziemlich jedem anderen Partner, den sie sich aussuchen könnte. Aber ihre Lippen pressen sich auf meine, und unsere Zungen sind beschäftigt, also habe ich einen guten Grund, nichts zu sagen. Ich halte Haven an mich gedrückt, bis die Gelegenheit vorbei ist.

Nach der Besprechung im Club gehen wir zu meiner Wohnung und verbringen den Nachmittag mit den Zwillingen. Es fühlt sich seltsam an, als wären Haven und ich ein altes, eingespieltes Ehepaar. Der Hauptgrund ist wohl, dass ich mich nicht mehr krampfhaft davon abhalten muss, sie zu berühren. Alpha und Omega hängen die ganze Zeit an ihr und holen die vielen Tage nach, in denen sie auf Haven verzichten mussten. Eifersucht nagt an mir, aber ich bin ja selbst schuld. Morgen während des Konzerts werden sie bei Fabel übernachten müssen, deshalb nehmen wir uns besonders viel Zeit für das Abendessen und die Gutenachtgeschichten. Haven beaufsichtigt das Zähneputzen, während ich meinen Vater füttere und ihm ein paar Streams herunterlade.

Unsere Turteltauben Scope und Zitrus werden bestimmt Verständnis dafür haben, dass wir sie heute versetzen und nicht wie sonst im Club auftauchen.

Beim Aufwachen prasselt Regen gegen die Fensterscheiben und lässt den ganzen Vormittag nicht nach. Das Geräusch passt zu meiner nervösen Stimmung. »Kommst du morgen wieder, Haven?«, fragt Omega, als sie seine Schnürsenkel zubindet, und sein kleines Gesicht verzieht sich besorgt.

»Ich sehe mal, was sich machen lässt«, sagt sie lächelnd und gibt ihm einen Kuss auf die Stirn. Seine Erleichterung steckt mich an, und ich entspanne mich ein wenig. Alpha umarmt mich zum Abschied, bevor sie ihre Tasche nimmt, Omega bei der Hand fasst und ihn aus der Tür in Richtung Fabel zieht. Wir geben ihnen ein paar Minuten – vielleicht wird es auch ein bisschen länger –, dann gehen wir ebenfalls los und wagen uns hinaus in den Regen.

♫

Wir kommen nur eine halbe Stunde zu spät für den Soundcheck.

»Heute Nacht haben wir die Wohnung ganz für uns allein«, flüstere ich ihr zu und streiche mit der Hand ihren Rücken entlang. Mein Vater zählt nicht wirklich. Ich höre den vielstimmigen Lärm im Saal, aber ich habe nur Ohren für Haven.

»Hmmmm, erste Sahne. Jetzt musst du leider zuerst zu deinem Publikum.«

»Stimmt. Geh am besten mit ihm rein«, sage ich und nicke Zitrus zu. Er steht an der Tür zum Saal und wartet – anscheinend will er sehen, ob ich mich von Haven losreißen kann. Sie küsst mich auf die Wange und lässt meine Hand erst in der letzten Sekunde los. Dann schnappt sie sich Zitrus und zieht ihn in den Club. Ich wende mich der Band zu und atme tief durch.

Was wir begonnen haben, lässt sich schon lange nicht mehr stoppen, aber trotzdem ist es heute anders. Heute rekrutieren wir Helfer, und wenn die Leute dort im Saal – die jetzt ahnungslos tanzen, singen, ihre Sprechchöre anstimmen und eine ganz neue Freiheit genießen – hinterher nach Hause gehen, werden sie nicht nur von unserer Musik high sein, sondern auch vom Revolutionsfieber und den Jobs, die wir ihnen zuteilen.

»Nur noch dieses eine Konzert, Mann«, sagt Mage und klopft mir auf die Schulter.

»Für Johnny«, sage ich, denn ich habe nie aufgehört, ihn zu vermissen. Er sollte jetzt bei uns sein. Jedes Mal, wenn ich an ihn denke, klettert mein Hass auf den Kon eine weitere Oktave nach oben.

»Für Johnny«, stimmt Phönix zu. Sie glüht regelrecht. Als sie mich mit dem Ellenbogen anstößt, sind ihre Bewegungen ruppig vor Ungeduld. Ich glaube, sie lässt sich am meisten von den Konzerten mitreißen, von mir selbst einmal abgesehen. Die ungezähmte Wildheit der Musik trifft genau ihren Geschmack und heizt ihre Kampfeslust an. »Okay, kommt schon!«

Sechs Mal bin ich bisher durch diese Tür gegangen, die Stufen zur Bühne hochgestiegen und habe auf das ständig wachsende Menschenmeer geschaut. Ich habe den süßlichen Duft von Schweiß und Parfum eingeatmet, geblendet von Scheinwerferlicht und blitzendem Chrome. Sechs Mal habe ich der Reihe nach meine Band angeschaut, die hinter den Instrumenten stand, und bin ans Mikro getreten, während meine Finger schon die Gitarrensaiten anschlugen.

Heute sehe ich mir das Publikum genauer an als sonst. Zuerst suche ich nach Haven, aber ich weiß ja, dass sie hier ist, und mir genügt schon ein kurzer Blick. Tango steht ganz vorne auf einer Empore und hat ihr purpurnes Haar aus dem üblichen strengen Knoten gelöst, sodass es über das Geländer flattert. Der Geräuschpegel lässt die Sound-Implantate in ihren Handrücken pulsieren. Wenn wir erst zu spielen anfangen, werden die Lichter blinken wie irre. Sie winkt mir zu und ich lächele zurück.

Ich fange ein paar Gesprächsfetzen aus der Menge auf. Die Leute fragen sich, ob ich heute wohl wieder von der Bühne springen und irgendein Mädchen abknutschen werde. Verführerischer Gedanke, aber wohl eher nicht. Das muss warten.

Mage übernimmt den Anfang. Ich spüre die dumpfen Vibrationen an meinen Fußsohlen. Eins, zwei, drei, vier …

Scope setzt ein. Die Glasflaschen sind perfekt gestimmt, jede schwingt in einem anderen Ton, und der Beginn einer Melodie klirrt durch den Raum. Körper beginnen, sich im Takt zu bewegen. Sie wissen, wie es weitergeht.

Das Xylofon erklingt. Phönix' Arme verwischen regelrecht vor meinen Augen, als sie die Schlägel präzise herabwirbeln lässt. Noch drei Taktschläge. Zwei. Einer.

Mein Einsatz.

Ich fühle mich auf der Bühne zu Hause wie an keinem anderen Ort, außer bei Haven, und diesmal ist sie hier. Sie steht hinten an der Wand und hat die Lippen geöffnet, um den Text mitzusingen, den sie seit letzter Woche auswendig kann. In der DJ-Kabine steuert Pixel die zuckenden Lichter und dreht die Lautstärke noch ein bisschen höher.

Die Trommeln dröhnen in meinem Kopf, die Gitarre schreit meinen Zorn heraus, ich baue eine Mauer aus Sound, hinter der ich alle abschirmen kann, die ich liebe: Alpha, Omega, Haven, sogar meinen Vater für den kurzen Rest seines Lebens. Der Kon soll für Johnny bezahlen und für meine Mutter, die nur im Geheimen gewagt hat, ihre Violine zu spielen. Meine Freunde stehen kampfbereit an meiner Seite, genau wie Hunderte von Menschen, die nun ohrenbetäubend meine Songs mitsingen. Schweiß tropft mir von den Wimpern und taucht meine Sicht in neonfarbene Regenbögen, während ich halb blind über die Bühne fege und meine Saiten aufheulen lasse, aggressiv und dramatisch.

Meine letzten Worte klingen wie ein tiefes Raubtierknurren, aber ich bin noch lange nicht fertig. »Mehr?«, rufe ich in die Menge. Ihr Antwortschrei bläst mich fast weg. »Wenn ihr mehr wollt, dann ist jetzt die Zeit, dafür zu kämpfen. Der Kon soll wissen, dass wir endgültig genug haben. Genug von ihrer Musik, die uns krank macht und *umbringt*, obwohl sie sich eigentlich so anfühlen sollte.« Ich halte meine Gitarre in die Höhe und bekomme noch lauteres Gebrüll zur Antwort. »Aber dafür brauchen wir eure Hilfe.« Als ich die Hand noch einmal hebe und die Menge gehorsam verstummt, blitzt das neue Chrome auf meiner Haut. »Seht ihr dieses Symbol? Es steht dafür, dass etwas enden muss. Daran glaube ich. Was wir tun, ist richtig.

Wir werden die Kon-Herrschaft beenden. In genau drei Tagen.« Mittwoch. Johnnys Tag.

Die *»Scheiß auf den Kon!«*-Sprechchöre starten wieder. Ich bin sie inzwischen gewöhnt, aber so laut waren sie noch nie. Genug mit dem Gerede. Mein Instrument zerrt ungeduldig an mir und außerdem habe ich die Menge längst gewonnen. Von denen wird niemand gehen.

Ich verliere mich im Musikrausch, der mich viel höher puscht, als jeder Stream es könnte. Das hier ist *echt*. Jedes Detail wirkt überdeutlich: die scharfen Stahlsaiten, das metallische Gitternetz des Mikrofons an meinen Lippen, der brennende Geschmack von Salz und Metall, der dröhnende Tumult im Saal. Mage beschleunigt seinen Beat, und ich tanze immer schneller, wirbele um Scope und Phönix herum.

Der Sound setzt einen Moment lang aus und kehrt dann lautstark wieder, als kreischende Rückkopplung. Ich brauche einen Augenblick, um die Schreie zu bemerken, die sich hineinmischen. Meine Gitarre kommt mir plötzlich so leise vor, dass ich befürchte, mir sei ein Trommelfell geplatzt. Ich schlage noch härter in die Saiten.

Doch die Schreie gelten nicht mir. Diesmal nicht.

Im Saal herrscht Panik.

Ich weiß nicht, woher sie gekommen sind. Ich weiß nicht, wer sie befehligt oder wie lange sie uns schon beobachtet haben. Allerdings kann ich mir denken, warum sie ausgerechnet heute zuschlagen. Ich spüre die harten Bühnenbretter, als ich auf die Knie gezwungen werde. Schmerz sticht durch meine Beine.

Ich weiß gar nichts, aber eines erkenne ich ganz deutlich … die Mündung einer Pistole an meiner Schläfe.

1110011011 **16** 0101100001

Die Zeit scheint still zu stehen. Die Waffe drückt kühl gegen meinen Schädel. Ich registriere alles übergenau: die runde Mündung, das harte, kalte Metall, die mörderische Bedrohung. Das Loch in der Mitte kommt mir solider und schmerzhafter vor als der Rest. Seltsam, dass ausgerechnet ein Stück Leere mich in Schweiß badet und meinen Puls in panische Höhen treibt, als wolle mein Herz so viele Schläge wie möglich in die letzten Momente meines Lebens quetschen. Dann verschwindet die Mündung, aber ich habe keinen Grund, erleichtert zu sein. Der Gitarrengurt wird grob über meinen Kopf gerissen. Das Geräusch von zerspringenden Saiten, splitterndem Holz und brechendem Metall klingt wie tödliche Schüsse. Meine innere Uhr setzt sich wieder in Bewegung.

Die Pistolenmündung ist zurück. Von überall her ertönen Schreie, und die Menschenmenge drängt sich rücksichtslos zu den rettenden Ausgängen – hinunter in das Tunnellabyrinth, durch die Brandschutztür am Ende des Clubs oder sogar zur offenen Saaltür, wo sie sicher direkt den Wachen in die Arme laufen.

Ich kann Haven nirgends sehen. Scope wird neben mir auf die Knie gestoßen. Ein Wachmann flucht, dann ertönt das widerliche Geräusch von splitternden Knochen, und Phönix stößt einen gequälten Schrei aus. Mage ergibt sich ohne Widerstand. Das hoffe ich zumindest, da ich ihn nicht mehr höre.

Pixel wird an den Haaren aus der DJ-Kabine gezerrt, jemand hat mit brutaler Gewalt seine schwarzgrüne Mähne gepackt. Zitrus liegt mit dem Gesicht nach unten auf einem Verstärker.

Ich kann Haven immer noch nicht finden. Als ich ihren Namen rufe, bekomme ich einen Stiefeltritt, der mir mindestens eine Rippe bricht. Feuer züngelt durch meinen Brustkorb und frisst mir die Luft aus den Lungen. Keuchend liege ich da und starre durch tränende Augen auf die Szene. Wo ist sie hin, verdammt? In meiner Brust ist eine brennende Leere.

Innerhalb von Minuten ist niemand mehr im Club. Ich kann nur raten, wie groß das Publikum heute war und wie viele flüchten konnten.

»Auf die Füße, Akku-Dreck.« Jemand reißt mir die blauen Glasfasern aus den Haaren und dem Nackenstecker. Sie landen auf dem Boden, wo Stiefelsohlen sie zertrampeln. Ich werde durch den Saal in den Flur gestoßen, vorbei an Pixels Stuhl beim Kreditscanner, hinaus auf die nächtliche Straße. Ich merke zuerst kaum, dass ich im Freien stehe, denn die kreiselnden Blaulichter von einem Dutzend Shuttles und der ohrenbetäubende Sound der Sirenen … das ist fast wie im Club.

Ich falle und stoße mich an Asphalt blutig. Alles … vorbei. Ich will nur Haven sehen. Mich wenigstens noch verabschieden.

»Der Typ hier ist ihr Anführer. Sie wollen ihn lebend und in gutem Zustand.« Ich werde in ein Shuttle gestoßen. Der Schmerz in meinem Brustkorb ist unerträglich, und ich krümme mich zusammen. Handschellen schnappen zu und fesseln meine Arme. Als ich durch das Fenster schauen will, wird mein Kopf gegen die Scheibe geschlagen, und für einen Moment wird alles schwarz.

Mein Bewusstsein flackert wie ein Discoscheinwerfer, und die kurzen hellen Momente reichen, um zu erkennen, wohin man mich bringt. Das Shuttle arbeitet sich höher und höher, ins Zentrum des Web. Wir klettern auf neongleißenden Bahnen durch das NETZ, der gigantischen gläsernen Spinne entgegen, die in der Mitte lauert.

Ich bin das unbedeutende Insekt, das sie verspeisen wird.

Gesichter. Stimmen. Harter Marmor unter meinen Füßen, dann weicher Teppichboden in tiefem Rot, der aussieht wie Blut oder …

»Scope!«, schreie ich. Eine Hand presst sich auf meinen Mund, aber meine Augen bleiben offen. Ich sehe, wie Scope verzweifelt gegen zwei Wachen kämpft, die ihn durch eine Tür schleifen und dann … Nichts.

♫

Ich bin allein.

Die Zelle ist kalt und leer, harte Linien und scharfe Winkel, die mich brechen sollen. Es gibt ein Bett, doch ich weiß schon, bevor die Verriegelung der Tür zuschnappt, dass ich es nicht benutzen werde.

Das ist so ziemlich das Einzige, was ich weiß.

Die Zwillinge. Ich rolle meinen zerschlagenen Körper in einer Ecke zusammen. Sie sind bei Fabel in Sicherheit, zumindest im Moment. Wieder drängt sich die Katastrophe im Club vor mein inneres Auge. Meine zersplitterten Erinnerungen formen sich zu einem grässlichen Bild, und am liebsten würde ich meinen Kopf gegen die Wand schlagen, damit es wieder in Scherben zerfällt.

Wir wurden verraten und nun sitze ich in der Falle. Ein lebender Toter, der auf dem Zellenboden kauert und sich manisch hin- und herwiegt. Ich gehe davon aus, dass meine Freunde ebenfalls hinter Gittern sind. Zumindest wäre das immer noch die beste aller Möglichkeiten – über andere will ich gar nicht nachdenken.

Wir waren so dumm. Ich war so naiv. Obwohl ich die Augen fest zusammenpresse, sehe ich noch immer ihre Gesichter. Alle aus meiner Band. Ich kann nicht glauben, dass jemand von ihnen mich an den Kon verkauft hat. Vielleicht Tango, schließlich hätte ich nie erwartet, dass sie überhaupt zu einem illegalen Konzert gehen würde. Oder Pixel, obwohl ich bezweifle, dass er seinem Bruder so etwas antun würde ... Keine Ahnung, ob er einen Grund hatte, mich über die Klinge springen zu lassen. Ravenous hätte einfach nur eine Bemerkung beim Job fallen lassen müssen. Und dann gibt es noch die anderen Bands, Zitrus, Pixels Freunde und Hunderte von Leuten im Publikum. Die Liste ist endlos.

Stunden vergehen, zumindest glaube ich das. Meine Uhr ist verschwunden, zusammen mit allem anderen, was ich bei mir hatte. Meine Kleidung haben sie mir anscheinend abgenommen, nachdem ich das Bewusstsein verloren hatte. Ich stelle mir vor, wie jemand meinen schlaffen Körper in diesen kratzigen grauen Overall schiebt. Da es keine Fenster gibt, kann ich nicht einmal erahnen, ob Tag oder Nacht ist.

In meiner winzigen Zelle ist es gleißend hell. Neonlampen

summen an der Decke, und von ihrem Geflacker bekomme ich Kopfschmerzen.

Ich hätte gedacht, die Stille wäre das Schlimmste. Die Leere eines soundlosen Raums. Aber in Wirklichkeit ist es das Licht. Es bringt meine blauen Flecken und Abschürfungen erst richtig zur Geltung. Die Haut um mein neues Chrome-Implantat brennt. Was für eine lächerliche Aktion. Für wen habe ich mich eigentlich gehalten?

Verschwommen sehe ich die Menschenmenge vor mir, Hunderte namenloser Gesichter. Ich frage mich, was aus ihnen allen geworden ist, schiebe den Gedanken jedoch beiseite, bevor meine Schuldgefühle mir die Luft abdrücken.

Irgendwann schlafe ich ein, den Rücken gegen die Wand gelehnt. Träume pulsen rhythmisch durch meine Nervenbahnen.

Dann lässt ein Geräusch mich aufschrecken, und Schmerz fährt wie ein Messerstich durch meine Seite, als ich mich hastig umschaue.

»Frühstück, Akku-Dreck«, tönt es durch eine knisternde Funkverbindung. Ein Tablett wird durch einen Schlitz in der Wand geschoben. Das beantwortet immerhin die Frage nach der Uhrzeit.

»Wo ist der Rest meiner Band?«, frage ich, ohne zu wissen, ob die Verbindung in beide Richtungen funktioniert. »Wo sind meine Freunde?« Vielleicht kann mich der Wachmann auch nicht hören, weil meine Kehle bei der Frage wie zugeschnürt ist. Wer sind eigentlich meine Freunde? Ich bin mir nicht mehr sicher.

Ein spöttisches, hartes Lachen ist die einzige Antwort.

Das Essen ist genauso grau und tot wie meine Zelle. Es

schmeckt nach gar nichts, obwohl es bestimmt die korrekte Menge Nährstoffe pro Mahlzeit enthält. Da man mich bisher nicht in einen Exsonic verwandelt hat, werde ich anscheinend noch gebraucht. Der Kon will etwas von mir, genau wie der Typ beim Shuttle gesagt hat. Ich kenne den Grund nicht, doch sonst würden sie mich kaum durchfüttern, damit ich gesund und lebendig bleibe. Der Gedanke bringt mich fast dazu, das Tablett wegzuschieben, aber dann sehe ich wieder die Zwillinge vor mir.

Fabels Mutter wird sich um sie kümmern. Sie war früher mit meiner Mutter befreundet. Hoffentlich schaut sie ab und zu auch nach Dad.

Ich schicke ein Stoßgebet zum Himmel, dass meine Familie okay ist und der Kon sich nicht an kleinen Kindern und einem todkranken alten Mann vergreift. *Bitte, bitte, sie hatten doch keine Ahnung.* Nur mühsam halte ich mich davon ab, durch die Funkverbindung nach ihnen zu fragen – ich möchte den Kon nicht auf Ideen bringen.

Die Mahlzeiten erscheinen in regelmäßigen Abständen, sodass ich daran verfolgen kann, wie die Zeit vergeht. Am zweiten Tag erwache ich aus meinem unruhigen Schlaf und habe mich zwischen den blauen Flecken blutig gekratzt.

Tag drei. Ich zittere am ganzen Körper. Meine Beine tragen mich nicht mehr, und ich brauche mehrere Anläufe, um das Wasser in der Hygienekabine anzustellen, nachdem ich vor Durst nur noch auf allen vieren dorthin kriechen konnte. Meine Gedanken sind ein lächerlich wirres Chaos. Ich sehe nebelhafte Bilder der Zwillinge und Haven zusammen mit meiner Mutter, was einfach nicht stimmen kann. Ich habe ihren toten Körper selbst gefunden. Die Erinnerung an ihr Blut färbt mein Bewusstsein rot.

Natürlich ist mir klar, was der Kon mit mir anstellt. Ich habe von kaltem Entzug gelesen, der so viel schmerzhafter ist als eine langsame Entwöhnung. Zuerst versuche ich dagegen anzukämpfen, doch damit schade ich mir nur selbst. Niemand schaut mir zu, während ich mit zusammengebissenen Zähnen und geballten Fäusten in meiner winzigen Zelle auf und ab hinke und die gefilterte Plastikluft so tief in mich einatme, wie es meine Rippen erlauben.

♫

Ich liege in einer Pfütze aus Erbrochenem, als ich an einem weiteren Morgen aufwache. Keine Ahnung, ob es Nummer vier oder vierzehn ist.

»Guten Morgen.«

Ich bin zu schwach, um den Kopf zu heben. Außerdem ist die Stimme wahrscheinlich nur eine Halluzination.

»Du nennst dich Anthem, richtig? Nicht das schlechteste Label, das mir je begegnet ist… Bitte, steh auf und komm mit.«

Echt beeindruckend, wie nett sie das sagt, als hätte ich eine Wahl. Ich frage nicht, woher sie meinen Namen kennt. Grobe Hände zerren mich auf die Füße, und jeder Druck gegen meine blauen Flecken lässt mich zusammenzucken, was den Typen zu gefallen scheint. Verschwommen taucht ein Gesicht vor mir auf, von dem ich vor allem das breite, künstliche Lächeln wahrnehme. Ich habe den Eindruck, als hätte ich die Frau früher schon gesehen, aber in letzter Zeit denke ich eine Menge Sachen, auf die ich mich lieber nicht verlassen sollte. Businessanzug, schwarze lange Haare … das macht sie nicht gerade einzigartig.

»Sollte ich Sie kennen?« Nur die Hälfte der Buchstaben kommt tatsächlich aus meinem Mund.

»Mein Name ist L5329.« Ich beschließe, sie Ell zu nennen. Die Zahlen trudeln durch mein verwirrtes Gehirn und ergeben als Summe nur Angst.

»Ich bleibe lieber in der Zelle. Mir geht es hier bestens«, nuschele ich und versuche, die beiden Wachen abzuschütteln. Sie verstärken nur ihren Griff, und ich beiße mir auf die Zunge, bis es blutet.

Ell gibt ein tadelndes Geräusch von sich. »Mich anzulügen, ist kein guter Anfang, Anthem. Wenn du kooperierst, bekommst du alles von uns, was du willst.«

»Okay, ich will sterben.« Schließlich hat sie Ehrlichkeit verlangt. »Das könnt ihr doch einrichten. Ich weiß Bescheid über eure speziellen Streams.«

»Nicht doch, sei nicht gleich so dramatisch. Wir haben jetzt dein Talent entdeckt. Du kannst uns helfen, und dafür helfen wir dir. Was hältst du von einer frisch gereinigten Akte, einem besseren Leben für deine Familie …«

Ich sacke im eisernen Griff der Wachen zusammen. »Sind sie okay? Und meine Freunde … leben alle noch?«, frage ich kaum hörbar.

Ell lächelt. »Zumindest im Moment. Ob das so bleibt, liegt ganz bei dir. – Also dann, nehmt ihn mit.«

Rauer Teppich scheuert unter meinen nackten Füßen. Raus aus der Zelle, einen gekrümmten Korridor entlang. Meine Gefängniswärter sorgen dafür, dass ich gegen jedes Hindernis auf der Wegstrecke pralle. Ich verzichte darauf, mich zu beklagen, weil ich ihnen die Genugtuung nicht gönne. Im Fahrstuhl holt Ell ein Tablet aus der Tasche, tippt eine Nachricht und jagt sie als supraschnellen Lichtfunken durch das NETZ zu einem unbekannten Empfänger. Garantiert geht es um mich.

Weiteres Schleifen über rauen Boden, dann werde ich brutal auf einen Stuhl geworfen und bin überrascht, dass dabei keine weiteren Knochen brechen. Vielleicht merke ich nur nichts davon, weil ich schon zu sehr durch die Mangel gedreht worden bin. Säure steigt in meiner wunden Kehle auf, und einer der Wachen flucht, als mein dürftiger Mageninhalt auf seinen Schuhen landet.

»Du kleiner – «

»Gehen Sie sich säubern«, befiehlt Ell. Der Typ dreht mir schmerzhaft den Arm um, dann lässt er los, und ich bin frei – wenn man in meiner Situation überhaupt von Freiheit sprechen kann. Jedenfalls bin ich schon dankbar für das Geräusch seiner verschwindenden Schritte und der zuschlagenden Tür. »Schau dich um, Anthem«, sagt Ell.

Mein Hals protestiert, als ich den Kopf hebe, denn das Fleisch um meinen Nackenstecker ist entzündet und geschwollen. Der ganze Raum steht voller Instrumente – Gitarren, Keyboards, Schlagzeug, eine Geige, die mit ihrem warm schimmernden Holz kaum von dieser Welt zu sein scheint ... Sie gehört in die verstaubte, von Kerzenlicht erhellte Welt der Erinnerung. Leuchtdioden blinken an Aufnahmetechnik, Mikrofone warten auf den Input einer Stimme.

Und es ist völlig still. Das Summen des Hauptrechners, der sonst jeden Winkel der Zentrale füllt, ist hier verstummt. Ich balle die Hände zu Fäusten und beiße die Zähne so fest aufeinander, dass sie fast zerspringen. Der Drang, alles zu berühren, ist überwältigend, aber ich beherrsche mich. Sobald ich die erste Schwäche zeige, sitze ich in der Falle.

Tue ich zwar jetzt schon, aber trotzdem ist es ein Unterschied.

»Dieser ganze Raum könnte dir gehören«, sagt Ell und dreht an einem Schalter, der die Deckenscheinwerfer heller strahlen lässt. »Schau genau hin, Anthem. Ich kann doch sehen, dass du am liebsten gleich alles ausprobieren willst. Stell dir vor, wozu du die Instrumente benutzen könntest. Welche Musik du mit unserer Hilfe erschaffen kannst. Wir stellen dir alles zur Verfügung, was du brauchst. Du bekommst jeden Wunsch erfüllt. Dein Leben wird sich auf eine Weise wandeln, von der du nie zu träumen gewagt hast. Du wirst der neue Superstar des Web.«

Ich gebe keine Antwort. Stumm zu bleiben, ist meine einzige Chance. Ich bin so kurz davor, Ja zu sagen, dass mir das Wort wie ein Hustenreiz im Hals steckt. Eine Minute vergeht, dann ruft sie den Wachmann zu sich, der noch übrig geblieben ist. »Morgen unterhalten wir uns wieder«, verspricht sie mir zum Abschied, als ich aus dem Raum geschleppt werde.

Fünf, sechs, sieben, acht. Die Tage verlaufen alle gleich. Ich bin immer noch auf Entzug, sodass ich mich abwechselnd heiser schreie, mich übergebe und dumpf vor mich hingrübele. Über die Zwillinge, Haven, meine Freunde. Ob mein Vater überhaupt gemerkt hat, dass ich nicht mehr da bin?

Ich schreie wieder eine Weile. Das tut weniger weh, als zu denken.

Jeden Tag werde ich nach unten ins Studio gebracht, wo die trügerisch perfekten Instrumente mich verführen sollen.

Mein Gewissen zerrt mich in zwei gegensätzliche Richtungen, sodass es mich fast zerreißt. Wenn ich nachgebe, kann ich dafür sorgen, dass es den Zwillingen jetzt gut geht. Aber andererseits wartet dann eine Zukunft auf sie, in der es ihnen alles andere als gut gehen wird. Es ist schon schlimm genug zu wissen, was sie in einigen Jahren erwartet: das Streamen, die Sucht, der körperliche Verfall … Noch schlimmer ist der Gedanke, dass ich die Musik erschaffe, die sie langsam umbringt.

Und falls sie gegen die Regeln verstoßen, könnte die Regierung einen meiner Songs benutzen, um …

Nein.

Ganz sicher ist es kein Zufall, dass der Kon mich auf diese Weise bestraft. Mich hinzurichten oder in einen Exsonic zu verwandeln, wäre viel einfacher, aber sie wollen mir eine Lektion erteilen. Wer immer uns verraten hat, kennt mich und meine Schwächen. Das ist verdammt offensichtlich.

Also hat der Kon sich etwas Kreatives einfallen lassen. Eine moderne Art von Daumenschrauben ganz speziell für mich.

♫

Am neunten Tag erscheint Ell nicht um die gewohnte Zeit. Vielleicht hat sie mich als hoffnungslosen Fall eingestuft und aufgegeben. Vielleicht habe ich meine letzte Chance verpasst und die Zwillinge … mein Vater …

»Guten Morgen.«

Ich atme aus, und das Geräusch vermischt sich mit dem Zischen der Automatiktür. Ell ist allein, nicht wie sonst von Wachen flankiert. Ich bleibe in meiner Ecke hocken und frage mich, was das wohl zu bedeuten hat. Da mich niemand auf die Füße zwingt, rühre ich mich nicht vom Fleck. »Wir haben uns bemüht, großzügig zu sein, Anthem«, sagt Ell. »Aber die Zeit läuft uns davon. Also bringen wir es zu Ende.«

Ich habe mir gewünscht zu sterben, als sie mich gefragt hat. Unwahrscheinlich, dass der Kon mir diesen Gefallen wirklich tut.

»Du hast zu viel Talent, um es einfach zu verschwenden. Mit deiner Musik und unserer Technik könnten wir unvorstellbare Erfolge erzielen. Das musst du irgendwann verstehen. Egal, welche Mittel dafür nötig sind.«

»Ich soll Leute für Sie umbringen!«, sage ich. Sie bleibt kühl und ungerührt, obwohl ich mir zum ersten Mal einen Gefühlsausbruch erlaube, und lächelt nur. »Meine Musik soll Leute töten, die Ihnen in die Quere kommen!«

»Musik macht unser Leben reicher und glücklicher, Anthem. Und der Tod wartet am Ende auf uns alle. Warum sollten sich unsere Bürger in der Zwischenzeit nicht vergnügen? Ob die Regierung irgendwelche Probleme mit bestimmten Personen hat, braucht dich nicht zu kümmern.«

»Glauben Sie das wirklich? Sie bilden sich echt ein, dass Sie das Richtige tun, oder?«, provoziere ich sie. Seltsamerweise fühlt es sich ganz ähnlich an, ob man *alles* oder nichts mehr zu verlieren hat. Ich will nur noch, dass endlich Schluss ist.

»Die Regierung handelt im besten Interesse ihrer Bürger. Immer. Ich hatte wirklich gehofft, wir könnten dir das hier ersparen.« Sie greift in ihre Tasche und reicht mir ein Tablet – entschieden teurer und moderner als meines, wo immer das inzwischen gelandet sein mag. Es zeigt Fotos und Videos in richtiger Farbe. Der erste Blick genügt, damit mir alles klar wird. Weshalb Ell von vornherein sicher war, dass sie jederzeit meinen Willen brechen könnte. Wieso sie heute keine Wachen nötig hat. Weshalb ihr nie die Geduld ausging, zumindest bis jetzt. Der Grund ist ganz einfach. Sie wusste schon, bevor sie in ihrem schicken Anzug meine Zelle betrat, wie ich darauf reagieren würde, was der Bildschirm mir offenbart. Schwankend komme ich auf die Füße.

Das Tablet ist klein, aber es reicht völlig, um mir zu zeigen, was ich sehen soll. Ein Livestream-Video erlaubt mir einen direkten Blick in einen anderen Teil des Gebäudes. Das Datum und die Uhrzeit in der Bildecke bestätigen, dass ich die Tage richtig gezählt habe. Ich fühle, wie ich innerlich zerbreche, Stück für Stück, ein qualvoller Teil nach dem anderen.

»Wie du siehst, gibt es niemanden, dem du trauen kannst, Anthem«, sagt Ell. »Aber jetzt hast du die Chance, dein Schicksal selbst in die Hand zu nehmen und die Familie zu schützen, die du liebst.«

Klingt sinnvoll, und weitere Gründe sollte ich wohl nicht brauchen. Doch in Wirklichkeit bringt mich ein anderer Gedanke dazu, endgültig zu kapitulieren. Nichts kann diese Art von Schmerz auslöschen, außer vielleicht ein einziges Mittel … Wenn ich mit Ell gehe, wird der Kon mich wieder streamen lassen.

»Will die Regierung meine Musik benutzen, um damit zu morden?«

»Tsss, was für ein unschönes Wort. Du kannst dich entspannen, wir haben ganz andere Pläne für dein Talent.«

Gut. Ist mir egal, was sie sonst planen.

»Ich will meine Geschwister sehen«, sage ich. »Und ich will, dass meine Freunde freigelassen werden.«

Sie nickt. »Darum kümmern wir uns.«

Irgendwo in der Tiefe des Hauptrechners muss es einen Stream geben, der wirkungsvoll genug ist, um diesen Anblick auszulöschen: Haven sitzt entspannt auf einem gepolsterten

Ledersessel und plaudert ahnungslos, während ihre Worte aus den winzigen Lautsprechern des Tablets zu mir dringen.

»Du warst fabelhaft«, lobt ein Typ im Anzug, der alt genug ist, um ihr Vater zu sein.

Er ist es wirklich. Haven lächelt ihn an. »Danke für das Kompliment, Dad. Aber Jungs sind doch alle gleich. Mit ein bisschen Erfahrung kann man sie viel zu leicht um den Finger wickeln.«

Falls es keinen Stream gibt, der dafür ausreicht, werde ich eben einen komponieren.

1110011011 **17** 0101100001

Die Kopfhörer auf meinen Ohren sind weich wie Federkissen. Am liebsten würde ich zwischen ihnen einschlafen, aber dafür sind die Schmerzen zu unerträglich: gebrochene Rippen, aufgeschürfte Haut und ein gebrochenes Herz, das schwer wie Blei in meiner Brust sitzt.

Musik vibriert dunkel wie das geschliffene Holz einer Violine, die ich nie gehört habe. Sie klingt wie sonnengoldener Hörnerklang oder das Geträller von Käfigvögeln, die um ihr Leben singen, weil sie nichts anderes können, immer lauter und stärker in der Hoffnung auf Freiheit. Wie lange ist das schon her. Meine Wunden werden mit Saiten geflickt, und der Windatem von Holzflöten hüllt mich in Wärme. Eine angenehme Taubheit steigt von meinen Zehen auf und dringt Schritt für Schritt durch Muskeln, Sehnen und Knochen.

Totale Entspannung. Himmlischer Rausch. Ich lächele vor mich hin, weil ich das Gefühl so vermisst habe. Wieso habe ich die ganze Zeit gegen die Leute angekämpft, die mich in diesen Zustand versetzen wollen?

Wolken überziehen das Firmament meines Bewusstseins … kein schwerer Gewitterhimmel voll drohendem Regen, sondern sanftgraue Schleier mit rosigen Rändern, die das Deckenlicht dämpfen.

Mein Körper schwebt über einem Bett.

Ich kann immer noch denken. Die Gedanken sind wie in Watte gehüllt und ähneln abstrakten Mustern, aber ich brauche trotzdem eine stärkere Dosis. Meine Lippen gehorchen mir nicht. Die Betäubung reicht kaum unter die Haut. Haven ist immer noch überall und nirgends, hat mich verraten und jetzt ist sie fort.

Hände halten mich auf das Bett gedrückt, als ich mich gegen die Droge zu wehren beginne. Ich muss sie finden. Mir geht es bestens. Nichts tut mehr weh. Ich kann Haven aufspüren und die Antworten aus ihr herausholen. Ihr die Schmerzen heimzahlen.

Sie wiedersehen, ein letztes Mal.

0010011010 **18** 0101100001

»Fühlt sich doch schon besser an, oder?«

In der blendend weißen Umgebung des MedCenters ist Ell mit ihrem schwarzen Anzug kaum zu übersehen. Ich bin sicher, sie kann mir die Antwort vom Gesicht ablesen, ebenso wie meinen Widerwillen, ihr recht zu geben.

Die Frau lächelt zu viel.

Dank der Streams habe ich keine körperlichen Schmerzen, während ein Trupp weiß gekleideter MedTechs sich um meine Verletzungen kümmert. Meine Gedanken sind unscharf und wabernd, mein Gehirn gleicht einem nebelverhangenen Park an einem Wintermorgen. Sämtliche Kratzer und Wunden sind mit einer dicken Schicht scharf riechender Salbe bedeckt. Die Röntgenbilder zeigen, dass meine zwei gebrochenen Rippen auch von selbst bestens heilen. Ich lasse mich treiben und die Gespräche der Mediziner über mich hinwegplätschern. Sobald ich bei einer Berührung zusammenzucke, gibt man mir einen neuen Stream.

Die Musik ist wie Wasser in der Wüste. Ich habe mich seit endlosen Tagen danach verzehrt.

Jemand kleidet mich in die teuersten Klamotten, die ich je besessen habe. Das Outfit fühlt sich sogar auf meinem zerschlagenen, bandagierten Körper gut an und ist ganz und gar schwarz. Meine Füße werden in weiche Lederschuhe gesteckt und die Schnürsenkel zugebunden.

»Kannst du ohne Hilfe gehen?«, fragt Ell.

Vielleicht nicht, aber ich tue es trotzdem.

Ich schaffe die Strecke bis nach draußen, wo mich ein Parkplatz mit unzähligen weißen Shuttles erwartet. Auf sämtlichen Fahrzeugen prangt das Konzernlogo. Als ich taumele, fängt ein Wachmann mich auf, aber ich schüttele ihn ab.

»Bin nur gestolpert«, sage ich. »Mir geht's gut.«

Im Pförtnerhäuschen am Eingang sitzt ein Wachmann mit pinker Stachelfrisur. Er sieht aus wie unser typisches Konzertpublikum und erinnert mich – natürlich – an Haven. *Ich habe gehört, wie mein Vater davon gesprochen hat, die Gruppen zu unterwandern.*

Auf der Bühne habe ich mich immer am stärksten gefühlt, aber in Wirklichkeit waren wir dort am verwundbarsten.

Statt wachsam zu bleiben, galt unsere ganze Konzentration der nächsten Note, der nächsten Textzeile. Pixel hat mit Licht und Sound herumgespielt, bis er alles andere vergaß. Das Publikum war zu high von unserer Musik, um an die drohende Gefahr zu denken.

Man führt mich zu einem Privat-Shuttle, das in einer Ecke geparkt ist, und hilft mir sogar beim Einsteigen. Keine Handschellen weit und breit. Ich lehne mich gegen das Fenster und bin immerhin klar genug im Kopf, um mir auszurechnen, wo wir uns befinden. Auf der einen Seite gleiten unbekannte Gebäude vorbei, auf der anderen liegt das Nordende des Central Park. Ich hatte nie einen Grund, so weit ins UpperWeb vorzudringen.

Neben mir sitzt Ell und plaudert über meine neue Wohnung. Anscheinend ist meine Familie schon dort, und ein kleiner Teil von mir bewundert ihr Organisationstalent. Oder zumindest die Effizienz der Fädenzieher im Hintergrund. Offenbar haben alle gewusst, dass es nur eine Frage der Zeit sein würde.

Ich bin ein totaler Loser, aber das ist mir egal. Hauptsache, ich muss nicht mehr denken. Ell ist nur allzu gern bereit, alle Entscheidungen für mich zu treffen.

Das Gebäude, zu dem man mich bringt, ist ein Wolkenkratzer aus Stahl und Glas. In seiner Eingangshalle kann man den Reichtum geradezu riechen. Wachen nehmen mich in die Mitte, ohne mich zu berühren. Ihre übliche Aura von roher Gewalt ist verschwunden, stattdessen wirken sie wie Bodyguards.

Was hat Ell noch gesagt? Der neue Superstar des Web. Klar. Das bin jetzt ich. Sie ist mit ihrem Tablet beschäftigt, schickt geschätzte hundert Nachrichten ab und schaut nicht mal hoch, als wir alle zusammen einen Fahrstuhl betreten. »Ich habe eine Expertin bestellt, die sich um dein Aussehen kümmert. Damit du dich endlich wie der Musikstar stylen kannst, der du bist«, sagt sie mit ihrer überfröhlichen Stimme. »V ist eine echte Künstlerin. Nach ein paar Stunden wirst du dich selbst kaum wiedererkennen.«

»Tue ich jetzt schon nicht«, sage ich. Sie überhört meine Bemerkung.

Wir steigen erst in der siebenundzwanzigsten Etage aus. Ganze Welten liegen zwischen diesem Ort und meiner alten Wohnung im untersten Teil des LowerWeb. Notgedrungen laufe ich Ell wie ein Hündchen hinterher, weil ich den Weg nicht kenne. Kaum hat sie an einer dicken Echtholztür ihr Handgelenk gescannt, schiebe ich mich an ihr vorbei.

Drinnen bekomme ich einen flüchtigen Eindruck von Größe und Weiß, aber ich habe nur Augen für die Zwillinge, die auf mich zurennen.

»Alpha, Omega«, flüstere ich und halte sie so fest an mich gedrückt, dass meine Rippen aufjaulen. »Euch ist nichts passiert.«

»Du hast uns gefehlt«, sagt Omega und vergräbt ihr Gesicht in meinem neuen Pulli. »Wo warst du? Wir dachten, du bist für immer verschwunden wie Mama. Daddy wollte nicht umziehen. Ich glaube, es hat ihm wehgetan.«

»Jetzt bin ich ja da.« Ich kann nicht versprechen, dass ich sie nie wieder verlassen werde. »Seid ihr wirklich ganz okay? Alle beide?«

»Das Essen hier ist erste Sahne«, sagt Alpha. Mein Herz krampft sich zusammen. »Bee bäckt ständig Kekse für uns, aber sie spricht nie. Wenn wir ihr etwas sagen wollen, müssen wir es auf einem Tablet eintippen, wie du eins hast.«

»Wirklich?« Ich zwinge mich zu lächeln, bis mir fast die Lippen bluten. »Ich hätte gerne einen Keks. Holt ihr mir einen aus der Küche?« Am liebsten würde ich sie nie wieder loslassen, aber ihnen scheint es wirklich gut zu gehen. Sie wirken glücklich, und ich habe neun Tage verschwendet, an denen ich dabei hätte zuschauen können.

Als wir wieder allein sind, wende ich mich Ell zu. »Wer ist Bee?«

»Stadtbürgerin B8773. Ihr Verbrechen war nicht sehr schwerwiegend. Für die Kinder wurde gut gesorgt. Und so wird es auch bleiben, solange du kooperierst.«

Nicht gerade beruhigend. Wenn das Verbrechen »nicht schwerwiegend« war, heißt das schließlich, die Frau wurde für eine bloße Lappalie in eine Exsonic verwandelt. »Okay.« Was soll ich sonst dazu sagen? »Kann ich meinen Vater sehen?«

»Er ist da drüben.« Sie deutet auf eine Tür am anderen Ende des Wohnzimmers … also richtig weit weg. »Ein MedTech ist bei ihm, rund um die Uhr. Wenn es zu Ende geht, werden wir dafür sorgen, dass der Übergang schmerzlos ist.«

Besser könnte man den Unterschied zwischen der reichen Elite und dem Rest von uns nicht zusammenfassen. Obwohl – ich gehöre ja nun zur reichen Elite. Schließlich habe ich die Seiten gewechselt. Die Zwillinge kommen zurück, mit klebrigen Händen voller Leckereien, und ihr sorgloses Lächeln ist den Verrat wert.

»… morgen im Studio«, sagt Ell, während ich kaue. Ich habe jede Menge Übung darin, zu nicken und so zu tun, als hätte ich zugehört. So etwas lernt man in den Clubnächten. Was soll's, der Kon wird mich wohl kaum hier vergessen – oder mir erlauben, ihn zu vergessen –, also kann ich Ell ruhig ignorieren. In Zukunft wird man mich durch die Gegend kutschieren und mir Anweisungen geben und ich werde alles mitmachen … Wow, das Appartement ist echt riesig. Es gibt einen Flur mit vier weiteren Türen, und durch einen offenen Rundbogen schaut man in eine Küche, die größer ist als unsere ganze frühere Wohnung. An dem Esstisch könnte ich alle meine Freunde auf einmal unterbringen. Gepolsterte Ledersofas sind so aufgestellt, dass man durch die hohen Fenster auf den Central Park blickt. Mit den Zwillingen an den Händen stelle ich mich davor und schaue hinaus.

Wenigstens die Kirschblüten sind schon verweht.

»Wunderbar, dann sind wir uns ja einig«, sagt Ell und gesellt sich zu uns. Der dicke weiße Teppich schluckt das Geräusch ihrer Pfennigabsätze. »Du hast noch diese Woche einen Auftritt im Fernsehen. So kurzfristig einen Termin zu bekommen, war gar nicht leicht.«

»Ich … was?«

»Natürlich wirst du nicht live spielen«, sagt sie, als hätte ich das erwartet. Die Kopfschmerzen melden sich zurück und ich kann nirgends eine Konsole entdecken. Egal, schließlich will ich die Zwillinge sowieso nicht allein lassen. Ell redet einfach weiter. »Man wird dich interviewen und dir ein paar Reporterfragen stellen, damit unsere Bürger dich besser kennenlernen können. Wie du dazu gekommen bist, Musik zu spielen, solche Sachen. Wir werden uns einen Namen für dich ausdenken müssen, aber das kann warten.«

Alpha reißt die Augen auf. »Du spielst Musik?«

Verdammt. »Ja, demnächst«, antworte ich. »Deshalb haben wir die neue Wohnung bekommen.«

»Erste Sahne!«

Ich muss ihr wirklich abgewöhnen, diesen Ausdruck zu benutzen.

»Natürlich wirst du erzählen, dass du dich beim Kon vorgestellt hast, um einer unserer Musiker zu werden«, fährt Ell fort. »Zuerst waren wir skeptisch, wie immer. Schließlich will jeder gerne ein Star sein, aber die wenigsten verdienen so ein Luxusleben.« Sie zeigt auf das gleißend weiße Appartement. »Du hast Zugang zu unseren Instrumenten bekommen, damit wir dein Talent einschätzen konnten. Nachdem du akzeptiert wurdest, hast du deinen Job als Akku aufgegeben, um dich ganz deiner Musikleidenschaft widmen zu können. Seitdem kannst du auch mehr Zeit mit deinen kleinen Geschwistern verbringen. Andere Personen erwähnst du nicht.«

Klar, macht Sinn. »Was ist mit den ganzen Leuten, die wissen …«

»Du bist eine Lektion für sie, Anthem. Was hast du denn gedacht, warum wir dich haben wollen? Denkst du, jemand wird unsere offizielle Story infrage stellen? Okay, jetzt muss ich zu einem Termin weiter, aber wir sehen uns später. Vor deiner Tür sind Wachen postiert, um für dein Wohl zu sorgen. Sag ihnen einfach, wenn du etwas brauchst.« Ihr Blick huscht zu den Zwillingen und sie senkt die Stimme. »Die Konsole ist in deinem Schlafzimmer. Am Ende des Flurs.«

Ich haste nicht sofort dorthin, sobald sie gegangen ist.

Im Zimmer meines Vaters ist die Luft vom dumpfen Geruch des Todes erfüllt. Ein Deckenhaufen auf dem Bett hebt und senkt sich mit kratzigen Atemzügen. Ich strecke eine zitterige Hand aus und ziehe das Bettzeug ein Stück zurück.

»Sie müssen wohl Stadtbürger N4–«

»Anthem«, unterbreche ich den Mann, der aus der Hygienekabine kommt (von denen es hier anscheinend mehrere gibt, sodass man sie mit niemandem teilen muss). Auf meinem Label zu bestehen, fühlt sich wie ein winziger Sieg an. »Wie geht es ihm?«, frage ich den MedTech. Mit seiner farblosen Haut und der weißen Uniform passt er perfekt ins Zimmer.

»Der Umzug hat seinen Zustand kurzzeitig verschlechtert, aber wir haben ihn stabilisiert. Ich bin J. Bürger J52 229. Meine Schichtablösung für die Nacht ist C1774.«

»Okay. Na gut, ich –« … würde am liebsten nicht hier sein. J kann es mir am Gesicht ablesen.

»Um solche unschönen Belange brauchen Sie sich von nun an nicht mehr zu kümmern. Bei uns ist er bestens versorgt«, sagt J. Ich bilde mir ein, einen Hauch von Mitgefühl in seiner

Stimme zu hören, und er wirft mir ein dünnes Lächeln zu, als er sich auf den Stuhl am Krankenbett setzt und nach einem Buch greift.

Zögernd lehne ich mich zu meinem Vater herunter. »Ich weiß von der Geige«, flüstere ich. Sein Atem stockt für den Bruchteil einer Sekunde und kehrt dann zum üblichen rasselnden Rhythmus zurück. J mustert uns neugierig.

Ich verschwinde aus dem Zimmer, bevor er sein Buch fertig aufgeschlagen hat.

♫

Der Himmel vor meinem Fenster ist ein helles Nichts, die spätnachmittägliche Wolkendecke verschluckt jedes Blau. Ich liege in einem federweichen Bett, und zu meinen beiden Seiten schlafen die Zwillinge sicher und geborgen wie in einem Nest. Nach einer Weile versuche ich vorsichtig, meine Muskeln zu dehnen, aber das ist ein Fehler. Alpha wird unruhig, als ich vor Schmerz leise aufstöhne.

Ich brauche eine Dosis Aufputscher, und zwar dringend. Alles tut weh, und in meinen Träumen gab es zu viel Pink. Behutsam winde ich mich aus dem Bett und gehe durch den Raum zu meiner Luxuskonsole, die das volle Programm der neuesten und besten Streams bietet. Ich schätze, jetzt spielt es keine Rolle mehr, wie viel ich dafür ausgebe.

Ich kann nicht fassen, dass Haven mir so etwas angetan hat. Und nicht nur mir, sondern auch sich selbst, unseren Freunden, den Zwillingen.

Ich kann nicht fassen, dass ich so verdammt blind war und ihr vertraut habe. Ich *wusste*, dass sie zum Kon gehört – das hat sie nie verborgen –, und trotzdem bin ich auf sie hereingefallen. Auf ihre gespielte Hilfsbereitschaft, mit der sie sich bei mir und meiner Familie eingeschmeichelt hat. Und auf ihre Supermodelbeine.

Wie blöd kann man eigentlich sein?

Dieser Stream wirkt kein bisschen.

Eine kleine Hand berührt meine Schulter. Schnell nehme ich die Kopfhörer ab und schaue Alpha an, die Bettlakenfalten als Abdruck auf ihrem Gesicht trägt. »Warum weinst du?«, fragt sie. »Bist du traurig?«

»Nein, alles ist gut. Komm, wir wecken auch Omega, sonst will er die ganze Nacht nicht ins Bett.« Die beiden haben schon ewig keinen Mittagsschlaf mehr gebraucht. Aber nachdem Ell gegangen war, habe ich eine komplette Woche abendliches Geschichtenerzählen nachgeholt und damit wohl eine Art Pawlow'schen Reflex ausgelöst: Gutenachtgeschichten bedeuten Einschlafzeit. Alpha rennt zurück zum Bett und hopst auf ihrem Bruder herum, während ich mir die Augen reibe.

Bee ist eine kleine, rundliche Frau, vielleicht in den Dreißigern. Beim Kochen beobachtet sie die Zwillinge mit einem breiten Lächeln und mich mit einem deutlich nervöseren. Omega greift nach einem Keks, während Bee uns den Rücken zugewandt hat, aber bevor ich ihn ermahnen kann, wedelt sie schon mit dem Finger in seine Richtung.

Ich frage mich, seit wann sie eine Exsonic ist. Wie viel Zeit sie schon hatte, sich daran zu gewöhnen.

Das Dinner wird auf Porzellantellern serviert, die Gabel in meiner Hand ist schwer und solide. Ich habe noch nie Steak gegessen und muss mich anstrengen, es nicht in einem einzigen Bissen herunterzuschlingen.

Es läutet, und ich zucke zusammen – unsere alte Wohnung hatte keine Türklingel. Wasser schwappt über meinen Teller und auf meinen Schoß, während das Glas auf dem gekachelten Küchenboden zerschellt. Bee scheucht mich mit einer Handbewegung beiseite und zeigt erst auf die Scherben, dann auf sich.

Das alles ist einfach nur ... unwirklich.

Die Frau an der Tür sagt, ihr Name sei Pfau, als sie mit den Händen voller Taschen und Kartons an mir vorbei in die Wohnung stolziert. Mir ist seit Langem kein so passendes Label begegnet. Im UpperWeb gibt es anscheinend Stylingtricks, von denen wir unten im Quadrant 2 noch nie gehört haben, denn aus ihren blauen Haaren schauen mich goldgrüne Pfauenaugen an, die beeindruckend echt und verstörend wirken. Ich habe das Gefühl, als sei ich die ganze Zeit unter Beobachtung, selbst wenn sie in Richtung der Fenster schaut.

Ich werfe einen schnellen Blick auf die Ecken der Zimmerdecke. Vielleicht habe ich damit gar nicht so unrecht. Zwar kann ich keine Kameras entdecken, aber was bedeutet das schon?

Pfau zieht einen Stuhl vom Esstisch ins Wohnzimmer. »Hier ist das Licht am besten«, sagt sie entschieden. »Setz dich.« Die Zwillinge kuscheln sich auf der Couch zusammen, um bei der Prozedur zuzuschauen, die gefühlt mehrere Stunden dauert. Als Pfau fertig ist, blickt mich aus dem Goldrahmen des Spiegels ein Typ an, der eher an ein Künstlerporträt erinnert. Meine Haare hingen mir nach den Tagen in der Zelle schlaff und fettig ins Gesicht, jetzt sind sie kürzer geschnitten, und Pfau hat sie mit einem Pulvershampoo zum Glänzen gebracht. Ich trage eine farbenfrohe Stachelfrisur voller Styling-Gel, dessen beißender Geruch noch immer in der Luft hängt. Meine Augen sind mit Schwarz umrandet, und jeder Strich sitzt perfekt, denn Pfau hat im Gegensatz zu mir keine zittrigen Hände. Die kobaldblauen Lippen geben mir das Gefühl, wenigstens im Ansatz wieder Anthem zu sein.

Immerhin darf ich mich selbst anziehen … mein zweites neues Outfit an einem einzigen Tag. Die Kleidung ist auch dieses Mal schwarz, wie fast alles, was ich in meinem früheren Leben besessen habe, doch abgesehen von der Farbe gibt es wenige Ähnlichkeiten. Die Hose ist von oben bis unten mit Taschen benäht, und das enge Oberteil fühlt sich seidig und edel an. Ein Netzshirt war auch im Angebot, aber ich habe mich geweigert, es anzuprobieren, und glücklicherweise hat Pfau mich nicht dazu gezwungen.

»Du solltest mehr Chrome tragen. Dafür bist du genau der richtige Farbtyp«, sagt sie und stäubt mein Gesicht mit Puder ein. Als ob mein Körper nicht schon genug Blessuren hätte.

Ich hoffe, Scope ist okay. Vielleicht erlauben sie mir, ihn zu sehen, wenn ich weiterhin so brav mitspiele. »Nein, danke«, sage ich höflich. Das Symbol auf meinem Handrücken fängt funkelnd das Licht ein. Ich balle die Faust und verberge sie in einer der vielen Taschen.

»Wunderbar, du bist schon fertig«, sagt Ell, die unangekündigt hereinschneit, kaum dass Pfau gegangen ist. Die Türklingel habe ich wohl eher zur Zierde. Gut zu wissen. Ell trägt ein Lederkleid, das an jeder anderen Frau sexy wirken würde, aber bei ihr nur an eine Uniform erinnert, genau wie vorher der Businessanzug. Ich senke den Blick und schaue auf meine Füße, neben denen ein Paar Stiefel bereitsteht. Um die ganzen klobigen Metallbügel zu schließen, die sich bis zu den Knien aneinanderreihen, brauche ich fast fünf Minuten.

»Ich muss eine Weile weg«, sage ich zu den Zwillingen und schaue ihnen in die müde blinzelnden Augen.

»Mit ihr?«, fragt Omega und starrt Ell an. Ich zucke ein bisschen zusammen, weil mir klar ist, dass er an Haven denkt. Keine Ahnung, wie ich ihnen erklären soll, warum sie so plötzlich aus ihrem Leben verschwunden ist … schon wieder. Wahrscheinlich werde ich warten, bis sich mich direkt fragen.

»Ja. Aber ich bin bald zurück.«

Alpha schlingt mir die Arme um den Hals. »Versprochen?«

»Versprochen.«

»Keine Sorge, euer Bruder ist jetzt ein VIP«, sagt Ell. »Wir kümmern uns schon darum, dass ihm nichts passiert.«

»Geht ins Bett, okay? Wir sehen uns morgen früh.« Sie gehorchen widerwillig und trotten den Flur entlang zum Zimmer mit den zwei Kinderbetten.

»Die beiden sind wirklich ganz bezaubernd, oder?«, sagt Ell, als die Zwillinge verschwunden sind. Da kann ich ihr nur recht geben, doch weil ich weiß, was ich meinen Geschwistern unter Ells Kommando antun soll – was ich ihnen antun *werde* –, beiße ich mir lieber die Zunge blutig, als zu antworten. »Gut, dann wollen wir mal los.«

»Wohin?«, frage ich. »Ins Studio?«

»Aber nicht doch, wir sollten nichts überstürzen. Nach deiner längeren Clubpause finden wir, dass du erst wieder ein bisschen in Schwung kommen solltest. Dir Inspiration holen, wenn du verstehst, was ich meine.«

Ist mir auch egal. Vielleicht hat der Club stärkere Streams zu bieten als meine Konsole.

Mein Leben scheint sich nur noch in Fahrstühlen abzuspielen. Rauf und runter, erst in der Kon-Zentrale, dann zu meiner Luxuswohnung und jetzt in einem Wolkenkratzer, durch den Ell und ein halbes Dutzend Wachen mich führen.

»Willkommen in deiner neuen Welt, Anthem«, sagt Ell, als wir in der obersten Etage aussteigen. »Und willkommen im Sky-Club 6.« Sie hebt ihr Handgelenk vor den Scanner, und ich höre den hohen, stechenden Piepton. Die Wachen folgen uns nach drinnen, doch für einen Augenblick vergesse ich sie völlig.

Das alles hier *kann* einfach nicht wahr sein. Eine Masse geschniegelter, aufpolierter UpperWeb-Typen füllt eine Tanzfläche, die sich sanft um die eigene Achse dreht. Die Skyline zieht glitzernd an den riesigen Fensterfronten vorbei. Im Vergleich zu dem Lichtfeuerwerk hier drinnen wirkt sie allerdings geradezu langweilig, denn alles ist voller Reflexionen. Gleißende Strahlen prallen zwischen Glas, Metall und Lipgloss hin und her, bis mir Flecken vor den Augen flimmern und im selben Rhythmus auf und ab tanzen wie die dicht gedrängten Körper. Wasserflaschen stehen auf einer langen, polierten Bartheke bereit. Discokugeln hängen von der Decke.

Ein Typ in einem Ganzkörperdress aus schwarzem Vinyl zieht eine Samtkordel beiseite und lässt uns eintreten. Pixels Club hatte natürlich keine Promi-Lounge, und falls es dort so etwas gäbe, hätte ich sie bestimmt nie von innen gesehen. Einen Augenblick lang kann ich nur wie angewurzelt dastehen und auf die ganzen leeren Ledersessel starren. Daraus hätte man bei uns zu Hause problemlos hundert Outfits schneidern können.

Noch krasser sind die Leute auf den besetzten Plätzen. Ich kann mir nicht einmal vorstellen, wie viele Kreditpunkte einige

Styles gekostet haben müssen. Manche Besucher sind so voller Chrome, dass man kaum noch Haut dazwischen sieht. Ich entdecke einen supermuskulösen Typ, für den das wohl nicht teuer genug war: Er hat sich stattdessen echte Tintentattoos stechen lassen, die sich seine Arme entlangwinden und aus dem Kragen seines Shirts ragen. Am meisten fasziniert mich der Anblick einer Frau, die eine lebende Schlange um die Schultern trägt. Der Kopf des Tieres wiegt sich gespenstisch zur Musik.

Menschen zu klonen, macht auf einer überbevölkerten Stadtinsel wenig Sinn, aber Tiere brauchen nicht so viel Platz. In meiner alten Gegend gab es als Haustiere allerdings ausschließlich Katzen. Alpha hat einmal eine Kakerlake in einer Schachtel gehalten, als sie noch klein war, doch die hat nur eine Woche überlebt. Es gibt zwar einige wenige exotische Lebewesen, die den Krieg überstanden haben und auch unendlich oft kopiert worden sind, aber selbstverständlich nur für die Reichen.

Ell gibt mir ungeduldig ein Zeichen, und ich reiße mich los, um ihr zu einer abgeschirmten Sitzecke an der Wand zu folgen. Sie schiebt mich auf einen Bankplatz, sodass ich zwischen ihr und den Wachen/Bodyguards eingeklemmt bin. Eine Kellnerin taucht bei uns auf (spätestens jetzt wäre mir auch ohne Ells Erklärung klar, dass ich in einem Sky-Club gelandet bin) und balanciert geschickt ein Tablett voller Wasserflaschen, obwohl ihre Stöckelschuhe höhere Absätze haben als meine brandneuen Plateaustiefel.

»Die Musik …«, murmele ich Ell zu, als die Kellnerin gegangen ist. Sie lächelt beifällig, dabei hätte ich den Unterschied eigentlich schon früher bemerken müssen. Aber es gab so viele andere Details, die mich abgelenkt haben.

»Sie ist codiert«, versichert sie mir. »Nur … nicht ganz so stark, wie du es gewohnt bist.«

»Wieso nicht?« Die Antwort wird mir selber klar, noch bevor Ell den Mund öffnet. Ich warte trotzdem ab, bis sie meinen Verdacht bestätigt. Dadurch gewinne ich genug Zeit, um mir meine Reaktion nicht anmerken zu lassen.

»Bei den Bürgern hier oben muss man weniger nachhelfen, damit sie ihr Leben genießen.« Ihre weißen Zähne glitzern im Scheinwerferlicht. »Und dieses Leben vorzeitig zu verlieren, wäre eine Tragödie.«

Ich zwinge mich zu atmen. Ein. Aus. Denke an die Zwillinge. Erinnere mich, warum ich mitspielen muss. Trotzdem dellt sich das allzu oft recycelte Plastik der Wasserflasche in meiner Hand. »Meine Mutter war also … was? Überflüssig? Austauschbar? Mein Vater auch?« Und ich selbst, bevor der Kon entdeckt hat, wie nützlich ich sein kann?

Meine »Bodyguards« haben ihre Wächterinstinkte nicht ganz zu Hause gelassen. Die Atmosphäre am Tisch ändert sich unauffällig.

»Reiß dich zusammen«, sagt Ell. Das muss man ihr immerhin lassen, sie entschuldigt den Kon nicht, sucht nicht nach Ausreden oder Beschwichtigungen. *Reiß dich zusammen,* ist alles, was ich von ihr bekomme. »Die Musik fängt gleich an zu wirken, lass dich einfach fallen.«

»Die Leute hier sind nicht süchtig?«

Ell schüttelt den Kopf. »Doch natürlich. Wir alle sind süchtig. Es gibt schließlich kein besseres Gefühl auf der Welt! Jeder streamt, aber die Menschen in den höheren Leveln nehmen ihre harten Drogen lieber privat. Warum sollte man das Risiko eingehen, sich öffentlich zu blamieren? Außerdem behält man eher die Kontrolle, wenn man zu Hause ist, und hört rechtzeitig auf. Ich bin sicher, du hast deinen LowerWeb-Club nie vor der Sperrstunde verlassen, stimmt's?«

Klar, weil man von der Musik übernommen wurde, sobald man den Fuß durch die Tür setzte. Ich war nie stark genug, mich loszureißen, solange die Beschallung lief. Etwas regt sich im Hintergrund meiner Gedanken … aber Ell hat recht, die Codierung beginnt tatsächlich zu wirken. Ich spüre den ersten Hauch eines Rauschgefühls über meine Haut prickeln, und immerhin bin ich freiwillig hergekommen, weil ich mit dem Denken aufhören wollte. Also lehne ich mich zurück, beobachte die Leute auf der Tanzfläche und lasse mich wegdriften.

0110110001 **19** 1100110010

Ich stelle die Gitarre achtlos weg und fange mir einen scharfen, strafenden Blick von Ell ein, die auf der anderen Seite der Sichtscheibe steht.

Das hat alles keinen Sinn. Die Instrumente fühlen sich zu perfekt an, ihr Klang ist zu laut und harmonisch, und vor allem bin ich hier alleine. Nun ja, abgesehen von meinen allgegenwärtigen Wachen und Ell, die wieder einmal vorbeigekommen ist, um meine Fortschritte zu überprüfen. Das macht sie seit einer Woche mindestens ein Dutzend Mal am Tag.

Ich greife nach einem anderen Instrument und zupfe den Anfang eines Songs, der schon ewig zu unserem Repertoire gehört. Das Stück habe ich auch in der Clubnacht gespielt, als …

Ich tausche die Gitarre wieder aus.

Es funktioniert einfach nicht. Ich fühle mich, als würde ich von jemandem, den ich mein Leben lang kannte, nur noch einen Schatten erhaschen.

Über mir blinkt ein rotes Licht, also weiß ich, dass Ell mich hören kann. »Ich brauche meine Band«, lasse ich sie wissen. Falls die anderen bereit sind, wieder mit mir zu spielen. Falls sie überhaupt noch mit mir sprechen, nachdem ich mich an den Kon verkauft habe.

Hinter der Scheibe herrscht einige Herzschläge lang Schweigen. Eins – zwei – drei. Ein unhörbarer Rhythmus, der nach einer Melodie verlangt. Schließlich nickt sie. »Ich schaue, was sich arrangieren lässt«, sagt sie, wirft einen Blick auf die Uhr und wendet sich den Wachen zu. »Jetzt muss ich zu einem Meeting für das neue Projekt. Sorgen Sie dafür, dass er nichts anstellt.«

Ich kehre zu meinen Instrumenten zurück. Davon gibt es hier so viele, dass ich mir eine Gitarre in jeder Tonlage getuned bereitlegen könnte. Am meisten hat es mir eine historische Fender in dunklem Türkis angetan. Trotzdem lande ich jeden Nachmittag am Ende bei einer schlichten Akustikgitarre, deren tiefer, warmer Klang so honigsüß ist, als käme er direkt von den Bienenstöcken der Nordrandfarmen. An meinem ersten richtigen Probentag hier hat Ell mir jemanden geschickt, der mir allen möglichen Technikkram erklären konnte: Tonabnehmer, Verzerrer und anderes Equipment, von dem wir in unserem Kellerloch keine blasse Vorstellung hatten.

Zwischen den Übungseinheiten hole ich mir Streams von der Konsole, die einladend an der Wand hängt. Ich bin mehr oder weniger im Dauerrausch, seit Ell mich zum Sky-Club 6 mitgenommen hat. Trotzdem verzehre ich mich immer noch nach den euphorischen Highs von Pixels Disconächten, in denen die Halluzinationen alles andere auslöschten.

Ich will nichts mehr fühlen. Ich will einfach nur vergessen.

Wenigstens habe ich keinen Grund mehr, um mein Leben zu fürchten. Der Kon würde sich kaum so viel Mühe mit mir geben, nur um mich mit einem seiner Streams umzubringen.

♫

Ell wird mir vermutlich nicht erlauben, ins LowerWeb zurückzukehren, nur weil ich mal wieder richtig stoned sein will. Immerhin hält sie ihr Wort, was die Band betrifft. Nachdem die Wachen mir das Mittagessen serviert haben, werde ich in ein Shuttle gesteckt und verbringe die ganze Fahrt zum Quadrant 2 mit nervösen Magenschmerzen.

Zuerst hatte Ell vor, meine Freunde aufzulesen und in die Zentrale zu bringen. Aber das habe ich ihr ausgeredet. Falls Scope und Phönix überhaupt zustimmen, dann nur, wenn sie eine möglichst freie Wahl haben.

Stattdessen fahre ich jetzt also unter strenger Bewachung durch die Gegend. Aber solange ich mich benehme, tun meine Bodyguards es auch.

»Lassen Sie mich allein reingehen«, sage ich, als wir vor dem Gebäude halten, in dem Scope mit seiner Mutter und Pixel lebt. Drei Gesichter verziehen sich misstrauisch. »Glauben Sie echt, dass ich einen Fluchtversuch mache? Der Kon hat meine Familie!«, schiebe ich hinterher.

»Einen Augenblick«, sagt der Typ, der hier vermutlich die Anweisungen gibt. Zumindest behandeln die anderen beiden ihn mit einem gewissen Respekt. Er zieht ein Tablet aus der Tasche und tippt eine Nachricht. Gleich darauf ertönt eine Mischung aus Summen und Piepen. Die Antwort ist da und der Mann nickt.

Vier Treppen nach oben, einen langen Flur mit ekelgrüner Wandfarbe entlang. Der Teppichboden ist so verschmutzt und ausgetreten, dass sein ursprüngliches Grau nur an einigen zufälligen Stellen zu erkennen ist.

Ich bekomme einen seltsamen Anfall von Heimweh. Das Gefühl sprudelt in mir hoch wie die Blasen in einer geschüttelten Wasserflasche und bringt meinen Kopf fast zum Explodieren. Ich hebe die Hand, um zu klopfen, stehe aber eine ganze Weile nur wie eingefroren da, bis ich den nötigen Mut finde.

»Anthem. Wer hätte das gedacht?« Pixel wirkt höchstens einen Sekundenbruchteil überrascht, als er die Tür öffnet. Er sieht noch kaputter aus, als ich mir ausgemalt hatte. Die Haut ist fahl und die Haare hängen ihm farblos ums Gesicht. Nichts an ihm funkelt wie früher, abgesehen von seinen Augen, die vor Wut fast schwarz sind.

»Ich hatte keine Wahl«, bringe ich heraus. Das ist im Moment das Einzige, was zählt.

Die Funken lodern und erlöschen, seine Pupillen trüben sich zu einem Schlammbraun. »Ich weiß. Hab dich im Fernsehen gesehen. Toller Künstlername.« Er kann mich nicht allzu sehr hassen, wenn er mich immer noch aufzieht.

»Scheiße, erinnere mich bloß nicht daran. Dieser Talkshowquatsch war echt …« Lächerlich und peinlich. Ganze fünf Minuten mit einer Interviewerin, bei der ich nur auswendig gelernte Lügen herunterrasseln durfte. Ell sagt, der Sender reißt sich schon um einen nächsten Auftritt. »Darf ich zu ihm?«

»Komm rein.« Ich folge Pixel in ein kahles, menschenleeres Wohnzimmer, bei dem mich das Heimweh schon wieder wie ein Fieberschauer überläuft. »Scope!«, ruft er.

Die Tür zu Scopes Zimmer bleibt geschlossen. Vielleicht weiß er, dass ich davor stehe.

»Wie geht es ihm?«

»Seit wir draußen sind, ist er nur noch zugedröhnt. Kann ich ihm nicht verdenken. Ich streame auch zu viel, schätze ich mal.

Vielleicht hat er mich nicht gehört.« Er durchquert das Wohnzimmer und öffnet die Tür, ohne zu klopfen. Bevor ich einen Blick ins Innere erhaschen kann, schließt er sie wieder.

Ich schaue aus dem Fenster auf das Dach meines Shuttles. Zwei Wachen lehnen außen dagegen und starren hoch. Als sie mich entdecken, zeigt der eine auffordernd auf seine Uhr.

Mir egal. Sollen sie doch warten.

»Hallo Anthem«, sagt Scope mit so leiser Stimme, dass ich ihn kaum höre. Ich fahre herum und verrenke mir fast den Hals. Als ich mir den schmerzenden Nacken reibe, spüre ich die Steckeröffnung unter meinen Fingern. Ein Überbleibsel meines früheren Lebens. In Zukunft muss ich nie wieder als Akku in die Legebatterie. Ich frage mich, was wohl mit Tango passiert ist.

»Hi«, sage ich. Wir starren uns an. Ich weiß nicht genau, wer sich zuerst in Bewegung setzt, aber plötzlich treffen wir uns in der Mitte des Zimmers und klammern uns mit bebenden Schultern aneinander fest.

»Bist du okay? Haben sie dich misshandelt?«

»Nicht sehr. Und du?« Er löst sich ein bisschen und studiert mein Gesicht. Ich will gar nicht wissen, was er in meinem Blick liest, denn er reißt die Augen auf und fragt: »Die Zwillinge?«

»Sie sind okay. Uns geht es gut, ehrlich.«

»Also ist es Haven. Anthem, was …? Was hat der Kon mit ihr gemacht?«

»Du weißt also nicht Bescheid.«

»Wir wissen fast gar nichts«, sagt Pixel von der Zimmertür. »Nur, dass sie uns in eine Zelle gesteckt haben, wo ich tagelang darüber nachgrübeln konnte, wem wir das Ganze wohl zu verdanken haben. Dann haben sie uns einfach wieder rausgelassen.

Natürlich wurden uns der Club und der Chrome-Laden weggenommen, und ich stolpere über Wachen, wo immer ich hingehe. Aber wenigstens haben sie uns rausgelassen.«

»Sie waren nur scharf auf mich«, sage ich. »Den großen Anführer der Revolution, der sich jetzt vom Kon vorführen lässt wie ein Schoßhündchen. Natürlich sollen nicht *alle* wissen, was ich vorher getrieben habe, das könnte die Leute nur auf Ideen bringen. Die Botschaft ist für das Publikum, das zu unseren Konzerten gekommen ist. Der Kon hat euch freigelassen, sobald ich eingeknickt bin.«

»Das ist ein klügerer Schachzug, als ich ihnen zugetraut hätte«, stellt Scope fest.

»Tja, sie hatten Hilfe. Wer ist die klügste Person, die wir kennen?«

»Scheiße, nein«, stoßen beide in einem Atemzug hervor. *»Haven?«*

Ich starre auf meine polierten Stiefel, die in der schäbigen Wohnung noch mehr glänzen. Eine Minute lang stehen wir alle nur schweigend da. Die Wachen verlieren garantiert bald die Geduld. »Ich brauche deine Hilfe, Scope«, sage ich. »Alleine schaffe ich das nicht. Ohne Band kann ich nicht spielen.«

»Anthem, ich werde auf keinen Fall –«

»Mir ist klar, was ich von dir verlange, okay? Ich sehe keinen anderen Ausweg. Wenigstens sind wir dann in Sicherheit … und unsere Familien. Die Revolution« – ich spucke das Wort regelrecht hervor – »ist vorbei, aber wir können immerhin dafür sorgen, dass man uns nicht beim Streamen umbringt. Und euer Konto bekommt wieder Kredit. Bitte.«

Scope presst sich die Fingerknöchel gegen die Augen. »Was wird der Kon mit unserer Musik anstellen?«

»Zumindest nicht *das*. Ich habe gefragt.« Falls Ell mir nicht einfach ins Gesicht gelogen hat.

»Na ja, ich schätze, wir sind ein eingespieltes Team«, sagt er und nickt zögernd. »Wenn es wirklich bloß um normale Drogen geht …« Er schaut seinen Bruder an.

»Du bekommst eine Wohnung im UpperWeb … und medizinische Pflege für deine Mutter«, dränge ich.

»Wir bleiben hier«, sagt Pixel bestimmt. »Aber neuen Kredit könnten wir schon gebrauchen, um ehrlich zu sein.« Seine Augen huschen zu der geschlossenen Tür, hinter der das Krankenzimmer liegt.

»Ich sorge dafür, dass du auch in die Band kommst«, beschließe ich spontan. »Wir finden schon einen Weg. Im Moment erfüllt der Kon mir so ziemlich jeden Wunsch.«

»Hast du schon mit den anderen gesprochen?«, fragt Scope.

Ich werfe ihm einen Blick zu. »Glaubst du echt, ich hätte den Rest der Band zuerst gefragt?«

Der Ansatz eines Grinsens huscht über sein Gesicht. »Wollte nur sichergehen. Wer kommt als Nächstes, Mage oder Phönix?«

Darüber habe ich den ganzen Morgen nachgegrübelt. »Phönix. Weil bei Mage wahrscheinlicher ist, dass er ablehnt. Je mehr Leute wir sind, desto größer ist unsere Erfolgschance.« Okay, das Gleiche habe ich vor Kurzem schon einmal geglaubt, und es ist voll nach hinten losgegangen.

»Klingt sinnvoll.«

Die Wachen sind nicht die Einzigen, die auf uns warten, als wir aus der Tür kommen. Ich bleibe stocksteif stehen und starre die ungewaschenen gelben Haarsträhnen an, die auf perverse Art zu den halb verheilten, gelblichen Blutergüssen in seinem Gesicht passen.

»Hi«, murmelt Zitrus mir und Pixel entgegen. »Seid ihr okay?«

»Ja«, antworten wir gleichzeitig, »und du?«

»Ich werd's überleben.« Er richtet seinen Blick auf Scope und schluckt sichtbar. »Ich, äh, habe darauf gewartet, dass du aus der Wohnung kommst. Weil ich dachte, wir bereden das besser nicht drinnen, wo wir … du weißt schon.« Wie magnetisch angezogen, schweben seine Fingerspitzen auf Scopes Wange zu, doch er zwingt sie nach unten und ballt die Fäuste.

»Komm«, sagt Pixel und schiebt mich in Richtung des Shuttles. Wir steigen zu den beiden Wachen ins Fahrzeug, während der dritte an der Wagentür stehen bleibt und wartet. Gemeinsam beobachten wir das Drama auf den Treppenstufen, die Gesten und Lippenbewegungen, das überdeutliche Bedauern in Zitrus' Blick, während Scope immer mehr in sich zusammensackt.

Die Endgültigkeit ihrer letzten Umarmung bringt mich fast dazu, die ganze Sache abzublasen. Wie viele Leben habe ich ruiniert?

»Scope –«, setzt Pixel an.

»Ich komme schon klar«, sagt sein Bruder und lässt sich auf den Platz hinter mich fallen. »Er war nie wirklich ein Teil der Band und muss an seine Familie denken, genau wie wir.«

»Aber trotzdem sollte er nicht dir die Schuld geben«, sage ich. »Sondern mir.«

»Ist doch egal.« Er beißt sich auf die Lippe und starrt aus dem Fenster. »Lasst uns losfahren.«

Zwei Mal muss ich das Ganze noch durchmachen und alles erklären: Havens Verrat und meine idiotische Leichtgläubigkeit. Bei Phönix muss ich mich nicht besonders anstrengen, um sie zu überzeugen. Für öffentliche Auftritte und Kreditpunkte ist sie zu fast allem bereit. Keine Ahnung, warum sie sich nicht früher beim Casting beworben und stattdessen illegal gespielt hat – vielleicht mochte sie das Risiko. Jedenfalls gibt sie lieber Konzerte für den Kon als überhaupt keine. Was Mage angeht, liege ich mit meiner Einschätzung richtig. Obwohl wir eine vereinte Front bilden, können wir ihn nicht umstimmen. Seine Weigerung frustriert mich, aber vor allem ist das fast schmerzhafte Gefühl, das während der Rückfahrt zur Zentrale unter meiner Haut kribbelt, wohl purer Neid.

Die Eingangshalle ist um die Mittagszeit fast menschenleer. Nur eine Empfangsdame voller Chrome sitzt am Marmortresen, und ein paar Anzugträger schauen auf, als wir hereinkommen. Meine Wachen umringen uns mit Hütehundinstinkt – sie schützen und isolieren uns gleichermaßen. Dabei ist meine Band sogar freiwillig hier und denkt noch weniger an Flucht als ich.

Der Fahrstuhl gleitet mit uns himmelwärts. Keiner der anderen ist jemals so hoch oben gewesen. Ich gebe mich cool, führe sie den Flur entlang und ziehe meinen Ärmel hoch, als der Scanner in Sicht kommt. Irgendwo im Hauptrechner wird ein Byte Speicherplatz aktiviert, der meinen Eintritt registriert und genehmigt, schließlich soll sich niemand in meine Studiomusik einmischen. – Zumindest bis zu dem Moment, wenn der Kon sie ganz und gar an sich reißt.

Die Erinnerung daran, wie ich den Raum das erste Mal betreten habe, ist allzu sehr von Schmerzen und Entzugssymptomen überschattet. Das Gefühl, das mich inzwischen beim Anblick der Instrumente erfüllt, ist deutlich positiver, wenn auch von einem schlechten Gewissen begleitet.

Die Wachen wollen uns ins Studio folgen, doch ich schicke sie in den Aufnahmeraum hinter der Sichtscheibe. »Wir brauchen hier Platz zum Atmen. Und lassen Sie uns etwas zu essen raufbringen.«

Ich schätze, wenn ich die Typen herumkommandiere, als hätte ich das Recht dazu, komme ich vielleicht damit durch.

»Anthem, dieser Raum ist ja …« Scope macht instinktiv, was ich mir beim ersten Mal nicht erlaubt habe. Er berührt jedes Instrument, an dem er vorbeigeht, streichelt mit den Fingerspitzen über Holz und Elfenbein, Metallsaiten und Schalltrichter aus blankem Messing.

»Ja, ich weiß.«

Phönix hat sich sofort hinter den Keyboards aufgebaut. Ihre Finger schweben ein paar Zentimeter über den Tasten. Ich bin nicht überrascht, dass sie sich dafür entschieden hat. Pixel studiert die Schlaginstrumente, tippt probeweise gegen ein Becken und dämpft den harschen metallischen Klang hastig mit der Hand. Ich schließe kurz die Augen und flüstere eine stumme Entschuldigung an Johnny. Die Instrumente werden mit Blut bezahlt, und ich will sie am liebsten gar nicht sehen.

Es wird Zeit, mit dem Proben anzufangen. Ich gehe zu der Wand mit den Gitarren und versuche mich zu entscheiden, welche ich heute spielen soll. Die Auswahl ist so groß, dass ich noch nicht einmal alle richtig ausprobiert habe.

»Wow, das ist genau, was ich brauche.« Über die Schulter werfe ich einen Blick auf Scope, der den Computer voller Soundeffekte entdeckt hat. Ich denke an das Klirren zersplitternder Glasflaschen und gebe ihm recht, das passt perfekt zu ihm. Scope bringt zum ersten Mal ein Lächeln zustande, seit wir seine Wohnung verlassen haben.

Ich nehme eine knallrote E-Gitarre mit Glitzereffekt vom Ständer und vermisse mein zusammengeflicktes altes Instrument. Die ganze Hightech fühlt sich an, als würde ich gar nicht richtig spielen.

Metall, Holz, splitternde Saiten, eine wild schreiende Menschenmasse. Ich rufe nach Haven und finde sie nirgends. Mit einem leichten Würgereiz ziehe ich mir den Schultergurt über den Kopf.

»Was jetzt?«, fragt Phönix. Vor Ungeduld tanzt ihre feuerrote Haarmähne im Scheinwerferlicht wie echte Flammen. »Unseren alten Kram dürfen wir ja wohl nicht spielen.«

Da bin ich mir gar nicht sicher. Ich würde es dem Konzern glatt zutrauen, etwas für seine Zwecke zu benutzen, das vor Hass auf seine Gewaltherrschaft trieft. Im Grunde haben sie das Gleiche ja mit mir gemacht. Und alle anderen Lieder, die ich geschrieben habe, handeln von … egal, jetzt sollte ich erst einmal entscheiden, wie wir weitermachen.

»Zuerst müssen wir üben«, sage ich. »Pixel hat noch gar keine Erfahrung. Am besten fangen wir mit ein paar alten Stücken von Johnny an, weil wir die am besten können.« Scope öffnet den Mund, um zu protestieren. »Von den Songs wird keiner aufgenommen«, beruhige ich ihn, und er nickt stumm.

Pixel setzt sich hinter das Schlagzeug. »Hast du den Song parat, den wir bei unseren Konzerten immer ganz zum Schluss gespielt haben?«, frage ich.

Er denkt einen Moment nach und beginnt, im Takt mit dem Kopf zu nicken. »Ja, den Rhythmus kriege ich hin.«

Danach läuft alles wie von selbst. Sobald ich meine Finger über die Saiten gleiten lasse, umgeben vom größten Teil meiner Freunde, spielt es keine Rolle mehr, wo wir sind. Genauso gut könnten wir uns wieder im Keller oder in Pixels Club befinden, oder an einem Ort weit weg von hier, wo der Kon keine Macht hat. Was uns mitreißt, ist mehr als nur Klang. Die Musik weckt alle meine Sinne, und ich kann die Texte geradezu auf der Zunge schmecken wie ein lang vermisstes Lieblingsessen.

Unser Zusammenspiel ist alles andere als perfekt. Eines Tages könnte Pixel vielleicht so gut werden wie Mage, aber im Moment passen die Teile unseres Puzzles nicht mehr zusammen. Sein Schlagzeugklang ist voller Ecken und Kanten, an denen wir uns aufreiben. Wir brechen ab und beginnen von vorne, helfen ihm, so gut wir können.

Ein paar Wachen kommen mit dem Mittagessen herein und wir stürzen uns darauf, als wären wir am Verhungern ... was der Wahrheit ziemlich nahekommt, denn die anderen konnten sich garantiert kaum Einkäufe im Depot leisten. Ich esse genauso hemmungslos, obwohl mir noch immer das enorme Frühstück von Bee im Magen liegt. Nachdem wir uns das Fett der himmlisch würzigen Brathähnchen von den Fingern geleckt haben, spielen wir den Song wieder und wieder, bis Pixel sich entspannt und anfängt, seinen Instinkten zu vertrauen.

Ich wusste, dass er ein Gespür für Musik hat. Schließlich hat er das Gleiche bei mir erkannt.

»Okay, und was sollen wir aufnehmen?«, fragt Scope. Da Johnnys Songs und die meisten meiner eigenen nicht infrage kommen, bleibt uns kaum eine Auswahl.

»Ich schreibe was Neues«, sage ich. Pixel hebt die Augenbrauen.

»Einfach so?«

»Ja, einfach so. Phönix, du müsstest wahrscheinlich mehr Gesangsparts übernehmen. Ist das okay?«

»Na endlich«, gibt sie ungewöhnlich zahm zurück.

Die Wachen sind immer noch im Aufnahmeraum und beachten uns kaum. Erst jetzt wird mir klar, wie merkwürdig das eigentlich ist: Diese Leute können die ganze Zeit uncodierte Musik hören. Und das gilt nicht nur für *unsere* Bodyguards. Die üblichen Kon-Musiker sind vermutlich kein so großes Sicherheitsrisiko wie wir, aber trotzdem laufen sie grundsätzlich mit Leibwache herum. Nachdem Ell mich im Sky-Club aufgeklärt hat, wie verschieden im Web die Dosierungen sind, sollte mich wohl nichts mehr überraschen.

Die verdammten Arschlöcher vom Kon haben alles unter Kontrolle. Wer ihnen wichtig ist, wird mit Luxus ruhiggestellt, wer unwichtig ist, bekommt harte Drogen. Der Klassenunterschied macht mich immer noch scheißwütend, auch wenn ich selbst nicht genau weiß, warum ich mich ausgerechnet über diesen Punkt so aufrege.

Nachdem wir uns völlig ausgepowert haben, hängen wir noch eine Weile im Studio herum und laden uns abwechselnd Streams von der Konsole herunter. Ell taucht auf, während Phönix gerade mit einer Harfe experimentiert, und mustert sie mit dem scharfen Blick, der zu ihrem künstlichen Lächeln und Businessdress gehört. Ich stelle meine Freunde vor, und meine Aufpasserin tut so, als sei sie interessiert. Ich schätze, das gehört auch zu unserem Deal. Pixel und Scope sind immer noch fest entschlossen, in ihrer alten Wohnung zu bleiben, aber Phönix lässt sich von Ell bereitwillig in ein Kon-Apartment einquartieren, und die beiden verschwinden zusammen. Kurz darauf löst sich auch der Rest unserer Gruppe auf. Die Wachen bringen Pixel und Scope zurück zum Quadrant 2.

In einem Wandschrank finde ich sämtliches Equipment,

das ich brauche, und packe meine Lieblings-Akustikgitarre in einen Instrumentenkoffer. Sie passt perfekt. Um für alle Fälle gerüstet zu sein, nehme ich auch noch ein paar Ersatzsaiten und eine Handvoll kleiner dreieckiger Plektren aus einer Schublade. Der Wachmann, den ich für den Ranghöchsten halte, beobachtet mich durch das Fensterglas, aber er greift nicht ein. Wozu auch, schließlich kann ich mit dem Instrument nichts Illegales anstellen, selbst wenn ich es mit nach Hause nehme.

»Anthem! Du bist wieder da!« Die Zwillinge werfen sich auf mich, kaum dass ich durch die Tür gekommen bin. Ihre Begrüßung ist noch stürmischer als früher, worüber ich mich eigentlich nicht freuen sollte.

»Hi«, sage ich und setze die Gitarre ab, um beide zu umarmen. »Wie war die Schule?«

»Total blöd. Weil Fabel nicht dabei ist«, sagt Omega mit finsterer Miene. »Wir wollen wieder zu ihm in unsere alte Klasse.«

Ich schlucke. »Bestimmt findet ihr neue Freunde. Gebt der Schule eine Chance.«

»Was ist das?«, fragt Alpha und zeigt auf den Instrumentenkoffer.

»Das … äh … eine Gitarre«, antworte ich. »Um Musik zu machen.«

»Echt? Können wir sie sehen? Können wir sie hören?«, betteln beide gleichzeitig. »Bitte, Anthem?«

»Heute nicht.« Enttäuscht blicken sie mich an. »Eines Tages.« Oh ja, eines Tages werden sie meine Songs hören. Aber wenn Ell herausfindet, dass ich meine Familie mit uncodierter Musik versorge, bin ich ziemlich sicher, dass unser Deal geplatzt ist.

Was zur Hölle tue ich hier eigentlich?

Leises Schnarchen ertönt aus dem Zimmer meines Vaters. MedTech J überprüft gerade den Puls, schaut zu mir hoch und wirft mir ein professionell bekümmertes Lächeln zu. Nein, keine Veränderung. Hatte ich auch nicht erwartet, zumindest keine positive. Er schläft und hat keine Schmerzen, das reicht mir schon.

Die ganze Wohnung kommt mir immer noch fremd und merkwürdig vor. Das Gefühl hat nichts damit zu tun, dass ich erst seit Kurzem hier lebe. Erstens fühlt es sich so an, als wäre ich schon deutlich länger hier, und zweitens *weiß* ich, dass ich mich nie an das alles gewöhnen werde: eine Exsonic in der Küche, die meine Geschwister mit Leckereien verwöhnt und auf sie aufpasst, wenn ich nicht da bin; der ganze überflüssige Platz, die Helligkeit, die staublose Perfektion jeder einzelnen Ecke. Auch das Kommen und Gehen der MedTechs wird nie normal sein, aber es ist ziemlich wahrscheinlich – nein, total sicher –, dass ich mich damit nicht mehr lange abfinden muss.

Nachdem ich die Gitarre unter meinem Bett versteckt habe, nehme ich in der privaten Hygienekabine eine Dusche und schlüpfe in ein weiteres Luxusoutfit aus seidenweichem Stoff, das in meinem Schrank hängt. Natürlich in Schwarz, wodurch mein Gesicht im Spiegel noch bleicher wirkt. Die vielen Blutergüsse heilen langsam und haben im Moment eine giftig grüngelbe Farbe.

Beim Abendessen mit den Zwillingen fühle ich mich zum ersten Mal ganz wie ich selbst, zumindest seit ich im Studio die Gitarre aus der Hand gelegt habe. Dieselbe Szene könnte sich überall abspielen. Wenn ich Alpha ermahne, nicht mit vollem Mund zu sprechen, und Omega überrede, ein unbekanntes Essen zu probieren, könnten wir genauso gut an unserem alten Küchentisch sitzen.

Bee kann besser kochen als ich, aber das ist auch der einzige Unterschied inmitten der dampfenden Töpfe und knisternden Pfannen.

Okay, und der leere Platz am Tisch.

Wieder und wieder überrasche ich mich dabei, wie ich Havens Namen von den Saiten zupfe. Ich spiele zu leise, um durch die dicken Wände zu dringen, die sich nur Reiche leisten können. Weder die schlafenden Zwillinge noch C, der MedTech auf Nachtschicht, hören mich dabei. Um Bee brauche ich mir ja keine Sorgen zu machen.

Haven war glücklich mit mir. Da bin ich mir sicher. Ich weiß, wie die Fältchen in ihren Augenwinkeln aussehen, wenn sie wirklich lächelt, statt nur so zu tun. Ich weiß, wie sich ihre Schultern anfühlen, wenn sie ganz entspannt ist oder sich verkrampft. Ich kenne den Schwung ihrer Lippen und alles, was ihre grünen Augen zum Lachen oder Weinen bringt.

Die Gitarre landet wieder in ihrem Versteck unter dem Bett, und ich haste zur Konsole. Setze gepolsterte Kopfhörer auf, klicke das Menü an und sehe Titel vorbeiscrollen.

Ich bin sicher, dass sie glücklich war.

Meine Finger finden einen Stream, dessen Wirkung umwerfend sein sollte, wenn man nach dem Preis geht. Meistens kann man sich darauf verlassen. Als der Song zu Ende ist, wähle ich noch einen. Und noch einen. Ich stelle mir eine ganze Playlist zusammen, hocke mich auf den Fußboden und lasse die Musik durchlaufen.

Vielleicht *wollte* ich auch nur, dass sie glücklich war.

0000011100 **20** 0001100001

Trommeleinsatz jetzt, meine Gitarre genau hier, Phönix' Keyboard beim nächsten Beat, und Scope mixt einen bizarren Sound hinein, den ich nicht einmal beschreiben kann, der sich jedoch nahtlos in die Melodie einfügt. Er benutzt nicht nur den Computer, sondern hat seine ganze Schrottsammlung mitgebracht und noch erweitert. Neben meinem Fuß steht ein Plastikeimer, in dem ein kleiner Gummiball langsam ausrollt.

Noten schweben davon und kehren zurück – hart, rhythmisch, kalt –, aufpoliert von dem Elektronik-Equipment, das wir jetzt zur Verfügung haben. Blendendes Licht brennt mir in den Augen. Ich presse sie zu und versuche, mich in den Keller oder den Club zu versetzen, um das Gefühl wieder einzufangen.

Wir werden besser. Eine Woche lang haben wir praktisch nichts anderes getan als zu proben und zu schlafen. Hornhaut gräbt sich in unsere Finger, und unsere Stimmen sind rau und heiser.

Aber wir werden besser. Ich bin fast bereit, meine ersten Songs auszuprobieren, statt die Seiten zu verbrennen. Jeden Abend, nachdem ich Alpha und Omega ins Bett gebracht habe, ziehe ich mich in mein Zimmer zurück, wo meine Finger abwechselnd über die Saiten tanzen und halb fertige Texte aufs Papier kritzeln.

Meistens bin ich schon ein gutes Stück vorangekommen, wenn Ell mich abholt, um mich und den Rest der Band zu einem Sky-Club zu bringen. Am liebsten verbringe ich die Nächte immer noch im Club 6, weil die drehende Tanzfläche mir das Gefühl gibt, fliegen zu können. Normalerweise wartet das Shuttle schon auf mich, wenn ich mit den Wachen nach unten komme und vor Ungeduld kaum stillhalten kann. Pfau hat ihre Verwandlungskünste auch an meinen Freunden beweisen können, und so sehen wir nun alle aus wie perfekte Upper-Web-Bürger und passen ins Ambiente. Der Rest der Band teilt übrigens meine Meinung, dass Haare mit Augen echt gruselig sind. Wir tanzen oder chillen stundenlang im VIP-Bereich, genießen den leichten Rausch, fahren nach Hause, schlafen, stehen auf und kehren ins Studio zurück.

Johnny brauchte uns alle, um die musikalische Leere zu füllen, und auch ich komme allein nicht weiter. Ich brauche Scope, Phönix und Pixel, damit die Songs weniger bruchstückhaft klingen als in meinen Gedanken. Nur solange wir Musik produzieren, die der Kon für verwertbar hält, sind wir in Sicherheit.

Die Tür öffnet sich, und ich rieche Blumenduft mit einem giftigen Nachgeschmack. Ells Parfum. Sie kommt immer noch mehrmals am Tag vorbei, um nachzuschauen, ob wir etwas brauchen, liebenswürdig weitere Fernsehauftritte zu empfehlen und mit den Wachen zu reden. Ich mache mir keine Sorgen darüber, was sie ihr erzählen. Wir benehmen uns mustergültig. Unser Tag besteht nur aus proben, streamen und essen. Die Mahlzeiten werden uns ins Studio gebracht, zu unregelmäßigen Zeiten, wie ich am Anfang glaubte, bis ich auf die Uhr schaute.

In Wirklichkeit bin ich aus dem Takt, nicht unser Catering.

Meine Finger spielen automatisch weiter, und nach einem kurzen Zögern setzen auch die anderen wieder ein. Ell kann sich selbst überzeugen, dass wir proben. Kein Grund, uns bei ihren Vorgesetzten anzuschwärzen. Kein Grund, meine Familie leiden zu lassen. Kein Grund, mir mit einem Stream das Hirn wegzublasen.

»Wunderbar«, sagt sie am Ende des Songs, und ihre Zähne funkeln blendend weiß im Scheinwerferlicht. »Ich bin froh, dass ihr mit so viel Eifer dabei seid, aber für heute ist Schluss mit den Proben. Ihr begleitet mich.«

Das ist neu. Meine Hand krampft sich um den Gitarrenhals. »Wohin?«

»Nur ein kleines Meeting mit ein paar wichtigen Leuten, die unsere neuesten Wunderkinder kennenlernen wollen.« Sie dreht sich um und öffnet die Tür, ohne zu schauen, ob wir gehorchen. Muss sie ja auch nicht.

Wie immer krampft sich mein Magen zusammen, wenn der Fahrstuhl an der Ebene vorbeirauscht, wo ich neun Tage lang in einer Zelle saß. Ein flüchtiger Blick auf die anderen sagt mir, dass sie in Gedanken ebenfalls dort sind: in einem grell erleuchteten, klaustrophobisch engen Kasten.

Dunkelheit wäre leichter zu ertragen gewesen. Wir waren es gewohnt, uns darin zu verstecken. Unsere Angst galt immer dem Moment, wenn sich die Suchscheinwerfer auf uns richten und man uns entdeckt.

Wir verlassen das Shuttle bei einer schicken Wasserbar und betreten einen Raum voller UpperWebs in schwarzem Partyschick. Die Styles sind eine Mischung aus Neon, Gummi, Latex und Glitter. Sanfte Lounge-Musik mit dem Klang von blauem Himmel ertönt aus Lautsprecherboxen in den Ecken.

Die Menschenmenge ist (wie Haven mit ihrem Vorkriegsslang sagen würde) völlig beduselt.

Ell lässt uns vor den interessierten Gesichtern Parade laufen und stellt uns geschätzten hundert Leuten vor. Mir die ganzen Perso-Ziffern zu merken, ist unmöglich, und ich versuche es auch gar nicht, weil es mir völlig egal ist. Manche sind ebenfalls Musiker, die ich aus dem Fernsehen kenne. Ich habe nicht das Geringste mit ihnen gemeinsam, was immer Ell auch glauben mag. Sobald ich kann, trete ich unauffällig beiseite, schnappe mir eine Wasserflasche vom Tablett eines vorbeikommenden Kellners und stelle mich so nah an eine Lautsprecherbox wie möglich.

»Du bist N4003, stimmt's?«

Ich öffne die Augen und sehe eine perfekt geformte Frau vor mir. Chrome-Implantate bilden kleine Teufelshörner auf ihrer Stirn, die eine Mähne aus feuerroten Locken zurückhalten. Interessant, aber ich bin von der ganzen Angelegenheit nur gelangweilt und frage mich, was wir hier sollen. Warum lassen sie uns nicht im Studio? Darum geht es dem Kon doch schließlich. »Ja, stimmt.«

Sie hält mir eine seidenweiche Hand entgegen, deren spitze Fingernägel sündenrot lackiert sind. Ich schüttele sie notgedrungen, da mir nichts Besseres einfällt. »Bürgerin F9023.«

Haven hatte ihre Fingernägel im gleichen Stil spitz gefeilt. Ich lasse so hastig los, als könnte ich mir an ihrem satanischen Look tatsächlich die Finger verbrennen.

»Du bist also Musiker. Erzähl mir mehr davon.«

Die Kante des Lautsprechers bohrt sich in meinen Rücken. »Was willst du wissen?«

»Bestimmt ist es faszinierend«, sagt sie, und ich sehe jedes Fältchen ihres schlaffen Mundes und das stumpfe Schwarz ihrer geweiteten Pupillen. »Von Anfang an dabei zu sein, wenn die Musik noch Rohmaterial ist, und zu wissen, welche Macht sie am Ende haben wird.«

»Ich versuche, nicht darüber nachzudenken.«

»Schade. Ich finde Macht sehr sexy.«

Mir ist klar, was von mir erwartet wird, ich bin schließlich kein Idiot, aber das ist einfach zu viel. Ich versuche unauffällig abzurücken und mich von der friedlichen Melodie umspülen zu lassen, die in meine Ohren säuselt. Die Strömung soll mich mitschwemmen und forttragen, möglichst weit weg von hier. Stattdessen fühlt es sich nur an, als würde ich untergehen und ertrinken. »Darf ich mal vorbei?«, sage ich. Die mörderisch spitzen Spikes an ihren Stiefeln versperren mir den Fluchtweg. Sie rührt sich kein Stück. »Ich möchte bitte vorbei«, wiederhole ich.

»Nun sei doch nicht so.« Ihr Atem haucht gegen meinen Hals. »Bürgerin L5329 hat mir erzählt, dass du ein bisschen Gesellschaft brauchst.«

Ach, wirklich? Die plötzliche Wut brodelt so heiß in mir hoch, dass sich selbst die Teufelsdame daran verbrennen könnte. Mein Mund schmeckt nach Säure, und obwohl ich sofort eine Flasche Wasser hinterherschütte, verpufft es wirkungslos. Ich schiebe mich an der Frau vorbei und steuere geradewegs auf Ell zu. »Das war's«, verkünde ich laut. »Ich verschwinde.«

Ell wendet sich von einem Typ im Designeranzug ab, mit dem sie gerade redet. »Wir sind doch eben erst gekommen.

Ich denke, wir bleiben noch ein bisschen, meinst du nicht?« Ihre Augen werden schmal. Ich starre zurück, solange ich kann, dann schaue ich mich in der Bar nach Scope, Pixel oder sogar Phönix um. Hauptsache jemand, der auf meiner Seite ist. Aber meine Band ist von den übrigen Partygästen nicht zu unterscheiden. Alle tragen Schwarz mit neonleuchtenden Farbakzenten.

»Tja«, sage ich, »die Antwort ist Nein. Ich muss hier raus.«

Ohne ihr Lächeln zu verlieren, packt Ell meinen Arm, sodass sich ihre Fingernägel durch meinen Ärmel ins Fleisch graben. »Bleib noch, Anthem.«

Meinen privaten Namen aus ihrem Mund zu hören, bringt das Fass zum Überlaufen. Von Anfang an hat sie zu jeder Waffe gegriffen, die Haven ihr gegeben hat. Sie hat so getan, als sei sie meine allerbeste Freundin und wolle nur mein Bestes, und jetzt benutzt sie auch noch mein Label … das Einzige, was ich frei gewählt habe und immer noch besitze. Sie ist zu weit gegangen, und das merkt sie auch sofort.

Natürlich lächelt sie weiter.

»Willst du hier wirklich eine Szene machen?«, zischt sie, während ihr Blick zwischen mir und der Menschenmenge hin und her huscht. Ein paar Leute in der Nähe haben aufgehört, sich zu unterhalten, und starren uns an. »Muss ich dich daran erinnern, warum das eine sehr schlechte Idee ist?«

Ein Fetzen meines Ärmels bleibt in ihrer Hand, als ich mich losreiße. Was soll's. Schließlich habe ich einen ganzen Schrank voll davon, den ich Ell verdanke. Und Haven. Und dem Kon, der an mir ein Exempel statuieren wollte. Die Partygäste, die mir im Weg sind und nicht schnell genug wegkommen, werden beiseitegestoßen. Ist mir scheißegal. Hauptsache, raus hier.

»Er hat nur einen schlechten Trip«, sagt Ell übertrieben laut, als ein Tablett mit Wasserflaschen krachend auf dem Boden landet. »Ich kümmere mich darum.«

Für den Bruchteil einer Sekunde weiß ich wieder, wie sich Freiheit anfühlt. Frische Luft füllt meine Lungen, eine Ahnung von Regen liegt in der Luft. Warum habe ich aufgegeben und lasse mich vom Kon benutzen? Meine Gründe erscheinen plötzlich so unerreichbar fern wie das Land am anderen Flussufer. Ich werde Haven nie vergessen können. Nichts betäubt den Schmerz. Die Zwillinge sind in Gefahr, ganz egal, was ich tue.

»Nehmt ihn fest«, befiehlt Ell über meinen Kopf hinweg den Wachen, die noch immer beim Shuttle warten. Sie schnippt mit den Fingern. »Und verpasst ihm einen Knebel. Mir ist total egal, was er zu sagen hat. Ihr drei, geht rein und seht zu, dass die anderen sich benehmen.«

Sie erfüllen die Befehle schnell und effizient. Nur ein paar Sekunden später liege ich auf dem Bürgersteig. Mein Hosenbein hat einen Riss am Knie, und ich schmecke Zement. Echt beeindruckend, wenn ich nicht derjenige wäre, dem die Hände nach hinten gebunden werden und der mit einem dicken Gummiriemen zwischen den Kiefern ins Shuttle geworfen wird. Keiner von ihnen hat auch nur einen Blick für mich übrig, als ich auf dem Weg in die Zentrale gegen meine Fesseln ankämpfe. Die Anzugträger und die Empfangsdame in der Eingangshalle halten ihre Köpfe geflissentlich über Tablets und Tastaturen gesenkt.

Die Wachen zerren mich in ein Büro im Erdgeschoss und werfen mich auf einen Stuhl. Das Summen des Hauptrechners vibriert bis in meine Zähne. Grobe Hände halten mich an den

Schultern fest, nehmen ein Paar Kopfhörer von der Wand und stülpen sie über meine Ohren.

Nicht … bitte, nicht … Ich beginne zu schreien und kämpfe verzweifelt darum, mich loszureißen. Aus Gerüchten weiß ich, wie der Exsonic-Stream klingt. – Solange man ihn noch hört. Jede Sekunde fühlt sich an wie eine Ewigkeit, während ich auf das schrille Kreischen warte, das Trommelfelle zerfetzt. Es heißt, dass der Schmerz tagelang anhält und der Stream wochenlang als Echo durch den Kopf schrillt. Die Nebenwirkungen vom kalten Entzug sind mir noch allzu frisch im Gedächtnis. Ein zweites Mal ertrage ich die plötzliche Stille nicht.

Ich halte den Atem an und hoffe, dass sie mir stattdessen gleich den anderen Stream verpassen.

Harmloser Gitarrenklang ertönt, der von jedem beliebigen Instrument aus meinem Studio stammen könnte. Mein Puls sackt schlagartig ab, und ein langsamer, entspannter Trommelschlag erhebt sich darüber. Die Sängerin stimmt eine Melodie an, die das sachte Anschwellen der Instrumente übertönt. Mein Zorn verflüchtigt sich, wird mit jeder Note weniger greifbar.

»Also, haben wir ein Problem?«, fragt Ell, als einer der klobigen Wachen die Kopfhörer wieder an die Wand hängt.

Ich habe immer noch den Knebel im Mund. Obwohl ich deutlich ruhiger bin, weigere ich mich weiterhin, gehorsam den Kopf zu schütteln. Seufzend signalisiert Ell den Wachen, mich freizugeben.

»Verfickte Scheiße, was wollt ihr eigentlich von mir?«, sage ich, sobald ich wieder sprechen kann. »Was sollte das mit der Frau?«

»Ich dachte nur, du brauchst vielleicht ein bisschen Gesellschaft. Wenn du lieber einen Mann hättest, lässt sich das auch arrangieren. Du bekommst von uns alles, was du dir jemals erträumt hast. Dazu musst du nur kooperieren.«

Haven hat ihnen wirklich jedes Detail aus meinem Privatleben erzählt. Ob sie den Kon wohl immer noch mit Informationen über mich füttert? Oder hat sie ihre Schuldigkeit getan und konnte zu dem Luxusleben zurückkehren, in das sie hineingeboren wurde?

»Kein Interesse!«, sage ich. Na ja, vielleicht doch? Verdammt, dafür ist es einfach zu früh. »Wieso bekomme ich diese ganze schräge VIP-Behandlung? Ich breche das Gesetz, will eure Regierung stürzen, und dafür schenkt mir der Kon ein Studio, eine Wohnung und mehr Kredit, als ich jemals im Leben ausgeben kann. Was *soll* das alles?«

Ell mustert mich eine lange Weile. »Du bist wirklich anstrengend«, sagt sie. »Immer willst du alles ganz genau wissen. Aber vielleicht ist es tatsächlich Zeit, dass du mehr erfährst. Komm mit.«

Jeder, der schon einmal die Zentrale besucht hat, kennt die abgesicherte Etage, in der sich die Stream-Labore befinden. Selbst wenn man sie, genau wie ich, nie zu sehen bekommen hat. Als wir aus dem Fahrstuhl treten, stelle ich fest, dass jeder einzelne Raum bewacht wird. Alle fünf Meter steht ein Muskeltyp vor einer geschlossenen, undurchsichtigen Schiebeglastür, und ein Scanner blinkt neben seiner linken Schulter. Ich zähle ungefähr ein Dutzend Räume, die sich die Außenwand entlangziehen, bevor die Bogenform des Flurs alle übrigen außer Sicht verschwinden lässt. Die Labore sind rund um den Gebäudekern mit dem Zentralcomputer gruppiert, von dem sie beliebige Mengen an Energie und Daten absaugen.

Der Wachmann salutiert, als wir uns nähern. Damit bin bestimmt nicht ich gemeint. Ell nickt und scannt ihr Handgelenk. Sofort schiebt sich die Tür einladend auf. Mit einer Handbewegung befiehlt sie mir einzutreten, während unsere bewaffnete Eskorte draußen bleibt.

Ich hatte einen größeren Raum erwartet. Eindrucksvoller und irgendwie Furcht einflößender. Das Tonlabor ist ein schlichtes weißes Viereck, nicht anders als die üblichen Kon-Büros, und ein einziger Typ hockt vor einer ganzen Reihe von Computern und anderem elektronischen Equipment, das ich nicht kenne. Kopfhörer liegen über den Tisch verstreut, überall sind Schalter, Drehknöpfe und Regler. Der Raum ist so abgeschirmt und schallisoliert, dass ich es als unangenehmen Druck auf den Trommelfellen spüre.

Der SoundTech begrüßt Ell wie eine alte Bekannte. Jeder Teil seines Körpers scheint nervös zu zucken und keiner davon im selben Rhythmus. Ohne auf eine Frage zu warten, stürzt er sich gleich in eine Erklärung der Fortschritte, die er mit dem Stream auf dem Monitor macht. Ein Halluzinogen, nicht gerade ungewöhnlich. Ell lässt ihn reden, bis seine Augenbrauen und Finger nicht mehr ganz so manisch herumhüpfen, und hält dann eine Hand hoch. Er wird aus seiner begrenzten Welt gerissen, bemerkt erst jetzt meine Anwesenheit und wirft Ell einen fragenden Blick zu.

»Das hier ist Bürger N4003«, sagt sie. »Er hat die Songs geschrieben, die wir als Material für unser kleines Experiment benutzen werden. Deshalb würde er gerne mehr darüber erfahren.«

Vor Enthusiasmus verfärbt sich sein teigig blasses Gesicht, bis es geradezu rosig wirkt. »Eine *geniale* Idee unserer Präsidentin«, sagt er. »Wir arbeiten schon eine Weile an den Grundlagen der neuen Technologie, aber erst jetzt beginnen sich die verschiedenen Forschungsbereiche perfekt zusammenzufügen. Ist Ihnen klar, wie Musik eigentlich funktioniert? Ein erstaunlicher Prozess …«

Der Typ sollte sich dringend mit einem Beruhigungsmittel beschallen. »Wie die *Streams* funktionieren, meinen Sie?«

»Nein, nein.« Er schüttelt den Kopf. »Ich rede von der Musik selbst. Eigentlich wussten wir schon immer, wie das menschliche Gehirn auf Klänge reagiert, und trotzdem ist es ganz verblüffend: Sobald man ein Lied hört, das den eigenen Geschmack trifft, fühlt man sich glücklich und ausgeglichen. Bei Tonfolgen, die man als unschön empfindet, wird man aggressiv und ungeduldig. Musik kann sogar komplizierte Gefühle wie Einsamkeit hervorrufen. Und selbst wenn sich eine Versuchsperson bewusst bemüht, ein Lied zu mögen, entscheidet das Gehirn trotzdem ganz unabhängig.«

»Okay«, sage ich langsam und werfe einen Blick auf Ell. Wahrscheinlich hat er recht, aber trotzdem fühlt es sich falsch an, so darüber zu sprechen. Das Gefühl, während ich auf meiner Gitarre spiele, lässt sich nicht auf kalte Wissenschaft reduzieren. Natürlich betrachtet der Kon seine Bürger auf die gleiche Weise. Wir sind nur Zahlen, Codes, Chipdaten und werden danach bewertet, ob wir von erkennbarem Nutzen sind.

»Inzwischen sind wir mitten im Prozess der Personalisierung«, fährt der SoundTech fort. »Damit meine ich Streams, die auf die Gehirnchemie jedes einzelnen Bürgers zugeschnitten sind. An die nötigen Daten kommen wir leicht heran, dank der MemoryChips. Außerdem haben wir Patienten in den Overdose Centern studiert, um herauszufinden, wieso manche Streams ein Gehirn besonders stark stimulieren. Und mit diesem Wissen … damit können wir wirklich alles erreichen. Wir können endlich ganz und gar in die Köpfe unserer Bürger eindringen. Und in ihre Körper, wenn wir wollen.«

»Ganz genau«, stimmt Ell zu. »Laden Sie hoch, was wir für N4003 entworfen haben«, befiehlt sie dem SoundTech. Unwillkürlich weiche ich zurück, aber in dem winzigen Raum gibt es kein Entkommen. Monitore flackern, Frequenzkurven tanzen auf und ab. Ell wirft einen Blick auf die geschlossene Tür, dann reicht sie mir ein Paar Kopfhörer, und ich stülpe sie über.

Ein trügerischer Rest von Entscheidungsfreiheit. Keine Ahnung, warum mir das so viel bedeutet.

Ell gibt ein Kommando, das ich nur an der Bewegung ihrer Lippen erahnen kann, und der SoundTech nickt. Dann startet ein Song, den ich kenne. In Pixels Club hat er zu meinen Lieblingsstücken gehört. Stampfende Technobeats setzen ein, und plötzlich krampft sich mein Magen hungrig zusammen, obwohl ich mich erst vor kurzer Zeit beim Mittagessen vollgestopft habe. Mir läuft das Wasser im Munde zusammen, während ich an würzige, fettige Brathähnchen denke, an duftendes Brot und Schokoladentorte. Ich kann mich vor Gier kaum beherrschen. Volle fünf Minuten lang fühle ich mich, als hätte ich seit Tagen nichts zu essen bekommen.

Als der Stream vorbei ist, nehme ich die Kopfhörer ab und starre Ell an. »Damit kann der Kon den Leuten vorschreiben, was sie denken sollen. Uns eine Gehirnwäsche verpassen.« Jetzt bin ich überhaupt nicht mehr hungrig. Mein Magen fühlt sich eher, als wolle er seinen Inhalt auf dem Teppich verteilen.

Sie lächelt beifällig. »Du bist zwar anstrengend, aber wenigstens clever. Sehr gut, Anthem. Bald brauchen wir die Streams nicht mehr, um unsere Bürger auf grobe Art ruhigzustellen.

Der Drogenrausch kann wieder ein reines Freizeitvergnügen werden wie früher. Wenn wir diese neue Technik ausgefeilt haben, können wir kontrollieren, was jeder Bürger des Webs denkt, fühlt und begehrt. Störungen wie eure kleine Rebellion gehören der Vergangenheit an. Im Moment wollen sich die Leute zum Beispiel partout von selbst verlieben, aber schon bald werden wir imstande sein, passende Ehen in die Wege zu leiten. Wir können unseren Bürgern die Berufe zuteilen, für die sie am besten geeignet sind. Deine Freundin Phönix zum Beispiel hätte sich eindeutig bei den Wachen bewerben sollen. Aber keine Sorge, die Wachen werden wir in Zukunft kaum noch brauchen. Wir können unliebsame Personen schließlich schon jetzt aus dem Weg räumen, ohne sie erst aufspüren zu müssen.«

»Das … das können Sie doch nicht machen.«

»Oh, und ob wir können. Schon bald wirst du Zeuge einer neuen Ära werden, in der wir jeden beliebigen Bürger mit Streams unserer Wahl versorgen. Zuerst gab es ein paar technische Schwierigkeiten, das gebe ich zu, aber diese Phase liegt hinter uns. Bei den Testpersonen der letzten Monate waren wir extrem erfolgreich.«

Johnny. »Aber das Hungergefühl hat nur so lang angedauert, wie der Stream lief«, wende ich ein.

Ell zuckt mit den Schultern. »Du hast eine sehr leichte Dosis bekommen. Ich wollte dich nicht allzu sehr ablenken, schließlich hat deine Band bald den ersten Aufnahmetermin.«

Ich erinnere mich an ihre Worte in der Zelle. Sie hat recht damit, dass wir alle irgendwann sterben müssen, und trotzdem war es schlimm genug, über die Todes-Codes in den Streams Bescheid zu wissen. Das hier ist unvergleichlich schlimmer.

»Wieso gebt ihr euch solche Mühe? Ich meine, ihr Konzernleute könnt den Bürgern doch jetzt schon befehlen, was ihr wollt, und alles stoppen, was euch nicht passt. Reicht das nicht? Müsst ihr uns auch noch den Rest unseres Lebens wegnehmen?« Meine Stimme echot dumpf von den Wänden des winzigen, schallgedämmten Raumes.

»Nun, das mag stimmen, aber die Menschen *erinnern* sich daran, wenn wir Gewalt anwenden. Die Verbitterung, die im Moment herrscht, ist so unerfreulich, findest du nicht? Natürlich ist uns bewusst, wie manche im Web über uns denken. Du hast dir hoffentlich nicht eingebildet, das Ausmaß der Unzufriedenheit sei uns verborgen geblieben? Genau deshalb haben wir nach dem Konzert nur dich ins Visier genommen und die anderen – die übrigen Bands, euer Publikum – absichtlich in Ruhe gelassen. Bald genug werden sie uns voll und ganz gehören, also gibt es keinen Grund, sie vorher noch weiter gegen uns aufzubringen. Im Moment sind sie uns dankbar, dass wir großzügig darauf verzichtet haben, sie zu bestrafen. Und in sehr kurzer Zeit wird niemand mehr einen Grund oder die *Fähigkeit* zu feindseligen Gedanken haben. Für irgendwelche Ideale wird dir in Zukunft kein Mensch mehr nachlaufen.«

Ich schaue mich nach einer Sitzgelegenheit um, aber der einzige Stuhl steht hinter dem manisch grinsenden SoundTech. Mit zusammengebissenen Zähnen zwinge ich mich, auf den Beinen zu bleiben. »Trotzdem verstehe ich nicht, warum der Kon gerade mich braucht.«

Ell tätschelt mir die Schulter. »Die Leute mögen deine Musik, Anthem. Ihnen gefällt, wie roh und emotional du spielst. Die Gerüchte über eure Konzerte haben sich viel schneller verbreitet als erwartet, weil du ein außergewöhnliches Talent besitzt. Wir mussten unsere Pläne ändern und verfrüht zuschlagen, aber das hat sich im Nachhinein glücklicherweise als hilfreich erwiesen. Es war erstaunlich, wie viele Menschen deine Musik hören wollten, obwohl sie nicht codiert war. Ähnliche Experimente mit Konzern-Musikern sind bisher kaum erfolgreich gewesen. Wenn wir unsere neue Technik mit deinen Songs verknüpfen, dürften die Erfolge alle unsere Hoffnungen übersteigen. Es gibt offenbar wenige Gehirne, die für deine Musik nicht empfänglich sind. Unsere Bürger werden deine Lieder herunterladen und freiwillig das neue Zeitalter des Web einläuten. – Also dann, wollen wir?« Sie winkt mich zur Tür und führt mich nach draußen in den Fahrstuhl. Unten in der Eingangshalle wartet schon ein Chauffeur. Ich lasse mich widerstandslos ins Shuttle bugsieren, setze mich und starre aus dem Fenster, ohne etwas zu sehen. Das Geräusch der zuschlagenden Tür klingt weit weg.

In meinem benommenen Zustand merke ich kaum, wohin wir fahren, bis wir zu meiner Überraschung vor dem Wolkenkratzer halten, in dem sich meine Wohnung befindet. Sobald ich Alpha und Omega sehe, wird mir klar, was Ells versteckte Botschaft ist. Sie will mich daran erinnern, was ich zu verlieren habe, wenn ich auch nur versuche, mich zu weigern. Ich halte die schmalen Körper meiner beiden Geschwister in den Armen und bemühe mich, nicht über ihre Zukunft nachzudenken.

Was wird eines Tages aus den beiden werden? Wozu wird der Kon sie per Gedankenkontrolle zwingen, wenn sie älter und von den Streams abhängig sind?

Den ganzen Abend ringe ich mit mir, ob ich der Band alles erzählen soll. Ich glaube, an ihrer Stelle würde ich Bescheid wissen wollen. Schließlich habe ich Ell gegenüber auch darauf bestanden, die Wahrheit zu erfahren. Selbst wenn ich mir im Nachhinein einen Amnesie-Stream wünsche, mit dem ich die Infos wieder aus meinem Gehirn schrubben könnte.

Das Hin und Her in meinem Kopf geht weiter. Am Ende bin ich so erschöpft, dass ich den ganzen Argumenten nur noch zuhöre, als sei ich selbst gar nicht beteiligt.

0111001101 **21** 1100110111

Ell versichert, das Kon-Personal sei nicht aktiv beteiligt gewesen (vom Offensichtlichen einmal abgesehen). Keine Ahnung, ob ich ihr glauben kann. Aber das Ende war in jedem Fall vorauszusehen, also spielt es wohl keine Rolle.

Außerdem kann ich nur hoffen, dass es wirklich so schmerzlos war, wie sie es mir vorher versprochen hatte. Mit etwas Glück hat er sich weniger gequält als meine Mutter.

Zumindest habe ich den Eindruck, dass Js Bedauern aufrichtig ist. Er schwört, dass er meinen Vater nur ein paar Minuten allein gelassen hat. Ich beruhige ihn und sage, das sei schon okay.

Weniger okay wird es sein, wenn die Zwillinge nach Hause kommen und ich sie aufklären muss. Im Moment sind sie noch in der Schule. Vielleicht hat mein Vater sich absichtlich zu diesem Zeitpunkt das Passende an der Konsole ausgewählt … sehr rücksichtsvoll von ihm. Oder auch nicht. Ich kann mich kaum noch erinnern, wann er sich das letzte Mal Gedanken um andere gemacht hat. Jedenfalls hocke ich nun halb angezogen hier, obwohl ich eigentlich im Studio erwartet werde. Laut Zeitplan sollen wir heute unseren ersten Song einspielen.

Zu viele Leute trampeln durch meine zu große Wohnung,

während ich auf meiner zu bequemen Couch sitze und mich frage, wie ich in dieses Scheißleben hineingeraten bin. Unbekannte Stimmen reden auf mich ein, und ich antworte, ohne nachzudenken. Keine Ahnung. Weiß nicht. Ist mir egal.

Bewusst treffe ich nur eine einzige Entscheidung, nämlich dass der MemoryChip meines Vaters, nachdem er erst einmal aus dem Schädel entfernt und zensiert worden ist, im Quadrant 2 aufbewahrt werden soll. Ich will, dass meine Eltern dort zusammen sind, auch wenn mein Vater zum Zeitpunkt des Todes als Bürger des UpperWeb gelistet war.

Die Räder einer Rollbahre pflügen zwei perfekte Linien in den dicken Teppich. Ich starre auf eine der Spuren, bis sie sich zu winden beginnt wie die zahme Schlange im Sky-Club.

Jemand sollte sich darum kümmern.

In Wirklichkeit war er schon lange fort. Wir haben uns nur davon täuschen lassen, dass sein Körper noch in der Wohnung war. Ich weiß selbst nicht, warum ich mich plötzlich so alleine fühle. Eigentlich hat sich nichts geändert.

Wütendes Geschrei weckt mich aus meiner Benommenheit. Können diese ganzen verdammten Leute nicht endlich ruhig sein? Ich fühle meine nackten Füße kaum, als ich auf unsicheren Beinen zur Küche schlurfe. Die Stimmen werden lauter.

Nein. Nur eine Stimme.

Bees ganzer Körper strahlt panische Angst aus, als sie sich vor einem Wachmann zusammenduckt. Ich kenne ihn nicht. Er gehört nicht zu meinen Bodyguards. Man braucht kein Gehör, um zu verstehen, dass er wegen eines falsch belegten Sandwiches völlig ausrastet.

Ich kann kaum fassen, wie sinnlos und bescheuert das alles ist.

»Verschwinden Sie aus meiner Wohnung«, sage ich. Er versucht, seinen Arm aus meinem unerwarteten Griff zu befreien, aber ich bin stärker.

»Lass mich los, Akku-Dreck. Glaubst du echt, du kannst mich rumkommandieren, nur weil du jetzt Musik machst?«

»Raus hier!« Ich stoße ihn weg. Bee schaut mit aufgerissenen, verwirrten Augen zwischen uns beiden hin und her.

»Das wird dir noch leidtun«, sagt er und seine Nasenflügel beben. »Du wirst bald von mir hören, Akku. Im Gegensatz zu *der* hier, die nie wieder was hört.« Er lacht über seinen eigenen Witz, als er durch den Türbogen davonmarschiert.

Als Bee plötzlich ihre Arme um mich wirft, kommt das so unerwartet, dass ich zurückschrecke. Nur das Zucken ihrer Lippen verrät, wie sehr sie das kränkt. Sowie ich mein Gleichgewicht wiedergefunden habe, erwidere ich die Umarmung und versuche, darin alles auszudrücken, was ich Bee nicht direkt sagen kann. Vielleicht könnte ich es in ihr Tablet tippen, aber das kommt mir zu seltsam vor: *Danke, dass du dich um die Zwillinge kümmerst. Danke für den Pfefferminztee, der jeden Abend auf mich wartet, wenn ich mit rauer Kehle nach Hause komme. Danke für diesen Moment.* Niemand hat mich so lange in die Arme genommen, seit meine Mutter gestorben ist. Um genau zu sein, hat sie es am Ende auch nicht mehr getan, weil ihr Gehirn zu kaputt war, um mich zu erkennen.

Als ich mich schließlich von ihr löse, sind meine Augen feucht. Bees trauriges Lächeln ist verschwommen, ihr Gesicht wirkt im Küchenlicht zersplittert wie Glasscherben. Sie zeigt auf den Kühlschrank, und ich schüttele den Kopf. Nein, ich habe keinen Hunger. Aber ich weiß, mit welcher Technik man das ganz schnell ändern könnte …

Verdammte Scheiße. Darüber will ich jetzt echt nicht nachdenken.

Eine Frau in blauer Arbeitsuniform zieht gerade die Laken vom Bett meines Vaters, als ich an der offenen Tür vorbeikomme. Bald haben wir ein weiteres unbenutztes Zimmer in diesem absurden Appartement. Alpha und Omega bestehen immer noch darauf, sich den kleinen Raum mit den Kinderbetten zu teilen.

Ihnen die Todesnachricht zu überbringen, wird diesmal auch nicht leichter sein als vor fünf Jahren. Bei der bloßen Vorstellung legt sich eine Hand um mein Herz und reißt es mir direkt aus der Brust, sodass ich gegen die Wand sacke. Ich wünschte, Haven wäre hier. Als ich den beiden die Sache mit den Musikdrogen erklären musste, war sie perfekt.

Niemand hält mich davon ab, in mein Zimmer zu taumeln und die Tür hinter mir zu schließen. Der Tod gehört im Web zum Alltag und meine bürokratischen Pflichten habe ich erfüllt.

Neue Streamsymbole blinken auf dem Bildschirm der Konsole, sobald ich das Konzernlogo wegklicke (was mir ein jämmerliches Gefühl von Befriedigung verschafft). Ich bin in Versuchung, sie sofort auszuprobieren, aber sie sind preiswert und damit schwächer als die Dosis, die ich jetzt brauche. Mein Konto ist vollgestopft mit Kreditpunkten – mehr als ich in den ganzen Jahren als Akku verdient habe –, also kann ich ruhig verschwenderisch sein.

Die Wirkung ist anders als in Pixels Club. Ich tauche nicht in Fantasien ab, sondern sehe meinen Vater kerngesund vor mir stehen, als wäre er leibhaftig hier. Aufrecht und stark mit pechschwarzem Haar. So sah er aus, bevor sein Körper sich immer mehr krümmte und vor unseren Augen zerfiel. Ich erinnere mich an seine Uniform und die Nächte, die er nicht bei uns zu Hause verbrachte, weil er auf Patrouille war.

Wir tun alle nur, was wir tun müssen. Ich klammere mich an die Hoffnung, dass er nie unnötig brutal war. Mit voller Sicherheit werde ich es nie wissen, denn falls es unschöne Vorfälle gab, löscht der Kon sie garantiert von seinem MemoryChip.

Als der Stream zu Ende ist, schaue ich mit stumpfem Blick auf meine Uhr. Ich habe noch mehrere Stunden, bevor die Zwillinge nach Hause kommen. Ell hat mich kontaktet und mir befohlen, in der Wohnung zu bleiben, aber die Versuchung ist groß, gerade deshalb nach draußen zu gehen. Ich könnte einen Spaziergang durch den Park machen, während meine Wachen ein Stück hinter mir herjoggen. Schon schaue ich mich nach meinen Stiefeln um, als die Tür aufgeht. Ich blicke hoch und erwarte Bee oder einen der vielen Fremden, die durch meine Wohnung schwärmen.

»Anthem«, sagt Scope und kommt direkt auf mich zu. Ich klammere mich an ihn und will ihn noch weniger wieder loslassen als Bee. Zögernd legt sich ein weiteres Paar Arme um mich. Da wir alle verschieden groß sind, funktioniert das Gruppenknuddeln nur mit Mühe. »Wir sind sofort gekommen, als Ell uns Bescheid gesagt hat.«

Ell hat meine Band informiert? Anscheinend bereitet es der Frau ein perverses Vergnügen, mich zu überraschen. Diesmal bin ich ihr allerdings zu dankbar, um ihre Motive zu hinterfragen.

»Bist du okay, Mann?«, fragt Pixel und setzt sich auf mein Bett. Phönix hockt sich neben ihn, während Scope nicht von meiner Seite weicht. Meine Finger graben sich in den Saum seines Shirts.

Ich nicke. »Wir wussten ja alle, dass es bald passiert.«

»Schon, aber deshalb fühlt es sich nicht besser an«, meint Phönix. »Das ist doch nur so ein Spruch, den die Leute immer von sich geben.«

»Wirklich, mir geht es gut.«

Sie bleiben die nächsten Stunden bei mir. Wir sitzen zu viert in meinem Zimmer und essen den Kram, den Bee hereinbringt. Sogar mein Pfefferminztee schmeckt wie Sägemehl. Offenbar hat Ell uns ein paar Tage Urlaub gegeben; ich soll erst am Freitag wieder ins Studio kommen. Sie hält sich wohl für großzügig. Ich frage mich, wie ich die ganze leere Zeit durchstehen soll. Aus dem Augenwinkel sehe ich das Konzernlogo über den Bildschirm pendeln.

Das ist wohl die Antwort.

Vor Nervosität und Anspannung fühlt sich mein gesamter Körper an, als hätte man meine Muskeln wie Gummibänder aufgezwirbelt. Bald kommen die Zwillinge zurück. Beim letzten Mal konnte ich sie mit der Erklärung abspeisen, die Toten würden in einen ewigen Schlaf fallen. Ich glaube kaum, dass ich jetzt wieder damit durchkomme. Außerdem war mein Vater damals noch nicht völlig weggetreten. Er konnte mir helfen, als die beiden vor lauter Angst nicht mehr ins Bett gehen wollten.

»Wir sollten dich in Ruhe lassen«, sagt Pixel mit einem Blick auf meinen zuckenden Fuß. Meine Finger weigern sich, Scope loszulassen.

»Bitte, bleib hier«, flüstere ich. Die andern tun so, als hätten sie mich nicht gehört. Scope lächelt liebevoll und drückt meine Hand. Er ist in der letzten Zeit durch die Hölle gegangen, genau wie ich, aber sein altes Selbst schimmert in Ansätzen wieder durch, und ich brauche das Gefühl, mich darauf stützen zu können.

Die vielen Leute sind verschwunden. Nur Bee ist noch in der Küche, als ich ins Wohnzimmer schlurfe, um die Zwillinge zu empfangen. Scope habe ich mit ein paar Streams in meinem Schlafzimmer gelassen.

»Anthem!« Alpha stürmt durch die Tür, und die Schultasche schwingt wild an ihrem Arm hin und her. Omega folgt ihr ein bisschen würdevoller. Einen Moment lang erstarre ich vor Panik. Doch der erste Blick auf ihre Gesichter sagt mir, dass ich gar nicht um die richtigen Worte kämpfen muss. Die beiden sind schlagartig stehen geblieben und schauen an mir vorbei auf die offene Tür, die sich hinter meinem Rücken befindet.

Seit ich hier eingezogen bin, habe ich sie jeden Tag durch diese Tür begleitet. An der Schwelle habe ich immer kurz gezögert und sie erinnert, leise zu sein und Rücksicht zu nehmen. Erst dann habe ich die Klinke heruntergedrückt und geöffnet.

Ich drehe mich um und starre auf das abgezogene Bett und den leeren Stuhl, auf dem weder J noch C jemals wieder sitzen werden. Die Zwillinge sind nicht dumm. Sie wissen Bescheid. Fast entscheide ich mich, überhaupt nichts zu sagen, sondern sie allein mit der Wahrheit fertig werden zu lassen. Am liebsten würde ich warten, bis eine Reaktion kommt, mit der ich umgehen kann.

»Heute Morgen …«, bringe ich schließlich heraus, aber breche gleich wieder ab. Ein zweiter Versuch: »Nachdem ihr zur Schule gegangen seid …«

»Er ist tot, oder?«, fragt Omega ganz ruhig, als hätte er das Unvermeidliche seit Langem akzeptiert.

»Ja«, sage ich. »Ja, er ist tot. Kommt mal her.«

Ich setze mich mit ihnen auf die Couch. Alpha schnieft leise in meine Schulter, Omega ist viel zu still.

»Stirbst du auch bald, Anthem?«, fragt Alpha und hebt ihr Gesicht von meinem feuchten Shirt, um mir in die Augen zu schauen. Sie kennt mich viel zu gut und will nicht, dass ich sie anschwindele.

»Eines Tages«, bringe ich heraus. »Ich weiß nicht, wann. Das kann niemand vorhersagen. Aber ich werde weniger lange leben als die meisten Leute.«

»Wieso?«

»Der Beruf, den ich vorher hatte … der hat mich sehr müde gemacht.« Damit komme ich einer echten Erklärung nahe genug. Alpha scheint sie jedenfalls einleuchtend zu finden.

»Hast du deshalb aufgehört? Musik spielen macht weniger müde, oder? Wohnen wir deshalb hier?«

Ich räuspere mich. »Ja, kann man so sagen. Aber egal, was passiert, ihr werdet immer jemanden haben, der sich um euch kümmert, okay? Wenn ihr Hilfe braucht, wird jemand für euch da sein.«

Omega versteift sich. »Wer denn?« In seiner Stimme schwingt etwas mit, das ich nicht recht einzuordnen weiß. Wut? Schmerz? Ich selbst bin zu keiner dieser Regungen imstande und fühle mich nur taub.

»Scope zum Beispiel«, sage ich und nehme ihn fester in die Arme. »Zusammen mit seinem Bruder. Und Fabel und seine Mutter. Und Bee.« Ich weiß, dass unsere Haushälterin die beiden jetzt schon von ganzem Herzen liebt. Ob sie wohl eigene Kinder hat? Oder wurde sie so früh zur Exsonic gemacht, dass sie darauf verzichtet hat?

»Haven mag uns nicht mehr«, sagt Alpha. Sie klingt dabei

fast anklagend. Mein Magen rutscht mir bis in die Zehen. »Sie hat uns auch alleingelassen.«

Nicht nur euch. »Ich bin sicher, dass Haven euch immer noch lieb hat«, sage ich, ohne Alpha anzuschauen. Vielleicht war sogar ihre angebliche Zuneigung zu den beiden nur eine Täuschung. Ich kann halbwegs verstehen, dass Haven bereit war, mich für ein höheres Ziel zu opfern. Aber diesen Moment mit den Zwillingen werde ich ihr nie verzeihen. »Haven ist wütend auf mich, nicht auf euch.«

»Warum?«, fragt Omega.

Ich schüttele den Kopf und küsse beide auf den Scheitel. »Da bin ich selbst nicht sicher. Ich hätte auch gerne eine Erklärung.«

In diesem Moment kommt Bee herein, deren Instinkt anscheinend genauso geschärft ist wie ihre übrigen Sinne … Oder vielleicht war sie schon immer so. Sie schließt die Zwillinge in die Arme und bringt sie in die Küche. Ein paar Minuten lang bleibe ich sitzen und versuche mich zusammenzureißen, wobei das geschwärzte Fernsehbild nicht gerade hilfreich ist. Präsidentin Z verkündet die Eröffnung eines neuen Sky-Clubs, aber in meinem Kopf höre ich nur, wofür der Kon mich benutzen will. Ich sehe den zuckenden, manischen SoundTech, wie er sich an dem Song zu schaffen macht, den ich am Freitag aufnehmen soll. Wie er jedes einzelne meiner Lieder mit seinem Code vergiftet. Ich werde nach der Pfeife des Kon tanzen, bis ich irgendwann tot zusammenbreche.

Es ist lange her, dass Scope mit uns am Abendbrottisch gesessen hat. Zuerst tauchte Haven auf, dann Zitrus, und wir hatten kaum noch Zeit füreinander. Jetzt erinnere ich mich wieder, warum unsere Freundschaft die ganzen Jahre seit unserer

Kindheit – als wir noch jünger waren als die Zwillinge – gehalten hat. Bee häuft Essen auf seinen Teller, aber als Alpha, Omega und ich nicht zugreifen, vergeht ihm ebenfalls der Appetit.

Ich will einfach nur streamen bis zum Umfallen. Den Club könnte ich heute nicht ertragen, aber die Konsole ist sowieso besser. Die Wirkung ist stärker und hoffentlich effektiv genug. Schon seltsam, wie mein früheres Leben selbst in diesem Punkt auf den Kopf gestellt ist.

Im Moment würde ich fast alles dafür geben, wieder in meiner alten Wohnung zu sein, meinen Vater lebendig – oder so ähnlich – auf dem Sofa liegen zu sehen, zum Proben in den Lagerhauskeller zu schleichen, die Zwillinge mit ihren Freunden spielen zu lassen, zu wissen, dass es ihnen gut geht oder dass sie wie gewohnt in ihren Betten liegen und schlafen, während ich mit Haven und Scope die Nacht durchtanze. Selbst wenn ein Teil davon nur eine Lüge war … Es fühlte sich immer noch besser an als die Wahrheit, die ich jetzt kenne. Ich würde *fast* alles dafür geben, nur nicht die Zukunft meiner Geschwister, die in ihren neuen Pyjamas unter den Bettdecken zusammengerollt liegen und auf ihre Gutenachtgeschichte warten.

Ich will Geborgenheit durch Routine schaffen und weiterleben, als sei alles normal. Nur leider ist mein Kopf so leer, dass mir keine Worte einfallen. Erst als die Zwillinge schon fast von selbst eingeschlafen sind, greife ich auf unsere alte Lieblingsfantasie zurück: das Leben außerhalb des Web. Die Geschichte ist so alt und oft erzählt, dass sie mit der Wirklichkeit nichts mehr zu tun hat.

»Danke, dass du geblieben bist«, sage ich leise zu Scope. Die Stille in der Wohnung dämpft meine Stimme. Bee hat sich in ihr Zimmer zurückgezogen, die Zwillinge schlafen, und die MedTechs sind weg … für immer.

»Klar doch.« Es ist nicht sein leichtes, unkompliziertes Lächeln, aber ich glaube, genau deswegen bedeutet es mir umso mehr.

»Wollen wir streamen?« Ich halte ein Paar Kopfhörer hoch. Er nickt, krabbelt von meinem Bett herunter und kommt zur Konsole. Gemeinsam stellen wir eine Playlist zusammen, die uns für den Rest der Nacht high machen wird.

Ich habe ihm und den anderen immer noch nicht erzählt, was der Kon plant. Gegen Ells Überzeugung, dass die Regierung für alle nur das Beste will, kommt mein erbärmliches Selbstbewusstsein nicht an. Ich traue meinen eigenen Entscheidungen nicht mehr.

Scope hockt sich auf den Boden, lehnt den Rücken an die Wand und greift nach meiner Hand, um mich nach unten zu ziehen. Unsere Schultern berühren sich, und ich fühle zum ersten Mal wieder Wärme, seit Bee die Zwillinge von der Couch geholt hat. Die Playlist startet, eine seltsame Mischung aus allem, was ich mag – samtige Gitarrenklänge und harte Keyboardtöne, die Glas zersplittern könnten. Trommeln wie der fühlbare Puls der Erde oder die Schritte eines Monsters. Hauptsache, die Musik ist stark genug.

Wir hocken eine Ewigkeit zusammen. Farben wachsen aus den Schatten in meinem grellweißen Zimmer und bilden wandelnde Formen, die auseinanderdriften und wieder verschmelzen. Sie löschen alles andere aus meinem Bewusstsein. Ein bläuliches Glühen wabert um meinen Spiegel, der mir bei jedem Blick ein bisschen mehr von meiner Seele stiehlt. Das Licht einer ausgeschalteten Lampe spukt als gespenstisches

Gelb durch mein Gedächtnis. Rote Flecken tropfen über meine Schulter.

Ich spüre seine warme Haut und die festen Muskeln darunter. Mit der freien Hand, die nicht in Scopes ruht, nehme ich uns beiden die Kopfhörer ab. Er betrachtet mich blinzelnd und sagt kein Wort, als ich aufstehe und ihn zum Bett ziehe.

Die Laken sind kühl und ein leichter Lavendelduft steigt von ihnen auf, als wir uns auf den Rand der Matratze setzen. Mir kommt es vor, als seien nur Minuten vergangen, seit wir das letzte Mal an diesem Punkt waren. Scopes Hand hebt sich wie von selbst und streicht meine Wange entlang. Diesmal ist sein Lächeln kein bisschen angestrengt.

In meinem Kopf kämpfen Pink und Blutrot um Aufmerksamkeit, aber ich schiebe beides weg.

Seine Lippen sind weicher als erwartet. Scope hatte in der Zwischenzeit so viele Lover, dass er eigentlich schon Hornhaut haben müsste. Ich war einer der ersten, und mein Mund erinnert sich daran. Meine Finger scheinen Funken zu schlagen, die bis in die Zehen knistern. Ein lebendiges Gefühl, das endlich diesen Tag voller Tod auslöscht. Ich bohre meine Zähne in seine Lippe, um ihn festzuhalten, damit der Moment nicht gleich wieder zerfällt. Irgendwann müssen wir beide atmen – ein weiterer Beweis, dass wir am Leben sind – und er nutzt die Gelegenheit, um mir das Shirt über den Kopf zu ziehen und sein eigenes loszuwerden.

Wir sinken aufs Bett, liegen Brust an Brust. Das Gefühl ist vertraut und gleichzeitig so anders als mein letztes Mal …

Nein. Denk nicht an sie. Nicht jetzt. Stattdessen küsse ich ihn und strenge mich an, nur *seine* Lippen zu fühlen, *seine* Zunge, *seine* Arme um meine Schultern.

Ich ziehe den Kopf zurück. »Sorry«, flüstere ich, »es geht einfach nicht.«

Scope findet meinen Blick in der Dunkelheit. Seine Augen sind traurig und kein bisschen überrascht. Vorsichtig streicht er mir eine Haarsträhne hinters Ohr. »Ich weiß«, sagt er. »Komm, lass uns schlafen.«

0111011011 **22** 1101110010

Meine Kehle brennt. Ich schreie durch ein Flammenmeer. Hilfe. Bitte. Jemand muss mir helfen!

Wir sind im Studio. Ein rotes Licht blinkt über meinem Kopf. Ich schließe die Augen und denke nicht darüber nach, dass die Aufnahmetechnik läuft. Pixel bearbeitet seine Trommeln und war noch nie besser als heute. Phönix' Keyboardspiel ist perfekt, exakt wie wir es wochenlang geprobt haben. Scope bringt Gegenstände zum Klingen, die keine Ähnlichkeit mit Instrumenten haben. Er ist unserer früheren Musik noch am treuesten geblieben.

Hinter der Scheibe schauen Wachleute zu. Sie wirken weniger gelangweilt als sonst, schließlich liefern wir jetzt endlich Resultate. Wir sind auf dem richtigen Weg, verherrlichen den Kon mit Texten, die mir beim Schreiben den Magen umgedreht haben und beim Singen meine Kehle schreddern. Aber die Gitarre fühlt sich in meinen Händen fantastisch an. Ich versuche, alles andere zu vergessen.

Die erste Einspielung klappt nicht ganz. In letzter Minute trifft Phönix ein paar falsche Tasten – aus reiner Nervosität, auch wenn sie das nie zugeben würde.

Wir spielen den Song noch einmal. Und noch einmal. Spüren den Schweiß aus allen Poren fließen. Streben nach Perfektion, und jeder harte Akkord ist exakt wie geplant. Niemand soll uns vorwerfen, wir hätten uns nicht angestrengt. Besser können wir nicht mehr werden. Mehr kann ich dem Kon nicht bieten.

Das rote Licht erlischt, und ich lasse die Gitarre fallen, als hätte ich mir die Finger verbrannt. Mit den verwirrten Blicken der anderen im Rücken marschiere ich schnurstracks zur Wandkonsole. Ich weiß Bescheid, sie nicht. Es muss eine Droge geben, die mich vergessen lässt, in was der Kon unseren Song verwandeln wird. Noch während ich mich durch das Menü klicke, sind die Aufnahmedaten auf dem Weg durch das NETZ zu den Computern im Soundlabor, wo zuckende, ungeduldige Hände darauf warten.

Bitte. Helft mir. Wasser. Bitte. Meine Faust trifft auf einen Körper und ich höre einen Fluch, doch vielleicht war das nur meine eigene Stimme.

Die erste Minute des Streams ist als Betäubungsmittel perfekt. Aber dann stockt mir der Atem und Schmerz schrammt wie Eiszapfen durch meine Adern. Erdbebenstöße laufen durch meinen Körper, ich falle zu Boden und krümme mich, während meine Zähne aufeinanderklappern.

»Überdosis!«, höre ich. Jemand schreit nach den Wachen. Stiefelschritte, muskulöse Arme heben mich hoch und tragen mich fort.

Das Bett ist hart, eine glatte Plastikschicht, falsch. Ich kann meine Arme und Beine nicht bewegen. Kaltes Metall nagt an den Nerven meiner Hand- und Fußgelenke. Eine kühle Flut aus Sauerstoff füllt meinen offenen Mund. Wo ist meine Gasmaske? Wo ist mein altes Leben?

Kopfhörer. Nein, nicht! Mein Kopf ruckt zur Seite. Damit hat alles angefangen. Helft mir.

Weißes Rauschen. Monotones Summen. Mein Kopf sirrt, als hätte man ihn zu lange unter Wasser gedrückt. Millimeter für Millimeter entspannt sich mein festgeschnallter Körper, und der Schmerz wird vom Computerklang ausgelöscht. Die Codierung fegt durch mein Gehirn wie ein Sturmwind und schrubbt meine Synapsen sauber.

Ich bin so müde. Lasst mich schlafen und nie wieder aufwachen.

♫

Das Bett ist weich, aber das Zimmer ist fremd.

»Was …?«, setze ich an und breche gleich wieder ab. Das wollte ich doch gar nicht sagen. Mein Kopf ist ein einziges Durcheinander aus falschen Worten. Jemand in einem weißen Kittel knallt gläserne Wasserflaschen auf einen Tisch. Alles schmerzt, das laute Klirren, das Weiß und das Licht. Ich muss wohl in eine Prügelei geraten sein. Habe ich gewonnen oder verloren? Ihre Hände sind dunkelbraun. Hübsch. Ich schaue starr darauf und blende den Rest meiner Umgebung aus. »Warum …?«

Nein, das war es auch nicht. Verdammt.

»Ich bin überrascht, dass Sie noch am Leben sind.« Sie dreht sich zu mir um. Sogar sehr hübsch. Schmale Finger heben mein Handgelenk hoch, ihre Nägel graben sich in die Haut. Sie greift nach einem Kopfhörer und ich finde keine Worte. Panisch schüttele ich den Kopf, und der Schmerz explodiert wie Granatentreffer. Sie wirft mir einen vernichtenden Blick zu und stülpt mir die Hörmuscheln über die Ohren. Seltsame, elektronische Musik sickert in mein Gehirn. Anscheinend ist die Wirkung ausreichend, denn ich muss nur einen einzigen Stream ertragen. Danach lässt die MedTech mich in Ruhe.

»Wo bin ich?«, frage ich, als sie später mit einem Tablett zurückkehrt. Ich bin nicht überrascht, dass sogar OC-Patienten hier besseres Essen kriegen als wir Akkus unten in der Legebatterie. Meine Zunge ist geschwollen und die Augäpfel sind wie eingetrocknet, aber die Schmerzen sind fast verschwunden.

»Im Overdose Center der Zentrale«, antwortet sie. Widerwillig. Kalt. Dabei hat ihre Stimme ein volles, warmes Timbre. Ich frage mich, ob sie singen kann. »Geht es Ihnen besser?«

Von ihren beruflichen Qualitäten ist sie wohl nicht sehr überzeugt, wenn sie das fragen muss. Ich nicke. Autsch. »Ja, schätze schon. Welcher Tag ist heute?«

»Montag. Als man Sie hergebracht hat, waren Sie in extrem schlechtem Zustand. Vermutlich werden Sie noch eine Weile brauchen, bis Ihr Gehirn sich wieder normal orientieren kann.«

»Ich muss nach Hause.« Die Zwillinge, die Band ... Ich versuche, mich aufzusetzen. Der Raum dreht sich um die Mittelachse meines Hirnstamms.

»Ausgeschlossen. Zuerst müssen Sie etwas essen, dann brauchen Sie weitere Streams. Auf jeden Fall behalten wir Sie über Nacht zur Beobachtung hier. Um sicherzugehen, dass Sie wieder funktionieren. Wir wollen ja nicht, dass es noch einmal zu so einem Vorfall kommt, stimmt's?«

Sarkasmus erkenne ich sogar in meinem jetzigen Zustand.

»Nein.« Ich versuche den Kopf zu schütteln und bereue es sofort. »Keine weiteren Streams.«

Sie überhört meinen Protest. »Ich weiß übrigens, wer Sie sind.«

»Tja, ich war im Fernsehen. Jeder weiß, wer ich bin.« Vielleicht ist es gar keine so schlechte Idee, mich hier im OC zu verstecken, solange ich kann. »Hey!« Ich zucke zurück, als sie mir ohne Vorwarnung mit einem grellen Licht in die Augen leuchtet.

»Davon rede ich nicht«, sagt sie und senkt die Stimme, damit man sie nicht durch die offene Tür hört. »Anthem.« Zum ersten Mal schaut sie mich an, und ihr Gesicht ist hart. »Ich war im Publikum. Die Konzerte haben sich schnell herumgesprochen.«

Oh. Ja, damit hat sie wohl recht. Leider hat das am Ende nichts genützt. Weil man uns verraten hat, und zwar jemand aus unseren eigenen Reihen. Aus *meinen* eigenen Reihen. Aber immerhin verstehe ich jetzt, warum sie mich verachtet.

»Verräter«, zischt sie. »Wir dachten, endlich würde sich etwas ändern. Hmmm, Ihr Puls ist ein bisschen hoch. Hier.«

Ich greife nicht nach den Kopfhörern, die sie mir entgegenhält.

Die anderen Overdose Center, in denen ich bisher war, hatten wenig Ähnlichkeit mit diesem. Im Quadrant 2 pfercht man alle Patienten in einem einzigen großen Saal zusammen, wo Maschinen rattern und piepen und MedTechs zwischen den Junkies hin und her hasten. Wir sehen einander hilflos zu und teilen alle die gleiche Erfahrung.

Hier bin ich allein. Das Zimmer ist klein, ausgestattet mit meinem Bett, einem Stuhl und einer niedrigen Schrankreihe mit einem Abstelltresen. Der Stuhl verwirrt mich. Er sieht aus, als sei er für Besucher gedacht. Im LowerWeb war Besuch nie erlaubt.

Glücklicherweise kommt niemand. Nicht einmal Ell. Phönix, Pixel und Scope sind vermutlich beschäftigt, oder vielleicht hat der Kon ihnen verboten, hier mit mir zu sprechen. Ich bin froh, dass ich Scope jetzt nicht in die Augen schauen muss. Und die Zwillinge sollen mich auf keinen Fall so sehen, mit aschgrauer Haut und kaltem Schweiß im Gesicht. Wie konnte ich nur so verdammt bescheuert sein. Die beiden brauchen mich jetzt mehr als jemals zuvor, und ich bringe mich fast um. Ich wusste die ganze Zeit, dass ich mich im Studio weniger zudröhnen sollte. Ich wusste, dass die Streams auf Dauer zu stark sein würden.

Die Konsole ist von meinem Bett aus leicht erreichbar. Das pendelnde Logo brennt sich auf meiner Netzhaut ein, aber ich kann nicht wegschauen. Die Metallstäbe, die mich zu beiden Seiten umgeben, pressen sich kalt in meine verkrampften Fäuste. Ich sollte wirklich nicht …

Die MedStreams haben meinem Gehirn eine Grundsäuberung verpasst. Die Musik hat es durchgepustet wie Pfefferminzöl eine verstopfte Nase. Nur ein einziges Mal wird schon nicht schaden. Nach dem Stream vorhin ging es mir auch besser. Nur habe ich jetzt keine Medizindatei im Sinn.

Ich bin ein jämmerlicher Versager. Nichts habe ich auf die Reihe bekommen: die Rache für Johnny, die Rebellion gegen den Kon, Sicherheit für die Zwillinge, das Versprechen an meine Mutter … alles umsonst. Jetzt bin ich nur noch eine Marionette, ein Junkie und außerdem ein Dealer gegen meinen Willen. Ein Heuchler der schlimmsten Sorte, weil es den Zwillingen im Moment gut geht, weil ich meine neuen Gitarren nicht wieder aufgeben will und mir außerdem brennend wünsche, Haven wäre immer noch an meiner Seite.

Wenn sie mich umgebracht hätten wie Johnny, wäre alles einfacher.

Vielleicht sollte ich die Sache selbst in die Hand nehmen. Nicht hier, weil medizinische Konsolen nur eine begrenzte Menge an Streams herausgeben. Das weiß ich aus persönlicher Erfahrung. Aber zu Hause in meinem Zimmer habe ich die Freiheit, mir eine Datei nach der anderen herunterzuladen, bis mein Gehirn aufgibt. Spät nachts, wenn niemand mich rechtzeitig finden kann.

Ich weiß nicht einmal, ob es möglich ist, sich absichtlich eine Überdosis zu verpassen. Also bevor man schon so weggetreten ist wie mein Vater und ein kleiner Schubs in die richtige Richtung genügt. Vielleicht kämpft der Körper dagegen an, wenn er noch nicht bereit ist. Oder die Seele.

Nein. Die Zwillinge brauchen mich.

»Oh, gut«, sagt die MedTech, als sie in den Raum kommt und den Kopfhörer in meiner Hand sieht.

Sofort hänge ich ihn zurück an die Konsole. »Ich hatte keine Wahl«, sage ich. »Das werden Sie mir wahrscheinlich nicht glauben, aber es ist die Wahrheit.«

Ihr Blick wird ein bisschen weniger eisig. Sie wartet, bis die Tür hinter ihr zugegangen ist. »Oookay … dann nehme ich also an, der Kon hat Sie eingesperrt, Ihren Willen gebrochen … und alles, was Sie im Interview über freiwillige Zusammenarbeit gesagt haben, war eine Lüge?«

»Gut kombiniert. Sehr smart. Vielleicht sollten Sie MedTech werden.«

Sie kämpft ein Lächeln nieder und schaut mich prüfend an. »Ich war sicher, der Kon würde Sie töten oder in einen Exsonic verwandeln. Nie im Leben hätte ich erwartet, dass Sie am Ende *für* die Regierung arbeiten. Und noch weniger, dass ich Sie als Patient hier in der Zentralstation zu sehen bekomme. Weil das bedeutet, dass Sie sich anscheinend mit Haut und Haaren verkauft haben.«

Kein Wunder, dass sie unangenehm überrascht war. »Stimmt, ich habe mich verkauft. Nur nicht freiwillig. Außerdem arbeiten Sie auch für den Kon.«

»Ich habe immer davon geträumt, MedTech zu werden. Man könnte wohl sagen, ich hatte auch keine Wahl. Mein Beruf hat allerdings meistens Sinnvolleres zu bieten, als Streams anzuklicken, um die Leute vor ihren Partydrogen zu retten.«

»Wie ist Ihr Code?«, frage ich.

»Nennen Sie mich Isis.«

»Okay. Sie waren also dabei. Beim letzten Konzert.«

Isis stellt mein Essenstablett auf einen Rollwagen, wie ich ihn aus der Legebatterie kenne, und schiebt ihn an die Seite meines Bettes. Hühnchen, Kartoffeln, Gemüse. Mir läuft das Wasser im Mund zusammen, und mein Magen knurrt gierig. »Schon seit dem zweiten Konzert, um genau zu sein«, sagt sie. »Ich hatte noch nie etwas Ähnliches gehört. Die Musik war so … echt.«

Ja, war sie. Für eine Sekunde erlaube ich mir, mich daran zu erinnern. Das Studio ist atemberaubend und trotzdem kein Vergleich. Weil in jeder Note schon das Wissen mitvibriert, was das Labor später damit anstellen wird. »Niemand hat mir gesagt, wie es weitergegangen ist. Was ist mit dem Publikum passiert?«

Sie schließt kurz die Augen, und mir fallen die dunklen Ringe darunter auf. »Ich bin mit den anderen durch die Tunnel entkommen. Die ganze Zeit hatte ich panische Angst, was der Kon mit mir anstellen würde, wenn man mich findet. Wir waren sicher, dass uns die Wachen verfolgen würden, aber niemand machte sich die Mühe, also sind wir einfach nur … gerannt.«

»Der Kon wollte nur mich. Ich bin froh, dass Sie es nach draußen geschafft haben.« Ein Mensch weniger, für dessen Leid und Tod ich verantwortlich bin.

Diesmal lächelt Isis wirklich. Schwach, aber erkennbar. »Wenn man den blauen Knopf drückt, komme ich und helfe«, sagt sie und geht rückwärts zur Tür, ohne meinen Blick loszulassen. »Du bist nicht allein, *Anthem.*«

♫

Am nächsten Morgen bringt Ell die Band vorbei, um mich zu besuchen. Womit bewiesen ist, dass ich mich wirklich nicht mehr in Quadrant 2 befinde. Isis schlüpft unauffällig aus dem Zimmer, sobald sich die Tür öffnet. Ihr Blick wird wieder hart und bleibt einen Augenblick lang an Ell hängen.

Ich bin nicht allein. Am liebsten würde ich Isis vertrauen und mich auf den Funken Hoffnung einlassen, den ihre Worte in mir entzündet haben – so wie zuvor beim bloßen Gedanken an eine Revolution. Aber es hat schließlich keinen Sinn. Ob jemand mit meinen früheren Idealen sympathisiert oder nicht, ist völlig gleichgültig, weil ich sie längst aufgegeben habe.

Phönix und Pixel stehen unbehaglich herum, nachdem sie mich gefragt haben, wie ich mich fühle. Vor allem müde. Meine schmerzenden Knochen erholen sich allmählich, aber mein Schädel fühlt sich an wie in einer Druckbandage, die sich enger zieht, sobald ich zu viel denke. Scope bleibt noch eine Weile, als die beiden aus dem Zimmer verschwinden. Phönix schiebt vor, sie müsse ihr Make-up auffrischen, und Pixel will draußen auf sie warten … oder hat ganz andere Pläne, denn sein Checkerblick auf Isis war nicht gerade unauffällig.

Scope erzählt, dass er sich um die Zwillinge gekümmert hat, wenn er nicht gerade vom Kon eingespannt wurde. Am liebsten würde ich ihn wieder küssen und bin ausnahmsweise froh über Ells Anwesenheit. Ich habe in meinem Leben genug Fehler gleich zweimal begangen. Stattdessen drücke ich nur seine Hand, und er drückt zurück. Zwischen uns ist alles okay.

Von der Band hat mir niemand die Schuld an Havens Verrat gegeben, dabei hätten sie Grund genug. Erst bin ich komplett ausgeflippt, weil Scope seinem Lover unser Geheimnis verraten hat, und dann stellt sich heraus, dass wir die ganze Zeit von der Frau ausspioniert wurden, die ich liebe. Oder zumindest geliebt habe.

Ell nimmt die anderen heute zu einer weiteren VIP-Party mit, aber ich bekomme die Erlaubnis, mich zu drücken. Stattdessen soll ein Wachmann mich nach Hause begleiten. Ich bemühe mich nicht einmal, Enttäuschung zu heucheln. Im Moment will ich nur die Zwillinge sehen.

»Wie geht die Arbeit an dem Stream voran?«, frage ich, weil ich anscheinend ein Masochist bin. Ich kann mich kaum noch erinnern, wie es war, ohne Schmerz zu leben.

»Dein Song wird gerade fertig gemischt«, sagt sie und wirft einen unauffälligen Seitenblick auf Scope, bevor sie mich wieder ansieht. Ich schüttele kaum merklich den Kopf. »Die SoundTechs sind wirklich beeindruckt. Jeder liebt die Musik auf Anhieb. Wir lassen dich wissen, wenn wir uns entschieden haben, womit wir ihn codieren.«

»Äh, okay. Super.« Ich bin von mir selbst beeindruckt. Bisher habe ich mich nie für einen guten Lügner gehalten.

»Wir konnten schon mal reinhören«, sagt Scope. »Der Song ist fantastisch. So gut warst du noch nie.«

Wow, das ist echt beruhigend. »Cool«, antworte ich und zwinge mich zu einem Lächeln.

»Wir sollten Anthem jetzt ausruhen lassen«, sagt Ell zu Scope. »Morgen seht ihr euch ja alle im Studio wieder.«

Ich lade mir einen Stream herunter, sobald sie verschwunden sind – keine starke Dosis, nur das Allernötigste. Das Coda-Symbol auf meinem Handrücken fängt das Licht ein, als ich auf dem Bildschirm herumtippe. Ich wünschte, Chrome zu entfernen wäre nicht ganz so schmerzhaft. Vielleicht ist es die Tortur trotzdem wert, wenn ich dafür dieses sinnlose Souvenir loswerde.

Ich muss Zeit totschlagen, also denke ich an Haven. Totschlag ist ein passendes Stichwort dafür. Über meine geschlossenen Augenlider flimmert jeder Gesichtsausdruck, den sie mir jemals gezeigt hat. Ich war so sicher, dass ich sie kenne. In meiner Erinnerung rinnen mir geisterhafte Tränen durch die Finger, als ich in der Mitte einer Menschenmenge ihr Gesicht umfasse. Ell ist eine überzeugende Schauspielerin, aber Haven könnte ihr noch einiges beibringen.

Vielleicht tut sie das sogar. Gut möglich, dass die beiden gerade in einem Kon-Büro auf bequemen Ledersesseln sitzen und darüber lachen, wie leicht man uns hinters Licht führen konnte.

Sie war wunderschön, wenn sie lachte.

Trotz meiner Proteste bringt Isis mir ein Mittagessen. Ich kann sie nicht ansehen, ohne an ihre Worte zu denken. Zwar bezweifle ich, dass das gesamte Web den Sturz des Konzerns herbeisehnt, aber anscheinend gibt es mehr Unzufriedene, als ich mir jemals vorstellen konnte. Was soll's, sie werden schon einen anderen Anführer finden. Jemanden, der nicht zu ausgebrannt für einen neuen Versuch ist.

Du bist nicht allein, Anthem.

Kann schon sein, aber ich bin gezähmt und gebrochen.

Ich kenne den Wachmann, der mich abholt. Er gehört zu meinen üblichen Begleitern … und er ist allein. Von meiner Überdosis und dem ganzen Rest bin ich geschwächt genug, um nicht länger als Gefahr zu gelten. Eine verrückte Sekunde lang bin ich in Versuchung, ihm eine Bestechung anzubieten, damit er mir einen Stream mit Todes-Code besorgt. Durch meinen lächerlichen Promi-Status habe ich schließlich genug Kredit dafür.

Isis schickt ihn vor die Tür, während ich die papierdünne Krankenkleidung ausziehe und wieder in mein altes Studio-Outfit schlüpfe, das jetzt allerdings frisch nach Seife riecht.

Dann sind wir im Fahrstuhl, und ich starre auf das Waffenhalfter an seiner Schulter. Ein schrilles Piepen durchbricht die angespannte Stille. Seine Hand umfasst den Kolbengriff noch fester, während er mit der anderen ein Tablet aus der Tasche zieht.

Fluchend drückt er einen Fahrstuhlknopf, der uns eine Etage höher statt zum Ausgang bringt. Sein Blick sagt deutlich, dass ich mir besser jede Frage verbeißen sollte.

Aber ich hatte gar nicht vor zu fragen. Das würde mich schließlich auch nicht schneller zu den Zwillingen bringen.

»Bleib hier«, befiehlt er mir, als wir bei einem Flur halten, der sich von allen unterscheidet, die ich bisher gesehen habe. In regelmäßigen Abständen stehen Blumenkübel verteilt, Wände aus schwarzem Marmor sind mit Spiegeln und Gemälden geschmückt.

Ich hebe die Hände. »Klar, kein Problem.« Er mustert mich einen Moment, dann nickt er. Ich kann keinen Blick auf das Zimmer erhaschen, in das er verschwindet, denn er hat die Tür gerade weit genug geöffnet, um seinen bulligen Körper hindurchzuquetschen. Hören kann ich auch nichts, aber daraus lässt sich wenig schließen. Bei der Schalldämmung hier drinnen könnten sie sich lauthals anschreien, und ich würde trotzdem nichts davon mitbekommen.

Okay, ich habe ihn angeschwindelt. Ich entferne mich von der Fahrstuhltür, wenn auch nur ein paar Schritte weit, um mich im Flur umzusehen. Ob er darin einen Verstoß gegen die Regeln sieht, hängt wohl von seiner Stimmung ab. Vermutlich habe ich nichts zu befürchten. Schließlich bin ich immer noch ein Musikstar und bekomme VIP-Behandlung.

Ich will endlich nach Hause und frage mich, was er da drinnen wohl treibt. Ich vergrabe die Hände in den Taschen und bin unsinnigerweise enttäuscht, als ich kein Stück Schokolade von Alpha darin finde. Mit diesen kleinen Geschenken ist schon länger Schluss. Schokolade hat aufgehört, etwas Besonderes zu sein.

Weiter hinten im Flur geht eine Tür auf. Bei dem unerwarteten Geräusch spitze ich die Ohren und drehe den Kopf. Zuerst überrascht mich der Anblick, der mich erwartet. Dann schleicht sich ein Gefühl von Beklemmung ein, als ob ein namenloser Instinkt mich warnt. Zitrus trägt einen Anzug und sieht völlig anders aus als in seinen üblichen flatterigen Klamotten mit neongelben Akzenten. Die teure Seidenkrawatte leuchtet in seiner Lieblingsfarbe, passend zu den Strähnen in seinen zurückgegelten Haaren.

»Hi«, sage ich, als er nur ein paar Meter entfernt ist. Er schaut auf und zuckt leicht zusammen. Ein angestrengtes Lächeln breitet sich auf seinem Gesicht aus.

»Anthem.« Ich habe ein gutes Gehör für Klänge und Nuancen. Der Unterton in seiner Stimme lässt Alarmsirenen in meinem schmerzenden Kopf losgehen. Was macht er eigentlich hier oben? »Äh, wie geht's denn so?«

»Gut«, sage ich gedehnt. Er ist *nervös*. Und überrascht, mich zu sehen, dabei weiß er schon, dass ich weder tot noch ein Exsonic bin, schließlich hat er uns nach dem Konzert aufgesucht und mit uns gesprochen. Im Gegensatz zu Isis scheint er kein bisschen wütend zu sein, obwohl ihm klar sein muss, dass ich mich an den Kon verkauft habe. »Und wie geht es *dir*?«, frage ich zurück.

Seine Fassade bekommt nur einen Wimpernschlag lang Risse, aber darauf habe ich gewartet. »Ich, ähm –«, sagt er und schaut zu dem Zimmer zurück, aus dem er gekommen ist. Seine Pupillen ziehen sich zusammen, als würden sie die Fluchtdistanz messen. Er ist der Verräter. Der bezahlte Handlanger des Kon. Die schmalzige Frisur und der Angeberanzug sprechen ihre eigene Sprache. Zitrus sieht genauso aus wie die Typen, die mich früher immer im Fahrstuhl ignoriert haben.

Heißer Zorn brodelt durch meinen Körper und beginnt überzukochen. Die Wahrheit ist so eindeutig wie die ersten klaren Noten in einem Song, aus denen man den Rest der Melodie herauslesen kann. »Du warst es«, presse ich tonlos zwischen zusammengebissenen Zähnen hervor. »Die ganze Zeit warst du an allem schuld.«

0110010000 **23** 1110100010

Eine Pause entsteht, aufgeladen wie die Luft vor einem Gewitter. Ich warte darauf, dass er es abstreitet oder überhaupt etwas sagt. Die Stille dehnt sich zu lang, und dann warte ich nicht mehr. Die Stream-Überdosis hat mich geschwächt, aber das Adrenalin ersetzt meine fehlende Energie, und ich ramme ihn gegen die Wand.

»Du *Arschloch*!« Ich bekomme fast keine Luft. *»Warum?«*

»Ihr habt gegen die Gesetze verstoßen«, sagt er außer Atem und grinst.

»Du hast Scope benutzt. Du hast uns alle benutzt.«

Seine Augen glitzern triumphierend. »Geschäft ist Geschäft, Anthem. Manchmal müssen Leute über die Klinge springen. Scope war die perfekte Zielperson. Er kennt jeden im Lower-Web. Hat auch so ziemlich jeden gevögelt, stimmt's? Ich dachte, er kann mich über Gerüchte auf dem Laufenden halten, und dann hatte ich unerwartetes Glück.«

»Dein Anfall im Club … hast du den etwa auch nur gespielt?« Mein Kopf dröhnt und mein Herz hämmert genauso laut wie im Studio, bevor sie mich raustragen mussten.

»Leider nein. Die Streams bei euch sind stärker als hier oben. Das war ich nicht gewohnt. Aber den Preis … war es wert.«

Meine Lungen brennen, und ich atme stoßweise. Die ganze Zeit habe ich mich dafür angeklagt, dass ich so leicht zu täuschen war, und das war ich ja auch. Nur anders, als ich glaubte. Oh, *fuck*. Ich ziehe die Faust zurück und fixiere seinen noch immer geschwollenen Nasenrücken. Das Krachen hallt laut durch den Marmorflur.

»Du hast alles so organisiert, dass ich Haven verdächtigen musste«, zische ich seinem zusammensackenden Körper hinterher. »Deshalb hast du dich von den Wachen festnehmen lassen. Und Haven wurde nicht angerührt. Du hast dir sogar die ganzen blauen Flecken verpassen lassen, damit wir deine Story nicht infrage stellen.«

Er lacht zwischen seinen keuchenden Atemzügen. »Mann, du hast es mir wirklich zu einfach gemacht. Jeder konnte sehen, dass du ihr nicht wirklich vertraust.«

»Wo ist sie?« Oh, verdammt. *Haven*. »Lebt sie noch?« Sie war keine Verräterin, sondern *wurde* verraten. Von ihrer Familie. Von mir. Und diesmal geht es nicht um ein kleines Vergehen, wie einem Wachmann ins Gesicht zu spucken. Keine Ahnung, ob ihr Status reicht, um sie zu retten.

Er zuckt mit den Schultern. Klebriges Blut tropft aus seinem Mund auf den Boden, und ich sehe eine rot fleckige Windschutzscheibe vor mir. »Oh ja, sie lebt. Kann dir leider nicht sagen, wo. Aber ich bezweifle sehr, dass sie dich wiedersehen will. Wir haben dafür gesorgt, dass sie weiß, wie schnell du ihr für alles die Schuld gegeben hast.«

Das Feuer in meinem Inneren fällt in sich zusammen. »Scope hat dich geliebt. Er hat dich ständig verteidigt.«

»Tja, sein Fehler. Aber falls es dir hilft: Um das zu erreichen, hatte ich ein bisschen technische Unterstützung.«

Ich brauche eine Sekunde, um zu verstehen, wovon er redet. Als ich die Wahrheit endlich erkenne, erscheint sie mir so sonnenklar, dass sie mich fast blendet. »Du Hurensohn. Die Streams! Deshalb kam uns Scope so anders vor. Du hast ihn *gezwungen*, sich in dich zu verlieben?«

»Netter Versuch, aber das war gar nicht nötig. Nein, wir haben ihn nur davon abgehalten, zu viele Fragen zu stellen«, sagt er. Der arrogante Bastard genießt meine Reaktion.

Ich schmecke Blut. »Und was war Johnny? Nur ein strategisches Opfer? Hast du ihn aus dem Weg räumen lassen, weil er keine Konzerte wollte? Du hast damit gerechnet, dass ich die Band übernehme und bekannt mache, stimmt's? Dadurch konntet ihr meine Musik schon verbreiten, *bevor* euer Gehirnwäsche-Experiment startet. Ich musste zusehen, wie einer meiner besten Freunde *krepiert ist.*« Flecken tanzen vor meinen Augen, während das Blut in meinen Ohren rauscht. Das war's. Damit wird der Kon nicht durchkommen. Vorher war es ihnen tatsächlich gelungen, mich zu brechen, aber jetzt fügt roher Zorn die Splitter meiner Persönlichkeit wieder zusammen und hält sie fest wie Superkleber.

Zitrus grinst mit rot verfärbten Zähnen. Seine Krawatte hat ein Muster aus blutigen Blumen, jeder Tropfen ein runder, unregelmäßiger Fleck. »Du bist gar nicht so dumm, wie du aussiehst. Wir brauchten praktische Tests, um herauszufinden, wie individuell man die Streams zuschneiden kann. Tja, da kam es uns ganz gelegen, nebenbei ein paar Störenfriede zu beseitigen. Natürlich hätten wir Johnny auch unauffälliger aus dem Weg räumen können, so wie die anderen. Aber ich wollte ja, dass du Verdacht schöpfst. Ich wollte, dass du vor Wut ausflippst.«

Mein Stiefel landet brutal in seinem Brustkorb und er rollt

sich mit einem Schrei zusammen. »Glückwunsch, das hast du geschafft«, spucke ich hervor.

Grobe Hände umklammern meine Arme und ziehen mich weg. Meine Stiefel kommen nicht mehr an den Mistkerl heran. »Brauchen Sie Unterstützung, Sir?«

Auf dem Boden liegend schüttelt Zitrus den Kopf. »Er ist … nur wütend … dass sein Kumpel bei mir abgeblitzt ist. Kein Grund zur … Sorge. Bringen Sie ihn einfach … weg. Sehen Sie zu, dass Sie … nichts ausplaudern. Und schicken Sie mir einen MedTech.« Er wedelt hoheitsvoll mit einer Hand voller gelber Fingernägel.

Zweifelnd lockert der Wachmann seinen Griff, ohne mich völlig loszulassen. »Sind Sie sicher, Sir?«

»Tun Sie, was ich sage!«, befiehlt Zitrus. Daraufhin zieht der Wachmann mich unsanft den Flur entlang bis in den Fahrstuhl. Ich sacke gegen eine Wand. Meine Fingerknöchel schmerzen. Alles schmerzt, und ich habe Haven so unrecht getan. Ich hätte ihr vertrauen sollen. Und mir selbst.

Jetzt ist klar, was passiert ist: Man hat ihr einen Gehirnwäsche-Stream verpasst und sie dann für das Livestream-Video benutzt. Die Droge hat Haven dazu gebracht, alles zu glauben, zu tun und zu sagen, was der Kon wollte. Lange genug, um mich zu überzeugen. Vielleicht wurden die Streams hinterher nicht abgesetzt und sie ist immer noch das gehorsame Töchterchen. Oder man hat ihr Gedächtnis gelöscht, sodass sie sich nicht an mich erinnert. Vielleicht hat sie deshalb keinen Versuch unternommen, mich zu kontakten. Oder Zitrus hat recht.

Ich öffne schon den Mund, um mich zu Ell führen zu lassen, aber ich entscheide mich anders. Ihre giftigen Worte haben ihre Wirkung verloren und ich *kann* Menschen vertrauen.

Nur nicht ihr. Energisch presse ich die Lippen zusammen. Ich brauche Zeit zum Nachdenken und will meine Geschwister sehen.

Wahrscheinlich bekomme ich nie wieder die Chance dazu, wenn ich erst mit Ell fertig bin. Der Gedanke raubt mir den Atem, als würde ich gleich meine Lunge herauswürgen.

Wir werden allesamt ständig überwacht. Ich kann mich gar nicht mehr erinnern, wann ich allein war, ohne Wachen in nächster Nähe. Sie stehen verborgen hinter Türen, lauern hinter Glas, werfen dunkle Schatten, die in jeden Raum kriechen. Ich bin ziemlich sicher, dass ich mich in meiner Wohnung vorsehen muss, was ich tue oder sage. Das gilt für Phönix' neue Adresse bestimmt genauso. Wann immer die Wachen außer Sichtweite sind, klebt stattdessen Ell mit ihren schnippenden Fingern und klackernden Absätzen an mir. Mir fällt kein glaubhafter Grund ein, warum ich Scope und Pixel im LowerWeb besuchen sollte, da ich sie doch jeden Tag im Studio sehe.

Ich verbringe die Shuttlefahrt mit dem Versuch, mich so weit es geht zu beruhigen. Warum habe ich dem arroganten Mistkerl nur die Nase eingeschlagen, statt ihn mit bloßen Händen umzubringen?

Nein. Ich muss mich zusammenreißen. Denken statt handeln. Vielleicht zum ersten Mal, seit dieser ganze Schlamassel losgegangen ist. Oder noch länger.

Haven hat sich stückweise für mich umgebracht. Seit der ersten Nacht, die ich mit Ell im Sky-Club 6 war, hat etwas im Hintergrund meiner Gedanken gearbeitet, und eine Bemerkung von Zitrus hat es losgeschüttelt. Mein Kopf fühlt sich klarer an als seit einer Ewigkeit, sodass ich endlich kapiere, was mein Bauchgefühl mir sagen wollte. Haven hätte ihre Clubnächte im UpperWeb verbringen können, wo die milden Streams sich nicht so tief ins Gehirn fressen. Stattdessen hat sie zusätzlich zu den härteren Drogen aus ihrer Konsole auch noch fast jede Nacht im Quadrant 2 durchgetanzt, um mich zu sehen, und die volle Dosis aus den Lautsprechern abbekommen.

Wieso war ich sofort bereit zu glauben, dass sie uns an den Kon verraten hat, nur weil ihre Familie dazugehört? Am liebsten würde ich mir einreden, dass daran bloß die neun Tage in der Zelle schuld waren, die folternde Stille, das erbarmungslose Licht, die Manipulationen und Versprechungen. Ich wünschte, ich hätte …

Tja, ich wünsche mir viel, wenn der Tag lang ist.

Zwei Stimmen krähen im Chor »Anthem!«, kaum dass ich mein Handgelenk vom Scanner genommen und die Wohnungstür geöffnet habe. Der Wachmann postiert sich im Treppenhaus, Beine breit, Hände hinter dem Rücken gefaltet. Ich ziehe die Tür zu und lasse ihn draußen stehen.

»Hallo, ihr zwei«, sage ich heiser. »Ich habe euch vermisst.« Mein Zorn tritt für eine Weile in den Hintergrund, wo er im Schatten warten und lauern kann.

»Die Frau mit den vielen Zähnen hat gesagt, du bist krank. Geht es dir wieder besser?«

»Ja, viel besser. Ich hoffe, ihr habt Bee keinen Ärger gemacht?«

Sie nicken, weichen meinem Blick jedoch aus. Auf bizarre Art hat das etwas Beruhigendes. Als Kind habe ich mir auch ständig Ärger eingehandelt. Damals war es allerdings noch sehr viel harmloser.

»Wir wollten dich besuchen«, sagt Omega und zerrt an der

Hand, mit der ich Zitrus zu Boden geschlagen habe. Ich zucke leicht zusammen, ohne dass er es bemerkt. Gut. »Aber die Zahnfrau hat es verboten.«

Ich bemühe mich zu lächeln. »Ich habe die ganze Zeit geschlafen. Also wäre es für euch ziemlich langweilig gewesen.« Ich kann mir keine Konfrontation mit Ell leisten. Noch nicht. Vor allem kann ich meine Geschwister nicht im Stich lassen, doch das ist nicht der einzige Grund. »Gibt es noch Kekse, oder habt ihr schon alle in euch reingestopft?«

Sie ziehen mich zur Küche, und Bee dreht sich am Arbeitstresen zu uns um, sobald wir hereinkommen. Ich weiß immer noch nicht, wie sie das anstellt. Ein Lächeln vertieft die Falten in ihrem Gesicht, und sie winkt mich zu sich, damit sie mir aufmunternd auf die Schulter klopfen und meine Pupillen prüfen kann. Nachdem sie mir einen langen Moment in die Augen geschaut hat, nickt sie.

»Vielen Dank«, forme ich mit den Lippen. Ihr Lächeln wird breiter.

Den ganzen restlichen Abend wirbeln die Gedanken durch meinen Kopf wie Puzzleteile, die sich nicht zusammensetzen lassen und alle in schreienden Rotfarben meine Aufmerksamkeit fordern: Du musst die Zwillinge beschützen! Haven finden! Zitrus so höllische Qualen bereiten, dass er seine gebrochene Nase kaum noch spürt! Die Pläne des Kon stoppen!

Ich war noch nie so dankbar für eine OC-Behandlung. Jetzt kann ich endlich wieder denken. Obwohl mein Schädel schmerzt und es mir in den Fingern juckt, lasse ich die Kopfhörer unbenutzt an der Konsole hängen. Heute nicht.

Die Zwillinge kommen mit ihren Hausaufgaben gut zurecht, da Bee in Mathe-Nachhilfe besser ist als ich. Sie gehört auf jeden Fall zu den Menschen auf meiner Rettungsliste, was auch immer ich am Ende entscheide.

Ich spule automatisch ein paar Gutenachtgeschichten ab, die ich den beiden regelmäßig erzähle. Dieselben Storys habe ich schon von meiner Mutter gehört und kenne sie deswegen in- und auswendig.

Ich fühle mich genau wie damals im Probenkeller nach Johnnys Tod. Der Kon wird dafür bezahlen. Für alles.

Der Bildschirm der Konsole leuchtet mir verführerisch entgegen, aber ich ignoriere ihn und tigere weiter im Raum auf und ab. Meine nackten Füße streifen raschelnd durch den dicken Teppich. Schmerz pulst durch meine Schläfen, und ich presse die Handflächen dagegen, um gewaltsam meine Gedanken beisammenzuhalten. In meinen Erinnerungen voller Angst, Wut und Drogennebel muss irgendwo eine Lösung zu finden sein.

Man hat uns ausgetrickst und wir haben dem Kon buchstäblich in die Hände gespielt. Ich wette, Zitrus hat sich eine saftige Gehaltserhöhung verdient, weil er seine Rolle so perfekt durchgezogen hat.

»Die Regierung schaut nicht genau hin, wo sie keinen Ärger erwartet. Ihr könnt einfach in die Firmenzentrale spazieren, ohne Verdacht zu erregen. Und dann tritt die Armee in Aktion, die ihr aufgebaut habt.«

Haven hatte die ganze Zeit recht, und jetzt stecken wir noch tiefer im Kon als damals: ein paar verwöhnte Musiker, die man so gefügig gemacht hat, dass sie nicht mehr an Gegenwehr denken. Vielleicht sind wir noch nicht ganz außer Verdacht, sonst hätte ich keine Wachen vor meiner Tür stehen, aber Ell dürfte mich als nahezu gefahrlos eingestuft haben.

Der beginnende Sonnenaufgang taucht den Himmel über dem Stadtpark in dämmerige Schattierungen und bemalt die Kirschbäume mit trügerischem Rosa. Ich habe einen Plan.

♫

Eine Handvoll Wachen schaut auf, als ich mit meinem Klopfen das Fenster zwischen dem Studio und dem Aufnahmeraum zum Beben bringe. »Ich will heute Nachmittag mit meinen Geschwistern ins ZFR vom Quadrant 2, um unsere Eltern zu besuchen«, sage ich, lasse die Hand sinken und drehe mich zu meiner Band um. »Wollt ihr mitkommen?« Wir haben schließlich alle Angehörige dort.

Scope schaut mich aus schmalen Augen an. Ich zucke mit keiner Wimper. *Hoffentlich kapiert er es. Eine andere Idee habe ich nämlich nicht. Komm schon, vertrau mir.* »Ja, okay«, sagt er laut genug, um durch die Scheibe gehört zu werden.

»Sicher.«

»Klingt gut«, stimmt Pixel als Letzter zu.

Der Chefwachmann nickt. »Ich organisiere ein Shuttle«, sagt er und zieht sein Tablet hervor.

»Danke.« Ich greife wieder nach meiner Gitarre. »Alle bereit?«

Die anderen mustern mich interessiert. Ich zupfe die Anfangstöne des Songs, den wir gerade üben, und weiche Scopes Blick aus. Mir wird ganz schlecht bei dem Gedanken, ihm die ganze Wahrheit erzählen zu müssen, aber ich habe keine andere Wahl. Die Saiten graben sich in meine Finger, und ich beiße die Zähne zusammen. Unauffällig. Benimm dich unauffällig.

Als Ell uns heute Morgen im Studio besuchen kam, hätte

ich es fast vermasselt. Die Wände schienen enger zu rücken und das Atmen wurde schwerer, während sich meine Fingernägel in meine Handflächen bohrten. Sie wird die Erste sein, die abgrundtief bereut, was sie getan hat. Ich konnte nur meine E-Gitarre umklammern und mich mühsam davon abhalten, das Instrument auf Ells zerbrechlichen Hinterkopf sausen zu lassen, bevor sie endlich wieder ging.

Pixel startet den Trommelrhythmus. Musik … Alles ist wie immer. Normal. Hier und jetzt weiß ich genau, wer ich bin. Mein Körper bewegt sich von selbst im Takt, ohne Anweisung von meinem Gehirn, nur angetrieben von dem Sound, der mir im Blut liegt.

Die Trommeln sind ein dunkles Beben, sinnlich und gefährlich, als würde sich die Schlange aus dem Club in meinen Adern räkeln.

Wenn mein Plan funktioniert und wir Erfolg haben, können bald alle im Web diese Gefühle teilen, so oft sie wollen. Keyboardklänge mischen sich dazu. Phönix hat etwas Neues ausprobiert und einen geisterhaften Sound geschaffen, der wie ein Sturmwind durch elektronische Netzwerke heult. Cool. Scope umwindet die Melodie mit einer Samplerschleife aus Regentropfen auf Fensterglas.

Ich singe, bis mir fast die Stimmbänder in Fetzen gehen. Als die anderen auf einer Pause bestehen, folge ich ihnen zur Konsole und wähle den mildesten Stream, den ich finden kann.

♫

Scope, Pixel und Phönix bleiben im Shuttle, während ich im Fahrstuhl zu meiner Luxuswohnung emporschwebe, um die

Zwillinge zu holen. Ihre Begeisterung darüber, einen Ausflug »nach Hause« in den Quadrant 2 zu machen, versetzt mir einen schmerzhaften Stich. Sie bestehen darauf, eine Portion von Bees Keksen für meine Band mitzunehmen. Phönix benimmt sich in ihrer Gegenwart so unbeholfen, dass ich nun beinahe wirklich lächeln muss.

Die Leuchtfassade des ZFR strahlt friedlich grün. Für einen Moment klammere ich mich an die absurde Hoffnung, dass Haven in der Eingangshalle steht, die Wandgemälde betrachtet und auf mich wartet.

»Ein bisschen Privatsphäre?«, sage ich fordernd zu den zwei Wachen, die uns bis vor die Tür begleitet haben. »Respekt für die Toten? Hier geht es immerhin um unsere Eltern, nicht um Ihre.«

Sie bleiben stehen und wechseln einen Blick. »Okay, eine Stunde.«

Damit sollten wir auskommen. Das Glas meiner Uhr glitzert in der Sonne, als ich den Ärmel hochziehe, um meinen Chip zu scannen. Scope passt währenddessen kurz auf die Zwillinge auf. Dann gehen wir der Reihe nach hinein und die Treppen hoch zur dritten Etage. Vorsichtig blicke ich nach oben zur Decke und prüfe, ob der Lichtschimmer einer aktivierten Stele zu sehen ist. Anscheinend gibt es nur einen weiteren Besucher irgendwo in einem Mittelgang. Sehr gut. Ich führe die Gruppe zum Spind meiner Mutter und stecke den Chip in ein Sichtgerät, um die Zwillinge zu beschäftigen. Die Szene, die ich anklicke, ist besonders lang und dürfte die beiden eine Weile ablenken.

Ich wünschte, ich könnte ihnen die vollständigen Erinnerungen zeigen, die ich gesehen habe.

»Kommt hier rüber«, sage ich zu Pixel, Scope und Phönix. Wir drängen uns in einer Ecke zusammen.

»Was ist los?«, fragt Scope. »Warum wolltest du die Wachen abschütteln?«

»Sprich leise, okay? Hier werden wir vermutlich nicht abgehört, aber trotzdem. Also, wir haben nicht viel Zeit, deshalb rede ich nicht lange um den heißen Brei. Scope, ich ... ich habe gestern etwas herausgefunden.«

Phönix und Pixel rücken etwas näher. Scope betrachtet mich abwartend. »Was denn?«

Er muss es erfahren. »Der Kon hat die Insider-Informationen über uns nicht von Haven bekommen. Sondern von ... *ihm.*« Scope starrt mich an, und ich sehe in seinen Augen, wie ihm die Wahrheit dämmert. Dann rammt er seine Faust in die Wand, und zwar direkt neben meinem Gesicht. Die anderen beiden stoßen ein erschrockenes Keuchen aus. Ich höre seine Knöchel krachen. Alpha schaut fragend um die Spindreihe herum, und ich werfe ihr ein beruhigendes Lächeln zu. »Alles okay. Geh zurück zu Omega, ja?«

»Dieser schleimige kleine Scheißer«, zischt Pixel, als Alpha verschwunden ist. »Woher weißt du das?«

»Ich bin ihm zufällig über den Weg gelaufen«, erkläre ich und fange Scopes Hand auf, bevor er zum zweiten Mal die Wand bearbeiten kann. »Er sah aus wie geleckt, einer von den typischen Anzugtypen, und kam aus einem Büro in der Zentrale. Hat nicht mal versucht, sich rauszureden. Im Gegenteil, es hat ihm Spaß gemacht, damit anzugeben.«

»Ich bringe ihn um.«

»Zitrus ist im Moment nicht unser größtes Problem. Es gibt da etwas, das ich euch nicht erzählt habe.«

»Und das wäre?«, fragt Phönix. Ihr Tonfall ist scharf, was ich ihr nicht verübeln kann.

Ich hole tief Atem. »Die Songs, die wir aufgenommen haben ... der Kon will daraus keine normalen Streams machen, wie wir sie kennen. Allerdings auch keine Todes-Codes.« Ich senke die Stimme noch weiter und erkläre flüsternd, was ich von dem SoundTech und von Zitrus über die personalisierte Musik erfahren habe: die Möglichkeit zur Gedankenkontrolle, die Macht über körperliche Reaktionen. Ich lasse sie wissen, dass der Befehl, Johnny zu töten, von Zitrus kam. Weil unser Bandleader im Weg war. Und dass Zitrus mit ziemlicher Sicherheit auch hinter der Gehirnwäsche steckte, die man Haven verpasst hat. Wie dieser Trick mich in einen Scherbenhaufen verwandelt hat – und damit in jemanden, der für den Kon leichter zu formen war. Weshalb der Kon mich überhaupt so dringend haben wollte. Und zuletzt, was Zitrus mit Scope angestellt hat.

»Heilige Scheiße.«

Ich schaue Pixel an. »Kann man so sagen.« Erneut spüre ich meine Wut hochkochen, balle die freie Hand zur Faust und versuche mich zusammenzureißen.

»Schwer zu glauben«, sagt Phönix, wendet sich einen Moment ab und wühlt mit den Fingern durch ihre wilde Mähne.

»Ich glaube ihm. So etwas würde Anthem sich nicht ausdenken«, sagt Scope mit kratziger Stimme. Ich schaue ihn dankbar an – nicht nur, weil er mir vertraut, sondern auch weil er versteht, dass ich ihm die grausame Wahrheit gerne erspart hätte.

»Nein, schon gut«, gibt sie nach, »aber was zur Hölle macht das jetzt für einen Unterschied? Der Kon hat uns in der Tasche. Wer uns verraten hat, ist total egal. Wir hängen fest, und zwar wegen ihm.« Sie ruckt ihren Kopf in meine Richtung.

»Das ist nicht fair«, sagt Pixel und legt ihr schwer die Hand auf die Schulter. »Du weißt, was der Kon mit Anthem gemacht hat. Und mit uns.«

Sie sackt in sich zusammen. »Was soll's. Wir können jedenfalls nichts dagegen tun.«

Ich kann kaum fassen, wie blind ich war. Nicht nur in Bezug auf Haven. Bis zu diesem Augenblick hatte ich keine Ahnung, dass der Kon die anderen aus meiner Band genauso gebrochen hat wie mich. »Doch, können wir.«

Schritte hallen vom Marmor wider. Mein Herz setzt einen Moment aus, bis ich sehe, dass Omega um die Ecke kommt. Er nagt an seiner Lippe und sagt: »Es ist vorbei, Anthem.« Ich spüre eiskalte Panik in mir aufsteigen, bis mir klar wird, dass er natürlich nur den Erinnerungsfilm meint. Hastig bringe ich ihn zurück zum Sichtgerät und suche eine andere Szene aus, die er mit seiner Schwester anschauen kann.

»Wie hast du das gemeint?«, fragt Scope, sobald ich wieder in unserer dunklen Ecke bin. »Was können wir tun?«

»Haven …« Meine Stimme versagt für einen Moment. Ihren Namen auszusprechen, ist immer noch qualvoll, allerdings aus einem anderen Grund als vorher. »Wisst ihr noch, was sie bei unserem Planungstreffen im Club vorgeschlagen hat?« Nur einen Tag später fiel meine ganze Welt in sich zusammen. »Wir haben den Kon jetzt tatsächlich unterwandert. Wir sind ein Teil seiner Maschinerie. Die Regierung hat uns fast alles gegeben, was wir brauchen, um sie auszuhebeln. Uns fehlt nur noch ein bisschen Hilfe von unseren Spezialisten … Mage vor allem. Mit ihm haben wir am ehesten eine Chance, Haven zu finden. Und Ravenous. Bei dem Konzert war er nicht dabei, also weiß der Kon hoffentlich nicht über ihn Bescheid.« Zitrus hat ihn getroffen, aber er war mit etwas Glück zu sehr auf mich und meine Band fixiert, um sich um einen unserer Mitläufer zu kümmern. »Und Tango, glaube ich. Meine Dränage-Expertin von der Legebatterie.«

»Anthem«, sagt Phönix langsam. »Wovon genau sprichst du eigentlich?«

Mein Grinsen ist grimmig und entschlossen. »Wir können den Kon mit seinen eigenen Waffen schlagen. Ihm eine Dosis seiner eigenen Medizin verabreichen.«

0000011011 **24** 1101101110

Der Club ist in chemiebuntes Kunstlicht gehüllt, Regenbogen-Fakes anstelle echter Himmelsfarben. Körper bewegen sich zur stampfenden Musik, hautenges Vinyl wirft Discokugelfunken zurück wie tausend schwarze Spiegel. Ich manövriere mich durch die Menge und bin gerade high genug, um mich zu entspannen, ohne das Denken einzustellen.

Eine Frau tritt mir in den Weg und wirft mir ihre purpurne Federboa um den Hals, sodass sie mich heranziehen und mir über den dröhnenden, pulsierenden Sound etwas ins Ohr schreien kann, das bei mir wie ein Flüstern ankommt. Ja, schon gut, absolut jeder hat mich im Fernsehen gesehen. Ich lächele neutral und ducke mich aus der Federschlinge.

Phönix ist von UpperWeb-Typen umgeben, die genauso aussehen, wie ich mir Havens Verehrer immer vorgestellt habe. Ich war mir sicher, ganze Horden würden nur darauf warten, dass sie endlich von mir genug bekommt … und vielleicht ist sie nun wirklich zu ihresgleichen zurückgekehrt. Vielleicht habe ich meine letzte Chance vermasselt. Ich schiebe den Gedanken beiseite. Scope sitzt alleine an einem Tisch, hat die Augen geschlossen und lässt die bewundernden Blicke an sich abblitzen, die ihm von Frauen (aussichtslos) und Männern (sorry, schlechtes Timing) zugeworfen werden. Vermutlich wird es lange dauern, bis er seinen Gefühlen wieder traut.

Pixel tanzt mit Isis. Als er sie eingeladen hat, haben wir ihn gnadenlos aufgezogen – weil es für uns eine Erleichterung war, einfach sinnlos herumzufrotzeln. Aber eigentlich ist es völlig okay. Sie ist eine von uns.

»Da bin ich wieder«, sage ich zu Ell und reiche ihr eine Wasserflasche, die ich von der Bar geholt habe. Sie hatte angeboten, einen Kellner zu rufen, aber ich brauchte eine Ausrede, um wenigstens ein paar Minuten von ihr wegzukommen. Meine Hände schmerzen, weil ich sie so oft in den Taschen zusammenballe und vorgebe, dass alles in bester Ordnung ist.

»Ich habe eine Überraschung für dich«, sagt sie und stellt ihr Getränk auf dem Tisch ab. »Eine Belohnung, könnte man sagen.«

Sie hat nichts, was ich will. »Ach ja?«

»Du warst erstaunlich kooperativ, bis auf ein paar kleine Ausrutscher.« Ich unterdrücke ein Lachen und warte darauf, dass sie fortfährt. »Du weißt ja, welchen Zweck deine Songs erfüllen sollen, aber ich dachte, vielleicht möchtest du einen davon zuerst auf die Weise hören, wie du es gewohnt bist. Als ganz normalen Stream. Nun ja, fast normal.«

Ein kleiner Funke glüht in meiner Brust auf, doch mein Gesichtsausdruck bleibt unverändert. »Genau darüber wollte ich sprechen, ich habe nämlich eine Idee für einen neuen Hit«, sage ich mit schmerzenden Kiefermuskeln. »Ich glaube, damit könnte man eine Menge anstellen.«

»Aber es gibt ein Problem?«, vermutet sie.

»Ja, ich brauche einen zusätzlichen Drummer. Damit der Sound voller wird.«

Sie nickt. »Ich suche jemanden aus, der passt«, sagt sie, doch ich schüttele den Kopf.

»Ich will meinen alten Bandkollegen dazuholen. Bestimmt kann ich ihn jetzt überreden, nachdem er genug Zeit hatte … na ja, etwas abzukühlen.« Um Mage noch cooler zu bekommen, müsste man ihn tieffrieren.

Ell lächelt breit. *Die Zahnfrau.* Wenn unsere Pläne funktionieren, kann ich die Zwillinge nicht nur für den gegenwärtigen Moment beschützen, sondern für immer. »Du kannst natürlich machen, was du willst, Anthem. Wenn wir ihn in die Zentrale bringen sollen, brauchst du nur den Wachen Bescheid zu sagen. Oder du kannst selbst zum Quadrant 2 fahren und ihn holen. Natürlich solltest du nicht vergessen, zu deiner eigenen Sicherheit einen Bodyguard mitzunehmen.«

Natürlich.

»Außerdem möchte ich noch einmal mit dem SoundTech sprechen«, füge ich hinzu. »Ich habe ein paar Fragen.«

»Er steht dir jederzeit zur Verfügung. Also, bist du jetzt bereit für deine Überraschung?«

Unter dem Tisch balle ich die Fäuste. »Klar.«

Ell zieht ihr Tablet hervor und tippt etwas ein, ohne auf den Bildschirm zu schauen. Ihr Blick ist auf den DJ-Computer am anderen Ende des Raums gerichtet.

Ich schnappe nach Luft. Aus dem Funken in meiner Brust wird ein regelrechter Großbrand.

Dieser Stream bin ich. Und Pixel, Scope und Phönix. Ich weiß auf die Sekunde genau, wann welches Instrument einsetzt und wann der Gesang dazukommt. Das Gefühl ist wie bei einem Lieblingssong, den man so oft heruntergeladen oder im Club gehört hat, dass er für immer ins Gedächtnis eingemeißelt bleibt. Aber das hier bin *ich*. Die Musik ist mehr als bloße Schallwellen, sie dringt auf direktem Weg in mein Gehirn ein, und die Klänge sind wie ein lang vermisstes Zuhause.

Mein Blick sucht auf der Tanzfläche nach den anderen. Sie sind mitten in der Bewegung erstarrt, Statuen in einem Meer aus tanzenden Körpern, und schauen ungläubig in meine Richtung.

Ell lehnt sich vor. »Siehst du? Dieser Effekt hat uns überhaupt erst auf die Idee gebracht. Der Song *mag* dich, Anthem. Deine Musik kennt dich in- und auswendig. Das Gleiche haben wir bei allen unseren Musikern beobachtet. Wir mussten nur einen Weg finden, die Wirkung auch auf andere Menschen zu übertragen.«

Ich beiße die Zähne zusammen. Diesen Augenblick lasse ich mir nicht durch ihr Gerede darüber stehlen, was der Kon mit meinen Songs plant. Ich werde ihnen keine Gelegenheit geben, ihre Allmachtfantasien in die Tat umzusetzen.

Das perfekte Gefühl, das mich durchströmt, gehört nur mir, und deshalb erlaube ich es mir auch. Ell hat völlig recht: Mich selbst auf diese Weise zu hören, ist eine Belohnung. Allerdings nicht für meinen Gehorsam, wie sie glaubt.

Ich war nicht mehr so grenzenlos glücklich, seit ich das letzte Mal in Pixels Club gestanden habe. Oder in unserem alten Probenkeller. Die Energie und die Kraft sind unglaublich. Das Aufheulen der E-Gitarre fühlt sich an, als sei meine Seele in den Saiten eingesponnen, damit sie mich zusammenhalten können und verhindern, dass ich erneut zersplittere.

Ich habe in letzter Zeit kaum gestreamt. Das Risiko war gering, denn ich gehe davon aus, dass mein Konsum weniger genau kontrolliert wird als bei den Leuten im LowerWeb. Jetzt reißt die Melodie mich mit, und ich *falle, sinke, wirbele in mein eigenes Zentrum hinein. Scharfe Neonstrahler verschwimmen zu formlosen Nebelwolken, die sich in die Gesichter meiner Eltern auf dem Totenbett verwandeln. Sie sind gestorben, wie es von ihnen erwartet wurde: von Drogen zerfressen, einsam und voller Scham. Ich sehe die Zwillinge, die mich zum Überleben brauchen.*

Die einzige strahlende Farbe ist Hot Pink. Irgendwo, irgendwann wird Haven davon erfahren und über mich lachen.

Phönix hat wieder zu tanzen begonnen. Ihre Haare sind züngelnde Flammen auf einem ölig schwarzen Hintergrund. Sie wirbelt um sich selbst und grinst, als die eigenen Keyboardklänge in ihr widerhallen. Pixel und Isis sind ein verschmolzenes Knäuel aus Gliedmaßen und bewegen sich rhythmisch zum Takt der anschwellenden Trommelbeats. Scope lächelt zum ersten Mal, seit ich ihm die Wahrheit erzählt habe, und schon rückt die Menschenmenge näher und umschwärmt ihn wie Motten das Licht.

Der Konzern ist mächtig und wohltätig. Die Regierung will für uns alle nur das Beste. Wärme durchströmt meinen Körper, prickelt über meine Haut, und Farben wabern durch die Luft. Ich bewege meine Hände und verfolge die Lichtschlieren, die meine Finger hinterlassen. Sie sind hübsch, aber sie kitzeln. Ich kichere vor mich hin, weil alles so wunderbar ist.

Nein. NEIN. Das will der Kon mir nur einreden, indem er ausgerechnet meine Worte und meine Musik benutzt, um in meine Gedanken einzudringen und mich zu kontrollieren. Ich habe den Text selbst geschrieben, also muss ich ihn glauben. Aber der Song ist eine Lüge. Ohne Sinn und Verstand. Das weiß ich doch. Ich weiß es genau.

Haltlos kreisele ich um meine Mitte und klammere mich an einem Rest von Willenskraft und Logik fest. Meine Knöchel werden weiß, als ich mich an alles kralle, was ich mit Sicherheit weiß. Ich muss nur noch die Coda überstehen, die harsch und begehrlich gegen das Ende kämpft und sich weigert loszulassen. Dann ein donnerndes Krachen zum Finale und mein Gehirn gehört endlich wieder mir, während der Rausch verebbt und zu dem harmlosen Level zurückkehrt, der für die Sky-Clubs normal ist.

Ein direkter Zugang zu meinen Gedanken. Fokussiert, skalpellscharf. Musik, die perfekt auf mich zugeschnitten ist. Ell sieht verdammt selbstzufrieden aus, was aber nur daran liegt, dass sie das glückliche Grinsen missversteht, das sich auf meinem Gesicht ausbreitet.

»Genial, oder?«, fragt sie.

Ich nicke. Eine geniale, überaus nützliche Waffe. Jetzt bin ich noch überzeugter als vorher, dass mein Plan funktionieren wird. Und der Kon hat keine Ahnung, was auf ihn zukommt.

♫

»Hi, Anthem.«

Mage sieht blass und grau aus, was noch durch das Weiß seiner überrascht aufgerissenen Augen betont wird. »Kann ich reinkommen?«, frage ich und schaue an ihm vorbei in das leere Wohnzimmer. Er tritt zurück, um mich durchzulassen. Als ich das letzte Mal hier war, kam ich mir vor wie in einem dämonischen Ableger des Hauptrechners, umgeben von glühenden Kabeln, blinkenden Lichtern und flackernden Monitoren. Der Türriegel schnappt zu, und Mage winkt mich mit seinen kräftigen Drummerhänden zu einem durchgesessenen Sofa, das früher von einem Chaos aus Platinen und Kabelsalat bedeckt war. Jetzt ist der Raum fast leer. »Ich brauche deine Hilfe.« Die

Musik gestern Nacht im Club hat meine Vermutung bestätigt, aber ohne Mage habe ich trotzdem keine Chance.

Er schüttelt den Kopf. »Anthem, ich weiß ja, dass du in einer beschissenen Situation bist, aber –«

»Nein, davon rede ich nicht. Ich meine, es geht zwar um die Band, aber ich brauche dich nicht zum Spielen. Nicht nur.«

Er lässt schlaffe Dreadlocks durch seine Finger gleiten. »Das musst du schon ein bisschen näher erklären.«

»Der Kon will unsere Gedanken kontrollieren, Mage. Nicht wie bisher mit Drogen, sondern durch eine echte Gehirnwäsche. Du, ich, jeder einzelne Bürger kann komplett seinen freien Willen verlieren. Ich habe ihre Stream-Labore gesehen und die Wirkung selbst zu spüren bekommen. Wir müssen sie aufhalten, Mage. Jetzt geht es nicht länger nur um Mord … okay, ich weiß, das klingt im ersten Augenblick schlimmer, aber –«

»Nein, ich kapiere, was du meinst. Ich wäre auch lieber tot als ferngesteuert. Kann zwar nicht behaupten, dass mein Leben besonders toll ist« – er macht eine Geste zu seinem leeren Wohnzimmer –, »aber wenigstens gehört es mir.«

»Ja, genau.«

Ich bin überrascht, wie gelassen er das alles aufnimmt. Andererseits – hier unten hat er täglich vor Augen, wie rücksichtslos der Kon sein kann. Meine Zeit im UpperWeb hat die Erinnerungen verwischt, doch jetzt sind sie wieder klar und deutlich. »Unser letzter Versuch, den Kon zu bekämpfen, ist nicht gerade gut gelaufen«, sagt er schließlich.

»Stimmt, aber diesmal weiß ich, wie wir vorgehen müssen.« Zumindest hoffe ich das.

Ich eigne mich nicht als Anführer der Massen, von einer bewaffneten Armee ganz zu schweigen, doch für diesen neuen

Plan bin ich perfekt. Auch wenn ich mir wünsche, die Verantwortung auf jemand anderen abwälzen zu können. Der Kon existiert schon seit mehreren Generationen, und sicherlich gab es vorher ähnliche Gelegenheiten. Ich kann unmöglich der Erste sein, der eine Chance sieht, alles zu verändern. Aber ich bin der Einzige, der Alpha und Omega zu beschützen hat. Für die beiden würde ich mein Leben geben – und genau das könnte am Ende passieren, aber darüber denke ich am besten nicht nach.

»Also brauchst du mich, um *was* zu tun? Mit einem Trommeltusch die Apokalypse einzuläuten?«

Meine Lippen kräuseln sich ungewollt zu einem Lächeln. »Ich brauche dich als Hacker. Es geht um den Hauptrechner, um Codes und darum, Haven zu finden.«

»Ich dachte, sie hat uns …«

Ja, dachte ich auch. Tut mir so leid, Haven. »Der echte Verräter war Scopes verfickter Lover.«

Mage nickt. »Das macht viel mehr Sinn. Sie war total verrückt nach dir, da konnte ich nie ganz glauben, dass … Egal, jedenfalls kann ich leider nichts für dich tun, okay? Ich bin zwar ziemlich sicher, dass ich nicht mehr unter Beobachtung stehe. Aber ich habe meinen Job als Programmierer verloren, weil ich ein Sicherheitsrisiko bin. Jetzt arbeite ich im Depot. Soll ich dir ein paar Äpfel besorgen? Frisch aus der Hydrofarm 4?«

»Willst du mir erzählen, du brauchst einen legalen Zugang, um ins System zu kommen?«

Die Antwort ist ein trockenes Lachen, das in der Kehle wehtut. »Punkt für dich. Leider haben sie meine ganze Technik mitgenommen.«

»Aber mit dem nötigen Equipment kann man es schaffen?«

Sein Blick ist zweifelnd, allerdings wohl eher, was meine Fähigkeiten betrifft, nicht seine eigenen. »Haven finden? Ja, wahrscheinlich. Die Sammelstelle für die Scannerdaten ist kaum gesichert. Kennst du ihren Chipcode?«

Ich rattere ihn herunter. »Das wäre der erste Schritt.«

»Und der zweite?«

Ich atme tief ein und wieder aus. »Der Kon benutzt die Chips, um in unsere Gehirne einzudringen. Also können wir den Spieß umdrehen und sie genauso kontrollieren, wenn wir die nötigen Informationen haben. Dafür brauchen wir Haven. Die Chips sind so eine Art Spezialität von ihr. Sie hat es geschafft, an die Erinnerungen meiner Mutter heranzukommen. *Alle*, ohne Einschränkungen. Natürlich wird es für euch schwerer, euch in die Chips des Aufsichtsrats oder der Präsidentin zu hacken. Da dürfte die Datensicherheit ein kleines bisschen höher sein als bei einer Toten. Aber rein technisch muss es möglich sein. Also ist mein Plan folgender: Wir knacken die Codes der Leute, die an dem Projekt beteiligt sind und Gehirnwäsche für eine gute Idee halten. In den Erinnerungen der SoundTechs finden wir die nötigen Infos, um Streams selbst codieren zu können. Ich schreibe Songs, die wir mit der neuen Technik personalisieren und gegen den Kon einsetzen. Damit werden wir alle wichtigen Leute ruhigstellen, bis wir die Macht übernommen haben. Zum Schluss zerstören wir die Streams. Nicht nur unsere eigenen, sondern den ganzen verdammten Drogenscheiß.«

Mage schweigt lange Zeit. Ich stehe auf, was bei der durchhängenden Couch gar nicht so einfach ist, und laufe nervös im Zimmer herum. Durch das Fenster sehe ich den Wachmann, der für mich Chauffeur spielen muss, auf der Straße stehen und warten. So geduldig waren die Kon-Typen früher nie.

»Was passiert mit dem ganzen Rest?«

»Welcher Rest?«

»Sagen wir mal, alles läuft nach deinem Plan. Wir besiegen den Kon, sperren alle wichtigen Funktionäre ein oder was auch immer … bringen jedenfalls das ganze System zum Zusammenbruch. Selbst wenn wir einen Moment mal nicht darüber nachdenken, dass wir damit selbst zu Unterdrückern werden – der Zweck heiligt schließlich die Mittel, stimmt's? –, aber unsere Stadt ist voller Junkies, Anthem. Willst du sämtlichen Bürgern des Web einen kalten Entzug aufzwingen? Kannst du dir vorstellen, was das für Folgen hätte?«

Ich sehe mich selbst in meiner Zelle. Wie ich am ganzen Körper zittere, durch Erbrochenes krieche und hoffe, dass die Schmerzen mich umbringen. »Hast du vielleicht einen besseren Plan?«

»Reg dich ab, okay? Ich behaupte ja nicht, dass der Kon im Recht ist, im Gegenteil. Die Idee, sie mit ihren eigenen Waffen zu schlagen, ist auf jeden Fall gut. Schon deshalb, weil wir keine anderen Waffen haben … also bin ich voll dafür. Aber wenn du einfach jedem deinen Willen aufzwingst, benimmst du dich genauso wie der Kon. Anthem, du musst den Leuten die Wahl lassen. Sonst kannst du das alles vergessen.«

»Hilfst du mir, Haven zu finden, oder nicht? Über den ganzen anderen Mist können wir uns später den Kopf zerbrechen.«

»Ja, klar. Ich versuche es zumindest.«

»Danke.«

Ich habe mich ja schon länger gefühlt, als würde ich aus zwei verschiedenen Personen bestehen, selbst bevor ich der Superstar des Kon wurde. Aber so krass war es sonst nie. Heute kann ich nicht einfach die Partyschminke abwaschen und für die Zwillinge das Frühstück vorbereiten. Zumal für den Küchenkram jemand anderes zuständig ist. Als Mage jetzt vor mir in das Shuttle klettert, stößt er einen beeindruckten Pfiff aus, lässt die Finger über die weichen Polstersitze gleiten und berührt den Bildschirm der Konsole. Das Logo verschwindet, und stattdessen erscheint die Aufforderung, einen PersoChip zu scannen. Ich will ihn einladen, sich bei der riesigen Stream-Auswahl zu bedienen, doch er schüttelt den Kopf. Vielleicht sieht er deshalb so kränklich und blass aus. Ich bin nicht sicher, ob der Kon überhaupt noch aufpasst, dass die Bürger regelmäßig ihre Drogen nehmen. Wenn alles nach dem Plan der Regierung läuft, ist das schließlich demnächst überflüssig.

»Zum Depot 2«, befehle ich meinem Fahrer. Er dreht sich um und schaut mich mit erhobenen Augenbrauen an. »Was denn? Mein Freund arbeitet da. Also sind wir höflich und fahren ihn hin.« Mages Schultern zucken vor unterdrücktem Lachen, während er starr aus dem Fenster schaut.

Die Fahrt dauert nicht lang. Flüchtig sehe ich meine alte Nachbarschaft vorbeirauschen, voller kaputter Bürgersteige und bekannter Gesichter, dann hält das Shuttle auch schon an. Ich atme durch und sage dem Wachmann, dass ich kurz mit reingehe, um etwas zu kaufen. Er zuckt bloß mit den Schultern. Anscheinend bin ich für ihn langweilig geworden.

Gut.

Ich öffne die Depottür, und innerhalb einer knappen Sekunde verstummt jedes Geräusch an den Marktständen. Die Rufe der Händler, die ihre Waren anpreisen, hallen noch vom Fliesenboden nach, bevor die Stille sie verschluckt. Mir wird plötzlich ganz flau, und ich muss mich anstrengen, um den Kopf oben zu halten und den Leuten in die Augen zu schauen.

In den vier bis fünf Wochen, die ich fort war, hat sich meine Erfolgsstory definitiv herumgesprochen.

»Stiefellecker«, zischt ein Typ, den ich bei mindestens einem Konzert gesehen habe. Früher habe ich immer Käse bei ihm gekauft, weil mein Vater die Sorte besonders mochte. Von allen Seiten erhebt sich zustimmendes Gemurmel. Es klingt wie das Intro zu einem Song, bevor der Sound plötzlich explodiert.

»Was würden Sie denn an meiner Stelle tun, um Ihre Familie zu beschützen?«, fordere ich ihn heraus. »Das gilt für alle hier.« Ich lasse meinen Blick durch die Halle wandern. »Von euch kennt mich doch jeder. Ihr kennt meine Eltern … und meine kleinen Geschwister. Was hätte ich eurer Meinung nach machen sollen?«

Stille. Ihr Urteil über mich hat sich nicht geändert. Diese Leute haben ihr ganzes Leben damit verbracht, sich vor der Macht des Kon zu ducken, und jetzt bin ich einer von ihnen.

»Ich will keinen Ärger«, sage ich, »und bin nur hergekommen, weil ich mit Kobold sprechen muss.«

Ein Kopf hebt sich über den mehligen Tresen eines Brotstandes, als Kobold auf den Hocker steigt, den er dort immer stehen hat. Was ihm an Körperlänge fehlt, gleicht er mit purer Masse aus. Mage folgt mir zu dem Tresen, und Hunderte von Augenpaaren folgen uns.

»Anthem«, sagt Kobold. Seine Stimme war schon immer hoch und dünn, solange ich denken kann, und versetzt mich in Zeiten zurück, als ich tatsächlich noch kleiner war als er und an der Hand meiner Mutter zum wöchentlichen Einkauf ging. Ich lehne mich über den Stand, um möglichst nah an seinem Ohr zu sein, und das splitterige Holz bohrt sich in meine Rippen. Ich glaube, ihm gehen ähnliche Erinnerungen durch den Kopf.

Jedenfalls ist sein Gesicht ein bisschen weniger abweisend als das der meisten anderen, die uns immer noch beobachten.

»Mage braucht neues Equipment.«

Kobold mustert mich misstrauisch, und ich hebe abwehrend die Hände. Nein, das ist keine Falle.

»Kommt mit«, sagt er kurz. Er macht sich nicht die Mühe, die Klappe des Marktstandes zu öffnen, sondern duckt sich nur ein bisschen und schlurft direkt unter dem Tisch hindurch. Dann watschelt er bis ans Ende des Depots und durch eine Tür, die laut Beschriftung eigentlich stets verschlossen sein sollte. Wir betreten ein Labyrinth aus Kellergängen und kommen schließlich in einen Raum, der wie eine Mischung zwischen unserem alten Probenkeller und dem Lager in Pixels Club aussieht. Auf den Regalen stehen allerdings keine harmlosen Wasserflaschen.

Kobold dreht sich zu uns um und wartet.

»Zuerst brauchen wir einen Computer«, sage ich. »Kein Ahnung, welches Zubehör. Mage?«

»Eine vom NETZ genommene Konsole«, lässt Mage ihn wissen. Alle paar Jahre gibt es neue Modelle, und die alten sollten eigentlich beim Recycling landen, aber ein paar gehen immer »verloren«. »Sechs abgeschirmte kleine Tablets.«

Daran habe ich überhaupt nicht gedacht. Natürlich brauchen wir eine sichere Art der Kommunikation. Ich hoffe nur, dass Mage nicht zu optimistisch ist, wenn er sechs statt fünf Stück bestellt.

»Das wird teuer«, sagt Kobold mit seiner Quäkstimme. Ich schüttele den Kopf.

»Der Preis spielt keine Rolle.«

Mage schlendert an den Regalen entlang, um sich Kabel,

Platinen und anderen Technikkram zu schnappen, dessen Nutzen mir rätselhaft ist. »Kannst du mir einen leeren MemoryChip besorgen?«, fragt er Kobold. »Und auch gleich einen PersoChip. Ich muss wissen, wie die Dinger funktionieren«, fügt er an mich gewandt hinzu.

Kobold legt den Kopf schräg. Mir ist klar, dass er neugierig ist, doch in seinem Job stellt man keine Fragen. »Ein PersoChip ist kein Problem. Wird nicht billig, aber davon sind einige im Umlauf. MemoryChips …«

»Sind nicht so wichtig«, sage ich, denn ich bin ziemlich sicher, dass Haven einen zur Verfügung hat. Oder sie hat die Codes und Baupläne auch ohne Vorlage geknackt. »Gibt es einen Scanner zum Bezahlen?«, frage ich Kobold.

Er bringt mich zu einer Ecke, wo ein recyceltes Gerät blinkt, dessen Überwachungsfunktionen größtenteils ausgeschaltet sind. Die Kreditpunkte, die ich gerade ausgebe, werden scheinbar unberührt auf meinem Konto bleiben, aber nur als Illusion. Leere Zahlen. Kein Geld, das ich ausgeben könnte. Falls sich ein übereifriger Anzugträger eine Beförderung erhofft, indem er mein Konto ausspioniert, wird für ihn alles normal aussehen. Kobold tippt eine Summe ein, bei der mir ganz schwindelig wird.

Ich sage ihm, er soll ruhig das Doppelte nehmen, und halte mein Handgelenk vor den Scanner.

»Vier von den Tablets brauche ich sofort«, lasse ich ihn wissen. Kobold nickt und geht zu einem Regal, um die Ware zu holen. »Außerdem muss ich sie irgendwie verstecken.« Ich merke mir die Kontaktnummer des obersten Tablets und reiche es Mage, sodass er mich sofort benachrichtigen kann, wenn er im Zentralrechner etwas herausfindet.

»Anthem?«, fragt Kobold über die Schulter. »Hier im Quadrant gibt es Gerüchte über Streams, die töten können …«

Er bricht jedes Mal das Gesetz, wenn er einen Kunden in diesen Kellerraum bringt. Kein Wunder, dass er nervös ist. »Ja, das stimmt«, sage ich. »Gib Mage alles, was er braucht.«

Eine Minute später habe ich das Depot verlassen und bin zu meinem gelangweilten Wächter zurückgekehrt. Dem massigen Brotlaib, der aus der Einkaufstasche in meiner Hand ragt, sieht man nicht an, dass er innen hohl ist. »Meine Geschwister wollen mal wieder essen wie zu Hause«, erkläre ich.

Während meiner Zeit als Akku habe ich eine Menge Bücher gelesen, in denen sich die Menschen das Leben in der Zukunft vorstellten. Ich beneide die Optimisten unter ihnen und wünschte, wenigstens einige ihrer Träume wären wahr geworden. Im Moment wäre ich gerne einer ihrer Roboter und würde emotionslos mein Programm abspulen: nach Hause gehen, die Zwillinge ins Bett bringen, im Club die Nacht durchtanzen und morgens ins Studio zurückkehren, ohne mir jede einzelne von Mages illegalen Computeraktionen vorzustellen und zu beten, dass er wenigstens eine Spur von Haven findet.

Und ohne darüber nachzugrübeln, was ich tun soll, wenn er versagt.

Kurz darauf verteile ich die abgeschirmten Tablets an meine Band. Der Wachmann im Aufnahmeraum schaut nicht einmal hoch. Wir sind zu artigen, uninteressanten Musterbürgern geworden. Die Hälfte der Zeit befindet sich hinter der Scheibe niemand außer dem nervös zuckenden SoundTech. Anscheinend macht das Leben keinen Spaß, wenn man nicht wenigstens einmal am Tag irgendwelche Bürger mit einer Waffe bedrohen kann. Sogar Ell besucht uns immer seltener. Sie ist wahrscheinlich damit beschäftigt, die Entwicklung der experimentellen Streams zu beaufsichtigen.

Bei näherem Nachdenken möchte ich lieber doch kein Roboter sein.

Mein Treffen mit Mage war am Dienstag. Am Freitagmorgen reißt mir eine Gitarrensaite, und ich ignoriere den schmerzenden Striemen auf meiner Hand, als ich allzu hastig nach dem Tablet greife, das sich nach drei Tagen endlich meldet. Niemand sonst würde mich antickern. Die anderen wissen, auf welche Nachricht ich warte, und so rücksichtslos würde niemand von ihnen sein.

Ich muss den Wachmann erst aufwecken, um ihm mit gespielter Lässigkeit mitzuteilen, dass wir jetzt gerne losfahren würden, um unseren zusätzlichen Drummer abzuholen. Das Schlagzeug für Mage steht schon fertig aufgebaut neben Pixels.

Als Mage die Tür aufmacht, schiebe ich mich in die Wohnung, bevor sie ganz offen ist. »Du hast sie gefunden?«

Er gibt einen gequälten Ton von sich, als würde ihm jemand die Luft abdrücken, und hüstelt. »Ja, schon. Aber …«

»Wo ist sie?«

Er zeigt auf das Schlafzimmer. Anscheinend durchquere ich den Flur und drücke die Klinke herunter, auch wenn ich hinterher nichts mehr davon weiß. Ich erinnere mich nur an ihren Anblick. Sie hockt gekrümmt auf dem Bett, mit einem Kissen im Schoß.

»Haven«, flüstere ich. Dann halte ich sie plötzlich in den Armen, und sie umklammert mich so fest, dass sie mich fast erwürgt. Ich bin endlich zu Hause. Wir sind beide in Sicherheit, wenigstens für einen kurzen Moment. Ich merke nicht einmal, welche Worte ich ihr wieder und wieder ins Ohr flüstere, bis mir irgendwann klar wird, dass sie nicht darauf reagiert.

»Es tut mir so leid«, murmele ich. »Haben sie dir wehgetan? Geht es dir gut?«

Keine Antwort. Furcht sammelt sich in meiner Magengrube, brodelt wie Lava nach oben und verwandelt sich in Zorn. Ich trete einen Schritt zurück und nehme sanft ihr Gesicht in beide Hände. »Kannst du mich hören?«, frage ich.

Ihre Augenlider fallen zu; eine einzige Träne durchbricht die Wimpern und rinnt ihre Wange hinab.

Ich werde sie alle umbringen, jeden Einzelnen.

0110010101 **25** 1001100110

»Wer hat das getan?«, frage ich, obwohl das so ziemlich das Sinnloseste ist, was ich in diesem Moment machen kann. Der einzige Beweis, dass ich überhaupt etwas gesagt habe, ist das stotternde Flackern ihrer Implantate. Haven schüttelt den Kopf und verzieht das Gesicht.

Wenn die Gerüchte stimmen, lässt der Schmerz erst Wochen später nach. Ich spanne die Armmuskeln und versuche, den Zorn aus meinen Händen herauszuhalten, damit ich Haven nicht zusätzlich wehtue.

»Ich habe sie gefunden, als ich die Dateien für verurteilte Exsonics durchgegangen bin«, sagt Mage von der Tür aus. »Das war fast das Letzte, was mir eingefallen ist. Zuerst habe ich alles andere durchprobiert, zum Beispiel bei den Clubs zu checken, ob sie sich für Tanznächte eingescannt hat. Aber das hat natürlich nichts gebracht. Ich wollte anscheinend einfach nicht darüber nachdenken, dass sie vielleicht …«

»Danke«, sage ich heiser. »Stand in der Datei, wer dafür verantwortlich ist?

»Nur der Name des MedTech. Nicht, wer den Befehl gegeben hat.«

»Kann ich kurz dein Tablet haben?« Meines liegt vermutlich

noch immer auf der E-Gitarre im Studio, weil ich beides fallen gelassen habe, als die Nachricht kam.

Er bringt mir das Gerät und schließt die Tür hinter sich, als er wieder geht. Ich brauche viel zu lange, um mich zu entscheiden, was ich als Erstes sagen soll.

Es tut mir leid._

Haven blickt auf den Bildschirm und schmiegt sich enger an mich. Ich sinke mit weichen Knien auf den Boden und ziehe sie mit herunter, sodass wir zusammen auf dem Boden hocken. Sie greift nach dem Tablet, und pinke Fingernägel klicken über den Touchscreen. Das Geräusch klingt ungewöhnlich laut, weil ich es für uns beide höre. Du hast geglaubt, ich habe euch verraten, oder?_

Ich kann mich nicht dazu bringen, die Antwort niederzuschreiben, und nicke mit dem Kopf an ihrer Schulter. Eigentlich erwarte ich, dass sie von meinem Schoß rutscht und mir eine Ohrfeige verpasst. Das wäre völlig okay. Stattdessen fühle ich nur eine tiefe Traurigkeit in ihr, die sich mit der Hitze ihrer Haut vermischt. Genau das wollten sie schließlich erreichen. Ich habe schnell kapiert, warum sie mich gefilmt haben._

Dadurch wird es auch nicht besser._

Aber es wird leichter, dir zu verzeihen._

Vielleicht. Ich schätze, das werde ich später mit mir selbst ausdiskutieren müssen. Wer ist dafür verantwortlich?_, frage ich wieder.

Sie nimmt das Tablet und hält es eine Weile in der Hand. Direkter Befehl der Präsidentin._ Bei jedem zögernd getippten Buchstaben wird meine Wut größer. Man war der Meinung, mit meinem ... familiären Hintergrund ... hätte ich es besser wissen müssen._

Mein Puls dröhnt, meine Nasenflügel beben, und am liebsten würde ich schreien. Der Kon glaubt, dass er Haven mit Haut und Haaren besitzt. Die Verantwortlichen sind sich ihrer Macht so sicher, dass es ihnen egal ist, ob Haven sie für immer hasst. Sie ist eine von ihnen, und trotzdem hat man ihr wehgetan. Keine Gehirnwäsche für die Abtrünnige. Das Ganze sollte eine Strafe sein, und es *sollte* schmerzen. Ihr Familienstatus konnte sie dieses Mal nicht retten, sondern hat ihre Lage sogar verschlimmert. Ich frage mich, ob ihre Eltern wenigstens versucht haben, sie zu beschützen. Vielleicht hat man ihnen keine Chance gegeben zu protestieren. Haven legt das Tablet beiseite und streicht mit der Hand über meine Brust, bis sie auf meinem Herzen ruht. Ich schließe die Augen, und meine Poren nehmen gierig die Wärme auf, die durch mein Shirt dringt.

»Anthem«, stößt sie ungeübt hervor. Meine Lider fliegen auf. Viele Exsonics sprechen überhaupt nicht mehr, obwohl die körperlichen Voraussetzungen noch vorhanden sind. Haven klingt, als sei sie gerade mit rauer, trockener Kehle aufgewacht. Als sie mich anstarrt, sehe ich die Sorge im intensiven Grün ihrer Augen. »Ich wollte dich hassen«, sagt sie, und ich winde mich innerlich. »Aber dazu hast du mir zu sehr gefehlt.«

Ich habe diese Frau nicht verdient, nie im Leben, doch ich bin zu eigensüchtig, um auf sie zu verzichten. Im Moment will ich alles gleichzeitig: Ich will ihr sagen, dass ich total verstehe, was sie meint, weil es mir genauso gegangen ist. Noch dringender will ich die Furcht in ihren Augen auslöschen. Das Ganze ist … ich kann kaum noch klar denken.

Ihre Lippen sind weich und tränenfeucht. Ich halte sie so fest ich kann und wispere Worte auf ihre Zunge. Tastend verspreche ich ihr, dass ihr Zustand sie zwar in den Augen der Welt verändert, aber nicht für mich, nie und nimmer. Ich trinke ihre heiseren Geräusche in mich hinein, als würde ich ohne Haven verdursten, weil kein anderer Mensch mir geben kann, was ich brauche. Fingerspitzen umspielen meinen Nackenstecker und erinnern mich daran, wer und was ich früher war. Bevor alles vorbei ist, werde ich die Kabelanschlüsse in meinem Fleisch noch einmal brauchen.

Haven war immer für mich da, heute genau wie damals, und ich will sie nie wieder verlieren.

Unsere Lippen trennen sich erst, als akuter Sauerstoffmangel eintritt. Haven schmiegt ihr Gesicht an meinen Hals und atmet meine Nähe ein. Ich ändere meine Sitzhaltung ein bisschen, damit ich nach Mages Tablet greifen, das Gerät auf einem Knie balancieren und tippen kann. Natürlich ist das nicht gerade bequem, aber ich werde Haven auf keinen Fall wieder loslassen. Sie hebt den Kopf, als ich ihr auf die Schulter tippe, und wirft einen Blick auf meine Nachricht. Ein Lächeln breitet sich langsam auf ihrem Gesicht aus, angriffslustig und ungebrochen.

Nicht ohne meine Hilfe_, lässt sie mich wissen. Ich beginne ebenfalls zu grinsen. Der Kon hat ihr zwar das Gehör nehmen können, aber der Rest von ihr ist immer noch da. Zusammen haben wir eine echte Chance, zu Ende zu bringen, was wir angefangen haben.

Sie möchte am liebsten sofort die Zwillinge sehen, und ich erkläre ihr, warum das nicht möglich ist. Jedenfalls noch nicht. Glücklicherweise versteht sie meine Gründe. Als Nächstes fragt sie nach meinem Vater. Ich muss schlucken, um meine Kehle freizubekommen, und dann gleich noch einmal, als mir klar wird, dass ich meine Stimmbänder nicht brauche.

Unsere Zeit geht viel zu schnell zu Ende. »Hör auf, dir Sorgen zu machen«, sagt Mage, nimmt mich am Handgelenk und zieht mich durchs Treppenhaus, weg von ihr. »Haven wird nicht wieder verschwinden. Erstens kennt sie unseren nächsten Treffpunkt und zweitens ist ihre neue Tickernummer in dem Tablet gespeichert, das ich dir geliehen habe.«

Ich nicke wortlos. Zum Wachmann sage ich: »Setzen Sie uns beim Cyclon ab«, und zeige lässig mit dem Daumen auf Mage. »Wenn er ein Star sein soll, braucht er andere Klamotten.« Kaum habe ich Platz genommen, summt das Tablet in meiner Hand, und ihre Nummer blinkt.

Die Fahrt gibt Haven und mir zusätzliche Zeit, uns auszutauschen. Aus dem VIP-Büro mit dem gepolsterten Ledersofa hat man sie direkt in dasselbe MedCenter verfrachtet, wo auch ich behandelt wurde, nachdem ich endgültig aufgegeben hatte. Wir können uns höchstens um Minuten verpasst haben, oder vielleicht waren wir sogar gleichzeitig dort. Beißende Säure steigt mir in den Hals. Vier Wachen mussten Haven auf den Arztstuhl drücken, als die Streamwirkung und die glückliche Passivität schlagartig aufhörten und sie begann, panisch schreiend um sich zu schlagen.

Wann immer ich die Nachwirkungen der Behandlung anspreche, die Entzugssymptome und wochenlangen Schmerzen, beginnt Haven stattdessen, mich auszufragen. Damit gießt sie nur zusätzliches Öl in das Feuer, das in mir brennt.

Phönix, Pixel und Scope haben den Cyclon noch vor uns erreicht. Ihr Shuttle parkt wartend vor einer Ladenreihe voller Designerklamotten.

»Ich gebe hier die Modeberaterin ab«, sagt Phönix zu meinem Bodyguard, der die Augenbrauen hochzieht, als wir plötzlich zu fünft sind. »Diese Jungs haben nicht die geringste Ahnung von Stil. Mage, du siehst total schrecklich aus.«

»Ich freu mich auch, dich zu sehen«, sagt er und knuddelt sie mitten auf dem in Neonlicht gebadeten Fußgängerweg. Mit den anderen tauscht er einige lässige High Fives aus, während unsere zwei Wachen missbilligend zuschauen.

»Wow, das Make-over wird echt eine Weile dauern«, sagt Phönix zu den beiden. »Das sieht ja wohl ein Blinder, oder? Kaum zu glauben, wie er rumläuft.«

Ich warte mit angehaltenem Atem. Meine Finger zucken, während die anhaltende Wärme von Havens Berührung langsam aus ihnen heraussickert.

»Niemand bezahlt mich dafür, ein paar verzogenen Gören beim Verkleiden zuzusehen«, murmelt mein Wächter und fügt lauter hinzu: »Wir warten da drüben.« Er zeigt auf eine Wasserbar an der Ecke.

»Klar, wir melden uns, wenn wir fertig sind«, sage ich. »Dann mal los, Mage.«

Kaum haben wir den ersten Laden voller Leder und Vinyl betreten, schmeiße ich ein beliebiges Outfit in Mages Größe auf den Kassentresen und bezahle, ohne die verwirrte Verkäuferin auch nur eines Blickes zu würdigen. Pixel steht hinter dem Schaufenster und hebt einen Daumen.

»Die Luft ist rein.«

Mit Mage an der Spitze hasten wir um eine Straßenecke in eine schmale Gasse, die nach Regen und Gully riecht. Der Neonschimmer von den Ladenzeilen reicht nur ein Stück weit hinein. Wir laufen weiter, bis wir die Reklamelichter vollständig hinter uns gelassen haben. Pixel ist sich sicher, dass ein Stück weiter in der Straße ein Metalldeckel eingelassen sein muss, und es stimmt, wir laufen direkt darauf zu. Kaum bin ich durch die Öffnung in den Tunnel gesprungen, jogge ich auch schon wieder los. Mage hetzt hinter mir her und ruft von hinten Richtungsanweisungen.

»Jetzt warte doch mal!«, höre ich seine Stimme und halte widerwillig mit brennenden Lungen an. Vor uns ist ein grünlicher Lichtschimmer aufgetaucht. Mage lässt seine Taschenlampe zwei Mal kurz aufflammen, und der Strahl wird von einer entfernten Tunnelwand zurückgeworfen. »Oder willst du dich ungehört anschleichen und sie zu Tode erschrecken?«

»Danke«, sage ich mit trockener Kehle.

»Mage, was-?«, setzt Pixel zu einer Frage an, aber den Rest höre ich nicht, weil ich schnurstracks auf die Nische zulaufe, wo Mage die neu gekaufte Computertechnik aufgebaut hat. Monitore leuchten, und Glasfaserkabel in allen Regenbogenfarben winden sich über den Boden. Der ganze Tunnel ist von einem Summen erfüllt, das zwar weniger durchdringend ist als der Hauptrechner, aber dennoch ausreicht, damit sich die Härchen auf meinen Armen aufrichten. An einer Wand sind Schlafdecken zu einem Nest verknäuelt, ein Kopfkissen liegt am oberen Ende.

»Haven!«, ruft Scope so laut, dass seine Stimme von den dreckig feuchten Backsteinen widerhallt. Er rennt an mir vorbei, nimmt sie in die Arme und wirbelt sie im Kreis herum. Weil er ihr so nah ist, kann er ihren Gesichtsausdruck nicht sehen, der eher Schmerz als Freude ausdrückt. Phönix ist damit beschäftigt, vor Begeisterung Mage um den Hals zu fallen. Nur Pixel merkt, dass etwas nicht stimmt. Sein Blick folgt mir, als ich Scope von ihr loslöse und sie selbst in die Arme nehme.

»Haven? Alles okay?«, fragt Pixel und geht auf sie zu. Sie ist ziemlich gut darin, sich nichts anmerken zu lassen – beobachtet seine Lippen und setzt ein Lächeln auf –, doch täuschen kann sie damit niemanden. Die Anstrengung ist zu offensichtlich, als sie versucht, seine Worte zu erraten. Pixel starrt mich an. »Das ist jetzt nicht wahr.«

Ich nicke.

»Was denn?«, fragen Phönix und Scope gleichzeitig. Pixel nähert sich ihr behutsamer als sein Bruder. Ich trete zurück und lasse Haven los, damit er sie in die Arme nehmen und ihr einen Kuss auf die Wange drücken kann.

»Sie kann euch nicht hören«, erkläre ich. »Sie ist eine … Sie kann euch nicht hören.« Ich sehe ihre Kinnladen herunterfallen. Eine schockierte Stille füllt den Raum.

Dadurch wirkt Havens kratzige Stimme noch lauter. »Fangt jetzt bloß nicht an, mich wie ein Porzellanpüppchen zu behandeln, oder es wird euch leidtun, klar? Ich bin vielleicht taub, aber sehen und denken kann ich bestens. Außerdem hatte ich wochenlang Zeit, mir die Augen auszuheulen und alles zu zerschlagen, was mir in die Hände gekommen ist. Damit ist jetzt Schluss. Das gilt übrigens auch für dich, Anthem.« Sie drückt meine Hand, und mein Magen entknotet sich. Also hatte ich recht. Haven ist immer noch da.

»Kein Wunder, dass ich dich gleich so gut leiden konnte«, grinst Phönix. Haven versteht die Bedeutung auch ohne Worte und lächelt zurück. Diesmal wirkt es sogar echt.

»Pixel?«, frage ich mit einem Seitenblick auf Haven und halte ihm Mages Tablet hin. Ich brauche jemanden, der Sekretär spielt, damit wir uns ohne lästige Unterbrechung beraten können. Er schüttelt den Kopf und zieht stattdessen sein eigenes Tablet hervor, um das Tippen zu übernehmen.

»Erstens muss ich Tango kontakten«, beginne ich. »Zweitens müssen wir genug Energie vom NETZ abzweigen. Drittens brauchen wir Ravenous. Mage, du bist dafür zuständig, die Codes vom Aufsichtsrat herauszufinden.«

»Geht klar.«

»Haven kann bei allem helfen, was mit den MemoryChips zu tun hat.« Pixels Finger tanzen über den Touchscreen. Gespannt liest Haven über seine Schulter mit und nickt dann Mage zu.

»Du willst also den Aufsichtsrat ins Visier nehmen«, sagt Scope. »Sonst noch jemanden?«

»Präsidentin Z«, antworte ich, und Haven nickt wieder. »Wir übrigen müssen wieder ins Studio und Musik aufnehmen. Außerdem organisiere ich einen Fernsehauftritt.«

»Anthem, warte mal«, sagt Haven. Wir alle schauen zu ihr herüber, und das geisterhafte Licht der Monitore beleuchtet die Falte zwischen ihren Chrome-Augenbrauen. »Mage hat mir schon erklärt, was du planst, aber es gibt ein zusätzliches Problem. Ich glaube nicht, dass alles so einfach funktioniert, wie du denkst.«

Ich spüre einen Stich von Verärgerung und bezähme mein verdammtes Temperament, bevor ich sie anschaue. »Wieso nicht?«

Pixels Finger übersetzen für mich, und Haven holt tief Atem, bevor sie antwortet. »Ihr wollt die neue Stream-Technik benutzen, um die Regierung zu übernehmen und alle ihre Mitglieder so lange zu kontrollieren, bis ihr sie eingesperrt oder anders aus dem Weg geräumt habt. Das könnte sogar funktionieren, nur –«, sie schließt einen Moment lang die Augen, »der Aufsichtsrat und die Präsidentin sind keine normalen Menschen mehr. Sie sind nicht wie wir. Man könnte sagen, sie sind ein Teil des Hauptrechners ... Weißt du noch, dass ich einmal von den krassen Sicherheitsmaßnahmen gesprochen habe, die man im System erst austricksen muss?«, fragt sie, öffnet die Augen und sieht mich direkt an.

Ich nicke verwirrt.

»Die wichtigste davon sind *sie*. Ihre Chips. Der Zentralcomputer und ihre Gehirne sind so eng verbunden, dass eine direkte Kommunikation besteht. Nichts wird verändert, ohne dass sie davon erfahren und es autorisieren. Zumindest nichts Wichtiges. Der Kleinkram läuft natürlich von selbst, aber alles, was das Web am Leben hält – Wasser, Nahrung, Energie –, wird ganz direkt von ihnen kontrolliert. Wenn jemand einen Putsch versucht, fehlen ihm also die Chips mit der nötigen Autorisation. Und man braucht alle zehn davon. Für eine erfolgreiche Übernahme müsste man die Gedanken sämtlicher Regierungsmitglieder manipulieren, und zwar für *immer*. Man müsste sie zwingen, mit allem einverstanden zu sein, was die neue Führung will. Aber sind solche Methoden nicht genau das, wogegen wir kämpfen?«

Ja. Ganz genau.

Ich wende mich ab und starre an die Wand, während ich mir die Haare raufe. Verdammt.

»Frag sie, ob es eine theoretische Möglichkeit gibt, das zu umgehen«, sagt Mage zu Pixel, der gehorsam tippt. Eine lange Pause entsteht. Im Dämmerlicht höre ich den alt vertrauten Rhythmus von Scopes Atem, während Phönix mit einer Stiefelspitze über den dreckigen Boden schabt.

»Vielleicht«, sagt Haven schließlich. Ich wende mich wieder zu ihr um und sehe eine tiefe, schicksalsergebene Ruhe auf ihrem Gesicht. »Ich müsste erst ein paar Details überprüfen, aber die einzige Alternative wäre, das Sicherheitssystem auszutricksen. Indem wir sie zuerst alle töten.«

♫

Der Fahrstuhl sinkt in die Tiefe, weiter und weiter.

Nachdem Haven ein ganzes Wochenende an ihren Monitoren verbracht hat, ist sie von ihrer Theorie überzeugt, und ich vertraue ihr. Von meinen ständigen Zweifeln habe ich endgültig genug.

Mein Plan musste nicht allzu sehr geändert werden. Er besteht immer noch daraus, einen neuen Song aufzunehmen und ihn selbst zu codieren. Dann werde ich bei einem Fernsehauftritt zur Revolte aufrufen, damit das ausbrechende Chaos unsere wirklichen Ziele verbirgt. Zumindest unter den Hackern sind unsere Konzerte immer noch Gesprächsthema Nummer eins, wie ich von Mage weiß, der Nachrichten aus dem System fischt und eigene verbreitet. Der Zorn auf den Kon brodelt im Untergrund, und das ganze Web steht kurz vorm Explodieren. Ein kleiner Funke dürfte genügen.

Der Plan sieht auch immer noch vor, die Zentrale zu übernehmen und die Präsidentin mit ihrem Aufsichtsrat dort in die Enge zu treiben, um sie zum Streamen zu zwingen. Der einzige Unterschied ist, dass sie am Ende sterben müssen, damit wir die Chips aus ihren Körpern entfernen können. Ich schließe die Augen, sehe Johnnys Gesicht vor mir und versuche, unsere Mordpläne als ausgleichende Gerechtigkeit zu betrachten. Ich bin derjenige, der sich ändern muss, wenn wir Erfolg haben wollen. Das gilt auch für meine Freunde. Eine friedliche Revolution ist nicht länger möglich, und wahrscheinlich war sie das von vornherein nie. Unsere ursprünglichen Pläne waren immer zum Scheitern verurteilt, auch ohne Zitrus, was ein ziemlich schwacher Trost ist.

Als Einziger steige ich in der Etage aus, wo sich die riesige Fläche der Legebatterie befindet. Ich hätte nie gedacht, dass dieser Ort eines Tages helfen könnte, mein Leben zu *retten*.

Als ich an meiner alten Kabine vorbeigehe, werde ich nicht gerade nostalgisch, aber irgendwie seltsam ist es schon. Damals war mein Alltag auch nicht einfacher, sage ich mir, nur auf andere Art kompliziert. Ich war überzeugt, meine Zukunft sei festgeschrieben, und hatte mich so gut wie möglich darauf vorbereitet.

Heute kann ich mich nur an die Hoffnung klammern, dass ich mich weniger dramatisch irre als damals.

Hoffnung ... wenigstens das konnte mir der Kon nicht wegnehmen. Aus dem einfachen Grund, weil ich bis vor Kurzem nie welche hatte. Der Gedanke erfüllt mich mit grimmiger Befriedigung. Ell hat großzügig mit Kreditpunkten, Gitarren und Sicherheitsversprechen um sich geworfen, aber ich wette, Hoffnung wollte sie mir bestimmt nicht geben.

Tja, ihr Problem.

»Anthem!«, zischt Tango mir zu. Ihr Purpurhaar ist so auffällig, dass es praktisch unabhängig von ihr aus der Dränagekabine zu spazieren scheint. »Was machst du denn hier unten?«

»Nach dir suchen.«

Sie mustert mich einen Moment eindringlich, dann zieht sie mich zu einer anderen Kabine in einem leeren Sektor. Der Arztstuhl und das aufgerollte Kabel mit dem Verbindungsstecker lassen meine Wirbelsäule prickeln.

»Du solltest nicht hier sein.«

»Stimmt. Ich bin froh, dass dir nichts passiert ist.«

Ihre Schultern entspannen sich ein bisschen. »Was ist los? Gibt es ein Problem?«

Jede Menge. Aber hoffentlich nicht mehr lange. Ich hole mein Tablet heraus, tippe die Antwort und halte sie Tango hin. Ihre Augen werden ganz groß.

»Lässt sich das machen?«, frage ich sie leise.

Sie nickt zögernd. Ja, wir haben hier Speicher für Lebensenergie. Unter anderem, damit die Regierungsmitglieder älter werden können als der Rest von uns. Was sie an Energie verbrauchen, vor allem beim Streamen, wird sofort ersetzt ... durch Akkus wie dich._ »Wie geht es denn deinen Geschwistern?«, fragt sie laut.

Ich starre sie an. Das heißt, sie haben Nackenstecker?_ Meiner wurde implantiert, als ich mich um den Job beworben habe. Die Wundheilung dauerte drei Wochen, und danach begann ich mit der Arbeit. Ein Nackenstecker ist ein sichtbares Zeichen der Schande. »Denen geht es prima. Von ihrer neuen Schule sind sie echt begeistert.«

Natürlich nicht an einer so sichtbaren Stelle._

Ich knirsche mit den Zähnen. War ja klar. Ich habe mit meiner Lebensenergie nicht nur das ganze blinkende Neon und die Drogenmusik fröhlich am Laufen gehalten, sondern auch noch diese Blutsauger.

Merkt man, wenn sie sich einklinken?_

»Wir sollten uns mal in einem Sky-Club treffen.« Eigentlich nicht. Es gibt Abzüge auf ihren Kreditkonten, aber die sind nicht an das allgemeine NETZ angeschlossen, und so kann man den Verbrauch nicht messen. Natürlich wollen sie nicht, dass die Öffentlichkeit davon erfährt. Hier unten wissen wir nur Bescheid, weil wir manchmal Anweisung bekommen, mehr Energie als sonst abzuzapfen und den Überschuss an bestimmte Systemadressen zu schicken._

Okay. »Klingt gut«, sage ich. »Aber jetzt sollte ich besser gehen.« Als Akku weiß ich, dass man in der Legebatterie besonders extrem überwacht und abgehört wird.

»Was hast du vor?«, fragt sie flüsternd. Ich schüttele den Kopf.

Nicht jetzt. Aber später brauche ich vielleicht deine Hilfe._ Ich müsste sie nicht hineinziehen, wenn wir noch die Stromgeneratoren vom Konzert hätten. Leider bin ich ziemlich sicher, dass sie von den hereinstürmenden Wachen in Stücke geschlagen wurden. Über den Schwarzmarkt konnten wir so schnell auch keine besorgen.

Tango presst die Lippen zusammen und ihr Blick huscht nervös umher.

Denk darüber nach, okay?_, tippe ich. »Du hast ja meine Tickernummer. Dann können wir uns verabreden.«

Sie nickt mit einem Seufzer. Hier unten sieht sie deutlicher als die meisten Bürger, was der Kon mit uns anstellt, aber ich kann ihr nicht verdenken, dass sie sich noch allzu gut an unseren letzten gescheiterten Versuch erinnert. Genau wie Mage, der auch erst einmal skeptisch war.

Den ersten Kontakt habe ich hergestellt, jetzt fehlt noch Ravenous. An ihn heranzukommen, dürfte ein bisschen schwieriger werden. Ich kann nicht einfach in der Wachstation auftauchen und behaupten, ich wolle einen alten Freund besuchen. Schließlich kenne ich nicht einmal seinen Namenscode. Auch sonst weiß ich kaum etwas über ihn, außer dass er im Quadrant

3 stationiert ist … oder war. Ihn zu finden, wird vermutlich nicht einfach. Aber garantiert gibt es Spuren im NETZ, denen Mage und Haven folgen können.

Egal, jetzt habe ich erst einmal eine wichtigere Verabredung.

♫

Haven öffnet die Tür ihrer neuen Wohnung, deren Adresse sie mir getickert hat. Ich sehe die Lampen drinnen flackern und dann zu ihrem normalen An- oder Aus-Zustand zurückkehren. Keine Ahnung, ob alle Exsonics dieses Klingelsystem besitzen oder ob Havens Familie dafür gesorgt hat. Zwar haben sie ihre Tochter nicht vor der Verstümmelung beschützt, dafür stellen sie vielleicht nachträglich sicher, dass sie es so bequem wie möglich hat. Haven liegt mir in den Armen, bevor ich etwas sagen kann, aber Worte sind jetzt sowieso unwichtig. Nicht nur, weil Haven sie nicht hören würde.

Sie duftet wundervoll. Ich vergrabe mein Gesicht in der fruchtigen Süße ihres Nackens, während sie die Beine um meine Taille schlingt. Ohne zu wissen, wohin ich eigentlich gehe, stolpere ich durch ein Wohnzimmer und eine winzige Hygienekabine, bevor ich das Schlafzimmer finde. Es ist eng und dunkel, die geschlossenen Vorhänge sperren die Nachmittagssonne aus.

An der Wand hängt eine Konsole. Ich stoße aus Versehen mit der Schulter dagegen, und mehr Nahkontakt wird das Ding hier auch nicht erleben. Nicht in der Wohnung einer Exsonic. Ein erstickter Laut dringt aus meiner Kehle und vibriert gegen Havens Haut. Sie rückt ein bisschen ab, um mich anzuschauen, und ihr einladendes, verspieltes Lächeln bringt meine Welt wieder in Ordnung.

Dann sind wir nur noch Arme, Haut, tastende Finger, die mehr von alledem freilegen, bis es nichts weiter gibt als uns beide. Ihr warmer Körper ist mein Instrument, und unsere Atemzüge schwingen in einem gemeinsamen Rhythmus, der harmonischer ist als jede Musik. Weil wir keine Worte brauchen, höre ich selbst Kleinigkeiten – ein kaum merkliches Zucken, ein leises Stöhnen – und ihre Laute füllen mich mit wohliger Wärme.

Hier ist es ganz schön pink, denke ich, als sie halb schlafend auf meiner Brust liegt. Haven lebt erst seit Kurzem in dieser Wohnung, aber sie hat schon ihre Spuren hinterlassen. Ich frage mich, ob der Umzug ihre Entscheidung war. Vielleicht wollte sie ihre Eltern nicht mehr sehen, nachdem sie so kläglich versagt hatten, oder ihre Familie hat sich so für sie geschämt, dass es sie aus dem Haus getrieben hat. Auf jeden Fall scheint Haven die Trennung nicht sehr schwergefallen zu sein. Am liebsten würde ich sie sofort mit zu mir nehmen und die Gesichter der Zwillinge sehen, wenn ich mit Haven durch die Tür komme. Tja, könnte ich jede idiotische Idee meines Lebens in Kredit verwandeln, wäre ich ein reicher Mann.

Okay, ich bin ein reicher Mann. Und wenigstens dienen die Kreditpunkte jetzt einem guten Zweck.

Haven räkelt sich und hebt leicht die Hand, um mir ein Fragezeichen auf den Bauch zu malen. Wir brauchen nicht mal unsere Tablets. Alles lässt sich irgendwie überleben. Ich nicke, und sie schlüpft aus dem Bett, während ich ihr dabei zusehe. Erst als sie ein Shirt übergestreift hat und aus dem Zimmer verschwunden ist, bequeme ich mich ebenfalls zum Aufstehen.

Die Konsole blinkt verführerisch. Ich beiße die Zähne zusammen und schaue weg. Hier werde ich ganz sicher nicht streamen.

»Erklär mir, wie das Ganze eigentlich genau funktioniert«, sage ich wenig später an einem Mundvoll Sandwich vorbei. Mein Gehirn hängt noch immer wie in einer Wiederholungsschleife an dem einen Satz fest: *Indem wir sie alle töten*. Ich weiß einfach nicht, ob ich zu so etwas fähig bin. Haven drückt mir ihr Tablet in die Hand, damit ich meine Frage schriftlich wiederhole.

»Ihr müsst die MemoryChips von der gesamten Regierung besorgen«, sagt sie. »Das System checkt den Aufsichtsrat zweimal täglich. Das heißt, wenn wir keine Notabschaltung riskieren wollen, haben wir nur dieses Zeitfenster, um an alle zehn Personen heranzukommen. Sobald ich sämtliche Chips in der Hand halte, kann ich den Hauptrechner überzeugen, dass die Besitzer noch am Leben sind.«

Bist du sicher?_

»Absolut. Wir kommen nicht darum herum, sie zu töten, Anthem. Die Chips sind durch Passwörter geschützt, die niemand kennt … nicht einmal ihre Besitzer. Es gibt nur eine Methode, diese Information aus ihnen herauszuholen, nämlich sie aus ihnen *heraus*zuholen. Das persönliche Passwort wird in dem Moment installiert, wenn jemand ein Regierungsamt übernimmt, und danach braucht der Hauptrechner es für sämtliche Aufgaben. Er kommuniziert mit den MemoryChips, und falls ein Signal ausfällt – weil der Besitzer tot ist –, stellt er die Arbeit ein. Um ihn zu reaktivieren, muss man den Chip sofort in eine neue Person implantieren *und* die übrigen neun körperlich mit dem System verbinden, noch während der Sicherheits-Check läuft. Anders geht es nicht.«

Das leere Tablet starrt mich an und wartet auf meine Worte. Am liebsten würde ich sie nicht eintippen, aber ich habe keine

Wahl. Warum hast du uns das alles nicht früher erzählt? Bei unserem ersten Planungstreffen im Club?_

»Damals habe ich gehofft«, sie schluckt sichtbar, »nein, ich *wollte* unbedingt hoffen, dass wir niemanden von ihnen töten müssen. Ich habe mir eingeredet, dass wir nur die Zentrale zu überrennen brauchen, um sie zu überzeugen, dass ihre Politik falsch ist.« Sie zeigt mit einem pinkfarbenen Fingernagel auf ihr Ohr, presst die Lippen zusammen und schüttelt desillusioniert den Kopf.

Ich stelle meinen Teller auf den Tisch und lehne mich auf dem Sofa zurück, sodass ich den Arm um sie legen kann. Sollte ich lieber nicht fragen, woher du das alles weißt?_

Haven schaut mit schräg geneigtem Kopf und selbstironischem Lächeln zu mir hoch. »Über solche Themen reden wir doch nie. Am besten belassen wir es dabei.«

Da kann ich kaum widersprechen. Mir fallen Details aus ihrem Wohnzimmer ins Auge und ergeben ein verschwommenes Bild ihres Lebens, von dem ich tatsächlich so gut wie gar nichts weiß. Eine große Menge Bücher – vor allem Vorkriegsliteratur mit verblassten, rissigen Einbänden – stehen alphabetisch geordnet auf weißen Regalen, die sich kaum von den Wänden abheben. Auf dem Fensterbrett entdecke ich eine runde Glasvase, die Haven zusammen mit mir im Cyclon gekauft hat und in der nun eine einzige rosafarbene Blume schwimmt. Einige billige, ehemals blaue Glasfaserstränge liegen auf einem Tisch, als seien sie erst kürzlich hervorgeholt worden. Ich habe sie Haven vor Wochen geschenkt und fand die Geste damals nicht peinlich, aber jetzt brennen meine Wangen bei dem Anblick. Sie hat diese wertlosen Teile behalten, noch während ich sie als Verräterin abgestempelt hatte.

Aus einem Kuss werden ein Dutzend, doch leider kann ich nicht bleiben. Ich habe eine Aufgabe zu erledigen.

Quadrant 4, in dem sie nun wohnt, ist der älteste und am besten erhaltene Stadtteil unserer Insel. Hier gibt es mehr historische als moderne Gebäude, und rostige Feuerleitern klettern die Wände hoch wie parasitische Pflanzen, die sich an dem bröckelnden Backstein festkrallen. Meine Schritte auf dem Metall werden vom Hintergrundlärm des Webs verschluckt, sodass ich mich unbemerkt aus Havens Wohnung schleichen kann, ohne von meinem Wachmann am Shuttle bemerkt zu werden.

Inzwischen ist Nachmittag und die Patrouillen haben bald Schichtwechsel. Ich nehme den TT, verlasse Quadrant 4 und lasse mich in Richtung des Lichtermeeres tragen, das gegen den übermächtigen Schatten der Konzernzentrale ankämpft. Der Strudel des Cyclon packt mich, wirbelt mich herum und spuckt mich auf der anderen Seite wieder aus, wo in wenigen Minuten Entfernung mein Ziel liegt: die Wachstation von Quadrant 3. Dort ist Ravenous laut seiner Kon-Akte immer noch stationiert.

Das geduckte Flachdachgebäude ist leicht zu erkennen, denn es steht inmitten geparkter Patrouillen-Shuttles. Ich verdrücke mich unauffällig in eine gegenüberliegende Gasse und warte.

1111011100 **26** 1001111001

Ravenous spielt mit_, tippe ich, als ich durch die Tür komme.

Sämtliche Tablets im Studio, abgesehen von meinem eigenen, summen los. Die anderen ziehen sie hastig aus Rucksäcken und Hosentaschen. Als sie meine Nachricht lesen, beginnen Pixel und Scope zu grinsen, während Mage nur nickt, denn schließlich weiß er längst Bescheid. Phönix kaut auf ihrer Lippe und schickt eine Antwort zurück. Er hat einen Plan?_

Ja, alles schon besprochen._ Was leider nicht heißt, dass die praktische Durchführung leicht wird. Ravenous kann uns zwar nachts ins Waffendepot lassen, aber zuerst müssen wir die Wachen loswerden, die das Gebäude rund um die Uhr bewachen … und die Wachen, die *uns* rund um die Uhr bewachen.

Als ich nach vollbrachter Tat wieder in Havens Wohnung geklettert kam, war sie schon weg, um sich mit Mage im Tunnel zu treffen. Die beiden hatten vor, zusammen in den Hauptrechner einzudringen und nach Methoden zu suchen, wie wir am Waffendepot eine wirkungsvolle Ablenkung hinbekommen. Ganz ehrlich, mit ihren Hackertricks könnten sie uns wahrscheinlich sogar Zugang verschaffen, ohne Ravenous zu bemühen. Aber ich will ihn dabeihaben, um mir bei der Auswahl der Waffen zu helfen. Davon habe ich echt keine Ahnung.

Ich konnte mich erst wieder entspannen, als ich von Haven die Tickernachricht bekam, dass sie sicher bei Mage angekommen war. Vorher kreisten meine Gedanken ständig um Exsonics … heranrasende Shuttles … Pfützen aus Blut … Die Bilder sind so schwer zu verscheuchen wie lästige Insekten. Haven geht es gut. Sie ist zwar ganz allein im Tunnel, aber sonst geht es ihr gut. »Okay, wir proben noch mal denselben Song«, sage ich laut und greife nach der Gitarre. Dieses Stück hat der Wachmann im Aufnahmeraum bestimmt schon hundert Mal gehört. Also nichts Ungewöhnliches.

Der zuckende SoundTech sitzt heute ebenfalls hinter der Scheibe. Ich frage mich, ob er wohl zu unserem oder seinem eigenen Rhythmus mit dem Kopf nickt und ob er genauso herumhüpfen würde, wenn wir still wären.

Zwischen zwei Schlagzeugen zu spielen, fühlt sich ungefähr an, als würde unsere Musik inmitten einer Gewitterwolke entstehen. Donnerschläge krachen in perfektem Timing durchs Studio, die Atmosphäre lädt sich auf, bis *jetzt* der Metallklang der Becken zischende Blitze regnen lässt.

Für heute bleibt meine Gesangsstimme in der Schublade. Phönix und ich werden später die Vocals einfügen, und zwar in einem der abgeschirmten Räume, wo einem die Lautstärke nicht jeden Gedanken wegbläst. Ich bin ganz froh darüber, zuerst den Instrumentalteil ausfeilen zu können, bevor ich meine Loblieder auf den Kon singen muss, bei denen mir regelmäßig schlecht wird. Außerdem ist es eine neue, mitreißende Erfahrung, mich ganz auf mein Gitarrenspiel konzentrieren zu können, auf das Gefühl der scharfen Stahlsaiten unter meinen Fingern und der energischen Fußtritte gegen den Verzerrer.

Dieser Song ist mein Geschenk an den Aufsichtsrat.

»Verdammte Scheiße!«

»Ist schon okay«, beruhige ich Phönix, die aus dem Takt geflogen ist und wütend ihren abgebrochenen Fingernagel anstarrt.

»Vielleicht solltest du aufhören, das Xylofon zu verprügeln, als hätte es dich persönlich beleidigt«, schlägt Mage vor. Sie zeigt ihm den Mittelfinger.

»Noch einmal«, sage ich.

Ich merke sofort den Unterschied, als wir den undefinierbaren Moment erreichen, wo die Musik nicht länger flügellahm vor sich hin flattert, sondern endlich richtig abhebt. Wie ein Falke steigt sie in die Lüfte, schwebt rüttelnd in dem engen Studio, lässt sich von den Strömungen tragen und in den Himmel schleudern.

Niemand von uns hat mehr völlig die Kontrolle. Die Musik baut sich von selbst immer weiter auf ... eine lebende Schallmauer, die von fünf Paar Händen gemeinsam in die Höhe gezogen wird. Ich schüttele mir die Haare aus den geschlossenen Augen, weil ich mich bewegen muss. Wenn ich die Spannung weiter ansteigen lasse und sie nur durch meine Hände und die Gitarre abzuleiten versuche, explodiere ich.

Wir schlagen Freiräume in die Wand aus purem Sound, um Songverse, Refrains und die Coda hineinzupressen. Wir umgießen die scharfen Kanten mit Melodien und rammen Samplerklänge wie Ecksteine in das Klanggebäude.

Ich öffne die Augen erst, als der Song zu Ende ist und der letzte Akkord durch den Raum hallt. Der Wachmann wirkt immer noch total ungerührt. Ehrlich, ich könnte kotzen. Anscheinend ist er einer dieser Typen, die nur streamen, weil sie keine Wahl haben und nicht wissen, wofür Musik eigentlich da ist. Am liebsten würde ich ihn durchschütteln und ihn anschreien, dass er zuhören und *fühlen* soll, statt sich an seine verdammte Machofassade zu klammern. Aber der SoundTech kapiert, was wir gerade erschaffen haben. Er starrt uns mit weit aufgerissenen, glasigen Augen an, während seine Finger instinktiv über das Mischpult tanzen, ohne dass er auch nur hinschauen muss. Ich schätze, wir haben alle unser Lieblingsinstrument, und seines besteht aus Knöpfen und Reglern.

Mage bemerkt, dass ich ihm unauffällig zunicke, und folgt mir in den Aufnahmeraum. »Könnten wir bitte unser Mittagessen bekommen?«, frage ich den Wachmann. Sehr höflich. Wie ein braver Bürger.

Er schnaubt. »Erst muss ich den Babysitter spielen und mir diesen Lärm anhören. Dann soll ich die Herrschaften auch noch bedienen. Aber sicher doch. Nur das Beste für die *Stars*.«

Mage und ich warten, bis er die Tür hinter sich zugeworfen hat.

»Können Sie mit dem Song etwas anfangen?«, frage ich den SoundTech.

Er nickt wie wild mit dem Kopf. »Bestimmt werden alle entzückt sein, nicht nur L5329, sondern auch der Aufsichtsrat und die Präsidentin. Die Musik ist sogar noch genialer als das erste Stück, das wir zusammen aufgenommen haben. L5329 hat mir erzählt, dass meine Version im Club gespielt wurde – hat sie euch gefallen? Der nächste Stream wird noch perfekter, das weiß ich jetzt schon. Ich kann es gar nicht erwarten, die Daten in den Mischraum zu bekommen. Wann wollt ihr die Vocals aufnehmen? Gleich heute?«

»Nach dem Essen.« Mage versucht so angestrengt, nicht zu lachen, dass seine Lippen ganz weiß werden. Ihn mit dem zuckenden SoundTech in einem Raum zu sehen, ist ziemlich schräg. Ich erwarte fast, dass ihre Persönlichkeiten sich gegenseitig auslöschen wie bei einer Antimaterie-Explosion.

»Hey, Mann, kannst du mir mehr von deinem Technikkram zeigen?«, fragt Mage. »Ich war Programmierer, bevor ich mit der Musik angefangen habe. Sieht echt cool aus, was du da machst.«

»Klar«, sagt der Typ sofort. »Dann muss ich dich aber unbedingt ins Tonlabor mitnehmen, wo ich die meiste Computerausrüstung habe. Theoretisch ist alles viel schwerer zu erklären. Wir brauchen hier übrigens dringend mehr SoundTechs. Vielleicht willst du mit einsteigen? Gibt ja nicht viele Leute, die sich mit Code *und* Musik auskennen. Komm, ich zeige dir alles.«

Hinter seinem Rücken halte ich beide Daumen nach oben, sodass nur Mage es sehen kann. Der Typ redet weiter wie ein Wasserfall, über Frequenzbänder, Equalizer, Chipcodes, das Hörzentrum in der Großhirnrinde und spezifische Klangwellen. Erstaunlich interessant … und wichtig für unsere Pläne. Mage wirft mir ein tiefenentspanntes Grinsen zu, hält dem SoundTech die Tür auf und folgt ihm nach draußen.

»Das war ja ein Kinderspiel«, lacht Phönix.

»Freu dich nicht zu früh. Der Rest wird schwerer.« Wie vorhin beim Song spüre ich die gewitterige Atmosphäre, die nur darauf wartet, sich im ersten Donnerschlag zu entladen.

»Und ich hatte schon gehofft, nachdem du deine Freundin wiederhast, bist du weniger depri.«

Ich funkele sie an, und Scope und Pixel kichern.

Das Chrome auf meinem Handrücken glänzt im Scheinwerferlicht des Studios.

Wir wischen gerade die letzten Reste des fettigen Fast Foods von den Fingern, als Mage mit seinem neuen Kumpel zurückkommt. Der SoundTech nimmt seinen Platz im Aufnahmeraum ein, wo inzwischen auch der Wachmann wieder aufgetaucht ist. Währenddessen schlendert Mage zu uns ins Studio, um sich ein Hühnerbein zu schnappen. Seine Hand bewegt sich dicht an mir vorbei, und er lenkt meine Aufmerksamkeit auf etwas, das er darin verborgen hält. Als er die Finger kurz öffnet, entdecke ich ein kleines schwarzes Viereck … eine portable Festplatte. Er lässt das Gerät in seiner Hosentasche verschwinden, bevor er sich mit dem Mittagessen auf einen nahen Stuhl fläzt und kaut. Ich frage mich, ob er das Gewicht der Daten spürt, die sich in seinem Besitz befinden. Wie schwer wiegt wohl die Technologie des Todes in seiner Hand?

Mages beiläufiger Diebstahl gibt mir so viel Selbstvertrauen, dass ich ohne Magenschmerzen und mit entspannten Stimmbändern in den verglasten Raum spaziere, wo Phönix und ich die Vocals aufnehmen sollen. Die unappetitlichen Lobeshymnen auf den Kon lassen sich diesmal viel leichter singen, weil ich weiß, welchem Zweck sie dienen werden. Während wir daran feilen, entspannen sich die anderen beim Streamen. Ihre Augen werden glasig, und ihre Körper sacken gegen die nächstgelegene Fläche, an die man sich halbwegs bequem lehnen kann. Das Verlangen, mich ihnen anzuschließen, ist wie ein schmerzhaftes Jucken unter der Haut. Seit ich heute Morgen die Zwillinge zur Schule geschickt habe und hergekommen bin, hatte ich keine Dosis mehr. Ich fühle mich wie ein Seiltänzer auf dem dünnen Grad zwischen Abhängigkeit und geistiger Klarheit. Nur wenn ich genau die richtige Stream-Menge treffe, die mich auf der Mittellinie hält, kann ich einen Absturz verhindern.

»Starten wir den nächsten Song?«, frage ich, als ich den verglasten Raum wieder verlasse. Scope, Pixel und Mage tauchen nur langsam aus ihren Tagträumen auf, lächeln mühsam und geben mit schleppenden Stimmen ihre Zustimmung.

Ich beiße die Zähne zusammen. »Na, dann los«, sage ich und nehme die türkisfarbene E-Gitarre von der Wand. Die Fußpedale schiebe ich so weit von der verdammten Konsole weg, wie es die Kabel erlauben.

Als ich die ersten Akkorde anschlage, starren mich plötzlich vier hellwache Augenpaare an. Diesen Song haben wir seit den Konzerten im Club nicht mehr gespielt.

»Äh, Anthem?«, fragt Phönix.

»Vertraut mir einfach«, sage ich.

♫

»Hast du wirklich geklaut, was ich vermute?« Die Frage liegt mir schon so lange auf der Zunge, dass sie ein regelrechtes Loch hineingebrannt hat.

»Und ob.« Mage hält die winzige Festplatte hoch und sagt grimmig: »Darauf ist alles, was wir brauchen, um mit Streams zu töten und zu versklaven.« Er lässt den Strahl seiner Taschenlampe durch den Tunnel zucken, um die richtige Abzweigung zu finden. »Der Typ ist so damit beschäftigt, nervös herumzuzappeln, dass er gar nicht bemerkt, was andere Leute tun. Ich habe ihn gefragt, ob er mir die Programmierung auf dem Monitor zeigen kann, und dann alles kopiert, während er seine Augen woanders hatte.«

»Du hast echt Talent, Mann«, sagt Scope.

Da kann ich ihm nur recht geben. Durch diesen Taschenspielertrick von Mage wird plötzlich alles viel einfacher als geplant. *Zu einfach*, sagt eine Stimme in meinem Kopf. Was wir vorhaben, kann nicht wie am Schnürchen laufen. Ich schiebe meinen Pessimismus beiseite. Bis jetzt war es alles andere als einfach. Der Kon hat meine Eltern verrecken lassen, Haven verstümmelt und Johnny umgebracht. Wenn wir nun zur Abwechslung mal Glück haben, will ich mich nicht beschweren.

»Okay, also haben wir jetzt die nötigen Codes. Was uns immer noch fehlt, sind die beiden Songs, die wir eben aufgenommen haben«, sagt Phönix.

»Daran arbeitet Anthems Freundin gerade.« Mage lässt die Taschenlampe blinken, um sie vorzuwarnen, dann betreten wir die Tunnelnische, wo Haven auf uns wartet. Ich sehe sie lächelnd auf einem Stuhl mit Lederbezug sitzen und kämpfe gegen ein Déjà-vu an. Sie kann ja nicht wissen, was dieser Anblick in mir auslöst. Ich ziehe sie von ihrem Sitzplatz hoch, um sie in die Arme zu nehmen. *Das* hier ist echt.

Phönix macht ein würgendes Geräusch, was mich besser als alles andere in die Realität zurückbefördert, und ich grinse sie an.

»Du hattest tatsächlich Erfolg?«, fragt Haven und nimmt Mage die Festplatte ab. »Wow, erste Sahne.« Sie setzt sich wieder auf ihren Drehstuhl und steckt den Datenträger in den Computer. Endlose Kolumnen in Programmiersprache flackern über den Monitor wie ein Schneesturm vor einem schwarzen Nachthimmel und sagen mir nicht das Geringste. Scope und ich stehen hinter ihr und schauen zu, bis Mage mir auf die Schulter tippt.

»Bereit für den nächsten Schritt?«

Ich muss schlucken. »Ja, okay.«

In einer Ecke hat er bereits die Konsole aufgebaut, die wir von Kobold bekommen haben und deren Verbindung zum NETZ gekappt ist. Ein Paar uralter Kopfhörer hängt daran. Mage hält in einer Hand einen noch winzigeren Datenträger und in der anderen ein Messer. Ich schiebe meinen rechten Ärmel hoch und atme ein paar Mal tief durch, bevor ich mich auf den Tunnelboden setze. Haven lässt ihren Drehstuhl in meine Richtung kreiseln, ihr grün erleuchtetes Gesicht ist angespannt. Ich schüttele den Kopf. *Schau nicht hin.* Sie schneidet eine Grimasse und nickt, dann wendet sie sich wieder den Monitoren zu. Pixel nimmt den Platz neben ihr ein, während Scope bei mir niederkniet und beruhigend nach meiner linken Hand greift. »Bist du sicher, dass es keine bessere Methode gibt?«, fragt er Mage.

»Die Dinger funktionieren nur, wenn sie in einem Körper stecken. Sonst gäbe es einen riesigen Schwarzhandel mit PersoChips, die man aus Leichen rausgeschnitten hat. Jeder könnte die Kreditkonten von Toten plündern«, erklärt Mage ziemlich abgebrüht. »Ansonsten gäbe es noch die Möglichkeit, den PersoChip zu hacken, der Anthem in Wirklichkeit gehört. Haven könnte die Sicherheitsstufe darauf ändern und ihn zu einem Generalschlüssel machen. Aber dann würde Anthems echte ID-Nummer verschwinden, und das könnte auffallen. Wir wollen doch nicht, dass jemand im Kon sich fragt, wieso ein Premiumchip immer dort auftaucht, wo eigentlich ein gewisser Musikstar herumlaufen sollte. Also braucht Anthem zwei Chips gleichzeitig. Wir übrigen können unsere Jobs auch ohne einen Generalschlüssel erledigen, aber er muss an die *Präsidentin* rankommen.«

»Ja, schon gut.«

Phönix und Mage fangen einen Streit darüber an, wer von ihnen ruhigere Hände hat. Ist mir egal. Ich will nur, dass sie endlich loslegen. Kalter Schweiß läuft mir über die Haut.

»Willst du einen bestimmten Stream?«, fragt Phönix und reicht mir die Kopfhörer.

»Was auch immer. Hauptsache, das Zeug wirkt. Such einen aus, der UpperWeb-Stärke hat.«

»Alles klar.« Sie tippt auf dem Bildschirm herum. Als ich die Kopfhörer überstülpe, bleibt mir ein kurzer Moment, um zu bemerken, dass ich diesen Song kenne. Ich habe dazu oft in Pixels Club getanzt, der sich im Moment fast über unseren Köpfen befindet. Trommeln dröhnen, und eine Gitarre setzt ein, während hypnotische Keyboard-Rhythmen mich mitreißen. Die Droge ist stärker als damals. Für unbedeutenden Dreck wie uns war sie natürlich schlechter codiert. Diese Edelversion sollte eigentlich in der Privatsphäre einer Bonzenwohnung gehört werden, um dort den perfekten Trip zu erleben.

Ich befinde mich mitten in einem sonnenhellen Ozean und tauche durch leuchtendes Türkis. Anscheinend kann ich schwimmen, obwohl ich davon bisher nur in Büchern gelesen habe. Das Wasser wird dunkler und dunkler, je tiefer ich komme. Nun muss ich wohl auf dem Meeresboden sein, denn alles ist schwarz, und ich spüre Sand und Schlick unter mir. Am Grund rührt sich etwas Lebendiges – eine exotische Wasserpflanze – und wickelt sich um mein Handgelenk. Ich versuche, mich zu befreien, aber der Griff wird stärker, hält mich gefangen. Nein, hör auf, lass mich los! Ich will das nicht.

Schmerz, plötzlicher Schmerz, der kaum zu ertragen ist. Die scharfen Fänge eines Raubtiers durchdringen meine Haut, das Wasser und die Schlingpflanze färben sich rot von meinem Blut. Ein einzelner Reißzahn, seltsam eckig und kantig, bohrt sich unter meinen zerfetzten Adern hindurch und bleibt dicht am Knochen stecken. Vergeblich kämpfe ich darum, mich loszureißen. Ich versuche zu schreien, doch mein Mund und meine Lungen füllen sich mit Wasser, sodass ich nur erstickt huste und keuche. Mein Puls ist wie ein rasender Trommelschlag, und ich brauche Hilfe. Ich ertrinke, bitte, jemand muss mir helfen. Nirgends ist mehr ein Lichtschimmer zu sehen, der Meeresgrund ist viel zu tief, und ich bin für immer hier gefangen.

Die Pflanze zieht sich noch enger zusammen, schlingt eine dicke Schicht aus breiten Ranken um meinen Arm, und dann höre ich das Zuschnappen einer Schere, das nicht hierhergehört. Jemand ist auf den Meeresgrund gekommen, um mich zu retten und die Pflanze zu zerschneiden. Eine Hand zieht mich nach oben, immer höher, bis ich aus dem Wasser auftauche und wieder atmen kann.

Mein Gesicht ist nass vom Tauchen. Ich löse meine Finger aus Scopes Griff und wische mir mit dem Ärmel über die Augen und die Wangen.

»Alles okay, Mann?«

Mein Blick sucht in der Dunkelheit nach Mage. »Ja, geht schon wieder.« Ich will gar nicht wissen, wie sich diese laienhafte Operation ohne einen schmerzstillenden Stream angefühlt hätte. Meine Gedanken sind immer noch ein bisschen verschwommen, doch ein Großteil meines Gehirns ist bereits wieder in Aktion. Ich schaue auf meinen rechten Arm, der jetzt mit einem weißen Verband umwickelt ist. Darunter verbirgt sich der frisch implantierte PersoChip, der es mir ermöglichen sollte, problemlos durch sämtliche Türen in der Zentrale zu spazieren. »Bist du sicher, dass es funktioniert?« Wenn Mage jetzt sagt, dass die ganze Quälerei vielleicht umsonst war …

»Absolut.«

Ich atme tief durch. Sauerstoff. Kein Meerwasser. »Okay.« Scope mustert mich besorgt, während Phönix das Blut von der Klinge wischt.

»Also, welche Identität klaut er mit dem Ding?«, fragt Phönix. »Ist er einer der Bodyguards?«

»Quatsch, unser Hacking ist viel eleganter. Oder eigentlich Havens, um genau zu sein – sie ist hier das Genie. Jedenfalls unterscheiden sich PersoChips ja nicht im Aussehen, sondern nur im Inhalt, und in diesem Fall sind die Daten ein totales Fake. Haven hat einen Zugangscode für einen ranghohen Wachmann erfunden und in die Mitarbeiterdateien eingefügt, sodass der Zentralcomputer ihn überprüfen kann. Ansonsten gibt es diese Person nicht. Solange du also den neuen Chip vor die Scanner hältst anstatt deinen echten, bist du de facto ein Niemand, Anthem«, sagt Mage zu mir. »Du kannst dich durchs Web bewegen wie ein Geist. Blass genug siehst du ja aus.« Er grinst mich an.

»Vielen Dank auch.« Ich bemühe mich zu lächeln, doch mein Handgelenk fühlt sich, als würde es über kleiner Flamme geröstet.

»Komm«, sagt Scope und hilft mir auf, da ich noch immer ziemlich wackelig auf den Beinen bin. »Der nächste Teil ist garantiert weniger unangenehm.«

Haven steht auf, als sie uns hinter ihrem Rücken spürt, und schubst mich auf ihren Drehstuhl. Ihre Miene zeigt grimmige Entschlossenheit. Ich will protestieren, aber sie hockt sich einfach auf meinen Schoß, sodass ich nicht aufstehen kann, und tippt dann weiter, als sei nichts geschehen.

Okay, damit kann ich leben.

Die meisten Monitore zeigen Schallwellen und Tonstudio-Software. Auf einigen scrollen rasend schnell haufenweise Codes entlang, die ich allerdings nur halb sehen kann, weil Havens komplizierte Hochsteckfrisur im Weg ist.

Und dann beginnen sich die Codezeilen auf einem der Bildschirme eine nach der anderen zu entschlüsseln, bis nur noch zehn Ziffernfolgen übrig sind. Ich weiß nicht, zu welcher Person sie jeweils gehören – schließlich kennen wir von unserer Regierung nicht einmal die Gesichter –, aber wichtig ist nur, wen die Daten in ihrer Gesamtheit darstellen: Präsidentin Z und ihren skrupellosen Aufsichtsrat. Ich neige den Kopf – nicht, um die Monitore näher zu betrachten, sondern um einen Seitenblick auf Haven zu bekommen. Ob eine der Ziffern wirklich zu ihrem Vater gehört? Keine Ahnung, ob sie mir die Wahrheit sagen würde, wenn ich sie direkt danach frage. Wenn man bedenkt, was wir gleich mit diesen Daten anstellen, will ich vielleicht gar nicht Bescheid wissen. Jedenfalls zeigt ihre Miene nur totale Konzentration, während sie unsere speziell codierten Musikstreams hochlädt und mit den MemoryChips verknüpft. Als Nächstes nimmt sie sich die PersoChips vor. Eine Weile muss sie sich gedulden und den Computer arbeiten lassen, dann erscheint der vollständige Dateninhalt auf dem Monitor. Haven gibt ein zufriedenes Geräusch von sich und beginnt wieder zu tippen.

»Wie wollt ihr sichergehen, dass die Aufsichtsräte den richtigen Stream herunterladen?«, fragt Scope. »Ich meine, natürlich werden sie bald ihre Dosis brauchen und an der Konsole ihren PersoChip scannen, sodass wir Bescheid wissen … aber wir können ja nicht sämtliche Songs austauschen. Das würde ewig dauern.«

Ich werfe einen Blick auf Mage. »Wenn ich das Prinzip richtig verstanden habe, spielt es keine Rolle, welchen Stream sie anklicken. Sie bekommen auf jeden Fall unsere Musik vorgesetzt. Bevor sie merken, dass der falsche Song läuft, ist es schon zu spät.« Für Johnny war es auch zu spät.

»Ich bin so weit. Wir können anfangen«, sagt Haven kurz darauf. Ich nehme sie noch fester in die Arme und der Druck lässt die Wunde an meinem Handgelenk brennen. Ich bin dankbar, dass sie immer noch ihre Stimme benutzt.

Mage lehnt sich vor und verwendet eine zweite Tastatur, um sich in das Programm einzuklinken. »So sieht der Song aus, den wir heute zuerst aufgenommen haben«, sagt er, als sich die Schallwellen auf dem mittleren Monitor verwandeln. »Und wir wollen doch vor allem diesen Song einsetzen, oder? Anthem?«

Ich nicke. Der zweite Song bekommt zwar eine ähnliche Codierung, aber ich will ihn für einen ganz speziellen Zweck aufheben. Ich habe den anderen erzählt, was ich damit vorhabe, während wir durch die Tunnel marschiert sind.

Mage öffnet ein kleines Fenster auf dem Monitor und zeigt auf die Kombination aus Ziffern und Buchstaben, die dort in weißer Schrift leuchtet.

Von den meisten meiner Freunde kenne ich zwar die privaten Label, aber nicht den offiziellen PersoCode. Okay, ich weiß, wie Scope als Stadtbürger heißt, weil wir uns schon seit unserer Kindheit kennen. Aber Phönix und Pixel habe ich nie gefragt, und auch Mage ist für mich einfach nur Mage.

Johnny jedoch hat mir seinen Code genannt und ich habe ihn bis heute nicht vergessen. Alles andere verschwimmt vor meinen Augen zu weißem Rauschen, als ich in der Mitte des

Programmiertextes seinen PersoCode sehe. J1942. Säure steigt mir in den Mund.

Haven folgt dem Fingerzeig von Mage mit den Augen und nickt. Ich wünschte, sie hätte Johnny kennenlernen können. Mein idiotisches Misstrauen hat verhindert, dass sie sich rechtzeitig begegnet sind. Haven ersetzt seinen PersoCode durch einen anderen aus ihrer Liste.

Mehr gehört nicht dazu, einen Menschen zu töten. Nur ein paar Klicks, das ist alles. Die Prozedur wirkt viel zu … einfach, auch wenn ich natürlich niemals imstande wäre, die Programmierung selbst durchzuführen. Ich schaue zu, wie weitere Codes vertauscht werden, wie Haven die Zeilen noch ein bisschen umschreibt und dann in den Song einfügt, den wir heute den ganzen Morgen geprobt haben, bis er perfekt war. Ein roter Balken kriecht langsam, Stück für Stück, über einen der Monitore und markiert die erreichten Prozentzahlen. Als das Rot alles ausfüllt, blinkt es zum Abschluss und verschwindet.

Vor ein paar Stunden waren diese Daten nur ein Lied. Jetzt sind sie eine Waffe.

0110111101 **27** 1101010110

Ich merke sofort, dass etwas nicht stimmt.

Stille füllt die Wohnung, schwebt in der Luft wie unsichtbarer Staub im Licht der großen Fenster.

»Alpha? Omega?«, rufe ich. Vielleicht sind sie noch in der Schule. Aber sie *sollten* längst zu Hause sein, und die Panik in meiner Stimme beweist, dass jede Zelle meines Körpers ihr Fehlen als Bedrohung wahrnimmt. »Pfau?« In ein paar Stunden habe ich meinen Fernsehauftritt.

»Bee?« Vor Angst kann ich kaum denken. Natürlich gibt sie keine Antwort.

Türklinken prallen gegen Wände und hinterlassen sichtbare Spuren, als ich den Flur entlangrenne und jedes Zimmer überprüfe. Nichts ist verstörender als die Stille einer Wohnung, die voller Leben sein sollte. Ich mache kehrt und rede mir ein, dass die beiden in der Küche sind. Natürlich. Warum habe ich dort nicht zuerst nachgesehen? Bestimmt sind die Zwillinge nur so vertieft in … irgendetwas, dass sie mich nicht gehört haben. Frische Kekse von Bee. Oder ihre Hausaufgaben.

Ich erreiche den Türbogen und bleibe wie angewurzelt stehen.

Oh, Scheiße. Schlitternd knie ich mich neben Bee auf die

Fliesen beim Kühlschrank. Ich versuche, meine Hände unter Kontrolle zu bekommen, damit ich sie losbinden und ihr den Knebel aus dem Mund ziehen kann. Die verdammten Scheißkerle haben sie hier liegen lassen, damit ich sie finde. Sie haben ihre Schreie erstickt und ihr die Stimme genommen … das Letzte, was ihr jetzt noch geblieben wäre.

»Wo sind die Zwillinge?«, frage ich und rede unwillkürlich immer lauter, als könnte ich dadurch etwas ändern. Bee schüttelt den Kopf, ihre Pupillen sind vor Furcht geweitet, und ihre Hände betasten die tiefen Einschnitte der Fesseln an ihren fleischigen Armen.

Mein Puls rast und ich kann kaum atmen. Das Küchenlicht lässt Flecken vor meinen Augen tanzen wie das Schneegestöber einer Bildstörung.

Schon bevor ich mich zum Hinschauen zwinge und sich meine Vermutung durch einen Blick auf Bees Tablet bestätigt, weiß ich, wer die Zwillinge mitgenommen hat.

Ell ist so tot wie der Rest des Kon. Sie weiß es nur noch nicht, aber das wird sich bald ändern. Anscheinend muss ich der langen Liste meiner Fehleinschätzungen einen weiteren Punkt hinzufügen. Wenn Ell meinen Geschwistern auch nur ein Haar krümmt, werde ich sie mit Vergnügen umbringen. Meine Skrupel sind wie weggeblasen und Rache reicht mir völlig als Motiv.

Ich nehme Bees Tablet und tippe möglichst klare Anweisungen mit der Wegbeschreibung für sie hinein. Falls das Loch im Zaun nicht entdeckt und geflickt wurde, sollte sie im Keller sicher sein. Eigentlich wollte ich Bee und die Zwillinge morgen persönlich dorthin begleiten.

Von meinem eigenen Tablet schicke ich eine Nachricht an

Haven und Mage, dann eine andere an Pixel, Scope und Phönix. Sie werden dafür sorgen, dass ich alles bekomme, was ich brauche.

Wohin meine Geschwister verschleppt wurden, ist klar. Ell hat sie in die Zentrale ihres heiß geliebten Konzerns gebracht.

Ich hätte nur noch einen Tag gebraucht, vielleicht zwei. Mein Bodyguard versucht mich aufzuhalten, als ich durch die Wohnungstür nach draußen stürme. Ich bleibe nicht lange genug stehen, um zu sehen, wie er auf dem Boden auftrifft und das Blut über sein Gesicht strömt.

Vielleicht hatten wir zur Abwechslung kurzzeitig Glück, aber das ist vorbei. Ich nehme die Treppen, weil mir der Fahrstuhl zu unsicher ist, und jogge mir fast die Lunge aus dem Leib. Jeder Atemzug brennt in meinen Nasenflügeln und durchsticht meine Brust wie mit stumpfen Messern, sodass ich mich unwillkürlich zusammenkrümme. Aber ich zwinge mich gleich wieder zum Weiterlaufen, nach draußen, auf den Gehweg und am Park entlang.

Die Zentrale ragt riesig und schwarz vor mir auf wie eine drohende Warnung aus Glas. Alle anderen Gebäude scheinen sich davor zu beugen und zur Seite zu ducken, doch ich lasse mein Ziel nicht aus den Augen. In meiner Tasche summt es immer wieder, nur habe ich leider keine Zeit anzuhalten. Die Nachrichten können warten. Erst muss ich meine Geschwister finden.

Wie zum Teufel hat sie von unseren Plänen erfahren?

Meine Gedanken rasen wie wild, sogar schneller als meine Füße. Die anderen sind noch auf ihren Posten, zumindest ticken sie weiter mit ihren abgeschirmten Tablets. Hat der Kon bemerkt, dass wir Energie abzweigen und in den Tunnel ableiten? Nein, wenn man unser Versteck entdeckt hätte, säße die Band schon in einer Zelle. Und dort, wo man uns hätte abhören können, haben wir nie etwas Verdächtiges gesagt, auch nicht zu den Wachen oder dem SoundTech.

Ich stolpere, fange mich und laufe weiter. Wieso kommt die verdammte Zentrale nicht näher? Blut tropft aus meinem Ärmel, weil der Verband kaum gegen meinen rasenden Puls ankommt.

Wenn ich sie nicht retten kann, war alles sinnlos. Ich könnte mich genauso gut hier auf den Boden fallen lassen und liegen bleiben. Das Stechen in meiner Brust wird schlimmer. Ich habe doch die ganze Zeit alles nur für sie getan.

Ich sehe nichts als Schatten. Die ganze Welt ist schwarz gefärbt. Laute Stimmen und Flüche prallen von mir ab, und ich stoße Körper beiseite. Die Menge wird dichter, der Lärm des Cyclon lauter. Ich komme näher.

Ich bleibe nicht stehen, bis ich fast gegen eine Wand aus Rauchglas pralle. Am liebsten würde ich die Scheibe einschlagen, aber das wäre sinnlos. Ich hole mein Tablet heraus und wische Blut vom Bildschirm, damit ich die oberste Nachricht lesen kann.

Etage 3, Büro 317. Wenn du Hilfe brauchst, sag Bescheid, und ich komme. Die anderen sind schon auf dem Weg. Sei vorsichtig, okay? Ich liebe dich._

Bleib im Tunnel. Egal, was passiert._ Gott, ich kann nur hoffen, dass sie auf mich hört.

Die Empfangsdame ist gelangweilt wie immer und malt ihre Fingernägel zitronengelb an. Ich halte mich nur mühsam davon ab, ihr die Flasche aus der Hand zu schlagen. Glücklicherweise hat niemand mehr als einen flüchtigen Blick für mich übrig, als ich zum Fahrstuhl renne und auf Knöpfe drücke, die gar nicht schnell genug reagieren können.

Keine Ahnung, was ich eigentlich tue. Mein Körper bewegt sich ganz von selbst. Ich stehe vor Büro 317, ringe nach Luft und würde am liebsten schreien. Als ich meinen neuen Chip scanne, gleitet die Tür wie durch Zauberhand auf.

»Anthem«, sagt Ell zuckersüß und gefährlich. »Wie nett, dass du uns Gesellschaft leistest.«

Der Raum ist nicht sehr groß. Er gehört zu den schallgedämmten VIP-Büros und fühlt sich dadurch an, als würde man in ein Vakuum gesaugt. Alles ist klinisch weiß. Lebensfeindlich. Für einen Sekundenbruchteil bin ich verwirrt, weil Ell keine Wachen dabeihat. Dann wird mir alles klar. Ell braucht keine Bodyguards, um mich in Schach zu halten. Sie hat etwas viel Besseres.

Die Konsole an der Wand glüht blau zum Zeichen, dass sie benutzt wird.

Alpha und Omega sind daran angeschlossen.

♫

»Verdammt, ich bringe Sie um!« Ich versuche, an Ell vorbeizukommen, und nehme mit verschwommenen Augen wahr, dass etwas silbern aufblitzt. Wie aus dem Nichts hält sie ein Klappmesser in der Hand.

»Ich bin immer dafür, sich doppelt abzusichern«, flötet Ell. Sie glüht regelrecht – blitzende Zähne, fanatisch glänzende Augen. »Du bist zu spät, mein kleiner Akku.«

Ich starre die Zwillinge an. Ihre Augenlider sind geschlossen, und sie lächeln friedlich. Während ich zuschaue, beginnt Omega über etwas Unsichtbares zu kichern, das der Stream ihm vorspiegelt.

»Das erste Mal brennt sich am tiefsten ins Gehirn ein«, sagt Ell. »Das weißt du selbst am besten. Die beiden hatten jetzt schon … oh, drei oder vier Songs. Ich schätze, sie sind ziemlich high. Sehen sie nicht glücklich aus?«

»Hören. Sie. Damit. Auf.«

Ell schüttelt den Kopf. »Nicht doch, warum sollte ich? Du warst nie so besessen von Ruhm und Erfolg wie unsere üblichen Musiker, also kam es mir seltsam vor, dass du plötzlich im Fernsehen auftreten wolltest. Ich begann mich zu fragen, ob du vielleicht einen Verrat beabsichtigst, zum Beispiel den Zuschauern von unseren Plänen zu erzählen. Deshalb hielt ich es für sinnvoll, Maßnahmen zu ergreifen, um die Regierung zu schützen. Das siehst du hoffentlich ein?«

»Ich habe doch bisher immer den Mund gehalten«, protestiere ich.

Meine kleine Schwester lacht glucksend, und ich ringe um Atem. Nur mühsam kann ich den roten Schleier wegblinzeln, der sich über mein Sichtfeld legt. Von meinem Handgelenk tropft das Blut nun pausenlos.

»Tja, bisher. Das stimmt natürlich. Du warst überraschend fügsam … Da musste man glatt misstrauisch werden.«

Ich antworte nicht.

»Deshalb habe ich entschieden, sofort zu handeln«, fährt Ell fort. »Hätten wir alles weiterlaufen lassen wie bisher, wäre dir womöglich eine Methode eingefallen, deine Geschwister vor uns zu beschützen. Aber jetzt ist es zu spät, denn der Prozess lässt sich nicht umkehren. Die Spuren bleiben im Gehirn zurück, und wie du weißt, können sie nicht einmal mit weißem Rauschen entfernt werden. Nach der OC-Behandlung fühlt man sich besser, aber man ist immer noch ein Junkie. Solltest du also weiterhin darauf bestehen, ein Interview zu geben – ich meine, falls du den Zuschauern zufällig noch etwas zu sagen hast –, kannst du jetzt völlig sicher sein, dass ich nicht davor zurückschrecke, Strafmaßnahmen zu ergreifen. Ein falsches Wort, Anthem, und du kannst dir ausrechnen, wie ich reagiere.«

Ich nenne sie eine durchgeknallte Schlampe, aber das scheint Ell nur zu amüsieren. Die Hoffnungslosigkeit scheint jede Kraft aus meinen Muskeln zu saugen, trotzdem zwinge ich mich, einen weiteren Schritt vorzutreten. Ell lässt die silberne Klinge aufblitzen.

»Tja, ich habe von den Besten gelernt«, lächelt Ell mir entgegen. »Man könnte sagen, Präsidentin Z ist eine persönliche Freundin und Mentorin. Sie hat mich schon vor langer Zeit unter ihre Fittiche genommen.«

»Ihr seid alle tot«, zische ich, was im Augenblick eine ziemlich leere Drohung ist. Aber wer weiß, vielleicht behalte ich am Ende sogar recht, falls meine Freunde den Plan weiter durchziehen. Mein Blick flackert zwischen dem Messer und den Zwillingen hin und her. Tot nütze ich den beiden nichts. Lebendig bin ich allerdings kaum mehr wert.

Für einen Augenblick kommt es mir erschreckend leicht vor, mich auf die Klinge zu stürzen. Meine Geschwister würden es in ihrem Zustand wahrscheinlich nicht einmal bemerken. Ich nähere mich einen weiteren Schritt.

»Braver Junge, gib den Kampf einfach auf. Das Leben ist so viel einfacher, wenn du uns an deiner Stelle entscheiden lässt.«

Was sie in meinen Augen sieht, lässt sie breit grinsen. »Wunderbar. Dann sind wir uns ja einig. Wache! Bringen Sie ihn weg, bis ich hier fertig bin.«

Ich wirbele herum, plötzlich wieder kampfbereit. Der Anblick der schwarzen Uniform vor dem ganzen Weiß schmerzt mir in den Augen. Eine Hand drückt den Knopf der Türautomatik, um zu verhindern, dass sie sich wieder schließt. Mir ist egal, dass der Typ eine Schusswaffe hat, er wird mich genauso wenig von den Zwillingen trennen können wie Ells Messer.

Dann plötzlich ändert sich alles, denn meine Aufpasserin ist nicht mehr die Einzige, die triumphierend grinst. Ravenous schaut mir geradewegs in die Augen, marschiert mit gezogener Waffe an mir vorbei und rammt Ell so heftig gegen die Wand, dass der Aufprall offensichtlich auch durch die Kopfhörer zu hören ist. Die Zwillinge reißen gleichzeitig verwirrt die Augen auf und ihre unnatürlich geweiteten Pupillen starren mich an. Ich renne auf sie zu, ziehe ihnen die Kopfhörer von den Ohren und nehme die beiden in die Arme. Alphas schlaffer Körper ist so schwer, dass ich sie fast nicht halten kann, und auch mein kleiner Bruder ist kaum bei Bewusstsein. Die Streamdosis muss extrem hoch gewesen sein und sie sind viel zu jung … Ich umklammere sie fester.

»Was …«, keucht Ell. »Was tun Sie, Bürger?«

Ravenous lächelt, entspannt und überlegen. »Ich beschütze das Web. Genau wie ich geschworen habe.«

Ell versucht zu schreien, doch er drückt ihr seinen Unterarm gegen die Kehle. Ihre hochhackigen Schuhe fallen klackernd zu Boden, als sie ziellos nach ihm tritt.

Der Schmerz in meinem Handgelenk ist kaum noch zu ertragen. Mir wird bei dem warmen, klebrigen Gefühl ganz übel, trotzdem versuche ich, meine Gedanken zu ordnen. Wie es jetzt weitergeht, ist allein meine Entscheidung. Ravenous sollte nicht derjenige sein, der Ell tötet, und vor den Zwillingen möchte auch ich so etwas nicht tun. Zwar erinnern sie sich hinterher bestimmt nicht an Einzelheiten, aber selbst ein Bruchteil wäre zu viel. Die beiden sind jetzt schon panisch – ihr Herzschlag hämmert gegen meine Brust – und völlig desorientiert. Omega sucht mit blinzelnden Augen die Konsole, um wieder an die Kopfhörer zu gelangen. Ich ziehe meine Geschwister außer Reichweite und kämpfe gegen eine weitere Welle der Übelkeit an.

»Anthem.« Eine bekannte Stimme dringt in mein Bewusstsein. Eine sanfte Hand legt sich auf meine Schulter. Ich lasse zu, dass Phönix mir Alpha abnimmt, während Pixel sich um Omega kümmert. Beide schauen mich fragend an. Ich weiß auch nicht. Jeder Gedanke fällt mir schwer.

»Isis«, flüstere ich schließlich heiser. »Holt Isis. Dann lasst euch von Ravenous zum Probenkeller fahren. Dort wartet Bee. Vielleicht kann sie zusammen mit Isis …« Die beiden können gar nichts tun. Von nun an werden meine Geschwister die Wirkung der Droge immer in sich tragen. Sie werden süchtig bleiben bis an ihr Lebensende und das Verlangen nie ganz abstellen können. »Ich komme bald nach.«

»Wir sollen dir von Mage und Haven ausrichten, dass der Stream fertig codiert ist und du ihn nur für Ell abzuspielen brauchst«, flüstert Pixel mir zu. »Scope, bleib bei ihm.«

Sein Bruder nickt.

Ravenous lässt Ell los und ihr röchelnder Atem füllt den Raum. Kaum ist sie frei, versucht sie einen Gegenangriff, stolpert jedoch über einen ihrer heruntergefallenen Stöckelschuhe. Ein Geräusch wie ein Donnerschlag vibriert durch die schallgedämmte Leere. Nur eine Handbreit neben ihrem Kopf explodiert die Wand vom Einschlag einer Kugel. Ell erstarrt mitten in der Bewegung und Ravenous drückt mir seine Waffe in die Hand. »Jetzt gehört sie ganz dir.«

Scope folgt den anderen bis zur Tür, aber er bleibt dort stehen, um auf mich zu warten. Todesangst malt sich auf die Züge der sonst so beherrschten Ell. Der Look steht ihr gut. Ich erlaube mir, den Anblick ein paar Sekunden zu genießen.

»Anscheinend habe ich dich unterschätzt«, sagt Ell und kann das Zittern in ihrer Stimme nicht ganz verbergen.

Mir soll es recht sein, wenn sie das glaubt. Obwohl diese Rettungsaktion nicht mein Verdienst war.

»Du …«, sage ich verächtlich, »du hast meine kleinen Geschwister mit Drogen vergiftet.« Jetzt gehorchen mir meine Beine wieder tadellos. Mit jedem Schritt, den ich näher komme, weiten sich ihre Augen ein Stück mehr. »Du hast mich überzeugt, dass Haven mich verraten hat, um meinen Willen zu brechen. Du hast meine Freunde als Versuchskaninchen für deine Streamexperimente missbraucht.«

»Die Pläne stammten alle direkt von der Präsidentin«, sagt sie und hebt das Kinn. »Aber ich war in der Tat maßgeblich an der Ausführung beteiligt. Sie war so großzügig, die Exekutive in meine Hände zu legen.«

Die Schlampe ist *stolz* auf ihre Arbeit.

Ich lache. Ein harter, scharfer Laut, aber trotzdem ein Lachen. »Die Exekutive … was für ein passender Ausdruck. Aber da gibt es eine Kleinigkeit, die du nicht weißt. Du warst nämlich nicht die einzige gelehrige Schülerin, was Codierungen angeht.« Ihr Arm ruckt unter meinem festen Griff. Ich schiebe sie auf die Konsole zu. »Erinnerst du dich noch, was du an meinem besten Freund *getestet* hast, der daraufhin tot umgefallen ist?«

»Gib dir keine Mühe.« Ell hat ihr arrogantes Lächeln wiedergefunden. »Sein Stream wird bei mir nicht funktionieren. Schließlich war die Programmierung individuell auf ihn zugeschnitten. Alle meine Testobjekte wurden mit Musik beschallt, die wir ganz speziell für sie codiert hatten.«

»Stimmt.« Ich nicke. »Weiß ich doch. Du bist zu weit gegangen, Ell. Wenn du meine Geschwister in Ruhe gelassen hättest, wäre ich wohl gnädig gewesen und hätte dir das Leben geschenkt. Um den Kon an seinen Plänen zu hindern, muss ich dich nicht töten. Nur deine angehimmelte Präsidentin und den Aufsichtsrat.«

»Unsinn, du kannst sie nicht aus dem Weg räumen«, protestiert Ell überheblich. »Das Web braucht die Aufsichtsräte, weil sie den Zentralcomputer am Laufen halten. Das System ist … körperlich mit ihnen verbunden. Ohne sie gäbe es hier gar nichts: kein Wasser, keine Nahrung, keine Musik. Willst du das wirklich, Anthem? Das ganze Web zusammen mit ihnen töten?«

Sie ist gut. Aber Haven ist besser. »Wir brauchen sie nicht. Nur ihre Chips.«

Die Muskeln in meinem Griff werden schlaff, als aller Kampfgeist sie mit einem Schlag verlässt. Ich ramme sie noch einmal gegen die Wand und verwende dafür wohl mehr Kraft als nötig. Mörtel bröckelt aus dem Einschussloch. »Ich sollte mich vermutlich bedanken«, sage ich. »Weil ich mir vorher nämlich nicht sicher war, ob ich meinen Plan durchziehen kann.

Jemanden umzubringen, ist ja nicht leicht. Aber weißt du was, Ell? Plötzlich habe ich kein Problem mehr damit.«

»Anthem«, warnt mich Scope mit gedämpfter Stimme. »Uns bleibt nicht viel Zeit.«

Stimmt, ich werde anderswo gebraucht. Ell spürt, dass ich einen Moment lang abgelenkt bin, und wehrt sich plötzlich wieder mit Händen und Füßen. Doch gemeinsam mit Scope gelingt es mir, ihr Handgelenk an den Scanner zu halten. Der Bildschirm hat wieder das Konzernlogo gezeigt, seit ich die Zwillinge vom System abgekoppelt habe, doch nun erscheint stattdessen die Playlist. Ich klicke auf unseren Song und stülpe Ell den Kopfhörer über, während sie vergeblich um ihr Leben kämpft.

Nach wenigen Sekunden ist alles vorbei, genau wie bei Johnny. Wo eben noch eine Person war, ist nur noch ein leerer Körper. Das Leben wurde ihr ausgesaugt wie einem Akku auf zu hoher Dränagestufe. Scope hilft mir bei dem unschönen Rest, dann huschen wir durch den enger werdenden Spalt nach draußen, bevor sich die Schiebetür ganz schließen kann. Ich hinterlasse einen blutigen Handabdruck auf dem Knopf der automatischen Verriegelung.

Ell ist eine wichtige Person in der Kommandokette. Vermutlich wird es nicht lange dauern, bis jemand auf ihr Verschwinden aufmerksam wird … oder bemerkt, dass Ravenous und sein Shuttle fehlen. Wir hasten in eine Hygienekabine auf dem Korridor und säubern uns so gut wie möglich. Scope checkt sein Tablet, und ich beruhige mich ein bisschen bei der Nachricht, dass die Zwillinge im Probenkeller angekommen sind. Meine Geschwister sind in Sicherheit. Zumindest für diesen Moment. Wir kehren in den Flur zurück, wo wir uns trennen. Während Scope wieder in den Tunneln verschwindet, nehme ich die selten benutzte Hintertreppe, die bis ganz hinunter zur Legebatterie führt.

♫

Ich bin jetzt schon müde bis auf die Knochen, aber mir bleibt keine Wahl. Tango mit ihrem leuchtend violetten Haar ist leicht zu finden.

Wir können uns nicht darauf verlassen, dass unsere neun restlichen Zielpersonen in den nächsten paar Stunden von selbst streamen, sondern müssen eventuell nachhelfen. Viele UpperWeb-Typen, besonders wenn sie zum Kon gehören, warten mit der Entspannung bis nach Arbeitsschluss.

Wahrscheinlich werden wir für jeden ungefähr fünf Minuten Streamzeit brauchen. Das sollte reichen, um durch ihre Konsolen bis in ihre Gehirne einzudringen. Zusätzlich brauchen wir genug Energie für alles andere.

Ein Jahr online heißt ein Jahr früher offline … Das gilt schon für normale Dränagestufen. Ich sitze fast eine Stunde lang in dem Arztstuhl, um auf die Schnelle so viel Energie abzuzweigen, wie wir wahrscheinlich brauchen werden. Niemand kann sagen, welche Folgen diese Highspeed-Aktion für mich haben wird.

Als Tango mich ausstöpselt, bin ich zu Tode erschöpft. »Du solltest lieber aus der Zentrale verschwinden«, sage ich zu ihr. »Glaub mir, in nächster Zeit willst du nicht hier sein.«

Ihr Blick huscht durch die Legebatterie. »Okay. Viel Glück, Anthem.«

Der Verkäufer mit der Armprothese schaut mich überrascht

an, als ich kurz darauf in seinen Laden trete (oder vielmehr taumele). Ja, ich weiß. Es ist schon ewig her, seit ich das letzte Mal hier war. Er holt eine Flasche Traubensaft aus der Eistruhe und ignoriert das verkrustete Blut an meinem Handgelenk, als ich zum Bezahlen meinen echten PersoChip scanne. Der Zuckernachschub kann vielleicht ein bisschen helfen.

Die ersten Entzugserscheinungen kribbeln über meine Haut. Ich habe heute kaum gestreamt, nur ein paar Songs nach dem Aufstehen und dann das hoch dosierte Schmerzmittel, um mir den Chip zu implantieren. Viel genützt hat die teure Codierung ja nicht. In meinem Unterbewusstsein driftet das Bild der Zwillinge vorbei, die mit leerem, zugedröhntem Blick durch mich hindurchstarren.

Meinetwegen kann der Entzug mich umbringen, ich werde jedenfalls nie wieder streamen. Ich trinke meinen Saft aus, werfe die Plastikflasche in einen Recyclingbehälter und schleppe mich zurück zur Zentrale. Fünfte Etage. Kon TV.

1111011011 **28** 1001100101

»Diese Etage ist für die Öffentlichkeit gesperrt, Bürger«, informiert mich ein junger Typ. »Tut mir leid, Sie können hier nicht rein.« Sein Empfangstresen sieht genauso aus wie das Modell in der Eingangshalle, und er bewacht die Tür mit Argusaugen.

Jetzt ist Schauspieltalent gefragt. »Ich bin N4003«, lasse ich ihn wissen und streiche mir mit der linken Hand die Haare aus dem Gesicht, während ich die rechte tief in der Hosentasche versenkt halte. »Ihr bettelt mich doch schon seit Wochen um ein Interview an. Jetzt habe ich gerade Zeit, aber falls der Sender nicht mehr interessiert ist …«

Seine Miene wird regelrecht ehrfürchtig, als er mich erkennt. »Oh, wow! Tut mir echt leid«, plappert er. »Natürlich können Sie reinkommen. Wir schieben einen Exklusivbericht für Sie ins Programm. Entschuldigen Sie mich einen Moment.«

Kaum ist er außer Sichtweite, stütze ich mich am Tresen ab, um nicht umzukippen. Glücklicherweise braucht der Typ eine Weile. Ich lehne mich in cooler Pose gegen den Marmor und setze eine Miene auf, die hoffentlich den Anschein gelangweilter Arroganz erweckt. Endlich kommt er zurück und führt mich zu einem Raum voller Schminkutensilien – hier will man sicherstellen, dass alle Leute auf den Kon-TV-Bildschirmen immer und jederzeit perfekt aussehen. Sein aufgeregtes Getue überdeckt die Tatsache, dass meine Knie fast zu weich zum Laufen sind. Er platziert mich vor einem Spiegel und bittet noch um etwas Geduld. »Dauert höchstens eine Minute.« Sowie ich allein bin, schnappe ich mir ein feuchtes Tuch vom Schminktisch und wische meinen rechten Handrücken sauber.

»Anthem, was für eine Überraschung!« Ich hebe den Blick und sehe im Spiegel ausgerechnet Pfau.

»Äh, hallo.« Wieso reagiert sie so gelassen? Natürlich … bisher weiß niemand, was mit Ell passiert ist. Ihre blaugrün geschminkten Lippen lächeln mich an.

»Lieber Himmel, was hast du wieder mit dir angestellt?«, tadelt sie. »Dein Look ist komplett zerstört. Sei froh, dass du mich hast.« Ich starre die unheimlichen Augen auf ihrem Hinterkopf an, während sie Schubladen und Kartons durchwühlt. Endlich ist sie mit ihrer Auswahl zufrieden und dreht sich zu mir um. Der Raum hat so viele Spiegel, dass ich die Augen immer noch sehe. Unbehaglich wende ich den Blick ab. Dann legt sie los, und ich werde porentief gesäubert, beschmiert, betuscht und bepinselt.

Währenddessen denke ich die ganze Zeit an die Zwillinge. Ich sollte bei ihnen sein, aber ich kann meine Pläne nicht mittendrin abbrechen, denn das wäre schlimmer, als gleich alles beim Alten zu lassen. Für einen Rückzieher ist es jetzt zu spät.

Pixel und Phönix haben meine Geschwister im Probenkeller abgesetzt. Nur Bee und Isis sind noch dort, um aufzupassen. Zwei Frauen – eine davon taubstumm – und zwei kleine Kinder. Ich muss unbedingt zu ihnen, bevor der Kon sie aufspürt.

Kann sein, dass Zitrus seinen Vorgesetzten bisher nicht erzählt hat, wo unser altes Versteck ist, aber sobald die ganze Sache auffliegt, wird er garantiert jemanden informieren.

»Fertig«, sagt Pfau fröhlich. Ich sehe fast so wie immer aus. Sie hat die dunklen Ringe unter meinen Augen überdeckt, meine Stachelfrisur aufgefrischt und das Kobaltblau in meinen Haaren zum Leuchten gebracht. Meine Lippen und Augenlider strahlen im selben Blau, meine Wimpern sind mit schwarzen Linien umrandet. »Soll ich dir neue Kleidung besorgen?«

Ich schüttele den Kopf. Mein Outfit ist zwar schon Wochen alt und hat durch den heutigen Tag ziemlich gelitten, aber mit den Rissen, Dreckflecken und zerfransten Nähten fühle ich mich endlich wieder wie ich selbst. Falls ich die ganze Sache überlebe, werde ich die Klamotten wahrscheinlich behalten und so lange mit Nadel und Faden flicken, bis sie mir buchstäblich vom Körper fallen.

Plötzlich füllt sich der Raum mit Leuten, und alle Blicke sind so starr auf mich gerichtet, dass mir Pfau mit ihrer Augenfrisur dagegen harmlos vorkommt. Ich schaue mich nach ihr um, aber die anderen haben sie in den Hintergrund gedrängt. Jemand klemmt ein winziges Mikrofon an einen Riss in meinem Shirt, während ein Fernsehtyp kritisch Pfaus Arbeit betrachtet.

Ich erkenne nur eine Person. Meine Interviewerin ist normalerweise für die Abendnachrichten zuständig, was mir wohl schmeicheln sollte. Mein letzter Fernsehauftritt als Ells unbekanntes Wunderkind war an einem Nachmittag. Ich frage mich, ob die Dame für mich dieselbe Begeisterung aufbringen wird wie für Hydrofarmen und neue Clubstreams.

Tut sie, wie sich herausstellt. Mir schmerzen die Ohren.

»Sind Sie zu uns gekommen, um unseren Bürgern etwas Besonderes mitzuteilen, N4003?«, wendet sie sich an mich. Aus dieser Nähe erinnert mich ihre Stimme an das Schrillen einer Rückkopplung, hässlich und dissonant. »Vielleicht möchten Sie einen neuen Stream ankündigen? Oder mehr Menschen dafür begeistern, in Ihre Fußstapfen zu treten und wundervolle Musik für das Web zu erschaffen?«

»Beides, schätze ich«, gebe ich zur Antwort. Die Kon-Sprecherin beginnt vor Erregung zu vibrieren wie ein Tablet voller neuer Nachrichten.

»Dann bitte hier entlang!«

Ich erhebe mich mühsam von dem Stuhl und folge ihren klickenden Absätzen einen Korridor entlang. Die Menschentraube um mich herum nimmt mir die Luft zum Atmen. Dunkle Flecken flimmern vor meinen Augen.

Das Fernsehstudio ist blendend hell. Nicht so klinisch weiß wie die Büros oder das MedCenter, aber dafür voller greller Scheinwerfer. Kameras werfen dreieckige Schatten auf die TV-Bühne.

Jemand beginnt, einen Countdown herunterzuzählen. Ich fühle mich fast wie vor einem Konzertpublikum.

»Heute haben wir einen ganz besonderen Gast, liebe Zuschauer! Unsere neueste Musiksensation ist vorbeigekommen, um spannende Neuigkeiten zu verkünden, also hoffe ich, wir haben eure volle Aufmerksamkeit. Legt eure Kopfhörer beiseite, das Streamen kann ein paar Minuten warten! N4003, was wollen Sie unseren Bürgern mitteilen?«

Ich atme ein, so gut ich kann, und schaue direkt in die Kamera. »Einige von euch kennen mich schon. Nicht als N4003, sondern unter dem Namen, den ich mir selbst ausgesucht habe. Einige von euch waren dabei, als ich mit meiner Band aufgetreten bin und *echte* Musik gespielt habe.« Die Kon-Sprecherin gibt einen unterdrückten Laut von sich und hat Mühe, ihr Plastiklächeln nicht zu verlieren. »Wenn ihr auf meinen Konzerten wart, habt ihr vielleicht den ganzen Schwindel geglaubt, der hinterher über mich verbreitet wurde. Ich arbeite *nicht* freiwillig für die Regierung. Das. War. Gelogen.«

Die Geräuschkulisse im Studio schwillt an, Tablets summen wie ein wütender Bienenschwarm. Ich bilde mir ein, dass ich schon die stampfenden Schritte der herbeieilenden Wachen höre.

»Der Kon hat meine Familie bedroht und Menschen misshandelt, die ich liebe, damit ich gehorche. Die Regierung will mich einsetzen, um eine neue Sorte von Streams herzustellen. Mit ihnen kann man in Zukunft die Gedanken aller Bürger kontrollieren und uns die wenigen Freiheiten nehmen, die uns bisher noch zugestanden wurden.« Ich stehe auf und gehe mit unsicheren Füßen auf die Kamera zu. Um mich herum ist alles still geworden. Das Fernsehteam starrt mich an und ist von meiner Behauptung so aus der Fassung gebracht, dass niemand eingreift. Darauf hatte ich gehofft, aber lange wird die Schockstarre wohl nicht dauern. »Wenn ihr das hier kennt« – ich halte meinen Handrücken hoch, auf dem frisch gesäubert und chromeglänzend das Codazeichen prangt –, »dann habt ihr vielleicht einmal an seine Bedeutung geglaubt. Ich glaube immer noch daran.«

Für einen Moment schließe ich die Augen. *Mage, Haven, ihr habt hoffentlich nicht zu viel versprochen und seid wirklich bereit für unser großes Finale.*

»Die Zeit ist gekommen, um dafür zu kämpfen. Und zwar jetzt.«

Als ich die Augen wieder öffne, ist alles schwarz.

♫

Eine Sekunde lang herrscht weiterhin Stille. Der Schock hallt im Raum nach und in der plötzlichen Dunkelheit sind alle wie gelähmt. Doch ich spüre, wie sich die widersprüchlichen Gefühle um mich herum aufladen, bis man die Spannung fast mit Händen greifen kann.

»Packt ihn!«

Ein schwerer Gegenstand stürzt krachend zu Boden. Ich renne los, als hinter mir das Chaos ausbricht. Die Geräusche sind wie Musik in meinen Ohren. Man sollte denken, wenn in einer Gruppenpanik jeder nur für sich selbst kämpft, klingt das unharmonisch und regellos. Stattdessen gibt es erkennbare Rhythmen von stampfenden Füßen, fuchtelnden Armen und Stimmen, die einander übertönen.

Die blau leuchtenden Glasfasern in meinen Haaren sind gerade hell genug, um ein paar Schritte vorauszusehen. Jemand versucht, mich am Arm zu packen, aber er wird entweder weggerissen oder durch puren Zufall wieder von der Menge verschluckt. Ich denke nicht darüber nach. Im Moment kommt es nur darauf an, dass ich den Weg nach draußen finde.

Ich hoffe, wir konnten möglichst viele von den Wachleuten in den Fahrstühlen einschließen, als sie zum Studio beordert wurden, um mich zu stoppen. Wie erfolgreich dieser Teil unseres Plans war, lässt sich leider nicht überprüfen. Aber mit etwas Glück haben wir eine spürbare Lücke in die Verteidigung der Zentrale gerissen. Ich boxe, trete und schlage mich zur Tür durch, gelange auf den Korridor und renne zum Treppenhaus. Manche Fernsehleute sind anscheinend auf meiner Seite, andere nicht. Ich bleibe besser nicht lange genug hier, um Freunde und Feinde genauer zu zählen.

Während ich nach unten laufe, zerre ich mir die Glasfasern aus dem Nackenstecker und lasse sie achtlos fallen. Mit meiner linken Hand umklammere ich die Taschenlampe. Falls ich die Tunnel erreiche, werde ich sie dringend brauchen. Außerdem habe ich immer noch die Schusswaffe, die Ravenous mir gegeben hat. Dafür halte ich mir die rechte Hand frei, denn obwohl sie verletzt ist, kann ich mit ihr vermutlich besser zielen.

Getrampel nähert sich von oben. Leute aus den höheren Etagen versuchen panisch, aus dem Gebäude zu fliehen, und da die Fahrstühle nicht funktionieren, bleiben nur die Treppen. Ein Großteil der Angestellten ist in den Büros eingeschlossen und wird es auch bleiben, bis Mage und Haven dazu kommen, die PersoCodes in den Scannerdateien durchzuschauen und ausgewählte Automatiktüren zu öffnen.

Ich schaffe es kaum bis nach unten. An jeder Stufe und jeder Treppenwindung muss ich meinen Körper dazu zwingen, nicht aufzugeben.

Die Eingangshalle ist völlig leer und gleicht einer Grabkammer aus Marmor und Glas. Gerade, als ich sie betrete, explodiert eine der Glaswände und besprüht den Boden mit glitzernden Scherben. Wer nicht oben im Turm feststeckt, kann nun dort hinaus.

Oder hinein. Die Straßen sind von Menschen überflutet, die den stillgelegten Cyclon mit Lärm und Leben füllen. Überall hängen tote Neonschilder, nutzlos wie Sound-Implantate in einem Raum ohne Geräusche. Sie heben sich schwarz gegen den frühen Abendhimmel und einen hautfarbenen Sonnenuntergang ab.

Hunderte strömen an mir vorbei. Eine Mischung aus Zorn und Begeisterung liegt in der Luft. Die Energie ist atemberaubend und gleichzeitig erschreckend. Das alles habe ich in Gang gebracht. Dabei fühlt es sich jetzt schon unwirklich an, als müsse eine andere Person dafür verantwortlich sein. Habe ich wirklich den Aufstand ausgerufen und den Mob losgelassen, der seit Langem nur auf so eine Chance gewartet hat? In der Nähe zersplittert eine weitere Scheibe mit einem Krachen wie bei einem Blitzeinschlag. Ein Mann packt mich am Arm; sein Blick sagt deutlich, dass er mich erkannt hat. Ich reiße mich los und kämpfe gegen den Strom an, wobei ich den Kopf unauffällig gesenkt halte. Alles tut weh.

Ich stehle ein Shuttle – dafür habe ich schließlich einen Premiumchip – und falle durch die halb geöffnete Tür auf den Fahrersitz. Um nach Süden zu kommen, muss ich durch einen Schwarm anderer Shuttles und eine Menschenmenge navigieren, die mit allem bewaffnet ist, was gerade zu finden war. Das gesamte Web scheint unterwegs zu sein, um die Zentrale zu stürmen. Ich drücke meinen Fuß kräftiger auf das Gaspedal und hoffe, dass mich das Navi-Sicherheitssystem daran hindern wird, mit etwas Wichtigem zusammenzuprallen.

Wenn alles gut geht, bleibt es bei einem kurzen Abstecher, und ich bin bald wieder zurück.

An meinem Ziel angekommen, lasse ich den Motor laufen, die Tür offen und das Shuttle halb auf dem Bürgersteig. Der Stoff meiner ohnehin schon zerfetzten Kleidung reißt weiter ein, als ich durch das Loch im Zaun klettere und ins Lagerhaus stürme. »Sind sie okay?«, frage ich, sobald ich mich durch die Falltür geworfen habe, fast ohne die Leitersprossen zu berühren. Das Gesicht von Isis taucht aus der Dunkelheit auf.

»Sie schlafen jetzt«, sagt sie leise. »Anthem, ich weiß wirklich nicht, ob –«

»Mir ist schon klar, dass niemand den Schaden einfach wegzaubern kann. Nur … holst du sie bitte in die Wirklichkeit zurück?« Wenn der Rausch endet, werden die beiden desorientiert und halb verrückt vor Angst sein. Dagegen kann ich nicht das Geringste tun. Ich greife nach meinem Tablet, um den anderen zu tickern, dass sie ohne mich weitermachen müssen, doch da berührt Isis meinen Arm.

»Deine Geschwister sind hier sicher, Anthem. Ich werde mich gut um sie kümmern, wenn sie aufwachen. Geh.«

Widerwillig folge ich ihrem Rat, aber auf dem Weg werfe ich wenigstens noch einen Blick auf die beiden. Sie haben sich mit Bee in einer Ecke des Kellers zusammengekuschelt und in das alte Laken gehüllt, mit dem Johnny immer seine Gitarre eingewickelt hat. Ihre Körper sind entspannt, die Haare vom Schlaf zerzaust und ihre Gesichter wirken noch weicher als sonst – bis auf die steile Falte zwischen Omegas Augenbrauen, die den Beginn der Kopfschmerzen ankündigt. Das Bild verfolgt mich bis durch die rostige Tür, die ich fast aus den Angeln reißen muss, um in das Netzwerk aus Tunneln zu gelangen. Der Bildschirm meines Tablets erleuchtet den Weg. Kurz darauf vibriert es in meiner Hand, und eine Stadtkarte erscheint, auf der die Strecke wie von Geisterhand in blauer Farbe aufschimmert.

Trotzdem brauche ich viel zu lange, um die anderen zu erreichen. Alle zehn Meter muss ich anhalten und nach Atem ringen. Als ich endlich den schwachen grünen Lichtschein vor mir sehe, schließe ich erschöpft die Augen und taumele in offene Arme. Haven und Mage fangen mich auf und ziehen mich zu dem Nest aus Decken und Kissen.

»Was passiert da draußen?«, frage ich. Haven hält mir eine Flasche an die Lippen, und süßer, klebriger Fruchtsaft rinnt mir durch die Kehle, bis ich husten muss. »Wo sind die anderen?«, mache ich einen weiteren Versuch.

»Pixel, Scope und Phönix sind eben aufgebrochen«, antwortet Mage. »Ravenous hat im Quadrant 3 das Waffendepot geöffnet, sodass die Leute sich nach Wunsch bedienen konnten. Für Planänderungen ist es jetzt also zu spät.«

»Habt ihr genug Energie?«

»Es wird wohl reichen müssen. Jedenfalls kommt überhaupt nicht infrage, dass du dich noch einmal an die Dränage hängst – selbst wenn wir die nötige Ausrüstung hier hätten. Du siehst jetzt schon halb tot aus.«

»So viel war es gar nicht.«

Mage hebt die Augenbrauen. »Darf ich mal zusammenfassen: Du hast dir im Studio die Seele aus dem Leib gespielt, bist hierher gehetzt, weiter zu deiner Wohnung, in die Zentrale, hast jemanden umgebracht …«

Ich bringe ihn mit einem Handwedeln zum Schweigen. »Kann schon sein, trotzdem muss ich gleich wieder los.«

Mage lacht. »Lass dir ruhig Zeit, Mann. Sie sitzt in der Falle. Glaub mir, sie wird nirgendwo hingehen. Und wir blockieren ihre gesamte Kommunikation, also kann sie auch nicht um Hilfe rufen. Trink erst mal was, und hier hast du ein bisschen Power-Nahrung.« Er wirft mir eine Riesentafel Schokolade zu. Haven drückt gegen meine Schultern, bis ich in die Kissen sinke. Mein Kopf liegt gerade hoch genug, damit ich die Bildschirme sehen kann, die jetzt von *mir* gespeist werden. Mage hat die Verbindung zum NETZ gekappt, aber da wir weiterhin Computer brauchen, ist jedes Cursor-Blinken und jeder leuchtende Monitor eine weitere Sekunde meines Lebens, die für immer verschwindet.

»Aufsichtsrat 7 benutzt seine Konsole«, sagt Mage, wendet sich den Bildschirmen zu und greift gleichzeitig nach seinem Tablet. Wir halten alle den Atem an, sodass es uns vorkommt, als würde im Tunnel plötzlich der Sauerstoff fehlen. Ich umklammere Havens Hand fester. Niemand von uns weiß genau, wo Scope gerade ist und wie viele wertvolle Sekunden er brauchen wird, um zum Büro von Nummer 7 zu gelangen und sicherzustellen, dass unser Stream gewirkt hat.

Ich sehe meine Freunde vor mir, wie sie von Raum zu Raum gehen, auf Konsolen und Leichen starren und mit blutigen Fingern die Chips entfernen. Sie haben mir versichert, dass sie damit klarkommen, also muss ich ihnen wohl glauben. Phönix war beleidigt, dass ich überhaupt gefragt habe, und jetzt ist es sowieso zu spät für Zweifel. Bald bin ich an der Reihe, aber die Dränage für unseren Energievorrat hat mich mehr angestrengt als erwartet, und ich muss mich wirklich erst erholen. Ich esse die Schokolade, schütte Traubensaft in mich hinein und versuche, meinen Körper mit purer Willenskraft wieder zum Laufen zu bringen.

Die Stille ist erdrückend. Trotz allem wünsche ich mir verzweifelt einen Stream.

Nie wieder.

Kommt schon. *Kommt schon.*

Das Tablet vibriert.

»Wir haben ihn erwischt«, sagt Mage. Das erste Regierungsmitglied ist tatsächlich tot. Ein Windhauch streicht durch die Tunnel und füllt meine Lungen mit neuer Luft. Jetzt fehlen noch acht, plus die Präsidentin, wegen der ich überhaupt wartend in der moderigen Dunkelheit hocke und Traubensaft in mich hineinschlürfe.

»Es hat funktioniert«, flüstert Haven. Ich drücke ihre Hand, und obwohl ich natürlich erleichtert bin, wird mir gleichzeitig ganz schlecht vor Horror. Es hat funktioniert.

Ein weiterer dunkler Monitor flammt plötzlich auf – noch ein Aufsichtsrat an seiner Konsole. Und wieder beginnt das Tablet kurz danach zu vibrieren.

»Phönix hat Chip Nummer 4.« Mein müdes Gehirn hat kein Problem damit, sich Phönix mit einer Schusswaffe vorzustellen. Wahrscheinlich braucht sie gar keine Gewalt anzuwenden, aber Mörder sind wir trotzdem. Damit werden wir leben müssen, falls wir überhaupt eine Zukunft haben. Ich hoffe, irgendwann wird uns das gelingen.

Meine Beine zucken und wollen mich nach draußen befördern, wo ich hingehöre, doch Haven drückt mich wieder zu Boden. Eigentlich sollte ich auf *sie* aufpassen. Ich sollte horchen, ob sich ihr Atem verändert und ihre Muskeln sich versteifen, wenn eine bestimmte Person zu streamen beginnt. Schon öffne ich den Mund, um etwas zu sagen, klappe ihn jedoch sofort wieder zu.

Acht. Eins. Neun. Die Tablets summen wie ein elektronischer Insektenschwarm.

Zwei. Drei. Pixel und Phönix melden, dass sie sich die letzten beiden vornehmen, während Scope schon auf dem Weg zu uns ist, um die gesammelten Chips abzuliefern.

Jetzt wird es endgültig Zeit, dass ich gehe. Mage drückt mir ein Messer in die Hand. Dieses Mal versucht Haven nicht, mich aufzuhalten. Ich ziehe sie an mich und gebe ihr einen Kuss … aber nicht zum Abschied. Keine Chance. Ich komme zurück.

Mein Tablet summt zwei Mal kurz hintereinander. Im Moment ist nur die erste Nachricht wichtig, nämlich eine neue Tunnelkarte von Mage. Haven gibt mir noch einen letzten Kuss, schmerzhaft hart vor Angst, dann schiebt sie mich fort.

Tunnelschlamm spritzt um meine Schuhsohlen. Ich folge der Karte tief in das Labyrinth unter dem Cyclon. Eine alte, durchgerostete Leiter führt zum Ausgang. Ich kann mir nicht vorstellen, dass sie mein Gewicht hält, aber die anderen sind schließlich auch hier herausgekommen. Kurz bleibe ich stehen, um eine Nachricht zu tippen und zu speichern, ohne auf Senden zu drücken. Die Leiter ächzt und sackt mehrere Zentimeter nach unten, als ich auf die unterste Sprosse steige. Mein Magen plumpst gleich mit in die Tiefe. Ich beginne trotzdem zu klettern, bis ich die Tunneldecke erreicht habe, und muss dann meine ganze Kraft anstrengen, um den runden Metalldeckel zu heben. Beim ersten Versuch rutscht er wieder ab. Ich höre sämtliche Fingerknochen meiner rechten Hand brechen. Mein Schmerzensschrei echot durch die endlosen Gänge.

Scharfes Metall bohrt sich in meine Schenkel, als ich mich mit den Beinen festklammere, um nicht abzustürzen. Dann beiße ich die Zähne zusammen und stemme den Deckel erneut nach oben.

Eine Rauchwolke hüllt mich ein, nimmt mir die Luft zum Atmen und brennt mir in den Augen. Ich ziehe mich auf die Straßenebene hoch, wo mehrere Brände lodern. Die Tränen behindern meine Sicht noch mehr, und ich habe keinen verdammten Schimmer, wo ich bin.

»Schnappt euch die dreckigen Blutsauger!« Dutzende von Stimmen fallen in einen Ruf mit ein, den ich schon von unseren Konzerten kenne: »Scheiß auf den Kon!« Ich drücke mich flach gegen ein verlassenes Shuttle und schließe mich den Nachzüglern des Mobs an. Wir rennen durch Straßen voller Müllbarrikaden und ducken uns in Seitengassen, wann immer Schüsse über unsere Köpfe pfeifen. Vor mir sackt jemand zusammen und ich stolpere über seinen Körper. Doch mir bleibt keine Zeit für Bedauern oder Dankbarkeit, denn plötzlich verdichtet sich der Rauch zu schneidendem Schmerz auf meiner Kopfhaut, und Blut fließt meinen Hals herunter. Ich taste mit der unverletzten Hand durch mein Haar, um festzustellen, was sich in meine Haut gebohrt hat.

Dunkel getöntes Glas.

Die Menge stürmt ohne mich weiter, ich beiße mir die Lippe wund und krampfe die Faust um meine Waffe. In der Empfangshalle ist es weniger rauchig, aber dafür laut genug, um jeden meiner Sinne zu betäuben.

»Das ist er! Anthem!« Mein Name hämmert sich einen Weg in mein Gehirn, und ich weiß nicht, ob ich Freund oder Feind vor mir habe. Bloß nicht stehen bleiben. Direkt neben mir zersplittert Marmor.

Das Treppenhaus ist menschenleer. Alle Kon-Angestellten, die nicht in ihren Büros feststecken, kämpfen entweder in der Empfangshalle um ihr Leben oder sind nach draußen geflohen. Im Web herrscht ein Bürgerkrieg, den ich begonnen habe und jetzt beenden muss … vierundzwanzig Stockwerke über dem Erdboden. Ich stehe vor der untersten Stufe und starre hinauf, aber dadurch wird der Weg auch nicht kürzer. Mit einem tiefen Atemzug setze ich mich in Bewegung.

Bald kommt es mir vor, als könne ich jeden einzelnen Beinmuskel reißen fühlen. Ich keuche so heftig, dass ich mehr Luft nach draußen als in mich hineinpumpe. Auf halber Strecke bleibe ich stehen, um mich zu überzeugen, dass der stechende Schmerz in meiner Seite keine Schusswunde ist. Für so eine Verletzung wäre ich fast dankbar. Dann hätte ich nämlich einen guten Grund, einfach umzufallen. Auf jeder Etage, durch die ich komme, höre ich die gleiche Geräuschkulisse. Das vielstimmige Getöse stammt von gefangenen Anzugträgern, die versuchen, aus ihren Büros auszubrechen. Ich schleppe mich weiter, bevor es einem von ihnen tatsächlich noch gelingt.

Die letzten Stufen krieche ich auf allen vieren hoch und stütze mich auf meine unverletzte Hand. Oben steht ein einziger Wachmann. Ein letzter Getreuer hütet die Tür, hinter der sich unsere Regentin befindet. Vermutlich überrascht ihn mein wilder Schrei und nur deshalb verreißt er den Schuss. Die Hitzewelle einer Kugel züngelt an meinem Ohr entlang, als es meinen zerquetschten Fingern gelingt, den Abzug zu drücken. Blut sprüht über die Brust seiner Uniform, und er schaut mit einem fast neugierigen Blick darauf, bevor seine Augen nach oben rollen und er krachend zu Boden stürzt.

Ich hatte keine Wahl. Entweder er oder ich. Um meine Übelkeit zu unterdrücken, konzentriere ich mich auf den Bildschirm meines Tablets, bis die Buchstaben nicht länger vor meinen Augen verschwimmen.

Die Nachricht, die ich im Tunnel getippt habe, wartet immer noch aufs Senden. Meine Hand zittert über dem Icon. `Jetzt._`

Eine Sekunde verstreicht. Eine zweite, dann eine dritte. Ich starre nervös auf die Bürotüren, ob sich etwas regt, und auf den Scanner, der genau wie alle anderen den Dienst eingestellt hat. Gerade als mir siedend heiß der Gedanke kommt, dass möglicherweise nicht genug von meiner Dränage-Energie übrig ist, erwacht das Gerät zum Leben, und mir wird stattdessen eiskalt.

Der Scanner blinkt – ein wachsames rotes Auge – und gibt einen einzigen Piepton von sich. Die Automatiktür klickt auf. Entschlossen trete ich ein. Doch gleich darauf bleibe ich abrupt wieder stehen, als hätten sich meine Füße in dem dicken Teppich verfangen.

Was mich erstarren lässt, ist nicht der Anblick des Luxusbüros mit seiner ganzen Elektronik, die jetzt von Mage kurzzeitig wieder mit Strom versorgt wird. Darauf war ich vorbereitet. Mich überraschen weder das Panoramafenster mit dem Blick über das ganze Web noch die TV-Kamera neben einem schwarzen Fernsehbildschirm oder das elegante Gerät, das wie die Light-Version eines Dränagestuhls aussieht. Dank Tango kann ich mir ausrechnen, welchem Zweck es dient.

Aber was mich völlig aus der Bahn wirft, ist das Aussehen der Frau in dem Ledersessel. Sie hat darauf gewartet, dass ich komme. Die Situation überrascht sie ebenso wenig wie mich. Sie lächelt.

Hinter dem riesigen Schreibtisch, über der Konsole an der Wand, hängt ein Familienporträt. Ein Mann mit strengen Gesichtszügen und die Frau vor mir flankieren ein Teenagermädchen, das garantiert ihre Tochter ist. Sie sieht glücklich aus … könnte man zumindest meinen, wenn man nicht jeden ihrer Gesichtsausdrücke bis ins kleinste Detail kennt.

So wie ich.

Die Präsidentin ist Havens Mutter.

0110011001 **29** 1011110111

»Sieh einmal an«, sagt sie, »du bist also Anthem.«

Ich versuche gar nicht erst, meine Zunge von dem trockenen Gaumen zu lösen. Meine Augen huschen immer noch ungläubig zwischen dem Gemälde und der leibhaftigen Präsidentin hin und her, deren zimtbraune Haut und grüne Augen mich sosehr an Haven erinnern, auch wenn die Farbe der Iris dunkler ist (vermutlich von der puren Bösartigkeit, die dahinter lauert). Altmodische Sound-Implantate schmücken lichtlos und still ihre Handrücken. Ihre Haare sind genauso rabenschwarz, glatt und lang wie bei ihrer Tochter, aber ihnen fehlen die leuchtenden Neonsträhnen und die wilden, verrückten Flechtmuster voller Glasfasern, die Havens Frisuren in Kunstwerke verwandeln. Bei näherem Hinsehen verbirgt der Präsidenten-Look jedoch Überbleibsel einer ähnlichen Vergangenheit. Damals war ihre Farbe der Wahl anscheinend Grün, zumindest deuten ihr Business-Anzug und ihre dezente Schminke darauf hin.

»Meine Tochter zeigt leider eine lästige Sentimentalität, wenn es um dich geht«, fährt Präsidentin Z fort. »Sie war schon immer ein nutzloses Kind. Kein Ehrgeiz. Kein angemessener Sinn dafür, was aus ihr werden könnte, wenn sie nur die Chancen ergreift, die ich ihr in die Wiege gelegt habe.«

Ich richte die Mündung meiner Waffe auf sie, während sich mein Sichtfeld an den Rändern rot färbt. »Soll das heißen, Sie haben Ihre eigene Tochter in eine Exsonic verwandelt«, stoße ich hervor, »um *mich* für meine Einmischung zu bestrafen?«

Sie lacht. »Aber keineswegs. Es ging nicht um dich, sondern nur um sie. Haven hätte einfach alles haben können. Ich hatte sie als meine Nachfolgerin vorgesehen. Oder sie hätte ihre – nicht unansehnlichen – Programmiertalente wenigstens zum Wohl des Konzerns einsetzen können. Aber was tut sie stattdessen? Sie freundet sich mit LowerWeb-Müll und *Akkus* an. Sie unterstützt eure lächerliche Rebellion. Um ehrlich zu sein, bin ich überrascht, dass sie nichts über mich ausgeplaudert hat, aber wie ich sehe« – sie legt den Kopf schräg und mustert mich – »hattest du tatsächlich keine Ahnung.«

»Wenn meine Mutter so wäre wie Sie, würde ich das auch nicht zugeben«, schieße ich zurück. Ich glaube keine Sekunde, dass Haven mir bloß wegen irgendwelcher Geheimhaltungsklauseln nichts erzählt hat. Die Präsidentin lacht wieder.

»Ihr beiden scheint wirklich füreinander geschaffen zu sein. Aufsässig und idealistisch. Eine gefährliche Mischung. Erzähl mir doch, Anthem, glaubst du tatsächlich, dass du das Web verändern kannst? Ich schätze, inzwischen hast du meinen ganzen Aufsichtsrat beseitigt, inklusive meines Ehemanns, der mein engster Berater war. Auf L5329 konnte ich mich verlassen, im Gegensatz zu meiner Tochter. Wie auch immer … ich bin weder die erste Person, die dieses Amt ausfüllt, noch werde ich die letzte sein. Das Web wird immer Präsidenten haben, die tun, was eben nötig ist. Falls du dir etwas anderes einbildest, hat deine Musikerseele dir den Kopf bloß mit unnützen Träumen gefüllt.«

»Das Web ist mir total egal«, spucke ich hervor, und noch vor Kurzem wäre das nicht einmal eine Lüge gewesen. Ihre Lippen zucken auf so vertraute Weise, dass mir die Brust ganz eng wird. Also sind Haven und ihre Mutter doch nicht komplett verschieden. »Ich will bloß meine Familie beschützen.«

»Arbeite mit mir zusammen«, sagt sie, »und ich garantiere dir, dass niemand aus deinem Freundes- und Familienkreis verletzt wird.«

»Noch *mehr* verletzt, soll das wohl heißen? Sorry, ich habe schon einmal den Fehler gemacht, mit dem Kon zu kooperieren.«

Sie zuckt mit den Schultern. »Dann eben nicht. Bald wird eine neue Person meinen Platz einnehmen und den Schaden beheben, den du verursacht hast. Dann wirst du keine einflussreichen Fürsprecher mehr haben, die dir helfen können.«

Ich gehe auf sie zu. Jeder Schritt ist langsam und entschlossen. »Ich weiß, dass Sie geplant haben, unsere Gedanken zu kontrollieren.«

Sie spreizt die langfingrigen Hände in die Luft. »Mein oberstes Anliegen war immer, das Web zu einem glücklichen Ort zu machen. Wenn die Bürger damit überfordert sind, ist es mein Job, sie effektiv zu unterstützen, nicht wahr?«

Ich frage mich, wie diese Frau eine Tochter zur Welt bringen konnte, die so warmherzig und völlig normal im Kopf ist wie Haven. »Ist es Ihnen schon einmal in den Sinn gekommen, dass die Bürger unglücklich sind, *weil* Sie zu solchen Mitteln greifen?«

»Ich habe das System nicht geschaffen.«

Nein, aber fast hätten Sie dafür gesorgt, dass es ewig bestehen bleibt. »Sie haben recht, ich stecke voller unnützer Träume.

Genau wie Tausende anderer Bürger im Web, die nie eine Chance hatten, ihre ›Musikerseele‹ zu entdecken. Und Tausende mehr, die sie aus Angst verstecken.« Ich sehe meine Mutter in einer zugigen Brandruine stehen und Violine spielen. »Damit ist jetzt Schluss.« Die Mündung der Pistole zeigt direkt auf ihr Gesicht. Mein Blick wandert zur Konsole hinter ihr. »Setzen Sie den Kopfhörer auf.«

»Wir sollten zusammenarbeiten.« Noch immer scheint sie nicht um ihr Leben zu fürchten, sondern strahlt ein unerschütterliches Selbstbewusstsein aus. »Ich bin nicht musikalisch, deshalb muss ich mich in diesem Bereich auf andere stützen. Mit deinem Talent könntest du uns in eine neue Ära führen. Als meine rechte Hand.«

»Sie sind ja verrückt. Genau wie Ihre Lieblingsschülerin Ell. Setzen Sie den Kopfhörer auf!« Noch ein Schritt näher. Haven hat ihre Furchtlosigkeit offenbar von ihrer Mutter geerbt. Für eine kurze Sekunde schließe ich die Augen und stelle mir ihr Gesicht vor. *Meine* Furchtlosigkeit habe ich erst erlernen müssen, und zwar von ihr.

»Ich frage dich noch einmal, glaubst du wirklich, dass mein Tod einen Unterschied macht? Ich weiß alles über dich, Anthem. Selbst wenn du nie wieder streamst, bleiben dir höchstens zehn Jahre, bis du ebenfalls stirbst. Vielleicht wird es dir gelingen, während dieser Zeit für Ruhe und Ordnung zu sorgen, aber ich glaube kaum, dass du den nötigen Machtinstinkt besitzt. Nicht so wie ich. Also wird jemand auftauchen, der den leer gewordenen Platz ausfüllt und die Führung übernimmt. Vielleicht wird man deine Vorstellungen von einer neuen Welt respektieren … oder zumindest Rücksicht auf dein Talent und deine Beliebtheit nehmen. Niemand wird das

Risiko eingehen wollen, dass du deine Erfolge als Rebellenführer wiederholst. Aber sobald du gestorben bist, wird sich das schnell ändern. Was du verkörperst, wird aus dem Gedächtnis des Web verschwinden wie die Textzeilen eines altmodischen Songs. Und dann wird sich der Kreislauf erneut in Gang setzen.«

»Vielleicht«, gebe ich zu. Ich umrunde den Schreibtisch, ohne dass die Mündung von dem Punkt zwischen ihren Augen abrückt. »Aber zumindest wird diese Zukunft ohne Sie stattfinden. Selbst wenn Sie nie befohlen hätten, Streams für Mord und Gehirnwäsche zu benutzen … wenn Sie keinem Menschen auf dem Dränagestuhl die Energie gestohlen hätten, um das NETZ zu füttern und Ihr eigenes Leben zu verlängern …« Ich atme in scharfen Stößen, während ich den Kopfhörer herunternehme und mit meinen gebrochenen Fingern den Touchscreen der Konsole bediene. Der Schmerz ist so überwältigend, dass mir ganz schlecht wird. »Sogar wenn Sie keines dieser Verbrechen begangen hätten und Ihr Tod nicht nötig wäre, würde ich mich immer noch *dafür* entscheiden, um auszugleichen, was Sie *ihr* angetan haben.«

Erst als die Kopfhörer ihre Ohren bedecken, beginnt sie, sich zu wehren und um sich zu schlagen. Sie versucht die Waffe wegzustoßen und ihren Bürostuhl nach hinten zu rollen. Doch ich halte sie fest, packe eine Handvoll von den langen Haaren dicht bei ihrem Ohr und lasse nicht los.

Genau wie bei Ell geht es ziemlich schnell. Ich kann die Musik nicht hören, kenne den Song jedoch gut genug, um zu wissen, welche Textzeile gerade gespielt wird. Allein die Vorstellung reicht, um mich sofort in unseren Probenkeller zurückzuversetzen. Ich erinnere mich an das Gefühl, zum ersten

Mal wieder singen zu dürfen, nachdem ich eine Woche lang darauf verzichten musste. Diesen Song habe ich ganz allein für sie aufgespart.

Meine letzte Entschuldigung an Johnny. Sein letzter Triumph über den Kon. Präsidentin Z hört auf, sich gegen mich zu wehren, und kämpft stattdessen um ihr Leben. Ihr Mund öffnet sich zu einem unhörbaren Schrei, während ihr Körper zuckt wie unter elektrischen Stößen.

Und dann … nichts. Ich kann den Moment spüren, als ihr Bewusstsein erlischt und von der gleichen Schwärze verschluckt wird, hinter der sie sich auf den TV-Bildschirmen immer versteckt hat.

Eigentlich sollte ich jetzt schleunigst verschwinden. Meinen Job erledigen. Meinen Arsch aus dem Büro bewegen und ans Überleben denken. Ich habe keine Zeit für die Frage, was das alles für mich bedeutet und ob ich wohl anders gehandelt hätte, wenn mir ihre Identität früher bekannt gewesen wäre.

Also reiße ich mich zusammen. Ich umklammere mit den gebrochenen Fingern ihre Ohrmuschel und taste zittrig nach dem Messer in meiner Tasche. Haut und Knorpel klaffen auf, warmes Blut sickert über meine Hand und macht alles so glitschig, dass ich kaum nach dem Implantat suchen kann. Nur ein winziger Chip voller Bosheit und Zerstörungskraft. Ich grabe tiefer, bis ich den Fremdkörper spüre und heraushebele, sodass er mir plötzlich fast ohne Widerstand entgegenrutscht.

Er sieht genauso aus wie alle MemoryChips. Keine Ahnung, warum ich etwas anderes erwartet habe.

Mein Körper weiß anscheinend, was er zu tun hat, denn er befördert mich wie auf Autopilot die Treppen herunter. Selbst wenn der Fahrstuhl funktionieren würde, habe ich von Luxus-

Hightech genug für den Rest meines (vermutlich kurzen) Lebens.

Vielleicht bleiben mir zehn Jahre, wie die Präsidentin vermutet hat, vielleicht aber auch weniger. Für unseren Sieg habe ich eine Menge von meiner Zukunft durch die Dränage geschickt.

Das Gebäude wird weiterhin von dumpfen Explosionen erschüttert. Glas, Marmor und Verputz regnen auf mich herab. Ich komme mir vor wie in der Mitte eines mörderischen Orkans und bin von der Zerstörungskraft seltsam fasziniert. Am liebsten würde ich mich einfach hinsetzen und zuschauen. Ich könnte für immer einschlafen, während die Wände an meinem Rücken zerbröckeln und der ganze Kon zu Staub zerfällt.

Aber ich renne weiter. Nach unten. Nach draußen. Körper liegen auf der Straße, als seien sie direkt aus dem Himmel gestürzt. Ein Wachmann stirbt unter dem Kugelhagel eines Kollegen, und ich bleibe nicht stehen, um herauszufinden, wer von beiden auf unserer Seite war. Ich hetze um den in Scherben liegenden Büroturm herum, bis ich die Vorderfront erreiche. Da steht das verdammte Ding immer noch, voller Dellen und Schrammen, aber in heroischer Pose. Ich kämpfe mich an dem glatten Metall der Statue hoch, auch wenn ich dabei vor Schmerz schreien will, komme oben an und hebe die Hände, während ich auf die brodelnde Menschenmenge herabschaue.

»Hört auf!«, schreie ich. Das Getöse verschluckt meine Stimme und niemand nimmt Notiz von mir. »Hört auf!«, brülle ich noch einmal und schlage meine Pistole gegen das Denkmal aus solidem Eisen. Ein Klang wie von einem Gong hallt über den Platz, und Gesichter schauen zu mir hoch. Das Geräusch ist so unerwartet, dass es nicht einmal besonders laut sein muss, um wahrgenommen zu werden. »Präsidentin Z ist tot. Der Kampf ist vorbei.«

Purer Schock zeichnet sich auf allen Mienen ab, die ich erkennen kann. Ich will nur noch umfallen und ohne Ende schlafen. In der Menge blitzt Pink auf und kämpft sich nach vorne, dann Grün, flammendes Orange und eine schwarze Mähne aus Dreadlocks. Jemand stößt einen Ruf aus – keiner meiner Freunde –, die Menge brüllt im Chor zurück, doch für mein Gehirn sind das nur noch sinnlose Geräusche. Ich lasse mich von der Statue fallen, wo Haven mich auffängt und sich die Arme der drei anderen um mich legen. Am liebsten würde ich einfach in ihrer Gruppenumarmung bleiben, doch ein letzter symbolischer Akt bleibt noch zu tun. »Helft mir«, sage ich zu meinen Freunden.

Schrauben knirschen, und Metall kreischt. Bald sind wir nicht länger zu fünft, sondern das Gewicht von Tausenden schiebt und stößt, bis die Statue auf ihrem Podest zu schwanken beginnt. Sie hängt in der Luft, eine Sekunde wird zu einer Ewigkeit …

Dann fällt sie. Das Krachen ist Musik in meinen Ohren. Einen schöneren Klang habe ich noch nie gehört.

♫

Wir drängen uns durch die Menge, während Hände sich nach meiner Kleidung und meinen Haaren recken, bis wir endlich aus dem größten Gewühl heraus sind und der Partylärm hinter uns nachlässt.

»Wo ist Scope?«

»Er hat die Chips zum Treffpunkt gebracht und gesagt, dass er noch etwas Dringendes erledigen muss«, erklärt Pixel. »Wir sollen im Tunnel auf ihn warten.«

Ich schaue über die Schulter auf die feiernde Menschenmasse. Die Begeisterung wird nicht ewig anhalten. Um uns herum erstreckt sich die Ruine einer Stadt, und wir müssen sie wieder zum Funktionieren bringen. Jemand muss die Führung übernehmen. Damit hatte Präsidentin Z immerhin recht.

Tränenspuren laufen über Havens Gesicht, ihr Outfit ist zerrissen, und Jubelgeschrei ertönt um uns herum. Jetzt ist nicht der Moment für eine Aussprache.

»Hast du alle Chips?«, frage ich. Haven kann sich denken, was ich wissen will, und klopft zur Bestätigung auf die neonpinke Tasche über ihrer Schulter.

»Wir müssen als Erstes zu einem ZFR, dann zum alten Probenraum«, entscheide ich. Die Zwillinge warten auf mich. Ich kann nur hoffen und beten, dass sie bei Isis und Bee in Sicherheit waren ... und dass den Frauen ebenfalls nichts passiert ist.

Pixel wirft einen Blick auf meine gebrochene Hand und zuckt zusammen. »Ich übernehme das Fahren. Mage, kannst du zusammen mit Phönix dafür sorgen, dass wir Energie bekommen? Viel brauchen wir nicht, oder?« Er schaut Haven an und tippt auf die Uhr.

»Die Umprogrammierung dauert nur ein paar Minuten«, sagt sie.

Also stehle ich wieder einmal ein Shuttle, allerdings sitzt Pixel diesmal hinter dem Steuer, während ich auf einem der Beifahrersitze zusammenbreche. Er navigiert uns langsam durch das Chaos. Ich spüre Wärme in meine Haut sickern, als Haven meine unverletzte Hand hält. Inzwischen ist es Nacht geworden, aber die ganze Stadt fühlt sich an, als würde sie gerade aus dem Schlaf erwachen. Gerüchte sprechen sich im Web schnell herum. Menschen kommen aus den Wohnungen, in denen sie sich vor den Straßenkämpfen versteckt hatten, und starren in Richtung der Zentrale. Andere bleiben drinnen, aber sie öffnen die Fenster lange genug, um ihre Konsolen auf den Fußwegen zerschellen zu lassen.

Nach einer Weile schließe ich die Augen und lehne mich an Havens Schulter. In ihren Armen bin ich geborgen und sicher. Es gibt Millionen Worte, die ich ihr sagen müsste, doch sie können warten, bis wir Ruhe haben und meine Finger weniger höllisch schmerzen.

»Ich bleibe hier, bis ihr fertig seid«, sagt Pixel, als er uns vor dem ZFR absetzt. Er verschränkt die Arme und lehnt sich von außen gegen das Shuttle, sodass sein Körper das Kon-Logo verdeckt.

Wie immer reagiert Mage prompt auf meine Tickernachricht, obwohl es diesmal gar nicht ganz so eilig ist. Aus der Ferne versorgt er den Scanner an der Eingangstür mit Strom, damit wir ins Gebäude kommen. Noch mehr Treppenstufen. Obwohl ich mich auf Haven stütze, jaulen meine Beinmuskeln bei jedem Schritt, den ich nach oben klettern muss.

Im Saal angekommen, wickelt Haven mehrere Kabel ab, platziert ihren Computer auf einer Stele mit Sichtgerät und klappt ihn auf. Zum zweiten Mal erwacht das NETZ vor meinen Augen zum Leben, allerdings flackert das Hologramm diesmal bedenklich. Der von mir abgezweigte Energievorrat wird knapp.

Die Liste der MemoryDateien, die auf dem Hologramm entlangscrollen, reicht bis ins Unendliche. »Geerbte Erinnerungen«, erklärt Haven, ohne mit dem Tippen aufzuhören. »Seit Gründung des Konzerns haben alle Präsidenten und Aufsichtsräte den Chip mit ihrem gesamten Gedächtnis an ihre Nachfolger weitergereicht. Kein Wissen geht jemals verloren, nichts gerät in Vergessenheit.«

Ich habe ihr schon im Tunnel geglaubt, als sie zum ersten Mal sagte, die Regierungsmitglieder seien eher Teile des Zentralcomputers als richtige Menschen. Doch jetzt habe ich selbst erleben müssen, was sie meint, und mein neues Wissen verändert alles.

Du warst als Nächstes an der Reihe._

Sie wirft einen Blick auf mein Tablet und nickt mit feuchten Wimpern. »Jedenfalls hatten meine Eltern das so geplant. Wir haben uns die ganze Zeit darüber gestritten. Man wird eine andere Person«, sagt sie. »Selbst wenn man die Zeit zurückdrehen und das fremde Wissen wieder entfernen könnte ... man ist nie mehr der Mensch, der man vorher war. Genau das ist mit den beiden passiert.« Im Licht des Sichtgeräts sehe ich ihre Augen schimmern. »Im Grunde hast du sie gar nicht getötet, Anthem. Von meinen Eltern war sowieso nichts mehr übrig. Sie waren wie Maschinen, denen man den Stecker zieht. Sogar ihre Stimmen haben sich damals geändert. Ihre Bewegungen, ihre kleinen Eigenheiten ... als wären ihre Köpfe so mit Informationen vollgestopft, dass nur noch Platz für Gedanken war, die seit hundert Jahren unverändert weitergegeben wurden: Der Konzern muss mit allen Mitteln an der Macht bleiben. Die Bürger kontrolliert man am besten mit Drogen und Furcht. Das sicherste Mittel gegen weitere Kriege und Rebellionen ist Angst vor Veränderung. Menschen sind kurzlebig und austauschbar, aber der Konzern ist ewig. *Ich* war austauschbar.«

Meine Finger verharren wie gelähmt über dem Tablet. Was kann man darauf schon antworten?

»Der erste Chip ist eingespeist«, meldet Haven. Der Lichtschimmer verwandelt sich in das holografische Abbild eines Mannes, den ich nie zuvor gesehen habe. Haven hält mir ihre Hand entgegen und ich reiche ihr das nächste gespeicherte Gedächtnis. Zusammen gehen wir zu einem anderen Sichtgerät.

Haven lädt die Daten hoch, alle zehn gestürzten Machthaber, einen nach dem anderen. Ihre Eltern erweckt sie als Letzte zum digitalen Leben. Auf gewisse Weise sind sie nun wieder bei Bewusstsein und unsterblich, doch unfähig, weiteren Schaden anzurichten. Die verschlüsselten Passwörter auf den MemoryChips, die selbst ihren Besitzern unbekannt waren, lassen den Zentralcomputer glauben, dass seine menschlichen Schutzschilde noch aktiv und intakt sind.

»Das System wird weiterhin zweimal täglich Kontakt zu ihnen aufnehmen«, sagt Haven und überspielt das letzte Gedächtnis. »Solange die Sichtgeräte laufen und dadurch alle zehn online sind, müssen wir nicht befürchten, dass sich der Hauptrechner abschaltet oder weigert, Befehle entgegenzunehmen. Wenn wir das ZFR verlassen, programmiert Mage die Automatiktür so, dass sie nur auf meinen und seinen PersoCode reagiert. Das heißt, demnächst müssen wir die ganzen übrigen MemoryChips aus den Spinden holen und an einen anderen Ort bringen, damit die Leute weiterhin ihre Familien besuchen können.«

»Haven«, flüstere ich, auch wenn sie mich nicht hört. Ich nehme sie in die Arme und spüre ihre Schultern zittern. Sie umschlingt meine Taille.

»Wir sollten die Zwillinge nicht warten lassen«, sagt sie.

Pixel chauffiert uns mit dem Shuttle an seinem alten Club vorbei und wird unwillkürlich langsamer. Ich schließe die Augen – nur für einen Moment, wie ich glaube –, doch als ich sie wieder öffne, sind wir schon am Südrand der Stadtinsel. Er parkt vor dem Lagerhaus und lässt mich aussteigen. Mit meinem letzten bisschen Energie klettere ich durch den Zaun und benutze im Gebäude die unverletzte Hand, um die Falltür aufzuziehen. Diesmal verzichte ich wirklich auf die Leiter und lasse mich direkt in den Keller fallen.

»Anthem!«

Ihre Stimmen zu hören, übertrifft auf der Liste meiner Lieblingsgeräusche sogar die umstürzende Statue. »Alpha«, stoße ich heiser hervor. »Omega. Kommt her und lasst euch anschauen!«

Sie rennen auf mich zu, fallen mir in die Arme und haben anscheinend nichts dagegen, dass ich sie fast zerdrücke. »Wir haben total lange geschlafen«, sagt Alpha, »und mein Kopf fühlt sich komisch an.«

»Ja, ich weiß«, sage ich. »Das hört bald wieder auf.« Nicht vollständig, aber zumindest hoffe ich, dass die Sucht nur eine Weile an ihnen nagt und dann in den Hintergrund tritt.

»Können wir noch mehr Musik hören?«, fragt Omega. »Das hat Spaß gemacht.«

»Nicht gleich, okay?« Meine Stimme bricht. »Aber ich habe etwas viel Besseres für euch. Ihr bekommt nämlich Besuch.« Die Schritte von oben sind diesmal kein Grund, nervös zu werden.

»Wen denn?«

Haven steigt die Leiter herunter. Zwei Augenpaare werden riesengroß und die Zwillinge beginnen von Ohr zu Ohr zu strahlen. »Haven!« Sie lösen sich so abrupt von mir, dass ich vermutlich beleidigt sein sollte, aber ich kann nur erleichtert und ein bisschen hysterisch lachen. Haven umarmt sie mit Ärmeln voller Spitzenstickerei. Zum ersten und vermutlich letzten Mal bin ich froh, dass sie mich nicht hören kann, weil ich den Zwillingen nun mit heiserer Stimme erklären muss, dass sie taub ist. Ich tippe Alpha auf die Schulter und reiche ihr mein Tablet.

Dann suche ich in der Dunkelheit nach Isis und schließe sie ebenfalls fest in die Arme, wobei ich *Danke, danke, danke* flüstere.

»Wie steht es da draußen?«, will sie wissen.

»Wir haben gewonnen. Es ist alles vorbei.« Ich lasse sie los, denn Pixel hinter mir wird langsam ungeduldig und will ebenfalls an die Reihe kommen. Bee taucht vorsichtig aus den Schatten auf und mustert still unsere Gesichter. Ein ungläubiges, strahlendes Lächeln breitet sich auf ihrem Gesicht aus, sie schließt die Augen und faltet die Hände vor der Brust.

»Anthem, du bist ja verletzt«, sagt Isis und löst sich von Pixel. Mein Arm hat wieder zu bluten begonnen, der Schnitt am Kopf hat gar nicht erst damit aufgehört, und meine Hand sieht wohl nach einem Totalschaden aus. »Komm her.« Sie wühlt in einer Tasche und holt sauberes Verbandszeug heraus, mit dem sie die Wunden notdürftig versorgt. »Ich brauche besseres Licht, um dich richtig zu verarzten. Falls das MedCenter noch brauchbar ist und nicht in Trümmern liegt, kann ich deine Hand schienen und alles vernünftig nähen.«

»Danke.« Wir wechseln einen Blick. Schmerzmittel kommen für mich nicht infrage. Ich nehme keine Streams mehr. Sie nickt verständnisvoll.

»Wir sollten zu unserem Treffpunkt zurückkehren«, sage ich. »Alpha, Omega, habt ihr Lust auf eine Shuttlefahrt?« Den ganzen Weg durch die Tunnel könnte ich die beiden unmöglich tragen und außerdem müssen wir uns jetzt nicht mehr verstecken.

»Kommt Haven auch mit?«

Ich lächele Omega zu, und meine Kehle fühlt sich ganz eng an, als ich sage: »Wenn sie will, kann sie gleich für immer bei uns bleiben.«

Wir quetschen uns zu siebt in ein Shuttle, das eigentlich für vier Personen gedacht ist, und fahren durch die mondhelle Nacht zurück nach Norden. Die Zwillinge sitzen auf der Bank gegenüber von Haven und mir und streiten sich herum, wer zuerst das Tablet bekommt. Ich brauche nicht zu wissen, was sie eintippen oder was Haven ihnen antwortet. Mir reicht es, ihre Gesichter zu sehen.

Pixel klettert als Erster durch den Gullydeckel und hilft von unten den Zwillingen. Bee erweist sich als überraschend sportlich, und ich wage wieder einmal einen Sprung in die dunkle Tiefe, um meine Hand zu schonen.

Die Nische ist wie immer in schwaches grünes Licht gehüllt, doch außer uns ist niemand hier. Die Monitore und Glasfaserkabel flackern unruhig, während sie die letzten Reste meiner gespeicherten Lebensenergie verbrauchen. Haven reicht mir mein Tablet.

Was jetzt?_

Sag dem Zentralcomputer, er soll das NETZ wieder einschalten._

Sie löst sich von den Zwillingen, setzt sich auf den Drehstuhl, und sofort fliegen ihre Finger über die Tasten. Einen Moment lang sind wir von totaler Dunkelheit umgeben.

Dann beginnt das Summen. Ich fühle es selbst aus dieser Entfernung. Die anschwellende Vibration pulsiert in meinen Zähnen. Monitore strahlen so plötzlich auf, dass ich davon geblendet werde. Flecken tanzen durch mein Sichtfeld, als hätte ich mir zu hart die Augen gerieben, und ich blinzele.

Während Haven mit einer Hand weitertippt, winkt sie mich mit der anderen näher und zeigt auf den Bildschirm.

Millionen und Abermillionen von Musikdateien. Ihr Finger schwebt abwartend über dem Löschbefehl. Ich schließe kurz die Augen, schüttele den Kopf und ziehe sanft ihre Hand weg.

Mage hatte recht. Die Entscheidung liegt nicht bei uns. Ich habe heute schon so viele unwiderrufliche Beschlüsse gefasst, und jetzt bin ich zu müde und ausgebrannt für weitere.

Lösch nur unsere Songs und alles, was der Kon im letzten Jahr produziert hat._ Als Sicherheitsmaßnahme sollte das erst einmal genügen.

Haven nickt, lehnt ihren Kopf einen Moment an meinen Arm und fährt mit ihrer Arbeit fort. Irgendwo in der Tiefe des Tunnels ertönen Schritte.

»Anthem? Pixel?« Es ist nur Mage, doch der Klang hallt durch die Gänge, bis es sich anhört, als würden hundert Stimmen nach uns rufen.

»Bleibt hier bei Bee und Haven«, sage ich den Zwillingen. »Ich bin gleich wieder zurück.« Zusammen mit Pixel zwänge ich mich aus der engen Nische. Wir halten Ausschau nach den Taschenlampenstrahlen und gehen Mage und Phönix entgegen.

Ich weiß nicht, wer von uns als Erster erstarrt, als wir sie näher kommen sehen. Nein, denke ich, nicht … *er*. Über Mages Schulter hängt ein lebloser Körper. Der Schein von Phönix' Taschenlampe flackert über dunkles Haar, das mit Rot durchmischt ist. Ich suche in ihren Augen und lese darin alles, was ich wissen muss. Mein Atem setzt aus.

Nicht ausgerechnet er. Das kann nicht sein.

Meine Knie treffen auf den schmutzigen Tunnelboden. Ich huste und würge in dem aufgewirbelten Dreck und wende den Kopf ab, um mich zu übergeben. Pixel bricht neben mir zusammen und klammert sich so krampfhaft an mir fest, dass es wehtut. Ich versuche das erstickte Schluchzen aufzufangen, das seinen ganzen Körper schüttelt. Phönix und Mage betten den Leichnam von Scope sanft zwischen die Rillen alter Bahnschienen.

»Wir haben uns Sorgen gemacht, als er auf unser Tickern nicht geantwortet hat«, sagt Phönix leise. »Also haben wir angefangen, ihn zu suchen.«

Ich zwinge mich, Scope anzuschauen. In all den Jahren habe ich ihn auf so ziemlich jede Art geliebt, die menschenmöglich ist, und tausend Gefühle kämpfen in meiner Brust. Getrocknetes Blut umgibt das Einschussloch in seiner Stirn und bildet eine verwischte Spur, die in seinen Haaren versickert. Das Rot sieht aus, als sei eine billige Strähnenfärbung im Regen verlaufen. In seiner zur Faust geballten Hand hängt ein zitronengelber Fetzen.

»Ist er …? Sind beide …?«, fragt Pixel.

»Ja, aber gefunden haben wir nur –«, beginnt Phönix, bevor Mage sie mit einer Hand auf der Schulter zum Schweigen bringt.

»Du kannst später auf seinem MemoryChip nachsehen, was passiert ist«, sagt er.

Doch Pixel schüttelt den Kopf. Ich will es auch nicht herausfinden. Stattdessen lehne ich mich vor und küsse Scope auf die trockenen, kühlen Lippen. Als ich mich wieder aufrichte, schimmern die feuchten Spuren auf seinem Gesicht im runden Spotlight meiner Taschenlampe.

0010011011 **30** 0101100101

Schmerz, Schlaf und wieder Schmerz. Meine frischen Laken sind ständig in Schweiß gebadet, sodass mein Bett täglich mehrmals neu bezogen werden muss. Wochenlang sitzt Haven an meiner Seite, legt mir kühle Tücher auf die Stirn, dämpft meine Schreie mit ihren Lippen, hält meine Hände fest, wenn ich mir die Haut in Fetzen herunterkratzen will, und ruft Hilfe, wann immer ihre Kraft allein nicht ausreicht. Zuerst kommt Bee, später auch Pixel, und trotz meines qualvollen Zustands mit Übelkeit und unaufhörlich hämmernden Kopfschmerzen weiß ich, was das bedeutet. Pixel hat sich entschieden, nicht das Gleiche durchzumachen wie ich.

Ich kann es ihm wirklich nicht übel nehmen.

Endlich werden die Entzugssymptome schwächer. Ich dusche, ziehe mich an und durchquere mein Schlafzimmer auf zittrigen Beinen, wobei ich an einem klaffenden Loch in der Wand vorbeikomme, das von dem Aufstand übrig geblieben ist. In der Küche finde ich die Zwillinge, die unter Bees wachsamen Augen fröhlich Kekse in sich hineinschaufeln. Ich umarme die drei, so fest ich nur kann. Nachdem mein Gehirn wieder ganz mir selbst gehört, muss ich entscheiden, ob wir hier im UpperWeb wohnen bleiben sollten. Immerhin habe ich das absurde

Riesenappartement vom Kon bekommen. Aber erstens hat es genug Platz für uns alle fünf und zweitens habe ich es irgendwie auch verdient. Außerdem will ich nicht zu meinem alten Leben in Quadrant 2 zurückkehren, als sei nichts geschehen, und einfach alles vergessen, auf das ich nicht stolz bin.

Im Fernsehen ist eine Frau zu sehen, die man jetzt wohl nicht mehr als Kon-Sprecherin bezeichnen kann. Sie versucht, den Zuschauern das Konzept demokratischer Wahlen zu erklären, wobei man ihr anmerkt, dass sie selbst nicht wirklich begreift, wovon sie redet.

»Geht es dir gut?« Haven erscheint von irgendwo aus der Wohnung, schiebt sich an den Zwillingen vorbei und schlingt die Arme um meine Taille. Ich starre aus dem Fenster.

»Ziemlich.« Ich nicke, damit sie mich versteht. Dann wende ich mich von dem Panoramablick ab und zeige auf die Wohnungstür. Haven schaut mich groß an, aber sie versucht nicht, mich zurückzuhalten.

»Sei vorsichtig«, sagt sie nur.

Die blaue Farbe in meinen Haaren ist verblasst, weil Haven sie nach meinen Schwitzattacken so oft gewaschen hat. Das Chrome-Symbol auf meiner Hand ist von dem Gipsverband verdeckt. Als ich in einen vorbeifahrenden TownTrans steige, nimmt niemand besonders Notiz von mir. Wir werden in den Wirbel des neu zum Leben erwachten Cyclon gezogen. Ich steige vor der Zentrale aus. Sie ist nichts weiter als ein großes, dunkles Glasgebäude, halb von Baugerüsten verdeckt und vom lebendigen Lärm der Reparaturarbeiten erfüllt.

»Anthem«, begrüßt mich Isis, als ich sie in der Tiefe des MedCenters ausfindig mache. Sie gibt mir einen Kuss auf die Wange. »Wie geht es dir?«

»Gut.« Ich halte meine eingegipste Hand hoch. »Und du?«

»Inzwischen wieder besser. Ich kann mir schon denken, warum du hier bist. Du willst deine Finger zurückhaben, was? Komm mit.« Sie führt mich in ein Behandlungszimmer, wo ich für mehrere Röntgenbilder stillhalten muss, und holt dann eine kleine Elektrosäge hervor. Als sie das Gerät ans NETZ anschließt, verziehe ich wohl allzu deutlich das Gesicht.

»Mage und ein paar andere Technikfreaks versuchen schon, Alternativen zu finden«, sagt sie. »Sie durchforsten die Büchereien nach alten Technologien, mit denen man auf andere Art Energie gewinnen kann, aus Sonnenlicht und Wind zum Beispiel. Aber sie sind jetzt erst eine gute Woche dabei. Der Entzug war bei dir natürlich schlimmer, weil du dich vorher so ausgepowert hattest, trotzdem hat es bei uns anderen fast genauso lange gedauert.« Ihre Augen werden dunkel. Vielleicht ringt sich Pixel irgendwann dazu durch, ihrem Beispiel zu folgen.

Ich hoffe, dass ich den Tag noch erlebe, an dem es keine Akkus mehr gibt. Andererseits verstehe ich auch, dass wir die Energie brauchen und nicht einfach herbeizaubern können.

Nachdem Isis meine Hand aus dem Gips befreit hat, untersucht sie alles genau, bewegt die Finger und tastet die Knochen ab. »Ich zeige dir ein paar Übungen, mit denen du die ursprüngliche Beweglichkeit und Kraft zurückbekommst.«

»Okay. Danke, Isis.« Sie wirft auch einen Blick auf die heilende Wunde an meinem Handgelenk und nickt zufrieden. Nur eine weitere Narbe. Nichts verbirgt sich mehr unter der Haut. Nach der Revolution, nach Scope und dem ganzen Rest habe ich Isis gebeten, den Premiumchip herauszunehmen.

»Du hast eine Menge verpasst. Ich bin dabei, hier ein medizinisches Labor einzurichten. Wir erforschen Medikamente auf chemischer Basis, und ich glaube sogar, dass wir Streams herstellen können, die wie in den Anfangszeiten wirken, nämlich als pure Schmerzmittel. Sie würden zwar immer noch eine geringe Suchtwirkung haben, aber auch nicht mehr als die üblichen Vorkriegsmedikamente.« Sie sieht mein Gesicht und berührt meinen Arm. »Nur für Menschen, die es wirklich nötig haben und sich freiwillig dafür entscheiden.«

»Du glaubst, das lässt sich schaffen?«

Sie lächelt, ganz in ihrem Element. »Ich glaube, wir können schaffen, was immer wir wollen.«

Ich überlasse sie ihrem Job und gehe als Nächstes zu den Arbeitsstationen am Hauptrechner. Auf der ganzen Strecke muss ich nicht ein einziges Mal meinen PersoChip scannen. Mage sitzt konzentriert an einem Touchscreen und hat sich so dicht darübergebeugt, dass seine Dreadlocks ihm ständig im Weg sind.

»Hi«, sage ich. Er schaut auf, grinst und hält mir die Hand zu einem High Five entgegen. Ich schlage mit meiner Linken ein.

»Cool, dich wieder auf den Beinen zu sehen. Ich habe dich ein paar Mal besucht, als es mir selbst wieder besser ging, aber …«

Ich erinnere mich daran. Jedenfalls vage. »Was machst du mit diesem ganzen Computerkram?«

»Ich repariere die Energienetze. Ein paar Gebiete am Stadtrand sind ziemlich zerstört und haben immer noch keinen Strom. Außerdem schaue ich sämtliche Streamdateien durch, damit sich nichts allzu Gefährliches darin verbirgt, und erstelle Kopien ohne Codierung, sodass die Leute normale Musik hören können, wenn sie wollen. Ach ja, und ich organisiere die

Lebensmittelverteilung, weil die nämlich fast zusammengebrochen ist. In der Übergangszeit, während die meisten von uns krank waren, hat Haven sich um alles gekümmert und einen ziemlich guten Job gemacht. Sie hatte auch Hilfe von Leuten, die sich gegen den Entzug entschieden haben. Aber hauptsächlich musste sie ja dich bemuttern, und außerdem hatte ich das Gefühl, dass ihr nie ganz wohl dabei war, so viel Macht zu haben.«

»Wenn das Web jemanden an der Spitze braucht, dann sollten sie am besten dich nehmen.«

Mage lacht. »Kein Interesse, ich bin glücklich hier unten zwischen meinen Kabeln. Der Job würde ihr bestimmt besser gefallen.« Er nickt den Gang hinunter, wo ich Phönix höre, die mit lauter Stimme Anweisungen gibt. Wenn sie gerade so in Fahrt ist, unterbreche ich sie besser nicht.

»Bringst du sie nachher mit?«

»Klar.«

In der Eingangshalle bleibe ich unentschlossen stehen und starre eine Weile wie hypnotisiert die Fahrstuhltüren an. Zum Studio wären es nur ein paar Etagen. Ich wende mich ab und gehe nach draußen, weil ich vielleicht gar nicht sehen will, was daraus geworden ist. Jedenfalls nicht heute. Bald.

Ich gehe zu Fuß bis zum Quadrant 2. Nicht alles ist besser als früher. Und niemand kann garantieren, dass eine zukünftige Regierung humaner sein wird als Präsidentin Z und ihre ganzen Vorgänger. Wenn niemand die Bürger zwingt, regelmäßig zu streamen und ihre Nächte in den Clubs zu verbringen, wird die Lebenserwartung automatisch steigen. Das bedeutet, die Bevölkerung wird wachsen, bis unsere Stadtinsel nicht mehr genug Platz für alle bietet. Davon abgesehen, müssen immer noch Akkus Jahre ihres Lebens für Neonlichter und Computerpower opfern.

Die Wirkung des jahrelangen Drogenkonsums lässt sich nicht rückgängig machen, selbst wenn man nie wieder streamt. Also werden auch in Zukunft Menschen nach Hause kommen, wo ihre Familienmitglieder als lebende Leichname an Konsolen hängen, ausgeblutet in der Badewanne liegen oder den abgetretenen Wohnzimmerteppich mit ihren Körperflüssigkeiten tränken.

Doch um mich herum sehe ich trotzdem überall Zeichen der Hoffnung. Zum ersten Mal seit Generationen sind die Menschen dieser Stadt aus ihrer künstlichen Betäubung erwacht. Wir alle reiben uns gemeinsam die Augen und erkennen, welchen Reichtum wir besitzen und was wir aus uns machen können. Was während des Aufstands zerstört wurde, wird langsam, aber sicher repariert … ein Beweis für die Aufbruchstimmung. Ich selbst werde beim Wiederaufbau allerdings nicht mithelfen. Erstens habe ich schon genug getan – im guten und im schlechten Sinne –, aber vor allem bin ich zu erschöpft. Die Zwillinge sind in Sicherheit, und ich muss mich damit zufriedengeben, dass niemand versuchen wird, ihren freien Willen, ihre Gedanken und ihre *Seelen* zu stehlen – auch wenn sie nicht ganz unbeschadet davongekommen sind.

Ich werde hinnehmen müssen, dass sie sich vielleicht eines Tages fürs Streamen entscheiden, um das Verlangen zu befriedigen, mit dem Ell ihre Gedanken vergiftet hat.

Meine Beine schmerzen. Ich bleibe stehen und lehne mich gegen die Fensterscheibe einer geschlossenen Wasserbar. Meine Augenlider fallen von selbst zu, und ich stehe einen Moment nur da, bis ich aus meinem Halbschlaf gerissen werde.

Von irgendwo höre ich jemanden singen ... eine Frau mit vollem, tiefem Altklang. Das Lied dringt durch ein offenes Fenster zu mir herunter. Ihre Stimme besitzt eine natürliche Schönheit, doch was sie atemberaubend macht, ist das völlige Fehlen von Angst. Kein Wachmann wird diese Bürgerin aus der Wohnung zerren und festschnallen, damit man ihr Kopfhörer über die Ohren stülpen kann. Meine Müdigkeit ist plötzlich wie weggeblasen. Ich stoße mich von der Schaufensterscheibe ab und gehe weiter.

Pixel öffnet mir die Tür, als ich klingele. Seine Haut ist grau und seine Augen sind gerötet. Die Szene kommt mir vor wie ein perverses Déjà-vu, und ich muss gewaltsam den Gedanken wegschieben, dass Scope sich bloß in seinem Zimmer eingeschlossen hat.

»Wir haben ihn beide sehr geliebt«, sage ich mit kratziger Stimme.

»Ja, ich weiß.«

Wir setzen uns auf das alte, abgenutzte Sofa und schweigen lange Zeit. Scope ist überall – wie ein zutraulicher Hausgeist, der uns noch immer mit seinem Optimismus anstecken will. »Hast du ihn schon besucht?«

Für einen Moment scheint sein Atem auszusetzen. »Ich habe es beim ZFR bis zur Eingangstür geschafft.«

Wir alle werden Zeit brauchen. Das Zimmer von Pixels Mutter steht offen, und das Krankenbett ist leer. »Es tut mir wahnsinnig leid«, flüstere ich. So viel Tod. So viel Zerstörung, Leid und Angst.

»Hör sofort auf!«, fährt Pixel mich an. Seine mühsam unterdrückte Wut lässt meinen Kopf zur Seite rucken, als hätte er mich bei den Ohren gepackt und zu sich herumgezogen. »Hör gefälligst auf, dir einzureden, dass wir im Unrecht waren. Dann wären nämlich alle auf unserer Seite umsonst gestorben, und nur die Kon-Leute hätten ihr Leben für ein höheres Ziel gegeben. Willst du das etwa glauben?«

Er hat natürlich recht. Das weiß ich doch. Vielleicht werde ich eines Tages so weit sein, dass ich es auch fühlen kann.

»Danke, dass du Haven geholfen hast«, sage ich, weil mir nichts anderes einfällt. »Mage und Phönix kommen übrigens nachher noch zu mir rüber.«

»Okay, ich bin dabei.«

Die TT-Linie zurück zu meiner Wohnung muss eine Umleitung nehmen, weil eine Straße zu zerstört ist, um sie zu durchfahren. Wir werden stattdessen durch Quadrant 4 geschickt, der sich am Fluss entlangzieht. Eine Menschengruppe hat sich an einer kahlen Uferstelle versammelt, die eigentlich keine Bedeutung hat, außer dass hier eine Brücke zum Festland begann. Vielleicht ist das der nächste Schritt. Jetzt gibt es nichts mehr, das uns zurückhält. Als ich während meiner Entzugswochen einen halbwegs klaren Moment hatte, hat mir Haven erzählt, dass sie sämtliche MemoryChips wiederherstellen will, so wie sie es mit den Erinnerungen meiner Mutter getan hat. Also werden wir wenigstens unsere Vergangenheit kennen, wenn wir uns bald einer unbekannten Zukunft stellen müssen.

Ich schicke Haven eine Tickernachricht und frage, ob sie mich mit den Zwillingen im Park treffen will. Demnächst werden die Schulen neu geöffnet, und bis dahin will ich so viel Zeit wie möglich mit meinen Geschwistern verbringen. Eigentlich habe ich eine lange Liste von Leuten, bei denen ich vorbeischauen sollte, um zu sehen, ob es ihnen gut geht – Ravenous mit seiner Familie, Fabel und seine Mutter, Tango, MedTech

J, Kobold und alle anderen vom Depot 2 –, aber das muss bis morgen warten.

Der Park ist in warmes Licht und sanften Nebel gehüllt. Bald ist Sommer, und das erkennt man vor allem an den Gesichtern der Spaziergänger, die mir auf den Pfaden begegnen. Der Winter ist endlich vorbei, sagen ihre Blicke. Die Kirschblüten sind restlos verweht, sodass ich ungestört nach einem pinkfarbenen Fleck Ausschau halten kann. Schon aus der Ferne sehe ich, wie Haven auf mich zukommt. Sie hat die Zwillinge an einer Hand und einen Instrumentenkoffer in der anderen. Anscheinend hat sie die Akustikgitarre gefunden, die ich vor einer Ewigkeit aus dem Studio mitgenommen habe, um mich in Dunkelheit und Stille zu verkriechen und Songs zu schreiben.

»Anthem! Haven hat gesagt, du spielst uns etwas vor«, ruft Omega. »Klingt deine Musik wie bei der Zahnfrau? Davon will ich noch mehr hören!« Neben ihm nickt Alpha begeistert.

»Äh, so ungefähr«, sage ich mit trockener Kehle. »Wenn ihr euch in die Melodie hineinfallen lasst. Ihr müsst eure Fantasie benutzen, versteht ihr?«

»Okay!«, verkünden sie im Chor. In unserer Familie ist Musik – echte Musik – der rote Faden gewesen, der uns heimlich verband, vom Geigenbogen meiner Mutter bis zu meinen Gitarrensaiten. Den Zwillingen liegt sie hoffentlich ebenso im Blut.

»Lasst mich nur eine Minute mit Haven sprechen, dann zeige ich euch, wie man spielt«, verspreche ich. Gehorsam rennen sie auf die Wiese und jagen sich um ein paar Bäume herum.

»Du bist doch ganz versessen darauf, also behaupte gar nicht erst das Gegenteil«, sagt sie und nickt in Richtung des Gitarrenkoffers im Gras. Ich hole mein Tablet aus der Tasche, aber sie hindert mich am Tippen. »Weißt du noch, wie ich gesagt habe, dass ich kein Porzellanpüppchen bin und auch nicht so behandelt werden will? Du musst nichts vor mir verstecken.«

Sie kennt mich viel zu gut. Okay. Du bist mir noch eine Antwort schuldig._

Als sie die Augen schließt, verschwindet das einzige Grün, auf das ich in diesem blühenden Park voller Leben geschaut habe. Ich lege ihr das Tablet in die ausgestreckte Hand, und nach einem Moment beginnen ihre Fingernägel, über den Touchscreen zu klicken. Ich dachte, wenn du Bescheid weißt, würdest du nicht tun, was getan werden musste. Meine Gefühle für sie haben dabei keine Rolle gespielt._

Hast du sie geliebt?_

Haven denkt darüber nach. Sie waren meine Eltern. In meiner Kindheit war alles noch ganz anders. Dann haben sie ihre Ämter übernommen und sich immer mehr in Fremde verwandelt. Ich möchte mir gerne einreden, dass daran nur die geerbten Erinnerungen schuld waren, aber das wäre zu einfach. Die beiden wussten, auf was sie sich einließen. Sie haben sich dafür entschieden._

Welches Amt solltest du denn erben?_

Ist das wirklich wichtig?_ Sie schüttelt den Kopf. Meine Eltern haben sich öfter darüber gestritten. Wahrscheinlich hätte ich den Chip meiner Mutter bekommen. In jedem Fall war ich für sie nichts weiter als ein Werkzeug. Ich sollte die Zukunft sichern, an die sie glaubten. Dabei hatten sie keine Ahnung … Sie wussten nicht, wer ich war._

Ich könnte noch viel mehr fragen oder sagen. Stattdessen lehne ich mich vor und küsse sie. Auch wenn sich alles andere verändert hat, sind wir beide immer noch dieselben.

Meine Gitarre drängt: *Komm und spiel mich*. Das letzte Mal ist so lange her, dass mir egal ist, was meine verletzte Hand hinterher davon hält.

Ich rufe die Zwillinge aus ihrem (nicht sehr guten) Versteck hinter einem Busch herbei. Die Gitarre ruht warm und schwer auf meinem Schoß, und der Sonnenschein gibt ihr die Farbe von flüssigem Honig. Alpha und Omega hocken sich aufgeregt ein paar Schritte entfernt ins Gras. Eine Hand schiebt sich zwischen den Gitarrenrumpf und meinen Bauch. Ich schaue Haven an und begreife, wie ich für sie spielen soll. Die Vibrationen werden sich in ihrem Kopf zu Melodien formen, während die Sound-Implantate an ihren Armen im Rhythmus aufflammen und die Musik in Farbe verwandeln.

Wir haben so viel verloren. Vielleicht verlieren wir in Zukunft noch mehr. Aber erst einmal kann ich hier sitzen, unter den Bäumen und dem Himmel, und meiner Gitarre leise Töne entlocken. Meine Finger finden die Stege ganz von selbst, und jede gezupfte Note klingt leicht wie ein Windhauch oder wie eines der flirrenden Blätter an den Ästen rundum. Irgendwann beginne ich zu singen, und meine Stimme lässt den Klang anschwellen und wachsen, geradewegs der Sonne entgegen. Als mir schließlich die Songs ausgehen, die ich spielen möchte, erfinde ich neue Melodien, um diesen Moment einzufangen: den Sonnenschein, den warmen Frühsommertag, die stille Gewissheit, dass wir frei sind.

Niemand hindert mich daran.

Danksagung

Als Erstes möchte ich meiner ganzen Familie danken. Mir fehlen die Worte, um eure liebevolle Unterstützung ausreichend zu beschreiben, und da ich hier nicht zu persönlich werden oder gleich mehrere Seiten füllen will, schlicht und einfach … danke. Ihr bedeutet mir alles und ich liebe euch.

Ein besonderer Gruß geht an die Mädelstruppe von White Blank Page – Angela, Anna, Bec, Melissa und Tonya. Ihr gehört zu den tollsten Autorinnen und Menschen, die ich kenne, und habt mir die ganze Zeit das Gefühl gegeben, dass ich es schaffen kann. Danke, weil ihr verstanden habt, dass Worte immer auch Musik sind. Außerdem haben noch einige andere Freundinnen das Manuskript in seinen frühen Phasen gelesen und mir mit ihren Ideen geholfen: Caren, Jennifer, Leiah, Paula und Shireen. Ohne euch hätte sich der Roman ganz anders entwickelt … genau wie ich.

Bei einigen musikalischen Fragen hatte ich Hilfe von Adam McHeffey, der zu der fantastischen Band *Swear and Shake* gehört. Da ich selbst kein Instrument spiele, hat seine großzügige Hilfe mir viel bedeutet, genau wie die meines Teams von Akustik-Experten.

Ich hätte dieses Buch nicht schreiben können, wenn ich ein

weniger großer Musikfan wäre. Jeden Morgen greife ich schon vorm Aufstehen als Erstes zu den Kopfhörern. Ich kann hier gar nicht alle Bands aufzählen, die mich inspiriert haben, aber ohne Animal Collective, The Antlers, Bright Eyes, The Cure, David Bowie, Placebo, The Sisters of Mercy und Wolfsheim wäre *Songs of Revolution* jedenfalls immer noch ein unfertiges Wolkenschloss. Ihre Songs haben mich bei der Stange gehalten, wenn ich nachts um 3 Uhr einen Schreibrausch bekam, und haben mich die ganze Zeit daran erinnert, warum ich diese verrückte Idee überhaupt in Angriff genommen habe.

Den schwersten Teil hätte ich ohne moralische Unterstützung nicht geschafft, deshalb meinen speziellen Dank an John, Vicki, Helena und Suzanne.

Zwei Menschen haben mir mehr geholfen, als ich ausdrücken kann: Meredith Barnes, die erst meine Agentin und dann meine Freundin wurde, und Brooks Sherman, bei der es genau umgekehrt war. Merediths Begeisterungsfähigkeit und Erfahrung haben während der Phase der Verlagssuche und Veröffentlichung dafür gesorgt, dass ich nicht völlig durchgedreht bin. Brooks hat den Agentenjob spontan weitergeführt und elegant gemeistert. Danke für die vielen Streicheleinheiten – virtuelle und reale – und dafür, dass ihr mit mir lachen konntet und immer an mich und Anthem geglaubt habt. Ihr beide seid unglaublich, und ich fühle mich geehrt, euch in meinem Freundeskreis und an meiner Seite zu haben. Mein Dank gilt natürlich auch allen Mitarbeitern von Lowenstein Associates und FinePrint Literary Management.

Zum Schluss möchte ich meiner wundervollen Lektorin Lisa Cheng dafür danken, was sie aus meinem Manuskript herausgeholt hat. Durch ihre enthusiastische und verständnisvolle Art wurde die Zusammenarbeit zu einer fantastischen Erfahrung (besonders der Tag, an dem sie mich mit Käsekuchen vollgestopft hat). Sie hat aus meinem Manuskript einen echten Roman gemacht, und überhaupt war das ganze Team von Running Press Teens nicht nur freundlich, hilfsbereit und kompetent, sondern hatte auch noch den nötigen Sinn für Humor.

© Emma Trevayne

Emma Trevayne ist hauptberuflich Schriftstellerin, sie steckt aber fast genauso viel Zeit und Liebe in ihre Musiksammlung und in ihre Hobbys Fotografie und Programmiersprachen. Sie hat bereits in Kanada, Großbritannien und den USA gelebt. Online findet man sie unter der Adresse www.emmatrevayne.com oder auf Twitter unter @EMentior.

Welchen Weg hat das Schicksal für dich vorgesehen?

Sabaa Tahir
ELIAS & LAIA - DIE HERRSCHAFT DER MASKEN
Aus dem amerikanischen Englisch von Barbara Imgrund
512 Seiten
ISBN 978-3-8466-0009-2

Während Elias in der berühmten Militärakademie von Schwarzkliff dazu ausgebildet wird, als Elite-Krieger die silberne Maske der Macht voller Stolz und ohne Erbarmen zu tragen, muss Laia täglich die Willkür der Herrschenden fürchten. Als ihre Familie ermordet wird und ihrem Bruder die Hinrichtung droht, schließt sie sich dem Widerstand an. Sie tarnt sich als Sklavin und dringt so in das Innerste von Schwarzkliff ein. Dort trifft sie auf Elias, den jungen Krieger, der eigentlich ihr Feind sein müsste ...

Elias und Laia stehen auf ganz unterschiedlichen Seiten. Und doch sind ihre Wege schicksalhaft miteinander verknüpft.

Das Leben ist zu kurz, um Vielleicht zu sagen

Katie Kacvinsky
DIE REBELLION DER
MADDIE FREEMAN
Aus dem amerikanischen
Englisch von
Ulrike Nolte
384 Seiten
ISBN 978-3-8432-1040-9

Eine Stadt in den USA, wenige Jahre in der Zukunft: Maddie, 17, lebt wie alle um sie herum ein digitales Leben. Schule und Verabredungen – das alles findet im Netz statt. Doch dann verliebt sie sich in Justin – für den nur das wahre Leben offline zählt. Gemeinsam mit seinen Freunden kämpft Justin gegen die Welt der sozialen Netzwerke, in der alles künstlich ist. Dieser Kampf richtet sich gegen die ganz oben – und damit auch gegen Maddies Vater, der das System der Digital School gesetzlich verankert hat. Maddie wird für die Bewegung zu einer Schlüsselfigur. Und sie muss sich entscheiden: Auf welcher Seite will sie stehen?

Baumhaus